Alison Hammer

DU und ICH und WIR

Alison Hammer

DU und ICH und WIR

Roman

Deutsch von Karin Dufner

blanvalet

Die Originalausgabe erschien 2020 unter dem Titel »You and Me and Us« bei William Morrow, an imprint of HarperCollins Publishers LLC, New York.

FSC www.fsc.org MIX Papier aus verantwortungsvollen Quellen FSC® C014496

Klimaneutral* Druckprodukt ClimatePartner.com/14044-1912-1001

1. Auflage

Published by arrangement with William Morrow,
an imprint of HarperCollins Publishers, LLC.
Umschlaggestaltung und -motiv: www.buerosued.de
LA · Herstellung: sam
Satz: Buch-Werkstatt GmbH, Bad Aibling
Druck und Bindung: GGP Media GmbH, Pößneck
Printed in Germany
ISBN 978-3-7341-0922-5
www.blanvalet.de

Für Kathy, Randy und Elizabeth,
meine Vorbilder für die »Wirs«

1

Alexis

Als ich endlich von meinem Computer aufblicke, ist es draußen dunkel – so viel dazu, dass ich früher nach Hause kommen wollte. Ich schaue auf mein Telefon, nur um kurz zu sehen, wie spät es geworden ist: 11:10. Also kann ich die Datei in meiner Glücksminute schließen, in der ich mir etwas wünsche, seit ich alt genug bin, um die Uhr zu lesen. Ich warte darauf und starre, ohne zu blinzeln, auf den Bildschirm, bis die Zeit auf 11:11 umspringt.

Obwohl es albern ist, einen Wunsch für etwas zu vergeuden, das ich jeden Abend tun kann, wünsche ich mir, ich sei zu Hause und mit Tommy im Bett und säße nicht auf diesem ergonomischen Stuhl, eigens dazu gedacht, es mir bequem zu machen, damit ich vergesse, dass ich vierzehn Stunden pro Tag am Schreibtisch verbringe. Ich liebe meinen Beruf, halte ich mir vor Augen.

Mein Blick fällt auf Tommys lächelndes Gesicht im Silberrahmen auf meinem zugestapelten Schreibtisch. Er hat bei der Abschlussfeier unserer Tochter für die achte Klasse in diesem Sommer die Arme um sie gelegt. Ich betrachte CeCes Gesicht, eine jüngere Version meines eigenen, zum Teil verdeckt von der dicken schwarzen Brille, von der sie beteuert, dass sie absolut »angesagt« ist. Dank einer Präsentation, die länger gedauert hat, habe ich um ein paar Minuten verpasst, wie sie mit Robe und Kappe über die Bühne schritt. Wenigstens war ich rechtzeitig da, um das Foto zu machen.

Mit einem »Pling« geht eine E-Mail ein, und ich wende mich wie der pawlowsche Hund wieder meinem Computer zu. Noch eine Meldung von Google, die in demselben Tempo zunehmen wie Monicas Ruhm. Leider hat der im letzten Jahr an Fahrt zugelegt.

Ein Google-Alert für Tommys Ex-Frau einzurichten war nicht unbedingt ein Geniestreich, doch ich konnte es nicht ertragen, dass sie irgendwo da draußen ist, ohne zu wissen, was sie im Schilde führt. CeCe ist besessen vom Schauspielerberuf. Deshalb grenzt es an ein kleines Wunder, dass sie noch nicht dahintergekommen ist: Sie trägt nämlich zufällig denselben Namen wie diese zweitklassige Darstellerin.

Die Information ist verfügbar, wenn sie sie googeln würde. Oder nachfragen. Aber CeCe würde sich nicht im Traum danach erkundigen, ob einer von uns beiden schon einmal verheiratet war. Gespräche über die Ehe drehen sich bei uns einzig und allein um das Thema, warum ihr Dad und ich niemals die Worte »ich will« gesagt haben.

Ich bin diejenige, die sich all die Jahre lang gesträubt hat. Wenn es nach Tommy ginge, wären wir heute ein altes Ehepaar. Allerdings ist er nicht in einer Familie aufgewachsen wie meiner, mit Eltern, die nur auf dem Papier verheiratet waren. Zwischen ihnen gab es weder Liebe noch eine Beziehung, die ich mir für meine eigene zum Beispiel nehmen wollte.

Ich betrachte die Mail und überlege, ob ich sie ungelesen löschen soll, doch die Neugier siegt. In letzter Zeit geht es in den Alerts um Auftritte in der Gegend von L. A. und Bilder von Monica am Arm Dutzender verschiedener prominenter Singles. Ich hoffe, dass ihr einer davon erhalten bleibt, damit sie einen anderen Namen annehmen kann, aber bis jetzt Fehlanzeige. Ich öffne die Mail, um zu sehen, was zum Teufel jetzt schon wieder los ist.

The Seasiders auf Netflix jetzt mit Monica Whistler.

»Das soll wohl ein Witz sein«, rutscht es mir heraus.

Becky, meine beste Freundin und Geschäftspartnerin, späht über den gewaltigen Monitor, wo sie gerade zum vierten Mal die Anzeige für Dox Pharmacy, unseren wichtigsten Kunden, überarbeitet. »Was ist passiert, Schatzilein?«

»Nichts«, nuschle ich. Ich bin zu müde, um ihr zu erklären, dass Monica nicht nur wieder eine große Rolle ergattert hat, sondern auch den ganzen Sommer in Destin, Florida, drehen wird.

Von allen Stränden dieser Welt ist Destin *unser* Strand. Dort ist Tommy aufgewachsen. Wir haben einander als Kinder kennengelernt und jeden Sommer zusammen verbracht, bis zu dem Jahr, als ich zwölf wurde und meine Großmutter nicht mehr in ihrem Strandhaus besuchte. Außerdem sind wir uns zwanzig Jahre später in Destin wiederbegegnet und haben uns verliebt und das Opus namens CeCe erschaffen. Wir fahren immer noch so oft wie möglich hin, wenn auch nicht so häufig, wie es Tommy lieb wäre.

Es ist ein kleines Wunder, dass wir für diesen Sommer

keine Reise geplant haben. Aber CeCe freut sich so auf den Theaterworkshop hier in Atlanta, und ich habe mich mehr oder weniger von so viel Freizeit verabschieden müssen, als ich vor drei Jahren meine Werbeagentur eröffnet habe. Doch trotzdem. Noch immer zucke ich bei der Vorstellung zusammen, dass Monica an den Strand zurückkehrt, wo sie Tommy mit gebrochenem Herzen und einer Wohnung voller moderner Möbel zurückgelassen hat, die so scheußlich wie unbequem waren.

Ich stehe auf, um mich zu strecken und meine Sachen einzusammeln. Da meine Konzentration dahin ist, kann ich mich genauso gut ein bisschen ausschlafen.

»Fährst du nach Hause?«, fragt Becky und streicht sich mit der Hand über das rosafarbene Haar, das ihr Markenzeichen ist. Sie wirkt so müde, wie ich mich fühle.

»Ja, ich hätte schon vor Stunden verschwinden sollen. Tommy will mit mir über etwas reden.«

»Alles in Ordnung?«

Ich zucke die Achseln und gähne gleichzeitig. »Wahrscheinlich geht es um CeCe.«

»Ist sie noch sauer wegen der Party?«

»Und aus einer Million anderer Gründe«, erwidere ich mit einem erneuten Gähnen. »Bis morgen.«

Meine Schritte hallen auf dem PVC-Boden wider, als ich mich durch unser schickes Büro schleppe. Ich bezweifle, dass Tommy noch wach sein wird, wenn ich nach Hause komme, was vermutlich das Beste ist, denn ich bin heute Abend zu erledigt, um irgendetwas zu besprechen.

An manchen Tagen ist es schwieriger als an anderen, nicht zu vergessen, dass ich mir dieses Leben hart erkämpft habe. Jetzt ernte ich die Früchte dessen, dass ich mich gegen die Chauvis behauptet habe, die verkündeten, Frauen könnten es wegen der Kinder in der Werbebranche nicht weit bringen. Vermutlich hätten sie in meinem Fall recht, wenn Tommy nicht wäre.

»Daddy, hast du mein rosa Oberteil mit den Spaghettiträgern gesehen?«

Ich trete auf den Flur zwischen unseren Zimmern hinaus und antworte CeCe. »Ich glaube, es ist unten im Wäscheraum.«

»Daddy?«, wiederholt sie, worauf ich mich frage, ob ich die Worte laut ausgesprochen oder nur gedacht habe.

»Es ist im Wäscheraum«, bestätigt Tommy. »Wahrscheinlich noch im Trockner.«

Er hustet durchdringend, was er nun schon seit einigen Wochen tut. Meine langen Arbeitszeiten fordern auch bei ihm ihren Tribut. Gerade will ich ihn daran erinnern, einen Arzttermin zu vereinbaren oder sich Z-Pak-Hustentabletten zu besorgen, als CeCe erscheint und mich finster anblickt, bevor sie einen dramatischen Abgang hinlegt.

So gern ich sie darauf hinweisen würde, dass sie sich eigentlich bei mir bedanken sollte, weil ich ihr das Oberteil gekauft habe, verkneife ich es mir. Und das nicht nur, da ich spüre, dass Tommy mich beobachtet und nur darauf wartet, meine Reaktion zu bewerten. Manchmal kann es ganz schön nerven, mit einem Seelenklempner zusammenzuleben.

»Wenn du jetzt sagst, es sei nur eine Phase, schreie ich«, teile ich ihm mit.

»Bei dir ist es gestern spät geworden«, wechselt er klugerweise das Thema.

Ich gähne, als sei mir soeben klar geworden, dass ich von der Erkenntnis, mein Schlaf könnte nicht reichen, nur noch müder werde. »Das Projekt ist bald abgeschlossen.«

»Und dann kommt das nächste«, entgegnet Tommy. So gern ich mich auch verteidigen möchte, dass das unfair sei, hat er recht. »Vergiss nicht, dass CeCe heute etwas ganz Besonderes zum Abendessen für uns kocht.«

»Ich denke daran«, verspreche ich.

Lächelnd küsst Tommy meinen Nasenrücken, zieht mich an sich und umarmt mich. Ich liebe es, wie wir nach all den Jahren noch immer perfekt zusammenpassen. Die Arme um ihn geschlungen, schnuppere ich den Duft des Kräutershampoos, das er verwendet, obwohl er seit über zwei Jahrzehnten kein einziges Haar mehr auf dem Kopf hat.

Manchmal fällt es mir schwer, diesen starken und stabilen achtundvierzigjährigen Mann mit dem kleinen Tommy Whistler in Einklang zu bringen, dem pummeligen Jungen aus meiner Kindheit, der stotterte und still die Welt mit einem blauen und einem braunen Auge betrachtete.

Ich lege den Kopf schräg, um ihn zu küssen, ein wortloser Dank dafür, dass er ist, wie er ist. Er ist es, der unsere Familie und unser gemeinsames Leben zusammenhält. Wenn er nicht immer für CeCe da wäre, würde mich mein schlechtes Gewissen wegen der vielen Stunden, die ich meiner Agentur widme, wohl umbringen.

»Besorgt euch doch ein Zimmer.« CeCe drängelt sich, das rosafarbene Oberteil in der Hand, an uns vorbei in ihr Zimmer und knallt uns die Tür vor der Nase zu.

Ich ahme ihren Tonfall nach. »Wir brauchen kein Zimmer, wir haben ein Haus.«

»Das ist nicht hilfreich«, rügt Tommy.

Gerade will ich ihm erklären, dass das ein Witz sein sollte, als mein Telefon warnend Laut gibt. Gleich ist es Zeit zum Aufbruch, und ich bin bei Weitem noch nicht fertig. Er verzieht das Gesicht, als ich aus seinen Armen schlüpfe.

»Ich weiche nicht aus«, beteuere ich, bevor er Gelegenheit hat, das Gegenteil zu behaupten. »Ich muss mich nur für die Arbeit fertig machen.«

Er folgt mir ins Bad, wo ich mir eine Lotion ins Gesicht schmiere, die mehr kostet als ein Monat Milchkaffee. »Du wolltest über etwas reden?«, frage ich, als mir seine E-Mail von gestern einfällt.

Ehe er antworten kann, fängt mein Telefon an zu quaken, das Signal, das Becky für ihre Anrufe eingespeichert hat. »Sorry.« Das sage ich in letzter Zeit häufig.

Tommy geht nach unten, um die Pausenbrote für unsere Prinzessin vorzubereiten, während ich mit Becky die morgendliche Anfrage eines Kunden erörtere und dabei im Eiltempo mein Rouge-Bräunungspuder-Lidschatten-Lippenstift-Programm durchziehe. Er ist eine bessere Mom, als ich es mir für mich je erträumen könnte. Nicht, dass ich je davon geträumt habe, eine Mom zu sein.

In der Küche gebe ich ihm einen raschen Abschiedskuss.

»Vergiss das Abendessen nicht«, sagt Tommy. »Halb sieben.«

»Das werde ich nicht«, verspreche ich. »Ich stelle mir sogar als Gedächtnisstütze den Wecker.«

Auf dem Weg nach draußen rufe ich CeCe zu und wünsche ihr einen schönen Tag. Dann halte ich inne und warte auf eine Reaktion, von der ich weiß, dass sie nicht kommen wird. Eines Tages wird sie alt genug sein und anerkennen, wie hart ich arbeite, um ihr das Leben zu ermöglichen, das für sie selbstverständlich ist. Eines Tages.

2

CeCe

»Ich wünschte, du und Mom würdet euch scheiden lassen.« Ich werfe meinen Rucksack auf den Boden und hieve mich auf meinen Stammplatz auf dem Küchentresen. In der Schule habe ich den ganzen Tag darüber nachgedacht, wie viel besser es wäre, mit Dad allein zu sein. Mom ist sowieso kaum da.

»Das kannst du vergessen«, entgegnet Dad. »Füße runter von der Arbeitsfläche.«

»Warum?« Ich lasse die Beine baumeln.

»Tja, erstens können wir uns nicht scheiden lassen, weil wir nicht offiziell verheiratet sind.«

»Du brauchst mich nicht daran zu erinnern, dass ich ein Bastard bin.«

»Aber ein niedlicher.« Er beugt sich vor, um mir das Haar zu zausen, und hustet dann so laut, dass es klingt, als täte es weh. Er räuspert sich. »Gibst du mir ein Glas?«

Ich nehme eines aus dem Schrank. Dad füllt es am Wasserhahn, obwohl das Wasser aus dem Kühlschrank kälter und besser ist. »Fast alle, die ich kenne, haben geschiedene Eltern«, erkläre ich ihm.

»Wie traurig«, antwortet er und trinkt einen großen Schluck.

»Nein, ist es nicht.« Ich schiebe meine Brille auf dem Nasenrücken hoch. Es nervt, wenn sie runterrutscht, während ich versuche, meine Meinung zu sagen. »Eigentlich ist es irgendwie cool. Sie kriegen zwei Häuser, und ihre Eltern kaufen ihnen fast alles, was sie wollen, um ihnen zu zeigen, dass sie sie noch lieben.«

»Du hast das Glück, dass deine Eltern dir nichts zu kaufen brauchen, um dir zu zeigen, dass sie dich und einander lieben.« Er drückt mir einen feuchten Sabberkuss auf die Wange, den ich wegwische.

»Für mich wäre es ein größeres Glück, wenn wir nur zu zweit wären.«

Als Dad den Kopf schüttelt, weiß ich, dass ich aufhören sollte. Aber ich habe es satt, auf alles zu verzichten. Auf die vielen Kleinigkeiten, zum Beispiel wenn Mom unsere gemeinsame Maniküre absagen muss, und auch auf die großen Sachen. Zum Beispiel als sie es so lange vor sich hergeschoben hat, meinen ersten BH zu kaufen, bis Dad schließlich mit mir hingehen musste. Er wartete draußen, während eine Verkäuferin mich in die Kabine begleitete. Ihre Hände waren eiskalt, und ihr Atem roch nach Knoblauch. Es war zwar schrecklich, aber ich habe die Zähne zusammengebissen.

»Sie ist nicht einmal gern Mutter.«

»Das ist unfair«, erwidert Dad im Psychologenton.

»Ist es etwa fair, dass ihr die Arbeit immer wichtiger ist als ich? Wie zum Beispiel beim Vortanzen in der dritten Klasse? Oder an meinem dreizehnten Geburtstag? Letztes Jahr bei der Abschlussfeier?«

Mom hat entsetzlich genervt und ein Riesentheater darum veranstaltet, was für ein bedeutender Schritt der Abschluss an der Mittelschule sei. Und als ich dann von der Bühne hinunterblickte, entdeckte ich Dad neben einem leeren Stuhl. Dem einzigen leeren Stuhl im ganzen Saal.

»An die Sache mit dem Ballett erinnere ich mich nicht mehr, aber zu deiner Abschlussfeier war sie so pünktlich da, wie sie konnte. Außerdem haben wir deinen Geburtstag im letzten Jahr eine volle Woche lang gefeiert.«

»Immer ergreifst du Partei für sie.«

»Ich unterstütze zwei Parteien: deine und ihre.« Er dreht sich um und schaut über seine Schulter. Sein Lächeln verfliegt, als er bemerkt, dass ich das gar nicht lustig finde. »Hast du alles fürs Abendessen da?«

»Ja.« Ich bemühe mich, mir die Aufregung nicht anmerken zu lassen. Dieses Feinschmeckermenü gehört zu meinem Plan. Sollten Mom oder Dad daraufhin verkünden, wie reif und erwachsen ich sei, frage ich sie wieder wegen Liams Party an diesem Wochenende. Wenn sie mir vertrauen, dürfte es keine Rolle spielen, ob seine Eltern zu Hause sind oder nicht.

»Ausgezeichnet«, antwortet Dad. »In fünf Minuten habe ich den nächsten Patienten. Anschließend bin ich nur für dich da, bis sich um acht der letzte Patient meldet.«

»Von der Westküste?«, erkundige ich mich.

»Schweigepflicht.« Er fährt sich mit der Hand über den Mund, als versiegle er seine Lippen mit einem Reißverschluss.

»Ich kapiere nicht, was daran so wichtig ist. Schließlich ist es nicht so, als ob ich diesen Menschen je kennenlernen würde.«

»Du bist genau wie deine Mutter.«

»Nimm das zurück.« Ich senke die Stimme, damit er merkt, dass es mein Ernst ist. Auch wenn Mom und ich einander mit unserem mausbraunen Haar, den haselnussbraunen Augen und den Nasen, die ein wenig zu groß für unsere Gesichter sind, ziemlich ähneln, bin ich überhaupt nicht wie meine Mutter.

»*Oh, Cecelia*«, singt er. »*You're breaking my heart.*«

»Schon gut. Und ich erschüttere jeden Tag dein Selbstbewusstsein.« Ich verdrehe die Augen, und er küsst mich auf die Stirn, ehe er in sein Büro geht und im Internet fremden Leuten hilft, während seine einzige Tochter sich allein mit den weltbewegenden Fragen des Lebens herumschlagen muss.

Ich wünschte, ich könnte ihm begreiflich machen, dass es nicht einfach nur eine Party ist. Und Liam Donnelly nicht einfach nur ein Junge.

3

Alexis

»Entschuldigt die Verspätung«, rufe ich und öffne die Haustür. »Ein Notfall in der Arbeit.«

Tommys Bürotür ist zu, was heißt, dass er mit einem Patienten irgendwo auf der Welt in einer Videokonferenz steckt.

»Das Essen duftet köstlich.« Mir läuft das Wasser im Mund zusammen, und ich bin froh, dass ich in der Agentur nur ein Stück Pizza gegessen habe.

»Es *hat* köstlich geduftet«, erwidert CeCe aus dem Wohnzimmer. »Vor zwei Stunden.«

Ich verzeihe ihr den giftigen Tonfall, denn ich habe mich um fast drei Stunden verspätet. »Bei diesem neuen Kunden läuft alles ab wie bei einer Brandschutzübung.« Ich gehe ins Wohnzimmer, wo sie es sich auf dem Sofa gemütlich gemacht hat. »Tut mir leid, dass es so spät geworden ist.«

»Die Leier kenn ich.« CeCe stellt den Kochwettbewerb lauter, den sie sich gerade anschaut. Als ich näher komme und ihr die Hand auf die Schulter lege, reißt sie sich los und marschiert nach oben, ohne abzuwarten, welcher Koch gewinnt.

Bevor ich die Küche nach Resten durchkämme, schalte ich den Fernseher ab und steuere auf Tommys Büro zu. Das leise Murmeln seiner Stimme tröstet mich, obwohl ich nichts verstehe. Ich lehne den Kopf an die Tür und wünschte, die Zeit würde schneller vergehen, damit die Sitzung vorbei ist und er mich aufmuntern kann.

Wenn er mich hier draußen antrifft, wird er glauben, dass ich wieder lausche. Also kehre ich in die Küche zurück, wo das Chaos sogar noch furchterregender ist als das auf dem Fußboden in meiner Hälfte des Schlafzimmers.

Jeder Topf und jede Pfanne wurde benutzt und beiseitegestellt und liegt nun auf dem Herd oder neben dem Spülbecken. Ich nehme meine Strafe an und beginne zu putzen. Obwohl das Wasser beinahe zu heiß ist, fühlt es sich gut an. Je heftiger ich mit dem Pfannenwender herumkratze, desto mehr Anspannung verlässt meinen Körper. Wahrscheinlich trainieren die Leute deshalb im Fitness-Studio.

So sehr bin ich in mein Werk vertieft, dass ich Tommy nicht hinter mir bemerke. Als ich seinen Husten höre, zucke ich zusammen.

»Tut mir leid«, entschuldige ich mich zum wohl tausendsten Mal und drehe mich zu ihm um. Er lächelt kurz und greift hinter mich, um das Wasser abzuschalten. »Du bist doch nicht auch sauer auf mich, oder?«

»Ich bin nicht sauer«, entgegnet er, auch wenn sein Tonfall eine andere Sprache spricht.

»Sag jetzt nicht, dass du enttäuscht bist.« Ich wende mich wieder dem Spülbecken zu.

»Deine Tochter hat heute Abend etwas Besonderes gekocht, sie wollte dich beeindrucken.«

»War es lecker?«

»Ist es vermutlich immer noch. Wir haben dir einen Teller in den Kühlschrank gestellt.«

Und da steht wirklich ein in Folie gehüllter Teller im obersten Fach. »Ich begreife wirklich nicht, warum es sie interessiert, ob ich da bin. Sie hasst mich eindeutig.«

»Sie hasst dich nicht, sie ist ein Teenager.«

»Ich habe versucht, mich zu entschuldigen, aber sie hat mir nicht zugehört.«

»Sie war gekränkt, was sie nicht wäre, wenn sie dich nicht lieben würde.«

»Wahrscheinlich.« Ich seufze auf. »Leistest du mir beim Essen Gesellschaft?«

Tommy schenkt zwei Gläser Wein ein, während ich den Teller fotografiere. Ich muss zugeben, dass er aussieht wie etwas, das ich im Restaurant bestellen würde. Ein mir unbekannter Weißfisch, gedünsteter Spinat und einige winzige Bratkartoffeln, natürlich violette. Bei Instagram finde ich einen Filter, der das Ganze noch ansprechender aussehen lässt, und tagge CeCes Profil: *Meine Tochter, die Küchenchefin. @WhistlerGurl #StolzeMom #Lecker #IchLiebeDich.*

Traurig, dass es leichter ist, der Welt in einem Hashtag mitzuteilen, wie sehr ich meine Tochter liebe, anstatt es ihr ins Gesicht zu sagen.

Tommy stellt die Gläser ab und setzt sich auf seinen üblichen Platz, mir gegenüber und neben dem von CeCe. »Also gab es in der Arbeit einen Notfall?«

»Das willst du gar nicht genauer hören.« Ich spieße ein Stück Fisch auf. Sogar kalt schmeckt er himmlisch. Wirklich himmlisch. »Der neue Marketingleiter von Dox Pharmacy lässt den Auftrag vor unserer Nase baumeln wie eine gottverdammte Karotte. Er stellt abstruse Forderungen, als wolle er seine Grenzen austesten.«

»Und ihr macht mit.«

»Wir haben keine andere Wahl. Diesen Kunden dürfen wir nicht verlieren. Siebzehn Angestellte verlassen sich auf mich.«

»Da sind sie nicht die Einzigen.«

Autsch. Ich greife nach meinem Glas und trinke einen großen Schluck. Als ich mich danach nicht besser fühle, halte ich in Tommys Augen Ausschau nach Trost und Verständnis. »Ich bemühe mich.«

»Du musst dich noch mehr bemühen.«

Sein scharfer Unterton trifft mich unerwartet. Obwohl ich es lieber habe, wenn er mir Geborgenheit vermittelt und mich unterstützt, weiß ich, dass er recht hat. Er sollte nicht für alles hier allein zuständig sein. Und dann schaffe ich es nicht einmal rechtzeitig zum Abendessen und zu einem Gespräch nach Hause. »Wolltest du gestern Abend über etwas reden?«

Kopfschüttelnd nippt er an seinem Wein. »Das kann warten. Ich bin zu müde. Für mich war es auch kein einfacher Tag.«

»Anstrengender Patient?« Spöttisch ziehe ich die Augenbraue hoch. Zu versuchen, ihm Einzelheiten über die fremden Leute zu entlocken, die er berät, ist eines meiner Lieblingsspiele, auch wenn ich nie gewinne.

»Nicht anstrengend, aber ein wirklich schwieriger Fall. Bei dem Mann wurde gerade eine tödliche Krankheit diagnostiziert.«

»Krebs?«

Tommy nickt. »Es ist schlimm. So schlimm, dass er sich überlegt, sich nicht behandeln zu lassen.«

»Hat er Frau und Kinder?«

Tommy nickt wieder.

»Dann muss er dagegen ankämpfen«, teile ich ihm mit. »Wenn schon nicht um seiner selbst willen, dann für seine Familie.«

»Findest du das tatsächlich?«, hakt Tommy nach. Er wirkt erschöpft. Ich wünschte, er würde öfter mit mir über diese Dinge sprechen. Es kann nicht gesund sein, die Probleme zu vieler Menschen allein tragen zu wollen.

»Du nicht?«

»Vielleicht will er seiner Familie keine lange Krankheit zumuten, die auf jeden Fall tödlich enden wird.« Tommy streicht sich mit den Händen über den Kopf und glättet nicht mehr vorhandene Haare. »Offen gestanden, bin ich nicht sicher. Du hast die Krankheit meiner Mom nicht miterlebt. Die Behandlung war qualvoller als der Brustkrebs selbst – drei Jahre Chemo, Bestrahlungen und Operationen und danach noch mehr Chemo und Bestrahlungen. Sie hat gekämpft, bis sie den Punkt überschritten hatte, an dem ihr Leben noch lebenswert war. Und letztendlich hat sie all die Schmerzen und das Leid für nichts und wieder nichts ertragen.«

Ich greife nach seiner Hand. Es wurmt mich, dass ich nicht für ihn da war, als er seine Mom verloren hat. Fast so sehr, wie es mich wurmt, dass Monica diese Chance hatte. Ich male mir gern aus, dass ich schon früher zu ihm zurückgekehrt wäre, hätte ich es nur gewusst. In den zwanzig Jahren, die ich fort war, ist so viel geschehen, Zeit, die für immer verloren ist.

Wieder greife ich zur Gabel und ziehe eine Minikartoffel durch die Zitronenbuttersoße. »Unsere Tochter ist wirklich eine fantastische Köchin.«

»Sie ist überhaupt fantastisch.« Tommys Augen leuchten, wie immer, wenn er über CeCe redet. »Beim Abendessen hat sie recht schlüssig argumentiert, weshalb sie am Wochenende auf diese Party gehen sollte.«

»Nicht schon wieder.«

»Also nein?«

»Nicht, wenn die Eltern nicht da sind.« Ich leere mein Weinglas. »Übrigens danke, dass du mich als Buhfrau hingestellt hast.«

»Tja, ich hatte schon immer eine Schwäche für Buhfrauen«, erwidert Tommy und lächelt übers ganze Gesicht. Diese Grübchen machen mich immer wieder schwach. Sein Fuß tastet unter dem Tisch nach meinem. »Was hältst du davon, das Geschirr bis morgen stehen zu lassen und früh zu Bett zu gehen?«

»Die beste Idee, die ich den ganzen Tag gehört habe«, stimme ich zu, als er aufsteht und auf mich zukommt.

Er zieht mich hoch, nimmt mich in die Arme und küsst mich, als hätten wir einander tagelang nicht gesehen. Atemlos weiche ich zurück und stelle fest, dass er mich mit lüsternem Blick betrachtet.

Als ich voran nach oben gehe, liegen seine Hände weiter auf meiner Taille, als sei selbst ein Schritt Abstand noch zu viel.

Bevor ich im Schlafzimmer das Licht ausknipse, schaue ich rasch auf mein Telefon. Ich entdecke eine Nachricht von Instagram: @WhistlerGurl hat mein Foto geliked.

4

CeCe

Die Musik ist so laut, dass Sofia buchstäblich schreien muss, damit ich sie verstehe. »Ich fasse es nicht, dass wir wirklich hier sind.«

Ich zucke die Achseln, als sei es keine große Sache, obwohl es eine gewaltige ist. Und ich meinem Dad noch nie so eine unverfrorene Lüge aufgetischt habe.

»Meine liebreizende Julia!« Köpfe wenden sich, und es fühlt sich an, als sei ein Scheinwerfer auf mich gerichtet. Liam rutscht vom Küchentresen, wo er über einigen Mädchen gethront hat. Ich wäre fast im Erdboden versunken, als Mrs. Katz verkündete, wir beide würden die Hauptrollen in der Frühjahrsaufführung spielen. »Ich habe nicht gedacht, dass du es schaffst«, fügt Liam hinzu.

»Offiziell bin ich nicht hier«, erwidere ich, dankbar, weil Sofia den Einfall hatte, dass ich bei ihr übernachten soll. Beinahe hätte es nicht geklappt, da ich Dad bereits erzählt hatte, ihre Eltern würden es ihr erlauben. Doch ich habe mich aus der Affäre gezogen und geschwindelt, sie wolle nicht ohne mich hin, und zwar weil sie meine beste Freundin sei. Er hat es mir tatsächlich abgekauft. Ein Vorteil, wenn man einen Workaholic als Mom hat: Wenn sie zu Hause gewesen wäre, hätte sie mich sofort durchschaut.

Als Liam mich umarmt, schnuppere ich den holzigen Duft seines Rasierwassers. Er dreht sich und lässt einen Arm schwer auf meiner Schulter liegen. »Magst du ein Bier?«

Ich zögere, aber Sofia antwortet für uns beide. »Das wäre spitze.«

Ich schwärme schon seit vier Jahren für Liam Donnelly, und zwar seit dem Moment, als ich ihn am ersten Tag in der Mittelschule sah. Als Achtklässler saß er bei der Einführungsveranstaltung mit den anderen Vorsitzenden der Arbeitskreise auf der Bühne und erzählte meiner Klasse vom Arbeitskreis Theater. Doch es war, als spräche er nur mit mir. Natürlich meldete ich mich an und darf deshalb jeden Donnerstag nach dem Unterricht bei Übungen und Improvisationstraining eine Stunde mit Liam in einem Raum verbringen. Die Frühjahrsaufführung ist unsere erste Gelegenheit, gemeinsam auf der Bühne zu stehen.

»Tolle Party«, meine ich zu ihm, als er uns das Bier reicht.

»Jetzt, weil du hier bist.« Er lächelt schief. In meinem Magen flattert ein Schwarm Schmetterlinge.

»Gerade ist Bella gekommen«, stellt Sofia fest, obwohl Bella die Erste war, die wir beim Eintreten bemerkt haben. »Ich rede mal mit ihr.«

Ich forme mit den Lippen das Wort »danke«. Als ich mich umdrehe, mustert mich Liam, und ich bin ernsthaft in Sorge, dass ich zu einer Pfütze zerschmelzen könnte. Also senke ich den Blick und betrachte den roten Becher in meinen Händen. Da der Schaum ein wenig in sich zusammengefallen ist, trinke ich einen Schluck und unterdrücke ein Würgen. Ich werde nie begreifen, was die Leute an Bier finden.

»Ich liebe dieses Stück«, sage ich, weil mir nichts anderes einfällt. Liam und ich haben schon stundenlang miteinander gesprochen, allerdings stets über ein eingegrenztes Thema, das normalerweise etwas mit dem Theaterarbeitskreis zu tun hat. Für eine Unterhaltung wie diese brauche ich ein Drehbuch.

»Dann tanzen wir.« Liam packt mich an der freien Hand und führt mich ins Wohnzimmer, wo die Sofas an die Wand geschoben wurden, um Platz für eine improvisierte Tanzfläche zu machen.

Ich trinke noch einen Schluck und versuche, im Takt mit den Hüften zu wackeln. Ohne feste Choreographie bin ich keine gute Tänzerin. Dann jedoch legt er mir die Hände auf die Taille, und wir wiegen uns gemeinsam zur Musik. Seine Haut unter dem ausgewaschenen T-Shirt fühlt sich warm an. Es ist so weich, dass ich mich am liebsten darin einwickeln würde. Und als sich seine schokoladenbraunen Augen auf mich richten, wende ich den Blick nicht ab.

Liam und ich tanzen die nächsten drei Lieder und kommen uns dabei immer näher. Erwartungsvoll beiße ich mir auf die Lippe, als ein langsames Lied beginnt, schiebe ich meine Brille hoch und sehe ihn lächelnd an.

»Ich hole uns noch ein Bier«, sagt er.

Ich bemühe mich zwar, mir die Enttäuschung nicht anmerken zu lassen, aber die Stelle, wo seine Hände gerade noch gewesen sind, fühlt sich leer an. Da es dämlich aussieht, so allein herumzustehen, weiche ich an den Rand des Zimmers zurück und starre das Paar, das hier vor aller Augen herumknutscht, bewusst nicht an. Der Junge hat die Hände buchstäblich in den hinteren Jeanstaschen des Mädchens stecken und ganz eindeutig die Zunge in ihrem Mund. Ich habe es nicht für möglich gehalten, dass man gleichzeitig so angewidert und so neidisch sein kann.

Als Liam zurückkehrt, lehne ich am Kamin. »Euer Bier, Mylady.«

Inzwischen bin ich ein wenig mutiger geworden und leere fast das halbe Glas in einem Zug.

»Wollen wir?« Er weist mit dem Kopf auf die Tanzfläche.

Das langsame Stück läuft noch, neigt sich jedoch offenbar dem Ende zu. Er greift nach meinem Bier, doch ich halte ihn zurück und trinke noch einen großen Schluck.

Liam nickt beifällig, und ich reiche ihm mit einem Aufstoßen den Becher. Nachdem er unsere Becher auf dem Kaminsims deponiert hat, begleitet er mich zur Tanzfläche.

Wir wiegen uns hin und her, und beinahe verliere ich mich im Augenblick, als mir die doofe Brille wieder die Nase hinunterrutscht. Ich verziehe das Gesicht, in der Hoffnung, dass sie von selbst wieder nach oben wandern wird, damit wir auch keine Sekunde aufhören müssen zu tanzen.

Anscheinend ist es Liam aufgefallen, denn er nimmt eine Hand von meiner Taille und schiebt die Brille hoch. »Du bist süß«, sagt er.

»Du auch«, entgegne ich und spüre, dass meine Wangen rot anlaufen. Allerdings bin ich nicht sicher, ob das am

Bier oder daran liegt, dass er mich ansieht, als sei ich das einzige Mädchen im Raum.

Das Lied hört auf, und der nächste Schieber beginnt. Ein Fehler in der Playlist, über den ich mich aber freue. Ich trete ein Stück näher an Liam heran, und er umfasst meine Taille ein wenig fester. Dabei versuche ich, mir diesen Moment einzuprägen, damit ich mich ein Leben lang an ihn erinnere.

Als er sich vorbeugt und seine Lippen mein Ohr streifen, versuche ich, nicht zu erschaudern. »Ich bin froh, dass du meine Julia bist.«

»Und ich bin froh über dich als Romeo.«

»Am besten fangen wir an, für die letzte Szene zu proben.«

Der Kuss findet zwar in der Mitte des Stücks statt, aber ich verbessere ihn nicht. Es ist die einzige Stelle, die mir Sorge bereitet hat: Wenn ich völlig ahnungslos wirke, werden alle wissen, dass ich vermutlich das einzige ungeküsste Mädchen in der neunten Klasse bin. Nur Sofia kennt mein Geheimnis. Und Beau, aber der zählt nicht, weil er weder auf unsere Schule geht noch im selben Bundesstaat lebt.

»Mrs. Katz hat gesagt, wir sollen nur so tun.«

»Sie sagte, wir könnten so tun, aber wir könnten uns auch richtig küssen, wenn wir wollten.« Als Liam sich ein Stück zurücklehnt, schaue ich zu ihm hinauf. Ich gebe mir wirklich Mühe, seine Augen anzusehen, nicht seinen Mund, *aber diese Lippen.*

»Willst du nicht?« Er schiebt mir eine Haarsträhne hinters Ohr.

Ich wende kurz den Blick ab, doch als ich ihn wieder

auf Liam richte, lehnt dieser sich vor. Ich fasse es nicht, dass es wirklich passieren wird. Hoffentlich kriegt Sofia es mit. Andererseits vielleicht besser nicht, falls ich mich ungeschickt anstelle. Ich muss es hinkriegen. Seine Augen sind geschlossen, und er kommt näher. Mein Herz schlägt schneller als die Musik. Und dann …

»Cecelia!«

Nein, nein. Nein. Bitte nicht.

»Cecelia«, wiederholt mein Dad. »Ab ins Auto. Aber dalli.«

Ich nehme die Arme von Liams Hals und weiche zurück. Im Raum ist es bis auf das Getuschel totenstill geworden. Das darf doch nicht wahr sein.

»Verabschiede dich, Cecelia.«

Von meinem Platz auf der Beliebtheitsskala.

5

Alexis

»Ich kriege es nicht in den Kopf, dass sie uns angelogen hat«, sagt Tommy, als er zu mir nach draußen kommt und die Tür hinter sich zufallen lässt.

»Und ich kriege es nicht in den Kopf, dass du drauf reingefallen bist.«

Mit einem Seitenblick setzt er sich neben mich auf die Verandaschaukel, meinen Lieblingsplatz in diesem alten Haus. Ich beuge mich hinüber und küsse seinen Hals. »Nie im Leben hätte Sofia sich die Party des Jahres entgehen lassen, nur weil CeCe nicht hindarf.«

»Aber sie sind beste Freundinnen.«

»Selbst beste Freundinnen müssen irgendwo Grenzen ziehen.« Ich lege ihm die Hand aufs Bein, in der Hoffnung, dass meine Berührung ihn aufmuntert. Dank meiner Eltern habe ich früh im Leben gelernt, dass man leicht enttäuscht wird, wenn man zu hohe Erwartungen hat.

»War es wirklich die Party des Jahres?«

»Oh ja«, erwidere ich. »Eine Party bei Liam Donnelly ist an sich schon ein Jahrhundertereignis. Doch eine Party bei Liam Donnelly, während seine Eltern verreist sind?«

»Was ist an diesem Jungen bloß so toll?«

»Er ist im zweiten Jahr, sie im ersten, und sie schwärmt für ihn.« Ich schmunzle, froh, ausnahmsweise über die Interna im Bilde zu sein. Zwar finden unsere regelmäßigen Verabredungen zur Maniküre und Pediküre inzwischen nicht mehr ganz so regelmäßig statt, aber als CeCe und ich letzte Woche unsere Finger und Zehen verwöhnen ließen, hieß es nur »Liam hier«, »Liam da« und »Liam hat gesagt«.

»Höchst spannend«, meint Tommy. »Habe ich dir schon erzählt, dass sie Schieber getanzt haben, als ich hereinkam?«

»Wie langsam war es?«

Er schüttelt den Kopf. »Sehr langsam.«

»Zeig es mir.« Ich stehe auf und greife nach Tommys Hand. Anfangs sträubt er sich, doch dann gibt er nach wie immer. Ich schlinge ihm die Arme um den Hals, er legt die Hände auf meine Taille. »Haben sie so dagestanden?«

»Ein bisschen enger.«

»So?« Ich trete einen Schritt auf ihn zu, obwohl keine Musik spielt und die Nachbarn uns beobachten könnten.

»So«, seufzt Tommy.

Ich seufze auch, allerdings vor Glück, weil ich nirgendwo lieber sein möchte als hier bei ihm, Schieber tanzend im Mondschein. Wir sollten öfter tanzen. Das letzte Mal war vermutlich auf Jacks und Blakes Hochzeit im vergangenen Herbst. Viel zu lange her.

Ich fange an, »It Had to Be You« zu summen, das Lied, das wir zu unserem erklärt haben. Er stimmt ein, und ich stehe in den Armen des Mannes, den ich liebe, da und frage mich, ob das Leben noch schöner sein könnte. »Ich liebe dich«, flüstere ich, die Lippen an seinem Hals.

»Also heiratest du mich?«

»Niemals.« Lächelnd schmiege ich den Kopf an seine Brust. »Aber danke für das Angebot.«

Als Tommy lacht, wandert ein Beben von seinem Körper in meinen. Dann jedoch verwandelt sich das Lachen in einen Hustenanfall, sodass ich zurückweiche. »Du solltest wegen dieses Hustens zum Arzt gehen.«

»Da war ich schon«, antwortet er und schnappt nach Luft.

»Hat er dir Hustentabletten verordnet?« Kurz trifft Tommys Blick meinen, aber er wendet ihn rasch wieder ab. Ein seltsames Gefühl macht sich in meiner Magengrube breit.

»Da gibt es etwas, über das wir reden müssen.«

Plötzlich ist jede Zelle meines Körpers in Habachtstellung. »Sollte ich mich besser setzen?«

»Vielleicht sollten wir das beide.«

Er nimmt meine Hände und hält sie fest, während wir uns wieder auf der Schaukel niederlassen. Der Schaukel, wo ich es mir an faulen Sonntagmorgen mit einem Roman gemütlich mache, während Tommy die Zeitung liest. Die Schaukel, wo Tommy und ich manchmal bei einem Glas Wein über unseren Tag sprechen und versuchen, die Probleme dieser Welt zu lösen.

Ich umfasse seine Hand fester. »Du ängstigst mich.«

»Ich habe auch Angst.«

Aber Tommy hat doch nie Angst.

Ich halte die Luft an. Als er das Wort ergreift, bleibt meine Welt stehen.

Die nächste halbe Stunde ist die längste und langsamste meines Lebens. Seine Worte wirbeln mir im Kopf herum und weigern sich hängenzubleiben. *Kleinzelliges Lungenkarzinom. Viertes Stadium. Sieht nicht gut aus.*

»Lex?« Er spricht meinen Namen aus, als sei dieser ein Rettungsanker, und mir wird bewusst, dass ich geschwiegen habe.

»Wie kann das sein? Du bist noch so jung.«

»Und viel zu attraktiv«, versucht er vergeblich, die Stimmung aufzulockern.

»Warum hast du mir nicht erzählt, dass etwas nicht stimmt? Ich dachte, du hättest bloß einen schlimmen Husten.«

»Der Husten war nur eines der Symptome«, erklärt Tommy. »Es gab auch noch andere wie leichte Brustschmerzen und Atemnot. Ich wollte nicht, dass du dir grundlos Sorgen machst.«

Entweder ist er ein besserer Schauspieler als CeCe, oder ich habe auf der Leitung gesessen. Doch er hat nichts gesagt. Das hätte ich gehört. Ich hätte bemerkt, dass etwas im Argen liegt. *Wie lange spielt er mir schon vor, alles sei in Ordnung?*

»Wie lange weißt du es schon?«, erkundige ich mich.

»Sie haben letzte Woche eine CT und eine Biopsie durchgeführt, aber die Ergebnisse habe ich erst am Mittwoch erhalten.«

»Du hattest eine Biopsie? Wie, zum Teufel, hat mir das entgehen können?« Ich spüre, dass ich zu hyperventilieren anfange, und konzentriere mich deshalb darauf, ganz bewusst ein- und auszuatmen.

»Du warst wegen der großen Dox-Präsentation in New York. Ich wusste, wie wichtig das war.«

»Nicht wichtiger als du«, protestiere ich.

Tommy nimmt meine Hand, führt sie sanft an die Lippen und verzeiht mir, was ich nicht gewusst und nicht getan habe.

»Du hast einen klaren Verstand gebraucht, um diesen Obermufti zu beeindrucken. Wenn du geahnt hättest …« Er hält inne und betrachtet mich. Ich wünschte, ich könnte seine Gedanken lesen, wie er es stets bei mir tut.

»Wenn ich es gewusst hätte, wäre ich bei dir gewesen.« Ich ziehe meine Hand zurück, lege sie auf meinen Schoß und nestle an einem losen Faden am Saum meines Hemds herum. »Du hättest das nicht allein durchstehen sollen.«

»Die Prozedur hat nur eine knappe Stunde gedauert. Es ging mir gut. Nun, rückblickend betrachtet nicht so gut.«

Ich schüttle den Kopf. Wenn ich nicht solche Angst hätte, wäre ich stinksauer auf ihn. Ich hätte bei ihm sein, seine Hand halten, warten, nervös sein und versuchen sollen, Zuversicht zu verbreiten. Er hätte es mir sagen müssen.

»Warum hast du es mir nicht erzählt, sobald du das Ergebnis hattest?«

»Ich habe es versucht«, entgegnet Tommy, und mir wird ganz flau. Die E-Mail. Seine Bitte um ein Gespräch. »Doch offen gestanden, habe ich mich nicht sehr ins Zeug gelegt.« In seiner Stimme schwingt ein Kratzen mit, das mir bis jetzt nicht aufgefallen ist. Es hätte mir aber auffallen müssen. »Ich glaube, ich musste zuerst selbst damit klarkommen. Ich wusste, dass du Fragen stellen würdest, und ich wollte sie dir beantworten können.«

Ich brauche mehr als Antworten. Ich brauche die Bestätigung, dass er wieder gesund wird. Er muss einfach gesund werden.

»Ich möchte mit deinem Arzt reden.«

»Am Montag habe ich einen Termin für eine Zweitmeinung. Doch dieser Arzt wird das Gleiche sagen wie der erste.«

»Und was genau hat er gesagt?« Er soll es wiederholen.

»Es ist Lungenkrebs, kleinzellig. Stadium 4B.«

»Wie viele Buchstaben gibt es?« Das mit den Nummern wusste ich, das mit den Buchstaben allerdings nicht.

»Nur zwei.«

A und B. Verzweiflung ergreift mich.

»Das heißt, dass der Krebs außerhalb meiner Brust gestreut hat«, erläutert Tommy mit seiner Psychologenstimme.

»Gestreut? Wo? Wie weit?«

»So ziemlich überall hin. Lymphknoten. Leber. Sie haben sogar ein paar Stellen in meinen Knochen entdeckt.«

Plötzlich steht mir unser Gespräch von letztens am Abend vor Augen. »Dein Patient. Du erzählst mir sonst nie von deinen Patienten.«

Er dreht das Gesicht weg und senkt den Kopf.

»Aber du hast gesagt …« Ich beende den Satz nicht.

Tommy betrachtet mich mit einem blauen und einem braunen Auge, die direkt durch mich hindurchblicken. Sie wirken trauriger, als ich es je bei ihm erlebt habe.

»Wir werden dagegen ankämpfen.« Meine Stimme zittert, sodass ich bestimmt verunsichert klinge, weshalb ich es wiederhole. »Wir werden dagegen ankämpfen.«

Er drückt meine Hand.

»Sag es.« Ich muss hören, wie er die Worte ausspricht.

»Lex.«

»Sag, dass wir dagegen ankämpfen werden.«

»Es ist zu spät«, erwidert Tommy. »Auch wenn der Arzt sich nicht so ausdrücken wird, wird er uns mitteilen, dass eine Behandlung kein Zuckerschlecken würde. Ich werde die Haare verlieren.« Ich beäuge ihn zweifelnd. Jetzt ist nicht der richtige Zeitpunkt für Scherze.

»Wir werden dagegen ankämpfen«, beharre ich wieder, diesmal mit mehr Überzeugung.

Tommys Miene verdüstert sich. »Deshalb habe ich es dir nicht schon früher erzählt. Ich habe mich entschieden. Mir war klar, dass du versuchen würdest, mich umzustimmen. Aber eine Behandlung wäre nicht nur für mich belastend, sondern für uns alle. Und wahrscheinlich würde sie nichts nützen.«

»Doch es besteht die Möglichkeit, dass sie etwas nützt.«

»Das wird sie nicht. Außerdem werde ich dir und CeCe nicht das aufbürden, was ich mit meiner Mom durchgemacht habe. Die falschen Hoffnungen, die Schmerzen, das Leid.« Er ist so aufgewühlt, dass seine Stimme stockt. »Das tue ich euch nicht an.«

»Was soll ich dazu sagen?«

»Ich weiß nicht.« Tommy flüstert beinahe. Er dreht mich um und bedenkt mich mit einem flehenden Blick. »Dass du bei mir bleibst und nicht fortgehst?«

Man kann seine Verzweiflung mit Händen greifen. Plötzlich schlägt mir das Herz bis zum Halse. Wie konnte er auch nur für eine Sekunde glauben, dass ich ihn verlassen würde?

Ich wende mich zu ihm um und lasse die Beine zu beiden Seiten baumeln, ganz vorsichtig, um nicht zu viel Gewicht auf ihn zu verlagern. »Natürlich gehe ich nicht fort«, teile ich ihm mit. »Ich liebe dich.«

Ich küsse erst links, dann rechts seinen Hals und danach seine Wangen, über die inzwischen lautlose Tränen rinnen. Hungrig küsse ich seinen Mund, als ob ich die Lage dadurch verbessern könnte. Er erwidert zwar meinen Kuss, doch es fühlt sich an wie eine Entschuldigung. Deshalb mache ich mich los.

»Wenn du mich liebst, wirst du dagegen ankämpfen, um bei mir zu bleiben«, flehe ich.

»So einfach ist das nicht.«

»Selbstverständlich ist es das. Wenn du mich liebst, wenn du deine Tochter und unser Leben liebst, wirst du darum kämpfen, es weiterführen zu können. Du bist nicht deine Mutter. Seit sie krank war, hat es in der Medizin große Fortschritte gegeben.«

»Pssst.« Er legt mir den Finger auf die Lippen. Ich habe gar nicht bemerkt, dass ich die Stimme erhoben habe. »Ich bin noch nicht so weit, es CeCe erzählen zu können. Außerdem müssen wir heute Abend nicht alle Probleme lösen.«

»Jaja, schon gut, verdammt.« Ich rutsche von seinem Schoß und lehne mich ans Geländer der Veranda. Dann schaue ich hinüber zu den Shulmans auf der gegenüberliegenden Straßenseite. Da Licht brennt und die Vorhänge offen sind, kann ich sehen, dass Jenna und Corey im Wohnzimmer mit ihren Söhnen Micah und Brett ein Spiel spielen. Noch nie im Leben hätte ich so gerne mit anderen Menschen das Leben getauscht.

Mir geben die Beine nach, aber Tommy ist da, um mich festzuhalten. Die Hände um meine Taille gelegt, stützt er mich. Seine Berührung, die mich normalerweise beruhigt, hat heute Abend die gegenteilige Wirkung. Wortlos nehmen wir wieder auf der Schaukel Platz.

»Lass uns zu Bett gehen«, schlägt er schließlich vor. »Wir können morgen weiterreden.«

»Du hast das nicht allein zu bestimmen«, entgegne ich in schärferem Ton als beabsichtigt. »Außerdem predigst du immer, dass man nicht zornig zu Bett gehen soll.«

»Bitte sei nicht wütend auf mich.«

»Bitte gib mich nicht auf. Dich nicht. Uns nicht.«

Er seufzt. »Du verstehst nicht.«

»Dann erklär es mir.« Ich packe seine Hände, als könne er es mir durch Übertragung klarmachen. »In welcher Welt hättest du nicht gerne so viel Zeit mit uns wie möglich?«

»Selbst wenn ich dagegen ankämpfe, gibt mir der Arzt höchstens sechs Monate.«

»Und wenn du nichts unternimmst?«

»Zwei oder drei.«

Ich schnappe nach Luft, halte den Atem an und befürchte, mich gleich übergeben zu müssen. Bei keinem der beiden Szenarien bleibt uns genug Zeit.

Tommy dreht mein Gesicht zu sich um, sodass ich ihm in die Augen schaue. »Wenn ich durch Chemo oder Bestrahlung noch einige Jahre mit dir und CeCe hätte, würde ich es, ohne zu zögern, tun. Aber wir reden so oder so nur von Monaten. Und ich möchte, dass sie schön werden.«

Zwanzig Minuten später sind meine Tränen getrocknet und haben salzige Spuren auf meinen Wangen hinterlassen. Allerdings verstehe ich noch immer nicht ganz. Tommy starrt schweigend geradeaus. Ich will mich nicht streiten. Ich will nur, dass er kämpft.

»Ich weiß nicht, wie ich es dir begreiflich machen soll. Es geht um Qualität gegen Quantität«, meint er, wieder im Psychologenton. »Ich hätte lieber einige wenige gute Tage als viele elende, an denen ich mich zu krank fühle, um sie richtig zu nutzen.«

»Aber was, wenn …«

»Es gibt kein ›aber was‹.«

»Du bist nicht allwissend, Tommy Whistler.« Mir ist klar, dass meine Stimme wieder laut wird, aber ich bin machtlos dagegen. »Ärzte irren sich ständig. Vielleicht liegen sie falsch.«

Ich lehne mich zurück und versuche durchzuatmen. Es ist, als habe mir jemand sämtlichen Sauerstoff entzogen, sodass ich keine Luft mehr kriege. Ich schaffe das nicht. Tommy legt den Arm um mich und reibt mir mit kreisförmigen Bewegungen den Rücken. Die sich ständig wiederholende Bewegung und das Gewicht seiner Hand beruhigen mich wider Willen.

»Ich lass nicht locker«, warne ich ihn. »Ich werde versuchen, dich zu überzeugen.«

»Ich weiß.« Er zieht mich enger an sich, damit ich den Kopf an seine Schulter lehnen kann. Die Erkenntnis, wie erdrückend unfair das alles ist, senkt sich über mich wie ein Nebel.

»Wie ist das passiert? Du siehst so gesund aus.«

»Danke.« Ein Lächeln schwingt in Tommys Tonfall mit, doch ich lasse mich von seinem Charme nicht ablenken. Ich muss die dahintersteckende Logik finden, aber da ist keine. Es ergibt einfach keinen Sinn.

»Du rauchst ja nicht einmal.«

»Zwanzig Prozent aller Patienten mit Lungenkrebs haben nie geraucht.«

Ich richte mich auf, damit ich ihm in die Augen schauen kann. »Bitte verschon mich mit deinen Statistiken.«

»Auch mit der, der zufolge die Sexquote in der fraglichen Nacht, in der man seinem Ehepartner eröffnet, dass man nur noch knapp sechs Monate zu leben hat, bei hundert Prozent liegt?«

»Mach keine Witze. Das ist nicht komisch.«

»Es ist mein Krebs. Ich kann Witze darüber reißen, so viel ich will«, scherzt er. »War das nicht ein Lied von Patsy Duke?«

»Lesley Gore«, verbessere ich ihn. »›*It's my party and I'll cry if I want to.*‹«

»Bitte wein nicht mehr«, antwortet Tommy. »Ich will dein Gesicht nicht rot und voller Flecken in Erinnerung behalten.«

Als ich ihm einen Rippenstoß versetze, krümmt er sich und gibt ein schauerliches Geräusch von sich. Ich springe auf, sodass die Schaukel durch den Schwung ins Schwanken gerät. Da ich Angst habe, ihm versehentlich wehzutun, halte ich sie fest. »Entschuldige. Alles in Ordnung?«

Tommys Schultern beginnen zu beben, und mir sackt der Magen in die Knie. Als mir klar wird, dass er lacht, weiche ich zurück und verschränke die Arme. »Ich bin stinksauer auf dich.«

Er betrachtet mich. Beim Anblick seines Lächelns und dieser Grübchen spüre ich wieder, dass ich ihn über alles liebe. Ich zucke zusammen, als sich sein Gelächter in einen neuen Hustenanfall verwandelt.

»Was kann ich tun?«, frage ich flehend.

»Du kannst mir verzeihen«, erwidert er mit gepresster Stimme.

»Da gibt es nichts zu verzeihen.« Ich greife nach seiner Hand, und wir kehren zurück ins Haus, wo Tommy wie an einem ganz gewöhnlichen Abend die Lichter auf der Veranda löscht und die Tür abschließt. Doch diese Nacht wird für immer zwischen dem Vorher und dem Nachher stehen.

Wenn der morgige Tag anbricht, werde ich einen Weg finden, ihn davon zu überzeugen, dass wir dagegen ankämpfen müssen. Aber heute Nacht möchte ich nur die Augen schließen, in ihm versinken und alles bis auf uns beide vergessen. Ich will ihn so nah wie möglich an mich ziehen, bis er ein Teil von mir wird. Mein bester Teil.

Als mir ein Schluchzen in der Kehle aufsteigt, bringt er mich mit einem Kuss zum Verstummen. Diesmal ist dieser Kuss nicht entschuldigend, sondern drängend, als wolle Tommy bereits ein Leben voller Küsse wettmachen, die er nicht mehr verteilen oder empfangen kann. Ich schmecke salzige Tränen. Ich bin nur nicht sicher, ob es seine oder meine sind.

6

Alexis

In den zwei Tagen, die ich weg war, hat sich im Büro zwar nichts verändert, aber es fühlt sich trotzdem so an. Ständig wandert mein Blick zu dem Stapel aus Tommys Liebesbriefen auf der Ecke meines Schreibtischs. Ich möchte sie wieder und wieder lesen und mir jedes Wort einprägen.

Ich hätte mich noch einen Tag krankmelden sollen, aber Tommy schien unter allen Umständen zur Normalität zurückkehren zu wollen. Und dass ich zu Hause bin und jede seiner Bewegungen beobachte, ist so weit von der Normalität entfernt, wie es uns nur möglich ist. Allerdings bringt es mich um, von ihm getrennt zu sein, denn jede Minute, die wir nicht zusammen sind, ist eine gemeinsame Minute weniger für uns.

»Woran denkst du Schatzihasi?«, benutzt Becky einen der Spitznamen, die sie für mich auf Lager hat.

»Verzeihung, wie bitte?«, frage ich.

Becky betrachtet mich gleichzeitig entnervt und besorgt. Ich hätte mir denken können, dass es zwecklos ist, so tun zu wollen, als sei alles in Ordnung, obwohl das eindeutig nicht stimmt. »Du kommst jetzt mit«, verkündet sie in dem

Tonfall, der eigentlich für die bedauernswerten Typen von Tinder reserviert ist, die sie so gern in die Wüste schickt.

Da ich keine andere Wahl habe, folge ich ihr aus unserem gemeinsamen Büro hinaus ins Großraumbüro, wo unsere Mitarbeiter versuchen, nicht hinzustarren. Ich komme mir vor wie eine Schülerin, die, einen Flur entlang, ins Büro des Direktors eskortiert wird. Zumindest gibt es dort, wo sie mich hinschleppt, Alkohol.

Moe, unser Lieblingsbarkeeper im RíRá, dem Irish Pub gegenüber von unserem Büro, winkt uns zur Begrüßung zu, als wir hereinkommen. »Ein frühes Mittagessen?«

»Wir wollen nichts essen«, erwidert Becky. »Nur was trinken.«

Moe nickt lächelnd und verabschiedet sich aus unserer üblichen Plauderrunde.

»Und jetzt mach den Mund auf«, befiehlt Becky, als wir an unserem Stammtisch im Hinterzimmer sitzen.

»Was?«, sage ich, wohl wissend, dass die Unschuldstour bei ihr nicht verfangen wird.

»Bei dir ist ganz offensichtlich etwas im Busch. Liegt es an deinen Eltern? Dass es zwischen dir und Tommy kriselt, ist unmöglich. Der Mann ist verrückt nach dir, all die Liebesbriefe ...«

Ich fördere den Brief, den ich heute Morgen hinter der Sonnenblende meines Autos entdeckt habe, aus meiner Tasche zutage, entfalte ihn und reiche ihn Becky.

»*Ich liebe dich heute mehr als gestern, und morgen werde ich dich mehr lieben als heute*«, liest Becky laut vor. »Wo hat er bloß diese Sachen her?«

»Von Google.« Ich schmunzle unwillkürlich.

»Soll das ein Scherz sein?«

»Es hat als Scherz angefangen. Er fand es zu schwierig, mit einer Werbetexterin zu konkurrieren. Also hat er begonnen, Liebesbriefe, Zitate und Liedtexte zu googeln.«

»All die Jahre hast du mich in dem Glauben gelassen, er sei ein heimlicher Dichter.«

Adina, eine unserer üblichen Kellnerinnen, erscheint mit zwei Bieren. Guinness für Becky und Allagash White für mich. »Geht aufs Haus«, verkündet sie. »Moe lädt euch ein.«

Becky bedankt sich bei ihr und hebt dann ihr Glas. Wir stoßen an, doch ich stelle mein Glas ab, ohne zu trinken.

»Mist, du bist doch nicht etwa schwanger, oder?«

»Was? Nein, das ist es nicht.« Ich nehme einen großen Schluck, um ihr zu beweisen, dass ich nicht lüge.

»Und CeCe ist auch nicht schwanger?«

»Ach, herrje, nein.«

»Warum bist du dann so niedergeschlagen, Liebes?«, fragt Becky. Sie greift über den Tisch und legt die Hand auf meine. »Ich kann dir nicht helfen, wenn ich nicht weiß, was los ist.«

»Du kannst mir nicht helfen«, entgegne ich. »Das kann niemand.«

»Darf ich es versuchen?«

Ich ziehe meine Hand unter ihrer weg und trinke einen kräftigen Schluck Bier. Da es gut rutscht, trinke ich noch einen. »Tommy ist krank.« Kurz schaue ich sie an, bevor ich wieder auf mein Glas blicke. »Sehr krank.«

»Aber er wird doch wieder gesund?«

Als ich noch einen Schluck trinken will, zittert meine Hand so heftig, dass mir das Bier das Kinn hinunterrinnt. Plötzlich steht Becky auf meiner Seite des Tisches und schließt mich in die Arme. Sosehr ich mich auch davon trösten und mir von ihr bestätigen lassen will, dass alles gut wird, würde es nicht stimmen, und das wird auch nie mehr so sein. Ich werde steif wie eine Statue und verwandle mich in ihrer verlegenen Umarmung in Stein.

»Möchtet ihr noch eins?«, fragt Adina, die gerade um die Ecke biegt. Sie verschwindet, ohne die Antwort abzuwarten.

»Also, was hat er?«, erkundigt sich Becky, die Arme noch immer um mich gelegt.

»Lungenkrebs.« Sie weicht zurück und mustert mein Gesicht. »Es sieht übel aus. Wir haben eine Zweitmeinung eingeholt, die es bestätigt.«

Am Montagmorgen haben wir fast zwei Stunden in einem Wartezimmer verbracht, damit der Onkologe uns knapp zehn Minuten widmete. Ich erschauderte, sobald wir sein Büro betraten, und zwar nicht nur deshalb, weil die Klimaanlage auf Hochtouren lief. Die kahlen weißen Wände und die harten Vinylstühle hatten etwas an sich, das in mir Hoffnungslosigkeit auslöste. Ich saß da und wagte nicht, mich zu rühren, als der Arzt mit Tommys dünner Krankenakte hereinkam und unseren Blicken auswich. So, als sei unsere Trauer ansteckend.

»Verdammt. Macht er eine Chemo?«

Ich schüttle den Kopf.

»Bestrahlung?«

Als ich nicht antworte, fragt Becky: »Was dann? Etwas Experimentelles?«

Wieder schüttle ich den Kopf und erinnere mich, wie zornig Tommy auf dem Heimweg wurde, als ich eine klinische Testreihe erwähnte, die ich online gefunden habe. Er unterbrach mich, bevor ich die Worte ausgesprochen hatte, und ich drehte durch und brüllte ihn an, weil er so rasch aufgab, es mir nicht früher erzählt hatte und mich zwang, auch nur eine Minute länger als nötig in einer Welt ohne ihn zu leben. Ich schrie, bis ich heiser war, doch Tommy fuhr einfach weiter, sah geradeaus und bog schließlich in unsere Auffahrt ein.

Dort stellte er den Motor ab und betrachtete mich mit so traurigen Augen, wie ich es noch nie bei ihm erlebt hatte. Er wirkte derart gekränkt und einsam, dass ich alles zurücknehmen wollte, obwohl jedes Wort mein voller Ernst war.

»Baby?«, holt Becky mich in die Gegenwart zurück.

»Er will nicht dagegen ankämpfen.«

»Was soll das heißen, er will nicht dagegen ankämpfen?«

Als ich aufschaue, bemerke ich, dass Tränen in ihren Augen schimmern. »Er sagt, er ziehe Lebensqualität der Quantität vor. Sie haben ihm einige Rezepte für schmerzlindernde Medikamente gegeben, damit er sich besser fühlt, allerdings nichts, was ihn heilen wird.«

»Er will es nicht einmal versuchen?« Beckys Stimme zittert, und wieder spüre ich einen schweren Stein in der Magengrube. Ich hole tief Luft, und als das nichts nützt, trinke ich noch einen Schluck.

»Was wirst du tun?«, erkundigt sich Becky.

»Alles, damit er seine Meinung ändert«, erwidere ich.

»Wie?«

Ich zucke die Achseln. So weit ist mein Plan noch nicht gediehen. Doch ich habe mir überlegt, dass ich immerhin meinen Lebensunterhalt damit verdiene, fremde Menschen zu überzeugen und ihr Verhalten zu beeinflussen. Deshalb sollte ich in der Lage sein, dem Menschen, der mir auf der Welt am meisten bedeutet, klarzumachen, dass das Leben lebenswert ist. Beim Gedanken an ein Leben ohne ihn erschaudere ich. So weit werde ich es nicht kommen lassen. Ich kann nicht.

Becky leert ihr Bier und bestellt mit einem Handzeichen eine neue Runde. »Ich hatte mal etwas mit einem Onkologen. Falls er meinen Anruf annimmt, könnte ich ihn um Hilfe bitten.«

Ich lache zum ersten Mal seit Freitagabend, aber ich lehne nicht ab. Es ist schön, etwas anderes zu empfinden als Trauer und Zorn. »Wenn es einer deiner nach rechts Gewischten schafft, Tommy zu retten, heirate ich den Typen für dich!«

»Ich bin ziemlich sicher, dass er schon verheiratet war«, gibt Becky zu. Ich schüttle den Kopf und will keine weiteren Einzelheiten hören. »Und wenn du jemanden heiratest, dann Tommy.«

»Du klingst genau wie er.«

Becky lächelt. »Bei einem Mann, der seit so vielen Jahren versucht, dich zum Altar zu schleppen, wundert es mich, dass er so schnell aufgibt.«

»Das geht uns beiden so.« Als Adina unsere zweite Runde serviert, proste ich Becky mit meinem vollen Glas zu, bevor ich einen Schluck nehme. »Das Absurde daran ist, dass man die Schuld bei unseren Müttern suchen muss. Bei seiner, weil sie ihm den Kämpfergeist ausgetrieben, und bei meiner, weil sie mir die Lust auf eine Ehe gründlich kaputtgemacht hat.«

»Vielleicht kannst du das ja zu deinem Vorteil nutzen«, meint Becky. An ihrem Tonfall erkenne ich, dass sie mir gleich etwas mitteilen wird, das sie für eine geniale Idee hält. »Versprich, ihn zu heiraten, aber nur, wenn er sich behandeln lässt.«

»Hab ich versucht.«

Becky sackt auf ihrem Stuhl zusammen. »Was will er sonst machen? Zu Hause rumsitzen und auf den Tod warten?«

Das Wort Tod verschlägt mir den Atem, doch ich erhole mich mithilfe eines weiteren Schlucks. »Nicht unbedingt.«

Als Tommy mir erklärt hat, wie er die wenige ihm verbleibende Zeit verbringen will, ist mir das Herz in die Kniekehlen gerutscht, und mir fiel die Kinnlade herunter. Einerseits ergab es Sinn. Destin ist sein Zuhause. Er hat die weißen Sandstrände und das smaragdgrüne Wasser nur meinetwegen verlassen. Andererseits ist es sicher kein Zufall, dass Monica auch dort sein wird. Die beiden hatten, glaube ich, keinen Kontakt, aber schließlich überwache ich seine SMS und E-Mails nicht, wie wir es bei CeCe tun.

Ich betrachte Beckys Gesicht. Sie wartet auf eine Antwort. »Er möchte, dass wir alle den Sommer über nach Destin fahren«, sage ich ihr. »Bis …« Ich kann den Satz nicht beenden.

Sie nickt und zwirbelt eine rosafarbene Haarsträhne um ihren Finger, eine typische Geste, wenn sie nachdenkt. Vermutlich macht sie sich Sorgen, wie sie allein die viele Arbeit schaffen soll. Diesen Grund habe ich Tommy genannt, als ich ihm erklärt habe, wieso es unmöglich ist.

»Keine Angst«, teile ich ihr mit. »Wir fahren nicht.«

»Warum nicht?«

»Was meinst du mit ›Warum nicht‹? Erstens hast du offenbar vergessen, dass wir beide Inhaberinnen einer Werbeagentur sind, die vielleicht ihren wichtigsten Kunden verliert, falls der neue Marketingleiter sich durchsetzt.«

»Solange es WLAN gibt, kannst du arbeiten, wo du willst«, wendet Becky ein. »Und wenn etwas Bedeutsames geschieht, kannst du immer für einen oder zwei Tage herkommen.«

Ich schüttle den Kopf, obwohl sie nicht falschliegt. Ich habe das schon früher gemacht.

Als CeCe in der Grundschule war, haben sie und Tommy den Großteil des Sommers in Destin verbracht. Ich habe sie sooft ich konnte an langen Wochenenden besucht. Im Jahr, als sie acht wurde, hatte ich einen zweiwöchigen Aufenthalt geplant, die längste Zeit, die ich mir je freigenommen hatte. Natürlich musste ich für einige Tage wegen eines wichtigen Meetings mit einem Kunden zurückkommen.

Ich erinnere mich nicht einmal, worum es dabei ging, nur daran, wie ich es vor mir selbst begründet habe: Ich musste meinem Chef beweisen, dass ich den Job genauso ernst nahm wie die männlichen Kollegen. Und natürlich dachte ich stets an den Rat, den mein Vater mir mit auf den Weg gab, als ich meine erste richtige Stelle mit bezahltem Urlaub antrat. Er sagte, ich dürfe nie so lange wegbleiben, dass jemand das Gefühl bekäme, mich gar nicht zu brauchen. Er war Geschäftsmann vom Scheitel bis zur Sohle und hat mich dazu erzogen, wie eine Karrierefrau zu denken. Nicht wie eine, die sich bemüht, Beruf und Familie unter einen Hut zu bringen.

»Ich weiß, dass das ginge, aber ich möchte nicht.«

Stirnrunzelnd versucht Becky, die Bruchstücke zusammenzusetzen, von denen ich weiß, dass sie nicht zusammenpassen. Aber ich kann ihr nicht die Wahrheit sagen, nämlich dass ich die Vorstellung, zufällig Monica zu begegnen, nicht ertrage. Oder, noch schlimmer, die Vorstellung, dass Tommy ihr zufällig begegnen könnte. Oder, Gott behüte, CeCe.

»Nach Destin zu fahren ist einfach unrealistisch«, ringe ich um eine Erklärung. »Seine Ärzte sind alle hier, und wir haben CeCes Theaterworkshop bereits bezahlt. Sie freut sich schon das ganze Jahr darauf.«

Becky seufzt und nickt zustimmend. »Wie verkraftet die Kleine die Sache?«

»Sie ahnt noch nichts.«

Becky hustet und erstickt fast mitten im Schluck.

»Ich bin ziemlich sicher, sie weiß, dass etwas im Argen liegt, aber nicht, was es ist.«

»Wann wirst du es ihr sagen?«

Ich zucke die Achseln. »Darüber will ich jetzt nicht nachdenken.«

»Endlich etwas, wobei ich dir helfen kann.«

Nun ziehe ich die Augenbraue hoch.

»Die beste Methode, nicht an etwas zu denken, ist, stattdessen einen zu trinken. Adina!«, ruft sie. »Noch eine Runde, *por favor*!«

7

CeCe

Als ich die Haustür öffne, steht Mom auf der anderen Seite und versucht, mit dem Schlüssel das Schlüsselloch zu treffen. Sie blickt auf. In einem der schlabberigen Hemden, die sie sonst nur zu Hause trägt, sieht sie zum Fürchten aus. Ihre Augen wirken traurig, obwohl sie lacht.

»Was hast du?«, frage ich. Ich hörte von der Küche aus, wo ich gerade versucht habe, meinen Text zu lernen, wie sie sich lautstark an der Tür zu schaffen machte. Die ganze Woche benimmt sie sich schon komisch. Aber wenn im Büro etwas offensichtlich schiefläuft, heißt das noch lange nicht, dass wir zu Hause verpflichtet sind, darunter zu leiden.

»Du hast mir das Leben gerettet«, lallt Mom, torkelt herein und schlingt die Arme um mich. Ihr Gewicht lastet schwer auf meinen Schultern, und sie stinkt nach Bier.

»Bist du betrunken?« Als ich sie wegschiebe, stolpert sie kichernd rückwärts und muss sich an der Wand festhalten.

»Vielleicht ein bisschen«, flüstert sie so laut, als habe sie gerade erst bemerkt, dass wir vor Dads geschlossener Bürotür stehen.

»Du bist ja total blau.«

Sie zuckt die Achseln und taumelt an mir vorbei in Richtung Küche. Ich folge ihr in wenigen Schritten Abstand, weil ich befürchte, dass sie stürzen könnte. In diesem Fall müsste ich zum ersten Mal gegen eine Regel verstoßen und Dad stören, während er online einen Patienten berät. Doch das wäre dann ihre Schuld. Sie ist nicht gerade zierlich, und ich bezweifle, dass ich ihr allein aufhelfen könnte.

»Vorsicht«, warne ich, als sie auf ihren Stuhl am Küchentisch fällt.

Welche Mutter kommt sturzbesoffen nach Hause, wenn es draußen noch nicht mal dunkel ist? Ich werfe einen Blick auf die Uhr an der Mikrowelle: 16:35. Gott sei Dank, dass Dads Sitzung gleich zu Ende ist. Schließlich ist er für sie verantwortlich, nicht ich.

»Ich schaffe das, ich kriege es allein hin.« Moms Sprache ist verwaschen, sodass ich nicht alles verstehe. »Wir zwei kriegen es hin.«

»Wovon redest du?«, frage ich. Dabei klinge ich eher wie ein Elternteil als wie ein Kind, was total daneben ist.

Sie stützt den Kopf in die Hände und hickst. »Wasser.«

Ich hole ein Glas aus dem Schrank, fülle es mit kaltem filtriertem Wasser aus dem Kühlschrank und stelle es vor sie hin. Sie stößt wieder auf. »Danke«, sagt sie, bevor sie einen Schluck trinkt. »Du liebst mich doch, oder?«

»Nicht, wenn du so drauf bist.«

Mom schließt die Augen und nickt. Einen Moment fühle ich mich beinahe schuldig, weil ich sie vielleicht gekränkt habe. Aber eine Mutter sollte sich nicht so aufführen.

»Bist du etwa in diesem Zustand Auto gefahren?«, schlüpfe ich vollends in die Elternrolle.

»Uber«, antwortet sie und hickst erneut.

Wenigstens hat sie ein bisschen Vernunft gezeigt.

Da ihr Glas fast leer ist, fülle ich es noch einmal. Als ich mich umdrehe, fallen ihr die Augen zu, so als würde sie gleich einschlafen, und das am Küchentisch, wo wir zu Abend essen, wo ich meine Hausaufgaben mache und wo ich eigentlich den Text für ein Stück lernen müsste, das ihr offenbar egal ist.

»Du solltest dich ins Bett legen«, teile ich ihr mit.

Sie murmelt zustimmend. Also packe ich sie am Arm, um sie hochzuziehen. Sie sträubt sich, aber ich bin jünger und stärker und außerdem nüchtern.

Ich trete zurück, stemme die Füße in den Boden und zerre heftig an ihrem Arm. Endlich steht sie auf und legt mir den Arm um die Schulter. Wir zwei gehen langsam und gleichmäßig, als wären wir in einem Dreibeinrennen aneinandergebunden. Gerade biegen wir im Wohnzimmer um die Ecke, als Dads Bürotür aufgerissen wird.

»Was, um alles in der Welt …«

»Hallo, Baby.« Mom hebt den Kopf, aber er wackelt, als könne ihr Hals ihn nicht richtig stützen. »Alles in Ordnung.«

»Ich übernehme«, sagt Dad und tut es in dem Moment, als Mom einen ekligen, prolligen Rülpser ausstößt.

»Fies.« Ich weiche zurück und wische mir ihre Bazillen von der Schulter.

Dad hievt sie hoch und hält sie wie ein Baby in den Armen. Ein großes, betrunkenes Baby. Es sieht aus, als bereite es ihm viel Mühe, sie die Treppe hinaufzutragen. Deshalb bleibe ich unten stehen, für den Fall, dass er Hilfe braucht.

»Verlass mich nicht«, höre ich Mom noch flehen, bevor er in ihr Zimmer geht. Obwohl sich die Tür schließt, kriege ich mit, dass sie weint.

Ich habe ein seltsames Gefühl in der Magengegend, und eine Sekunde lang befürchte ich, dass etwas wirklich Schlimmes passiert ist. Mom benimmt sich sonst nie so. Ich versuche, mich an ihr unzusammenhängendes Gelalle zu erinnern. Und plötzlich fällt es mir wie Schuppen von den Augen.

Lächelnd kehre ich in die Küche zurück. Vielleicht werden Wünsche ja tatsächlich wahr, denn ich habe es laut und deutlich gehört. »Verlass mich nicht«, hat sie gebettelt. Eine andere Erklärung gibt es nicht. Mom und Dad lassen sich scheiden. Oder trennen sich, denn sie sind ja nicht offiziell verheiratet.

Nun muss ich mir nur noch überlegen, wie ich weiter vorgehe. Wenn ich Dad sage, dass ich es weiß, gelingt es mir möglicherweise, ihn zu überrumpeln. Was gut wäre. Er könnte aber auch sauer werden, und dann hätte ich meinen Vorteil verschenkt.

Als Sofias Eltern ihr eröffnet haben, dass sie sich scheiden lassen, hat sie einen richtigen Zusammenbruch hingelegt. Sie hat sich in ihrem Zimmer verbunkert, bis ihr Dad ihr versprochen hat, seine Kreditkarte bei Uber zu registrieren, damit sie so oft zwischen ihren Eltern hin- und herfahren kann, wie sie will.

Lauren hat ihrer Mom eine gemeinsame Reise nach Paris abgeluchst. Ich weiß nicht genau, wie sie das geschafft hat, etwas nach dem Motto, sie habe Angst, dass sie sich voneinander entfernen könnten, wenn sie nicht ständig unter einem Dach wohnen würden.

Wenn ich es mir genau überlege, wäre es sogar besser als eine Reise nach Paris, nicht unter einem Dach mit meiner Mom wohnen zu müssen. Ich könnte dem Richter erklären, dass Mom heute betrunken nach Hause gekommen ist. Die Gerichte würden einer Frau, die sich so etwas leistet, niemals ein unschuldiges Kind anvertrauen.

Als ich Dads Husten näher kommen höre, schiebe ich mein Manuskript weg und hole ihm ein Glas Wasser. Kein Zeitpunkt wäre geeigneter als die Gegenwart, um ihm zu zeigen, dass wir zu zweit gut klarkommen werden. Ich könnte mich um ihn kümmern; vermutlich besser als Mom. Bei ihr dreht sich alles um ihre dämliche Agentur, so als bedeuteten ihre Mitarbeiter ihr mehr als wir. Wenn Dad und ich erst einmal ausgezogen sind, wird sie genug Zeit für diese Leute haben.

Bei genauerer Überlegung sollte eigentlich Mom diejenige sein, die auszieht. Sie kann sich eine Wohnung suchen, während Dad und ich im Haus bleiben. Das ist sinnvoller, da er hier sein Büro hat, und das Gleiche gilt auch für meinen ganzen Kram.

»Hoppla, Vorsicht.« Dad greift mir über die Schulter, um den Wasserhahn abzudrehen. Das Wasser ergießt sich in einer Kaskade aus dem Glas wie der Brunnen im Piedmont Park.

»Entschuldige, ich war nicht bei der Sache.«

»Verständlich«, antwortet er und hustet wieder. Als ich

ihm das Glas reiche, lächelt er mir traurig zu, bevor er einen Schluck trinkt. »Sicher hat es dir Angst gemacht, deine Mutter so zu erleben.«

»Egal.« Ich tue es mit einem Achselzucken ab. Zu spät fällt mir ein, dass ich es ordentlich aufblasen muss, damit ich nicht lüge, wenn ich dem Scheidungsrichter davon erzähle.

»Deine Mom hat eine Menge um die Ohren«, sucht er wie immer Rechtfertigungen für sie. Manchmal frage ich mich, was er an ihr findet. Zumindest ist er endlich zur Vernunft gekommen. Ohne sie sind wir besser dran.

Ich klettere auf die Arbeitsfläche und beobachte, wie er sich bemüht, sich normal zu verhalten und so zu tun, als läge nichts im Argen. Obwohl ich beschlossen habe, ihm nicht die Show zu stehlen und abzuwarten, bis er die Bombe platzen lässt, kann ich es nicht mehr erwarten. Da Mom oben ihren Rausch ausschläft, ist die Gelegenheit vielleicht günstig, zuzuschlagen und die Sache mit dem Sorgerecht in meinem Sinne zu regeln.

»Ich weiß Bescheid«, teile ich ihm mit.

»Was weißt du?«, erwidert Dad und zieht eine Augenbraue hoch.

»Ich weiß, was los ist.«

Dad tritt einen Schritt zurück und setzt sich an den Küchentisch. Er wirkt müde und traurig. »Ach, Kleines«, meint er. »Eigentlich wollte ich es dir selbst sagen.«

»Schon gut«, entgegne ich angestrengt fröhlich. »Ich habe dir doch schon erklärt, dass die meisten Eltern meiner Freundinnen geschieden sind. Solange du das alleinige Sorgerecht kriegst, ist alles in Ordnung.«

»Alleiniges Sorgerecht?«

»Oder wie man das nennt. Mom kann ausziehen, und du und ich bleiben hier.« Dad holt tief Luft, was dazu führt, dass er wieder zu husten anfängt. Ich hüpfe von der Arbeitsfläche und bringe ihm sein Wasserglas, das er stehen gelassen hat. »Du hast selbst gesagt, dass ich für mein Alter erwachsen bin. Ich kann mich um dich kümmern.«

»Oh, Cecelia«, antwortet er.

»Jaja, ich breche dir das Herz.«

»Setz dich zu mir.« Er nimmt meine Hand und zieht mich an sich, bis ich auf seinem Schoß sitze wie damals, als ich klein war. »Deine Mom und ich lassen uns nicht scheiden.«

»Mir ist klar, dass ihr nicht offiziell verheiratet seid.«

»Das ist es nicht.«

Ich habe ein komisches Gefühl im Magen, so wie in der Sekunde, bevor ich auf die Bühne muss. Ich sehe auf und drehe mich um, damit ich ihm ins Gesicht schauen kann. »Aber ich habe sie doch gehört. Mom hat ›Verlass mich nicht‹ gesagt.«

»Hat sie«, räumt Dad mit unheimlicher und angsteinflößend ruhiger Stimme ein.

»Wo gehst du hin?« Ich rücke meinen Stuhl zurecht und setze mich, sodass unsere Knie sich fast berühren. »Daddy?«

Er greift nach meinen Händen. Sie zittern – ebenso wie sein rechtes Bein. »Ich bin krank, mein kleines Mädchen.« Er hustet erneut, wie um seine Worte zu untermauern.

»Aber du wirst wieder gesund«, erwidere ich. »Du gehst zum Arzt.«

Er blickt zu Boden und drückt meine Hände. Als er den Kopf hebt, erkenne ich die Wahrheit in seinen Augen. In ihnen schimmern Tränen, die gleich fallen werden.

Ich habe meinen Dad noch nie weinen gesehen, und ich will es auch nicht.

»Ich muss los.« Meine Beine wackeln, als ich aufstehe. Ich mache einen vorsichtigen Schritt, so als bestünde ich aus Glas und würde durch eine falsche Bewegung in eine Million winziger Scherben zerspringen, die er nie mehr zusammensetzen kann. »Ich sollte nach Mom schauen.«

Mit diesen Worten gehe ich aus dem Raum, weg von seinen traurigen Augen. Er hält mich nicht zurück.

Oben schließe ich die Tür und falle aufs Bett. Die Tränen fangen an zu fließen, noch ehe mein Kopf das Kissen berührt. Meine Schultern beben, und laute Geräusche, wie ich sie noch nie gehört habe, kommen aus meinem Mund. Mein Herz rast, mein Magen tut weh, und wegen der Tränen beschlägt meine Brille. Doch das ist mir egal, weshalb ich sie nicht putze.

Ich bemerke nicht, dass sich die Tür öffnet, spüre aber, wie das Bett wippt, als Dad sich neben mich setzt.

»Es ist gut«, lügt er. »Alles wird gut.«

8

Alexis

Das Dröhnen eines Presslufthammers weckt mich, ehe ich bereit bin aufzustehen. Mein Gaumen ist trockener als eine Wüste, und meine Zunge fühlt sich so dick an, als sei sie mit Schmirgelpapier überzogen.

Da Becky nun über alles im Bilde ist, brauche ich mich nicht krankzumelden. Es war ihre Idee, dass ich noch ein paar Tage freinehme. Ich drehe das Kissen auf die kühle Seite und versuche, wieder einzuschlafen, als mir klar wird, dass der störende Lärm in meinem Kopf stattfindet.

CeCe rumort auf dem Flur herum und macht sich für die Schule fertig. Keine Ahnung, ob ich es mir nur einbilde oder ob es an meinem momentanen Zustand liegt, aber es klingt lauter als normal.

»Sei bitte leise«, zischt Tommy. Sonst hat er eine ruhige, entspannte Psychologenstimme, doch wenn er zu flüstern versucht, scheitert er stets kläglich. »Deine Mom schläft noch.«

»Was, wird sie etwa dafür belohnt, dass sie sich betrinkt?« CeCes Stimme steigert sich mit jedem Wort. »Du bist krank, aber sie braucht nicht zur Arbeit? Und ich muss in die Schule?«

Mir dreht es den Magen um. Hoffentlich habe ich mich gestern Abend nicht verplappert und ihr eröffnet, dass er krank ist.

»Leise, hab ich gesagt.« Tommy erhebt die Stimme. Offenbar hat er vergessen, dass er mich nicht wecken wollte.

»Das ist unfair.«

Vergeblich spitze ich die Ohren, um seine Antwort zu verstehen. Entweder sprechen sie jetzt wirklich leiser, oder Tommy benutzt einen seiner Psychologentricks, indem er einfach schweigt.

»Möchtest du heute nicht in die Schule?«, fragt er schließlich. »Ich muss arbeiten, aber du kannst deiner Mom Gesellschaft leisten.«

Nun ist es an CeCe zu schweigen. Ich male mir aus, wie sie finster das Gesicht verzieht, sodass ihr die dicke schwarze Brille von der Nase rutscht, was sie noch mehr zur Weißglut reizt. Das Bild bringt mich zum Schmunzeln, bis mir klar wird, dass Tommy den Vorschlag, bei mir zu bleiben, benutzt hat, um ihr die Schule schmackhaft zu machen.

»Nun?«, höre ich ihn.

»Ich darf die Probe nach dem Unterricht nicht verpassen«, gibt sie sich geschlagen.

»Eine weise Entscheidung, finde ich«, stellt Tommy, wieder mit Psychologenstimme, fest. »Ich mache Frühstück. Komm runter, wenn du mitessen willst.«

Geschafft. Ich wühle mich tiefer unter die Decke und schließe erneut die Augen. Da ich nicht ins Büro muss, kann ich den Tag damit verbringen, weitere Behandlungsmöglichkeiten zu recherchieren. Letztens habe ich eine Anzeige für ein Medikament namens Keytruda gesehen. Es wirkt zwar nur gegen nichtkleinzellige Lungenkarzinome, aber sicher ist es die Mühe wert, einige Nachforschungen zu betreiben. Vielleicht arbeitet das Pharmaunternehmen ja an einem ähnlichen Medikament gegen die kleinzellige Version.

Ich greife nach meinem Telefon, das auf wundersame Weise an seinem üblichen Platz im Ladegerät auf dem Nachttisch gelandet ist, und google »Heilung des kleinzelligen Lungenkarzinoms«.

Die ersten wenigen Treffer sind Werbung für die Klinik der Emory University, wo Tommys Onkologe beschäftigt ist, doch auf halber Höhe der Seite entdecke ich den Blog einer Frau, die entgegen aller Wahrscheinlichkeit den Krebs im vierten Stadium besiegt hat, und zwar dank homöopathischer Medikamente.

Ich klicke den Link an und warte mit angehaltenem Atem darauf, dass die Seite sich aufbaut. Ich muss die Geschichte der Frau zweimal lesen, um sicherzugehen, dass ich nichts falsch verstanden habe, aber hier steht die wundervolle Wahrheit schwarz auf weiß: Obwohl der Arzt ihr mitgeteilt hat, es gebe keine Hoffnung, ist sie nach einem Aufenthalt in einer mexikanischen Klinik, die auf Naturmedizin setzt, elf Jahre später noch krebsfrei. Von Phase vier zu null; also ist es machbar.

In den nächsten zehn Minuten verliere ich mich in einem Kaninchenbau aus Patientenberichten und entscheide mich, die Hinweise »Ergebnisse können abweichen« und

»nicht von der Gesundheitsbehörde genehmigt« zu ignorieren. Die Website schildert nicht im Detail, woraus diese Behandlung besteht, aber die Autorin führt einige Methoden namentlich auf. Ich notiere sie mir auf meinem Schreibblock, um sie einzeln zu recherchieren: Hyperthermie (»lokale Ganzkörpererhitzung«), sonodynamische Therapie, Sauerstoffanwendungen, Enzymtherapie.

Eine weitere rasche Suche bei Google bringt mich zu der Klinik, die sie aller Wahrscheinlichkeit nach meint. Sie befindet sich in Tijuana, eine knappe halbe Stunde vom Flugplatz von San Diego entfernt. Mein Puls beschleunigt sich, als ich die Herangehensweise der Klinik studiere. Die innere Einstellung des Erkrankten sei wichtig, und man nehme nur wenige Patienten auf, um eine individuelle Behandlung auf höchstem Niveau zu gewährleisten.

Ich muss Tommy in dieses Programm hineinboxen. Während ich das Formular ausfülle, mit dem ich weitere Informationen anfordere, nimmt ein Plan Gestalt an.

Es wird ein Kompromiss werden. Psychologen lieben Kompromisse. Sie scheinen zu ihren Standesregeln zu gehören. Tommy wird die Möglichkeit haben, den Sommer am Strand zu verbringen, wie er es gewollt hat. Nur eben an einem anderen Strand, nämlich an einem in der Nähe der Klinik, wo man ihm das Leben retten wird, damit wir in all den folgenden Jahren wieder nach Destin fahren können. Monicas dämliche Serie wird dann längst Schnee von gestern sein. Die optimale Lösung.

So schön ist es, Hoffnung anstelle von Verzweiflung zu empfinden, dass ich ganz vergesse, unglücklich auszusehen, als sich die Schlafzimmertür langsam öffnet.

»Guten Morgen«, sagt er ein wenig argwöhnisch. »Offenbar geht es dir besser.«

»Ich freue mich nur so, dich zu sehen«, erwidere ich. »Ist CeCe in der Schule?«

Tommy nickt und lehnt sich an den Türrahmen. Er wirkt erschöpft.

Ich scheue vor der nächsten Frage zurück, weil ich mich vor der Antwort fürchte. »Ich habe mich nicht verplappert, oder?«

Als Tommy den Kopf schüttelt, bin ich erleichterter, als ich es von Rechts wegen sein dürfte. »Ich habe ihr reinen Wein eingeschenkt«, fügt er hinzu.

Ich bin klug genug, nicht nachzuhaken, wie es gelaufen ist, und klopfe stattdessen neben mich aufs Bett. Mit dem Anflug eines Lächelns kommt Tommy näher. Sein Blick fällt auf die Seite mit meinen hingekritzelten Notizen und Plänen. Als er das Gesicht verzieht, drehe ich rasch den Block um, bevor ich nach seiner Hand greife.

»Ich habe in einer halben Stunde einen Patienten«, meint er, hebt die Decke an und schlüpft darunter.

»Ich bin für jede Minute dankbar.« Ich kuschle mich an ihn und lege den Arm um ihn. Mein Kopf hebt und senkt sich mit seinen Atemzügen. Ich versuche zu verdrängen, dass diese kürzer sind als früher. Ich hätte es bemerken müssen. Warum habe ich nicht besser aufgepasst? Dann hätte ich ihn eher dazu gebracht, zum Arzt zu gehen, und es wäre vielleicht noch nicht zu spät gewesen.

Tommy hustet, als wolle das Universum diesen Umstand laut und deutlich betonen. Ich höre ein Rasseln in seiner Brust widerhallen. Das Geräusch versetzt mir einen Stich ins Herz. Also hebe ich den Kopf – nur weg von dem, was ihn von innen heraus zerstören will – und befasse mich stattdessen mit seinen Lippen. Als ich ihn in mich aufsauge, schmecke ich den Kaffee auf seiner Zunge.

Tommys Hände wandern unter das Pyjamaoberteil, von dem ich mich nicht erinnere, dass ich es gestern Abend angezogen habe. Seine Finger auf meiner Haut fühlen sich kühl an, und ich will nicht länger warten. Ich will seine Hände, seine Haut und seine Lippen am ganzen Körper spüren.

Wohl wissend, dass wir keine Zeit zu verlieren haben, setze ich mich auf und streife mir das Oberteil über den Kopf, bevor ich das Gleiche mit seinem tue. Dabei zögere ich einen Moment zu lang. Mein Blick ruht auf seiner Brust, und ich male mir die Tumore aus, die unter der Oberfläche lauern. Tommy bemerkt es und ergreift die Initiative, indem er mich umdreht, sodass ich auf dem Rücken lande. Lächelnd ziehe ich ihn zu mir hinunter. Als ich unter ihm liege und sein Gewicht mich in die Matratze drückt, fühle ich mich so geborgen wie nie zuvor, seit unsere Leben auf den Kopf gestellt wurden.

Tommys Berührung ist sanft und gleichzeitig fordernd. Ich schlinge die Arme um ihn, halte ihn, so fest ich kann, lasse mich fallen und gebe ihm Gelegenheit zu beweisen, dass er noch quicklebendig ist.

Als wir danach zusammen daliegen, küsst Tommy meinen Scheitel. »Wenn ich geahnt hätte, welche Sinnesfreuden mich danach erwarten, hätte ich es dir früher erzählt.«

»Hör auf, Witze darüber zu reißen. Es ist nicht lustig.«

»Natürlich nicht.« Er küsst erst meine Stirn, dann meine Wange und zu guter Letzt meinen Hals. »Das ist eben meine Methode, es zu verarbeiten.«

»Ich liebe es, wenn du daherredest wie ein Psychologe.«

»Du hasst es«, entgegnet Tommy und stützt sich auf die Ellbogen. »Versprich mir, dass du nicht anfangen wirst, mich zu belügen, und echt bleibst.«

»Ich schwöre.« Und von diesem Moment an werde ich es tun. Den wahren Grund, warum ich nicht nach Destin wollte, brauche ich ihm trotzdem nicht unter die Nase zu reiben.

Er beugt sich vor, um mich noch einmal zu küssen, ehe er sich umdreht und nach seinem Hemd greift. Ich beobachte ihn. Er ist körperlich und emotional so stark. Es ist mir peinlich zuzugeben, was er aus Höflichkeit nicht ausspricht: Ich war in den letzten Tagen nicht für ihn da.

»Es tut mir leid.«

»Was tut dir leid?« Er setzt sich wieder neben mich aufs Bett.

»Alles eben. Mein Verhalten. Schließlich bist du derjenige, der krank ist, und ich lasse mich gehen.«

»Es ist in Ordnung«, verzeiht er mir zu rasch.

»Ist es nicht, aber ab heute unterstütze ich dich. Sag mir einfach, was ich tun soll. Was kann ich tun?«

»Du kannst da sein und mich lieben.«

»Wird gemacht. Was sonst noch?«

»Du kannst versuchen zu verstehen …« Weil ich weiß, wie schwer es ist, die richtigen Worte zu finden, lege ich ihm die Hand auf die Wange. »Mir ist klar, dass du meine

Meinung nicht teilst, aber du kannst versuchen, meine Entscheidung zu akzeptieren.«

Ich beiße mir auf die Lippe. Genau das ist die Sache, die ich wahrscheinlich nicht hinkriegen werde. Ich schaue an ihm vorbei zu dem Hoffnung bringenden Notizblock.

»Und du kannst es dir noch mal überlegen, ob wir nach Destin fahren.«

Die zweite Sache, die ich vermutlich nicht schaffe.

Die Anspannung, die ich seit Tagen mit mir herumschleppe, kehrt so schnell zurück, wie sie verschwunden ist, und macht sich auf meinen Schultern bis hinunter zu den Zehen breit. Alles andere würde ich für ihn tun. Einfach alles.

Wahrscheinlich ahnt Tommy nicht, dass Monica in Destin ist. Und wenn doch, würde es ihn nicht sehr kümmern. Er hat nicht so viel zu verlieren wie ich. Obwohl ich nicht unbedingt eifersüchtig auf sie bin und keine Minute daran zweifle, dass er mich liebt, bin ich so klug, die Anziehungskraft einer schönen Frau und die Macht der Berühmtheit nicht zu unterschätzen.

Außerdem ist da CeCe. Das Städtchen ist einfach zu klein, und deshalb ist es zu riskant. Wenn sie es herausfindet, wird sie glauben, Monica sei der Grund, warum ich gegen ihre Schauspielerkarriere bin. Ich kenne die andere Seite des Besetzungssofas und habe miterlebt, wie sich über hundert Mädchen für eine Rolle bewarben, die nur eine von ihnen bekommen würde. Die Rolle, die den anderen neunundneunzig Mädchen verwehrt blieb. Ein Teenager zu sein ist schon schwierig genug, ohne dass man sich Leuten, die einen abservieren, auf dem Silbertablett offeriert.

Außerdem wäre es unfair Becky gegenüber, sie mit der

ganzen Arbeit allein zu lassen. Als wir die Agentur eröffneten, bin ich, was sie betrifft, eine Verpflichtung eingegangen. Sie wäre auch als Angestellte weiter zufrieden gewesen, doch sie glaubte an mich und meinen Traum, eine von Frauen betriebene Agentur zu gründen, die den männlichen Seilschaften Paroli bietet. Ich habe sie überredet, auf ein regelmäßiges Gehalt, Betriebsrente und die Versicherungen zu verzichten, um die wir uns keine Gedanken und Sorgen zu machen brauchten.

»Ich möchte nur noch einen Sommer«, versucht er sein Bestes, um mich zu überzeugen. Ich weiß, wie sehr er es hasst, in Atlanta im Landesinneren festzusitzen. Wenn mein Beruf es nicht verlangt hätte, wäre er nie so weit vom Meer weggezogen.

Ich greife nach dem Notizblock. Dieser Augenblick eignet sich so gut wie jeder andere, um es ihm schmackhaft zu machen.

»Was, wenn ich es dir ermöglichen würde, an den Strand zu fahren? Einen noch schöneren Strand. In Mexiko.« Tommy scheint verdattert. »Ich habe eine Klinik in Tijuana entdeckt, die mit Naturheilmitteln arbeitet, Dingen wie …«

»Nein.«

»Aber …«

»Verdammt, Lexie. Mach es mir nicht noch schwerer, als es sowieso schon ist.«

Die Worte bleiben mir in der Kehle stecken. Warum begreift er denn nicht, dass ich genau das Gegenteil erreichen will?

»Ich habe einen Patienten.«

Er dreht sich um und geht, ohne mich zum Abschied zu küssen. Ich bleibe mit dem bedrückenden Gefühl zurück, dass ich eine schreckliche Egoistin bin, die einen Mann wie ihn nicht verdient hat.

9

CeCe

»Erde an CeCe«, meint Sofia und stellt ihr Essenstablett auf den Tisch, an dem wir immer sitzen. »Hast du mich nicht verstanden? Ich sagte, mein Leben ist vorbei.«

»Verzeihung, wie bitte?«

Gekränkt lässt Sofia sich neben mir nieder. »Die halbe Zeit bist du nicht ganz anwesend.«

Da hat sie recht. Seit ich es letzte Woche erfahren habe, ist es, als würde ich von einer schwarzen Wolke verfolgt. Es ist buchstäblich unmöglich, an etwas anderes zu denken als an das, was sich zu Hause tut. Insbesondere deshalb, weil mich alles daran erinnert. Jedes Mal, wenn jemand hustet oder auch nur das Wort »Dad« ausspricht, krampft sich mir das Herz zusammen.

»Hallo?«, wiederholt Sofia.

»Sorry. Was ist denn los?«

Ich schalte die Ohren auf Durchzug, ehe sie überhaupt zu reden anfängt, und starre stattdessen auf meine Butterbrottüte aus braunem Papier. Darin stoße ich auf ein fest in Alufolie gewickeltes Päckchen. Als ich es so langsam auswickle wie ein Geschenk, fördere ich ein aufgeschnittenes Baguette mit frischem Mozzarella, Tomatenscheiben und zerrupftem Basilikum zutage. *Gut gemacht, Dad.* In Anbetracht der beiliegenden Chipstüte muss er zwar noch an seinen kulinarischen Fähigkeiten arbeiten, aber seit ich ihn dazu gebracht habe, sich mit mir Food Network anzuschauen, hat er viel dazugelernt.

Ich bin überrascht, als ein Zettel aus der Serviette fällt, obwohl ich wusste, dass irgendwo einer sein würde. So wie immer. Ich entfalte das Papier und lese seine vertraute Handschrift. Diesmal ist es der Text eines Liedes von einer Band, die er und Mom mögen.

> *»If I had wings and I could fly,*
> *Well, I'd still walk with you.«*
> Sister Hazel

Ich falte den Zettel zusammen und stecke ihn ein, damit ich nicht vergesse, ihn zu den anderen in den Schuhkarton unter meinem Bett zu legen. Erst vor wenigen Wochen habe ich mir überlegt, ob es wohl Zeit wäre, einen neuen Karton anzufangen. Jetzt kann ich froh sein, wenn die Zettel und die Zeit reichen, um den aktuellen zu füllen.

»Ich krieg das einfach nicht geregelt.« Sofia schüttelt den Kopf.

»Nein, ist ja auch schwierig«, antworte ich, in der Hoffnung, mich ins Gespräch einklinken zu können, ohne dass meine Geistesabwesenheit auffällt. Lauren und Bella haben sich dazugesetzt, was es sicher einfacher macht, nicht richtig zuzuhören, und noch wichtiger, nicht über das sprechen zu müssen, was mich bedrückt.

Sofia ist die Einzige, der ich von Dad erzählt habe. Ich habe sie auf Stillschweigen eingeschworen, denn ich will nicht, dass meine Freunde in meiner Gegenwart komisch drauf sind. Es ist zu Hause schon schräg genug. Mom hat sich von einer schlafwandelnden Fremden über Nacht in eine superaufgedrehte Cheerleaderin verwandelt und tut, als würde alles gut werden, obwohl wir wissen, dass das nicht stimmt.

»Mein Dad hat gesagt, dass ich den Rest des Schuljahres Hausarrest habe«, verkündet Sofia, als sei das die größte Katastrophe der Welt. Es ist, als sei es eine Million Jahre her, dass ich zuletzt gedacht habe, Hausarrest sei das Schlimmste, was mir passieren könnte. Ich war ja so ein Schaf.

»Eltern sind zum Kotzen«, höre ich Liam hinter mir. Er nimmt den freien Stuhl neben meinem und dreht ihn um, damit er rittlings darauf sitzen kann. »Wie geht es meiner reizenden Julia?«

Ich bin machtlos dagegen, dass ich rot werde, obwohl er bestimmt nur wegen des Stücks so tut, als ob er mich mag. Ein Schüler im zweiten Jahr würde sich nie ernsthaft für eine Erstklässlerin wie mich interessieren.

»Bist du bereit für die Probe heute Abend?«, erkundigt er sich mit einem schiefen Lächeln.

Heute ist der Abend, an dem wir die Szene mit dem Kuss proben werden. Ich habe mich noch nicht ganz entschieden, ob wir nur so tun oder uns richtig küssen sollen, wie Liam es will.

»So bereit wie nie.« Ich lächle und beiße verlegen in mein Sandwich.

»Hoffentlich ist da kein Knoblauch dran«, raunt Liam und steht auf, um zu seinem üblichen Tisch zu gehen. Doch vorher versetzt er meiner Brille auf dem Nasenrücken einen kleinen Schubs nach oben. Sein warmer Atem, der mich am Ohr kitzelte, hat mich so abgelenkt, dass sie unbemerkt gerutscht ist.

»Du hast ja solches Glück«, sagt Lauren, sobald er außer Hörweite ist.

Glück?, hallt die Stimme in meinem Kopf höhnisch wider. Allerdings kann man Lauren keinen Vorwurf machen, denn weder sie noch die meisten anderen ahnen, dass ich momentan wahrscheinlich das unglücklichste Mädchen der Welt bin.

Dann jedoch hebe ich den Kopf und bemerke, dass Sofia Lauren einen Blick zuwirft, der regelrecht *halt den Mund* schreit. Daraufhin sieht Lauren mich an. Ihre weit aufgerissenen Augen verraten sie. Als ich mich am Tisch umschaue, wird mir klar, dass sämtliche Anwesenden mich mit dem gleichen traurigen Augenausdruck beobachten. *Sofia, du Idiotin*. Und ich bin selbst eine Idiotin, weil ich ihr vertraut habe.

Ich schiebe meinen Stuhl so schnell zurück, dass seine Metallbeine mit einem unangenehm lauten Quietschen über den Boden scharren. Ich muss hier weg, dieses bescheuerte Mitleid ertrage ich nicht. Den Blick nach unten gerichtet, werfe ich mein nicht gegessenes Pausenbrot im Vorbeigehen in den Müll und steuere, so schnell ich kann, auf die doppelflüglige Tür zu.

Bis zum Unterrichtsbeginn sind es noch fünfunddreißig Minuten, und wir dürfen uns während der Pause nur in der Cafeteria oder in der Bibliothek aufhalten. Da ich nicht zurück in die Cafeteria kann, mache ich mich auf den Weg in die Bibliothek, obwohl mir bei der Vorstellung, in diesem stillen Raum zu sitzen, der Schädel platzt.

Also biege ich stattdessen im Flur links ab und hoffe, dass die Tür zum Theater offen ist. Nach einem tiefen Atemzug drehe ich am Türknauf. Und, siehe da, die Tür lässt sich öffnen. Als ich mich umschaue, ist die Luft zu meinem Erstaunen rein. Also schlüpfe ich in den Raum, ehe mich jemand erwischt.

Drinnen ist es dunkel. Nur in der Mitte der Bühne leuchtet das Positionslicht. Langsam bewege ich mich den Gang entlang, meine Schritte werden mit dem Gefälle schneller. Ich entscheide mich für eine Sitzreihe so weit hinten, dass der Lichtkegel sie nicht erreicht, nur falls jemand die Tür aufmacht und hineinspäht. Der Samtbezug des Sitzes fühlt sich an meinen Beinen weich an, und ich streichle das Polster wie einen Teddy.

Ich wünschte, ich könnte den ganzen Tag hierbleiben. Ein paar Stunden zu schwänzen ist sicher besser als Moms Methode, mit der neuen Situation umzugehen. Vielleicht sollte ich mich ja einfach betrinken wie sie. Obwohl ich den Geschmack des Bieres auf Liams Party nicht mochte, hat mir das Gefühl gefallen, das es in mir ausgelöst hat. Schwebend und glücklich, so als hätte ich überhaupt keine Sorgen.

Damals hatte ich auch keine.

Die Tür des Theaters öffnet sich, und der Raum ist plötzlich in das Licht vom Flur getaucht. Ich rutsche in meinem Sessel hinunter, in der Hoffnung, dass der Eindringling wieder verschwindet.

Pech gehabt.

Ich höre Schritte, die sich langsam und gleichmäßig auf dem Mittelgang nähern. Bald haben sie mich erreicht. Meine Augen haben sich ans Dämmerlicht gewöhnt, und ich bemerke einen hochgewachsenen, schlanken Schatten, der am Ende meiner Sitzreihe verharrt. Als der Schatten noch dichter bei mir ist, erkenne ich den holzigen Duft seines Rasierwassers.

Ich richte mich auf. »Du hast mich erschreckt.«

»Woher wusstest du, dass ich es bin?«, fragt Liam und schlendert die Sitzreihe entlang auf mich zu.

»Ich habe dich gerochen.« Es ist einfacher, mit ihm zu reden, wenn ich nicht befürchten muss, mich in seinen tiefbraunen Augen zu verlieren.

»Rieche ich?« Er schnuppert, und ich male mir aus, wie er den Kopf senkt, um seinen Kragen zu beschnüffeln.

»Sehr gut«, beruhige ich ihn. »Dein Rasierwasser.«

»Curve for Men«, erwidert er. »Meine Schwester hat es mir geschenkt.«

Ich nicke, weil ich vergessen habe, dass er mich bei der schummrigen Beleuchtung vermutlich nicht sehen kann.

Liam tritt noch einen Schritt auf mich zu und tastet nach dem Sitz. Er setzt sich und klappt die Armlehne zwischen uns hoch. »Jetzt kannst du mich noch besser riechen.«

Mein Magen macht einen kleinen Satz. Er ist so nah, dass sich meine Nervosität verdoppelt. »Bist du deshalb hier?«

»Ich habe gesehen, wie du aus der Cafeteria gerannt bist.«

»Ich bin nicht gerannt«, rechtfertige ich mich.

»Du hast traurig gewirkt. Da du nicht in der Bibliothek warst, dachte ich mir, dass du hier sein könntest.«

»Bin ich so berechenbar?«, erkundige ich mich, geschmeichelt, dass er besorgt um mich war. Vielleicht mag er mich ja wirklich.

»Ich habe nur geglaubt, du wolltest schon im Voraus unsere Szene proben.« Liam räuspert sich. Ich hoffe, er sieht nicht, dass ich rot werde. »Ich küsse deine Lippen«, sagt er.

»Das ist mein Text«, protestiere ich, obwohl es mit vertauschten Rollen viel einfacher wäre.

»Dann los, sag es.«

»Ich küsse deine Lippen«, wiederhole ich und hoffe, dass meine Stimme nicht so zittrig klingt, wie sie sich anfühlt. Aber seine Knie berühren meine, und es ist, als pulse buchstäblich elektrischer Strom durch unsere Körper. »Mit Glück hängt noch ein wenig Gift daran.«

Das ist der Moment, in dem ich mich vorbeugen und Romeo küssen muss, mit dem Wunsch zu sterben, weil das Leben ohne ihn nicht lebenswert ist. Bis jetzt habe ich nicht verstanden, wie die Vorstellung, ohne einen bestimmten Menschen leben zu müssen, schlimmer sein kann, als tot zu sein. Inzwischen begreife ich es. Meine Brust ist so zugeschnürt, dass ich kaum noch Luft bekomme.

»Ich warte auf meinen Kuss, reizende Julia«, sagt Liam. Seine Stimme kling weit entfernt, obwohl er genau neben mir sitzt. Ich möchte etwas antworten, kann aber nicht. Ich kann nicht atmen und höre, wie mein Herzschlag mir in den Ohren dröhnt. Plötzlich ist mein Atem das Lauteste im Raum.

»CeCe?« Liams Stimme scheint meilenweit entfernt zu sein. »Es ist okay. Wir brauchen es nicht zu tun. Hol einfach Luft.« Er nimmt meine Hand und streicht mit dem Daumen über den Handrücken. Dabei atmet er langsam ein und aus.

Ich konzentriere mich auf sein Gesicht im Dämmerschein und passe mich seinen Atemzügen an, langsam ein, langsam aus. Ein, aus. Nach einigen Wiederholungen hat sich meine Atmung wieder normalisiert. Jetzt habe ich wenigstens die Möglichkeit, im Erdboden zu versinken, weil ich mich so blamiert habe.

»Alles in Ordnung?« Als er meine Hand drückt, bemerke ich, dass er inzwischen noch näher bei mir sitzt und das Knie zwischen meine geschoben hat.

»Ja«, erwidere ich. »Sorry, ich habe nur an die Szene gedacht.«

»Den Kuss?«

Ich schüttle den Kopf. »Die Vorstellung, jemanden so zu lieben, dass man lieber tot wäre, als ohne ihn zu leben.« Ich wende mich ab, als könne ihn das daran hindern, mich anzusehen. Ich hatte nicht vor, so offen zu ihm zu sein. Allerdings ist die Wahrheit um einiges weniger schräg als das, was er wahrscheinlich denkt.

»Das kann ich mir nicht vorstellen«, meint er, worauf ich mich zu ihm umdrehe. Sein Atem riecht nach Zwiebelringen und Barbecuesoße. »Jemanden derart zu lieben und ihn dann zu verlieren.« Ich weiß, dass er von dem Stück redet. Für ihn sind die Gefühle nur Theater. Ich wünschte, ich könnte auch wieder so tun als ob.

Ich schließe die Augen und versuche zu vergessen, dass

der einzige Mensch, den ich wirklich liebe, wirklich bald sterben wird. Dass meine sogenannte beste Freundin mich verraten und alles an die anderen weitergetratscht hat, als handle es sich um das neueste Gerücht. Dass wir Ärger kriegen könnten, einfach nur, weil wir hier sind. Dass er Liam ist und ich Cecelia bin. Stattdessen ist er in diesem Moment Romeo, und ich bin Julia.

Als Romeo mit der Hand über Julias Gesicht streicht, wird sie allmählich lockerer. Und als Romeo sich nähert, hebt sie fast unmerklich den Kopf so wie im Film. Sie wartet darauf, dass Romeo den ersten Schritt macht, und als seine Lippen ihre streifen, erwacht sie zum Leben.

Ich bin Julia, und er ist Romeo.

Seine Zunge stupst gegen meine Lippen. Ich öffne den Mund, damit er hineingleiten kann. Seine Zunge verschlingt sich mit meiner, bevor sie in meinen Mund und wieder hinausfährt. Ich trete aus meinem Kopf und wieder hinein und frage mich, plötzlich nervös, ob ich es richtig mache und ob es sich wirklich so seltsam anfühlen soll, einander zu küssen.

Ob es so laut sein soll.

»Cecelia«, stöhnt Liam, die Lippen an meinen.

Er hat meinen Namen gesagt, nicht »Julia«. Ich bemühe mich, nicht zu viel darüber nachzudenken, was das, wenn überhaupt etwas, bedeuten könnte. Sobald ich nicht mehr darüber nachgrüble, wie ich ihn küssen soll, wird es normaler, es einfach zu tun. Ich wende den Kopf, und wir finden automatisch denselben Rhythmus. Es ist gar nicht so anders als tanzen.

Ich weiche zurück, doch er rutscht rasch hinterher und

küsst mich weiter. Ich werde ein wenig kühner und versuche, die Zunge in seinen Mund zu stecken.

Ach, verdammt, ich küsse Liam Donnelly. Und zwar nicht auf der Bühne. Er greift nach meiner Hand, und ich lasse ihn sie halten, während wir uns weiterküssen. Langsam führt er meine Hand an sein Knie, und ich lasse mich fallen. Da ich nicht sicher bin, was von mir erwartet wird, drücke ich es leicht, was offenbar richtig ist, denn er stöhnt wieder an meinem Mund.

Er flicht die Finger in meine und zieht meine Hand an sich und auf seinen Schoß. Gerade noch rechtzeitig, um mich loszumachen, bemerke ich, was er vorhat.

Der Gong verkündet das Ende der Mittagspause.

Liam seufzt enttäuscht, aber ich bin erleichtert. »Der Abschied ist ein süßes Leid«, sagt er.

»Das ist auch mein Text.« Lächelnd strecke ich ihm wieder den Kopf entgegen, in der Hoffnung, dass er mich noch einmal küssen wird, aber er tut es nicht.

»Du kannst zuerst rausgehen«, meint er. »Ich brauche noch eine Minute.«

Ich stehe auf, haste den Mittelgang entlang und taumle durch die Tür ins grelle Licht. Der Flur ist voller Menschen, und offenbar kriegt niemand mit, dass ich aus dem Theater schlüpfe. Als ich meine Lippen berühre, fühlen sie sich gummiartig an, so als gehörten sie nicht mehr zu mir.

Dass ich Sofia nichts davon erzählen kann, ist nur ein kleiner Wermutstropfen. Ich bin noch immer stinksauer auf sie, aber es ihr zu verheimlichen ist vermutlich die beste Rache. Lächelnd öffne ich die Tür zu dem Klassenzimmer, im dem der Englischunterricht stattfindet, marschiere hocherhobenen Hauptes an dem Pult vorbei, wo ich sonst neben Sofia sitze, und lasse mich stattdessen in der letzten Reihe nieder.

10

Alexis

»Es hat gerade erst angefangen«, raunt Tommy, als ich auf den Gangplatz neben ihm rutsche.

»Ich habe unterwegs noch Blumen besorgt«, erkläre ich ihm und halte den Strauß roter Rosen hoch, den ich auf dem Weg zur Highschool bei Publix gekauft habe. Dass ich wegen einer weiteren, vom Kunden auf den letzten Drücker geforderten Änderung zwanzig Minuten zu spät das Büro verlassen habe, erwähne ich lieber nicht.

»Ich auch«, erwidert Tommy und weist mit dem Kopf auf den wunderschönen, in Sackleinen gewickelten Strauß aus violetten Wildblumen. Ich hätte daran denken sollen, etwas Violettes zu kaufen.

»Pssst«, zischt jemand hinter uns.

Ich entschuldige mich mit einem Achselzucken und wende mich der Bühne zu; das Bühnenbild ist aufwendiger und professioneller, als ich es von Highschool-Aufführungen kenne.

Die Bühne ist in eine Straße in Verona verwandelt worden, wo zwei Diener aus dem Hause Capulet über das Haus Montague herziehen. Bevor ich ganz verstehe, was da passiert, bricht zwischen den Dienern aus den beiden verfeindeten Häusern eine Schlägerei aus. Glaube ich. Ich hätte im Literaturunterricht besser aufpassen sollen.

In der nächsten Szene beschäftigt sich der Junge, der Julias Vater spielt, damit, wem er die Hand seiner Tochter, meiner Tochter, zur Ehe reichen soll. Er bittet den jungen Mann, der den Paris darstellt, noch zwei Jahre zu warten, bis Julia sechzehn ist.

Ich werfe einen verstohlenen Blick auf Tommy. Er starrt gebannt auf die Bühne, und ich frage mich, ob er dasselbe denkt wie ich: Dem jungen Mann, der CeCe heiraten will, seinen Segen zu geben, gehört zu den Dingen, die ihm in diesem Leben verwehrt bleiben werden.

Ich hole tief Luft und blinzle gerade noch rechtzeitig die Tränen weg, um CeCes Auftritt zu erleben. Hoffentlich kann sie ohne ihre Brille richtig sehen. Selbst im Nachthemd ist sie hinreißend, als Lady Capulet sie zu überreden versucht, sich von Paris, dem jungen Mann, den ihr Vater auserwählt hat, den Hof machen zu lassen.

Dank der magischen Kräfte einiger in Schwarz gekleideter, im Verborgenen wirkender Bühnenarbeiter verwandelt sich die Bühne in den Ballsaal der Capulets.

Meine Aufmerksamkeit wandert zwischen der Aufführung und Tommy, der alles auf sich wirken lässt, hin und her. Offenbar spürt er meinen Blick, denn er greift nach meiner Hand, ohne die Augen von der Bühne abzuwenden.

Es verschlägt mir den Atem, als CeCe in der berühmtesten Szene des Stücks den Balkon betritt. Ich erkenne die Gefühle, die sich in ihren Zügen widerspiegeln, und höre sie in ihrer Stimme.

»Oh, Romeo, Romeo! Wo bist du Romeo?«, fragt sie.

Bevor Romeo antworten kann, hustet Tommy. Ich merke ihm an, dass er sich bemüht, es zu unterdrücken, doch der Krebs erhebt sein hässliches Haupt und teilt uns allen mit, dass er sich nicht in seine Schranken weisen lassen wird. Der Husten ist durchdringend und rasselt in Tommys Lunge und in meinem Herzen. Als ich ihm sanft die Hand auf den Rücken lege, schiebt er mich weg.

Auf der Bühne zuckt CeCe zusammen, fast unmerklich, und dennoch ist mir klar, dass sie das Geräusch wiedererkennt, das bei uns zu Hause allgegenwärtig geworden ist. Sie beherrscht sich bewundernswert und spricht weiter ihren Text. »Leugne deinen Vater, deinen Namen, wenn nicht, schwöre ich dir meine Liebe und bin nicht länger eine Capulet.«

Ich halte Tommys Hand, beobachte, wie die Geschichte auf der Bühne weitergeht, und will nicht, dass sie ihr tragisches Ende nimmt. Doch wie im richtigen Leben weiß ich, dass es unausweichlich ist.

Als Romeo die falsche Nachricht von Julias Tod erhält, wirkt seine Trauer nicht nur echt, sondern fühlt sich auch so an. Ich sehe zu, wie Liam das Gift trinkt und zusammenbricht, gerade als CeCe aus ihrem Koma erwacht.

»Ich küsse deine Lippen«, sagt sie mit vor Bestürzung bebender Stimme. »Ach, vielleicht hängt noch ein wenig Gift daran.« Ich halte den Atem an, als sie sich vorbeugt, um Liam zu küssen. Nicht zum ersten Mal?, frage ich mich.

Bevor der Vorhang sich schließt, rezitiert jemand hinter der Bühne die letzte Zeile des Stücks: »Denn niemals gab es ein so herbes Los, als Juliens und ihres Romeos.«

Tommy springt als Erster auf. Mir steigen Tränen in die Augen, als ich zuschaue, wie er applaudiert, als sei er der stolzeste Mann im Raum, was zweifellos auch zutrifft.

Die Liebe zwischen Romeo und Julia mag legendär sein, aber sie kann nicht mit der Liebe mithalten, die mein Romeo für sein kleines Mädchen empfindet.

Mit schimmernden Tränen in den Augen sieht Tommy mich an. Und plötzlich kenne ich alle meine Gründe, mich nicht mit dem einen Grund zu befassen, warum wir es tun sollten. Wenn Tommy nach Destin will, um dort unsere letzten kostbaren gemeinsamen Monate zu verbringen, müssen wir hinfahren.

11

CeCe

Als ich aus der Garderobe komme, bemerke ich zuerst Dad. Endlich habe ich meine Brille wieder und kann mehr wahrnehmen als verschwommene Umrisse. »Mein tolles Mädchen.«

Er legt so fest die Arme um mich, dass es sich einen Moment lang anfühlt, als würde er mir die Luft aus der Lunge pressen.

»Ich bin so stolz auf dich.« Er küsst mich auf den Scheitel. »Du warst fantastisch, einfach fantastisch.«

»Findest du echt?«, frage ich, damit er es wiederholt.

»Ich weiß es.« Er reckt den Arm und überreicht mir den wundervollsten Blumenstrauß, den ich je gesehen habe.

»Sind die schön. Danke, Daddy!«

Ich senke den Kopf, um zu schnuppern, und als ich ihn wieder hebe, steht Mom mit einem hübschen, aber durchschnittlichen Strauß roter Rosen neben ihm.

»Du warst spitze da oben.« Ihre Stimme wird eine Oktave höher. Offenbar hat sie nicht damit gerechnet, dass ich so gut bin. Vielleicht lockert sie jetzt ja ihre alberne Regel, nach der Vorsprechen nur für Schulveranstaltungen okay ist.

»Du brauchst nicht so überrascht zu klingen.«

»Tue ich doch nicht«, entgegnet sie und gibt mir die Blumen. »Ich bin nur sehr stolz.«

»Danke.« Ich erwähne nicht, dass ich in der Kulisse stand und meine Brille noch aufhatte, weshalb ich mitgekriegt habe, dass sie zu spät kam. »Ich darf doch noch zu der Party, oder?«

Als Mom und Dad einen Blick wechseln, bereite ich mich innerlich auf meinen Monolog aus Gründen vor, warum sie es mir erlauben sollten – angefangen bei der Tatsache, dass Liams Eltern diesmal da sein werden. Aber ehe ich auch nur ein Wort sagen kann, meint Mom: »Klar doch.«

Dad nickt. »Sollen wir dich fahren?«

»Liam sagt, ich kann bei ihm mitfahren«, erwidere ich und schicke mich zur Flucht an. So gerne ich auch bleiben und mich weiter von ihnen loben lassen würde, möchte ich nicht riskieren, dass sie es sich anders überlegen. »Stört es euch, die da mit nach Hause zu nehmen?«

»Mit Vergnügen.« Dad verbeugt sich und nimmt mir die Blumensträuße ab.

»Julia«, ruft Liam von der Bühne aus. »Deine Kutsche wartet!«

»Komm nicht zu spät«, verkündet Mom. »Du warst wirklich toll heute Abend.«

Ich lächle, obwohl ich weiß, dass es weniger bedeutet, wenn man etwas mehr als einmal sagt. Doch als sie verlegen einen Schritt auf mich zu macht, lasse ich mich rasch von ihr umarmen, bevor ich die Stufen hinauf zu Liam laufe.

»Bis später, Leute.« Mit einem Winken ducke ich mich hinter den Vorhang, voller Vorfreude auf das, was vielleicht die allerbeste Nacht meines ganzen Lebens werden wird.

Als wir bei Liam eintreffen, ist die Party bereits voll im Gange. Die Freunde seiner Schwester, alle auf Heimaturlaub vom College, haben eindeutig einen Vorsprung. Laut Liam werden seine Eltern eine Weile nicht da sein, weil sie nach der Vorstellung zum Essen gehen wollten. Und auch wenn sie aufkreuzen, wollen sie kein großes Tamtam veranstalten.

Verglichen mit anderen Eltern sehen sie das mit dem Alkohol locker, solange sich niemand ans Steuer setzt. Was ich nicht tun werde, weil ich dafür sowieso noch nicht alt genug bin.

»Wo ist das Bier?«, frage ich, bereit loszulegen.

»Im Kühlschrank.« Liam bleibt stehen, um einen ziemlich hochgewachsenen Typen mit Rauschebart abzuklatschen. »Bringst du mir auch eins mit?«

Ich schlendere in die Küche, als sei es das Normalste auf der Welt. So, als sei ich nur ein Mädchen, das ihrem Typen ein Bier holt. *Ihrem Typen.* Selbst wenn ich wollte, könnte ich nicht aufhören zu grinsen. Wir haben nicht nur eine Spitzenvorstellung geliefert, sondern auch das Projekt abgeschlossen. Also wird es heute Nacht keinen Zweifel daran geben, dass Liam sich meinetwegen für mich interessiert, nicht nur weil er sich in seine Rolle einfühlen muss.

Nach der Begegnung im Theater haben wir uns nur einmal geküsst, ohne auf der Bühne zu stehen. Es war nach der Generalprobe, als Mom zu spät kam, um mich abzuholen. Normalerweise wäre ich sauer gewesen, aber Liam hat mir angeboten, mit mir zu warten.

Als alle weg waren, fasste er mich an der Hand und führte mich hinter dem Theater um eine Ecke. Da uns dort niemand sehen konnte, ließ ich mich von ihm an die Backsteinwand schieben und wieder küssen. Beim zweiten Mal fühlte es sich nicht so komisch an, und ich glaube, ich werde immer besser.

Ich lächle, glücklich, weil ich nicht mehr dem Club der Ungeküssten angehöre. Da ich nun weiß, wie spitze es ist, wünschte ich, ich hätte mir nicht so viel Zeit damit gelassen. Erwartungsvoll feuchte ich meine Lippen an und hoffe, dass die neue Lippenpomade, die ich bei Dox gekauft habe, meine Lippen so weich und kusszart macht, wie die Aufschrift verspricht.

Als mein Telefon summt, hole ich es aus der Tasche und erkenne eine SMS von Beau. Ich stecke das Telefon weg, ohne sie zu lesen. Ich antworte morgen, wenn ich ihm etwas wirklich Spannendes erzählen kann.

»Da ist sie ja«, verkündet Bella, als ich in die Küche komme. Obwohl wir keine engen Freundinnen sind, umarmt sie mich fest. »Du warst heute Abend einfach super.«

»Danke.« Ich dränge mich an ihr vorbei, um den Kühlschrank zu öffnen. Keine Ahnung, warum sie hier ist, denn sie gehört weder zum Ensemble noch zum Team.

»Habt ihr euch richtig geküsst? Auf der Bühne und vor allen Leuten?«, raunt Bella. »Oder habt ihr nur so getan?«

»Daran war nichts gespielt«, erwidere ich und spare mir

das Flüstern. Ich schnappe mir zwei Bier und schubse mit der Hüfte den Kühlschrank zu. »Die muss ich Liam bringen.«

Bevor ich gehe, mache ich eine Dose auf und trinke einen großen Schluck, als handle es sich nur um Dr Pepper light. Es schmeckt nicht so scheußlich, wie ich es in Erinnerung habe, und ich könnte schwören, dass ich ein Prickeln spüre, sobald das Bier meine Lippen passiert. Rasch leere ich die Dose, nehme mir noch eine und kehre zu Liam zurück.

Er steht auf dem Flur und unterhält sich noch immer mit dem Bärtigen.

»Wie lange hast du gebraucht, um dir diesen Bart wachsen zu lassen?«, erkundige ich mich, um mich am Gespräch zu beteiligen.

Der Bärtige schaut mich an, als hätte ihm noch nie jemand so eine absurde Frage gestellt, aber das ist mir egal, weil ich in Liams Haus mit Liam Bier trinke und bis jetzt alles nach Plan läuft.

Heute Nacht kriege ich eine Wiederholung. Mein Magen macht einen kleinen erwartungsvollen Satz, als ich mein zweites Bier öffne. Denn diesmal werden Liam und ich diejenigen sein, die Schieber tanzen und knutschen, als seien sie allein im Raum. Vielleicht ist es ja gut, dass Bella da ist, damit sie alles beobachten und Sofia Bericht erstatten kann.

Liam stößt mit seiner Bierdose mit mir an, geht ins Wohnzimmer und lässt mich mit dem bärtigen Riesen allein. Da ich sonst nichts zu seinem Bart zu sagen habe, trinke ich noch einen großen Schluck. Und noch einen. Ich mag das Gefühl, das es in mir auslöst, ein bisschen schummerig und leicht im Kopf, so wie an dem Tag, als Liam mich geküsst hat.

Der Gedanke an seine Lippen reicht, um mich wieder zum Lächeln zu bringen. Als ich die Dose kippe, um einen weiteren Schluck zu trinken, ist sie fast leer, weshalb ich in die Küche zurückkehre.

»Kleines Mädchen!«, ruft Jen, die meine Mom gespielt hat, sobald ich eintrete.

»Hallo, Mom.« Ich torkle in ihre ausgestreckten Arme.

»Hast wohl einen Vorsprung, was?« Sie lacht.

»Warum sagst du das?«

»Jemand soll diesem Mädchen noch ein Bier besorgen«, meint ihr Freund, einer der Bühnenarbeiter.

Bella, die am nächsten am Kühlschrank steht, macht die Tür auf und gibt mir eins, ohne sich selbst etwas zu nehmen.

»Trinkst du nichts?«

»Nein«, erwidert Bella. »Ich mag den Geschmack nicht.«

»Das war bei mir früher auch so«, flüstere ich. »Aber man gewöhnt sich dran.«

Sie rümpft die Nase, so als sei das unmöglich. Ich zucke die Achseln. Auf diese Weise bleibt für uns andere mehr übrig.

Als ich wieder ins Zimmer komme, hat endlich jemand Musik eingeschaltet, und die Leute fangen an zu tanzen. Meine Chance, doch Liam ist nicht da. Ich bemerke ihn im Flur, wo er mit seiner Schwester und einigen ihrer Freundinnen aus dem College redet. Mit ihren engen Kleidern, den dicken Busen und dem makellosen Make-up sehen sie spitze aus. Sie lächeln und lachen, als seien sie gerade den Seiten der Broschüre einer Studentinnenverbindung entstiegen.

Ich nähere mich und lege Liam den Arm um die Taille. »Lass uns tanzen.« Da die Mädchen von der Studentinnenverbindung lachen, lache ich auch, obwohl ich nicht sicher bin, was daran so lustig sein soll.

»Bin gleich zurück,« meint Liam zu ihnen, bevor er mir auf die Tanzfläche folgt. Es ist zwar kein langsames Lied, doch das hindert mich nicht daran, ihm die Arme um den Hals zu schlingen, als gehörten sie dorthin.

Meine Arme, meine Schultern und meine Hüften fühlen sich locker an, und ich bin bereit, dort weiterzumachen, wo wir bei der letzten Party aufgehört haben. Als ich den Kopf an seine Schulter lehne, scheint auf dieser Welt einen wundervollen Moment lang alles im Lot zu sein.

Das schnelle Lied endet, und ein langsames beginnt. Ich hebe den Kopf, damit ich Liam in die Augen schauen kann, aber er sieht mich nicht an, sondern blickt, über meinen Kopf hinweg, hinüber zu den hübschen College-Mädchen.

»Hey«, fordere ich seine Aufmerksamkeit ein. Er betrachtet mich, als erwarte er, dass ich noch etwas hinzufüge, doch Worte sind nicht das, was ich im Moment will. Ich biege den Kopf zurück und stelle mich auf die Zehenspitzen, sodass mein Mund auf einer Höhe mit seinem ist. Da er nichts unternimmt, ergreife ich die Initiative. Meine Lippen kleben wie ein Magnet an seinen, aber als ich den Mund öffne, bleibt seiner geschlossen.

»Immer mit der Ruhe, Tiger«, sagt er und weicht von mir zurück. Stirnrunzelnd warte ich darauf, dass er mir erklärt, was los ist. Der Raum schwankt ein wenig, obwohl wir inzwischen nicht mehr tanzen.

»Möchtest du noch ein Bier?«, frage ich. Vielleicht braucht er ja nur was zu trinken, um so gut draufzukommen wie ich. So, wie wir uns bei seiner letzten Party gefühlt haben. Dann können wir weitertanzen und uns küssen.

»Klar.«

In der Küche versuche ich, den Kühlschrank zu öffnen, aber die Tür klemmt. Lachend unternehme ich einen zweiten Anlauf, doch so fest ich auch daran ziehe, sie rührt sich nicht.

»Ich mach das schon«, sagt Bella. »Er geht auf der anderen Seite auf.« Sie öffnet die Tür und greift nach einer Flasche, gibt sie mir aber nicht.

»Bist du sicher, dass du noch eins brauchst?«

»Bist du sicher, dass du hier sein solltest? Es ist eine Party fürs Ensemble und fürs Team.«

»Ich wohne nebenan«, entgegnet sie. »Liam lädt mich zu all seinen Partys ein. Ich glaube, seine Eltern verlangen das.« Als sie mir das Bier reicht, weiß ich nicht, ob ich mich bedanken oder mich entschuldigen soll. Die Nacht entwickelt sich nicht so wie geplant.

Ich drehe am Flaschenverschluss, doch er sitzt fest. Als ich meine Handfläche mustere, erkenne ich einige kleine gerötete Rillen vom Kronkorken.

»Kleines, du brauchst einen Flaschenöffner!«, stellt Jen fest. Ihr Freund nimmt mir das Bier aus der Hand, öffnet es mit seinem Schlüsselanhänger und gibt es mir zurück. Ich halte es hoch und proste Bella zu, bevor ich wieder ins Wohnzimmer gehen will.

»Hey, CeCe«, ruft Bella mir nach, und ich drehe mich um. »Ich wollte nur sagen, dass mir das mit deinem Dad leidtut. Falls du jemanden zum Reden brauchst …«

»Ich möchte nicht darüber sprechen«, fauche ich sie an. »Ich will nur tanzen.«

Nach einem trotzigen Schluck wende ich mich der Tanzfläche zu. In der offenen Tür bleibe ich stehen. Liam ist nicht dort, wo ich ihn zuletzt gesehen habe, und außerdem habe ich sein Bier vergessen. Ich will mich schon wegdrehen, als ich ihn vor dem Kamin bemerke, wo er mit einer Freundin seiner Schwester Schieber tanzt. Sie haben sich aneinandergepresst, als seien sie zu einem einzigen Körper verschmolzen, und wiegen sich in absolutem Gleichtakt hin und her. Ich beobachte, wie er den Kopf senkt, um ihr, nicht mir, etwas ins Ohr zu flüstern.

Als er kurz aufblickt, nimmt er mich wahr. Ich lächle, in der Hoffnung, dass er aufhören wird, mit ihr zu tanzen, und zu mir kommt. Aber er tut es nicht. Er lächelt nur und flüstert ihr noch etwas ins Ohr. Sie lacht, und die Schmetterlinge in meinem Magen verwandeln sich in Stein.

Ich will nach Hause, doch das Zimmer dreht sich um mich, und ich wage nicht, mich zu rühren.

»CeCe.« Bella erscheint neben mir und hält mich am Arm fest, damit ich nicht hinfalle. »Komm, wir verschwinden.«

12

Alexis

Tommy und ich verfolgen mit halbem Ohr die Elf-Uhr-Nachrichten, als eine SMS auf meinem Telefon eingeht. »CeCe möchte bei Bella übernachten«, sage ich zu Tommy. Es ist seltsam, dass sie eine SMS schickt, anstatt anzurufen. Und noch seltsamer ist es, dass sie sich bei mir gemeldet hat, nicht bei ihm. »Müssen wir uns Sorgen machen?«

»Um CeCe?«

Tommy hat recht. Ich verfasse eine kurze Antwort und teile ihr mit, sie solle am Morgen anrufen, damit einer von uns sie abholen kann. CeCe ist ein liebes Mädchen. In Anbetracht dessen, dass sie ein Teenager ist, haben wir es recht gut getroffen. Ganz anders als Jill, eine unserer engsten Freundinnen in Destin. Sie hat mit Beau, ihrem Sohn, der ein Jahr älter ist als CeCe, alle Hände voll zu tun. Nach seinem Instagram-Profil zu urteilen ist der Junge, nicht nur was sein playboyhaft gutes Aussehen betrifft, in vielerlei Hinsicht der Sohn seines Vaters. Fast auf jedem Foto posiert er mit einem anderen leicht geschürzten Mädchen. Das heutige trug Shorts, die mehr Einblicke gewährten als meine Unterwäsche.

Ich frage mich, ob Jill ihn ansehen kann, ohne sich daran zu erinnern, wie oft Adam ihr wehgetan hat. Wenn er nicht zu Hause war, hat er sie betrogen, wenn er da war, sie und die Kinder mit Nichtachtung gestraft. Abigail ist ein braves Mädchen und nach ihrer Mutter geraten. Ich weiß nicht, wie Jill es schafft, ganz allein sämtlichen Ansprüchen ihrer Familie gerecht zu werden.

Allein, wie es auch mir passieren wird.

Das Loch in meinem Magen dehnt sich aus und wächst so wütend wie Tommys Tumor. Ich glaube, mir wird gleich schlecht.

»Hey«, meint Tommy und rutscht näher an mich heran. »Alles wird gut.«

»Du hast leicht reden.« Ich wische mir eine Träne aus dem Auge, bevor sie mir auf die Wange fallen kann. »Du musst nicht ohne dich weiterleben.«

Und da ist er, der Gedanke, der mir die ganze Zeit auf der Zunge liegt, die Worte, die ich unterdrückt habe, weil ich weiß, wie egoistisch sie klingen. Aber es stimmt. Ich habe keine Ahnung, wie ich das alles ohne ihn schaffen soll.

»Wir haben noch Zeit«, sagt Tommy. »Und wir sollten sie so gut wie möglich nutzen.«

Ich schniefe. »Was schwebt dir denn so vor?«

Tommy reibt sich die Hände. Seine Augen funkeln spitzbübisch. »Lass uns heiraten.«

Ich lache wider Willen. »Ich war mit Destin einverstanden. Reicht das nicht für einen Abend?«

»Noch mal danke dafür.« Er nimmt meine Hand und fährt eine Linie auf meiner Handfläche nach. Ich bin nicht sicher, ob es die Liebes- oder die Lebenslinie ist.

»Gern geschehen.« Ich hoffe, dass er das Bedauern in meinem Tonfall nicht bemerkt. Als er meine Hand schließt und sie an seine Lippen führt, ist es aus mit meinem Vorsatz, ihm die Wahrheit zu verheimlichen.

»Ich habe gelogen«, gestehe ich, ehe ich es mir wieder anders überlegen kann.

»In welcher Sache?«, erkundigt sich Tommy. »Möchtest du doch heiraten?« Bei diesem Gedanken erhellt sich seine Miene. Abzulehnen widerstrebt mir genauso wie das auszusprechen, was ich wirklich auf dem Herzen habe.

»Das ist es nicht«, antworte ich. »Ich habe gelogen, was den wahren Grund angeht, warum ich den Sommer nicht in Destin verbringen will.«

Tommy verzieht verdattert das Gesicht.

»Du ahnst nichts, richtig?«

»Was soll ich ahnen?«, hakt er nach und runzelt die Stirn.

»Das mit Monica.«

»Monica, meine Ex?«, wiederholt er überrascht.

Was zwischen den beiden vorgefallen ist, ist das Einzige, worüber wir nie sprechen – mit Ausnahme eines Males, als ich hochschwanger mit CeCe war. Ich war müde, fühlte mich elend und wusste, dass ich mich aufführte wie die letzte Zicke, aber ich war machtlos dagegen. Deshalb fragte ich Tommy, wie er es nur mit mir aushielte. Und da erzählte er es mir.

Die Geschichte in seinen eigenen Worten zu hören war, als hörte ich sie zum ersten Mal, obwohl mir Jill mehr als ein Jahr zuvor bereits die meisten Einzelheiten anvertraut hatte.

In jener Nacht hielt er meine Hand und erklärte mir, er habe einen positiven Schwangerschaftstest in ihrem Badezimmer gefunden. Er sei vor Aufregung außer sich gewesen, habe Monica jedoch nichts verraten, nur für den Fall, dass sie eine Überraschung geplant hatte, um es ihm zu eröffnen. Also wartete er. Und wartete. Er kaufte sogar eine Silberrassel bei Tiffany's, um sie seinerseits zu überraschen, wenn sie es ihm endlich sagen würde.

Doch eines Abends, ein paar Wochen später, kam Monica betrunken nach Hause. Tommy flippte aus – so wie man es sich eben vorstellen muss, wenn Tommy ausflippt. Er verlangte eine Erklärung, wie sie trinken könne, obwohl sie ihr gemeinsames Kind erwarte. Und da teilte sie ihm mit, das sei nicht so.

Als er kurz innehielt, machte ich mich auf den Teil der Geschichte gefasst, der, wie ich wusste, darauf folgen würde. Monica erwartete kein Kind mehr. Sie hatte sich »darum gekümmert« und betonte, sie müsse an ihre Karriere denken. Ein Baby würde diese ruinieren. Ihr gemeinsames Baby, Tommys Baby. Der Halbbruder oder die Halbschwester, die CeCe verwehrt geblieben war.

Ich war für das Bestimmungsrecht von Frauen über ihren Körper auf die Straße gegangen, aber die Entscheidung dieser Frau betraf den Mann, den ich liebte. Es war auch sein Baby. Er hätte die Möglichkeit haben müssen mitzureden. Immerhin waren die beiden verheiratet, verdammt.

Nachdem er mir in jener Nacht die Geschichte erzählt hatte, kauerte ich auf seinem Schoß und küsste ihn. Seine Tränen vermischten sich mit meinen, und er beteuerte, nichts auf der Welt könne ihn daran hindern, jeden einzelnen Moment des Wunders zu erleben, das uns zuteilgeworden war. Die schönen und die nicht so schönen.

Er fragte mich, ob ich etwas dagegenhätte, wenn er unserem Baby die silberne Rassel schenkte. Ich wusste bereits, dass sie unten in seiner Sockenschublade versteckt war. Nickend küsste ich ihn und versuchte, seinen restlichen Schmerz zu vertreiben.

Nun aber erhebt Tommys Vergangenheit ihr schönes Haupt, und ich muss etwas unternehmen, um meine Familie zu schützen.

»Sie wird in Destin sein«, erkläre ich ihm. »Den ganzen Sommer … und irgendeine dämliche Serie für Netflix drehen. Sie spielt eine Mom«, füge ich höhnisch hinzu.

»Ist das alles?«, erkundigt sich Tommy. »Du hast mir kurz einen Schrecken eingejagt.«

Ich stehe auf, drehe mich um und starre ihn fassungslos an. »Ob das alles ist? Reicht das denn nicht? Deine Ex-Frau, der Filmstar, wird in Destin sein. Den ganzen Sommer.«

»Sie ist eher ein Fernsehstar als ein Filmstar«, antwortet Tommy mit einem Lächeln, das verfliegt, sobald er meine Reaktion bemerkt. Als er nach meiner Hand greift, ziehe ich sie weg und stemme sie mit Nachdruck in die Hüfte. »Baby, Monica ist ein Teil meiner Vergangenheit, mehr nicht. Ob sie in Beverly Hills ist oder in unserem Wohnzimmer sitzt, ist mir völlig gleichgültig.«

»Genau das ist ja der springende Punkt«, entgegne ich. Da er perplex wirkt, fahre ich fort. »Ich will sie nicht in der Nähe unseres Wohnzimmers, in deiner Nähe oder gar in der Nähe unserer Tochter haben.«

»Okay«, erwidert Tommy.

»Was heißt okay?«, schreie ich und ringe verzweifelt die Hände.

»Es heißt okay-okay. Wir halten sie von unserem Wohnzimmer fern.«

Ich lasse die Hände seitlich sinken, unsicher, wie ich mich jetzt verhalten soll, da er so widerspruchslos zugestimmt hat. »Und von CeCe.«

»Von mir und von CeCe.« Als Tommy die Hand nach mir ausstreckt, lasse ich mich von ihm wieder neben ihn aufs Sofa ziehen.

»Ich bin nicht verrückt«, beteuere ich, was meinen Standpunkt gewiss nicht untermauert.

»Tja, was für ein Jammer«, antwortet Tommy und knabbert an meinem Hals. »Ich bin nämlich verrückt nach dir. Bist du sicher, es war keine Lüge, dass du mich nicht heiraten willst?«

»Ganz sicher«, sage ich.

»Warum?« Er küsst die Krümmung meines Halses.

»Aus demselben Grund, warum ich schon seit fünfzehn Jahren ablehne.«

Eine Heiratsurkunde hat Tommys Dad nicht daran gehindert, seine Mom sitzen zu lassen. Und dennoch ist Tommys Reaktion darauf, in einer kaputten Familie aufgewachsen zu sein, genau das Gegenteil von meiner. Allerdings ist mein Dad geblieben. Wäre er gegangen, oder, noch besser, meine Mom hätte sich verabschiedet, hätte ich vielleicht nicht so starke Vorurteile gegen die Institution Ehe.

»Aber inzwischen hat sich die Situation geändert«,

beharrt Tommy, als müsse er mich daran erinnern, dass unser Glück ein Verfallsdatum hat.

Seine Lippen berühren meine, jedoch nur kurz, bevor er zurückweicht, um weitere Argumente vorzubringen. »Wenn wir nicht verheiratet sind, lassen sie dich womöglich im Krankenhaus nicht zu mir.«

»Du sagtest doch, du willst nicht ins Krankenhaus.«

»Wenn wir verheiratet sind, kannst du steuerfrei mein Vermögen erben.«

»Das war bis jetzt vermutlich dein romantischster Heiratsantrag, Tommy Whistler.«

Seufzend gibt er sich geschlagen und lehnt sich ins Sofa. Wahrscheinlich könnte ich zustimmen, aber er ist doch derjenige, der immer will, dass ich authentisch bleibe. Und ich wäre nicht authentisch, wenn ich nach all den Jahren der Weigerung plötzlich meine Meinung ändern würde.

Er weiß besser als jeder andere, wie abgrundtief ich die Ehe verabscheue. Und ich weiß, dass es inzwischen um uns geht, nicht um meine Eltern. Allerdings ist es schwer, eine Einstellung loszulassen, an der man den Großteil seines Lebens festgehalten hat. Ich kann mich nicht an eine Zeit erinnern, in der ich nicht fand, dass Blau die schönste Farbe, Brokkoli das grässlichste Gemüse und die Ehe ein Witz sei.

Wie sollte ich eine Institution wertschätzen, die meine Eltern so schamlos mit Füßen getreten haben? Vielleicht, wenn ich nichts von den Seitensprüngen meines Dads gewusst hätte und auch nicht, dass meine Mom im Bilde war und es einfach hingenommen hat. Dass der äußere Schein ihnen wichtiger war als die Beziehung an sich. Und wenn das die Ehe sein sollte, würde ich einen Bogen darum machen.

Ich wollte das, was Tommy und ich haben. Eine Beziehung, in der nichts anderes zählt als unsere Liebe zueinander. Frei von Konventionen. Wir sind zusammengeblieben, weil wir ohne den anderen verloren wären. Weil wir nicht im Traum daran denken würden, anderswo oder bei einem anderen Menschen zu sein – nicht, weil ein albernes Stück Pergament uns aneinanderfesselt.

Wenn wir jetzt etwas daran ändern würden, wäre das, als täte ich es, weil er krank ist, nicht weil wir unser restliches Leben zusammen verbringen wollen. Den Rest seines Lebens.

»Was, wenn wir die Hochzeit überspringen und uns gleich den Flitterwochen widmen?«, fragt Tommy. Seine Augen funkeln wieder. »Heute Nacht haben wir das Haus für uns, und es gibt einige Zimmer, die wir noch nicht getauft haben.«

»Ich bin Jüdin«, erinnere ich ihn.

»Dann eben noch nicht zum Judentum bekehrt«, legt er nach.

»So etwas gibt es nicht.«

»Doch, wenn wir dafür sorgen.« Seine Lippen streifen erneut meinen Hals, und ich neige den Kopf, damit er weitermacht.

»Ich dachte, diese Tabletten dämpfen deine Libido.«

»Angeblich«, erwidert er und arbeitet sich zu meinen Lippen vor. Ich löse mich aus einem Kuss. Auch wenn ich noch so gern tun würde, als sei alles in Ordnung, stimmt das nicht. »Vielleicht wirken sie ja nicht.«

Tommy streicht mir eine lose Haarsträhne hinters Ohr. »Die Tabletten werden mich nicht heilen. Wenn ich mich dadurch besser fühle, erfüllen sie ihren Zweck.« Er zieht mich in seine Arme und fängt an, die andere Seite meines Halses zu küssen. »Du sorgst dafür, dass ich mich besser fühle. Du bist meine Medizin.«

Als sein Mund von meinem Nacken zurück zu meinen Lippen wandert, bin ich Wachs in seinen Händen. »Welches Zimmer bekehren wir zuerst zum Judentum?«, frage ich.

Seine Lippen formen sich zu einem Lächeln, und kurz bin ich nur eine Frau in den Armen des Mannes, den sie liebt. Bis uns das Leben das nächste Mal das Gegenteil vor Augen hält.

13

Alexis

Die Musik aus CeCes Zimmer ist so laut, dass ich durch meine geschlossene Tür auf der anderen Seite des Flurs beinahe den Text verstehen kann. Ich frage mich, ob es einfacher wäre, wenn wir gemeinsam traurig sein könnten anstatt allein.

So geht es schon die ganze Woche. Der eitel Sonnenschein nach ihrem Bühnentriumph verblasste schlagartig, als wir sie von unseren geänderten Plänen für den Sommer in Kenntnis setzten. Selbst die Blumen, die wir ihr geschenkt hatten, waren verwelkt, als spürten auch sie ihre Niedergeschlagenheit.

Ich klopfe an ihre Tür, anfangs noch leise, weil ich befürchte, sie zu stören.

Ich weiß nicht, wann sich die Machtverhältnisse zwischen uns verschoben haben, aber es gefällt mir ganz und gar nicht. Nicht ich bin der Feind, sondern der Krebs. Und sie kann dagegen, dass ich so hart arbeite, rebellieren, bis sie schwarz wird. Eines Tages wird sie mir dankbar sein, weil ich ihr ein gutes Beispiel gegeben habe. Ganz zu schweigen davon, dass sie ohne mich kein Dach über dem Kopf hätte.

Ich klopfe ein wenig lauter. Noch immer keine Reaktion. Gerade hebe ich die Hand, um wieder anzuklopfen, als sie die Tür öffnet. Ich setze zum Sprechen an, verstumme aber bei ihrem Anblick. Sie wirkt so klein und hilflos und versinkt fast in einem alten T-Shirt ihres Dads. Hinter ihr bemerke ich ihren Koffer, der leer auf dem Boden steht. Sie will morgen auch nicht abreisen.

»Was ist?« CeCe sieht mich finster an. Die plötzliche Bewegung lässt ihr die dicke schwarze Brille über die Nase rutschen. Als sie sie wieder hochschieben will, stelle ich fest, dass ihr violetter Nagellack beinahe abgeblättert ist. Die Nägel selbst haben schartige Kanten, weil sie offenbar wieder mit dem Nägelkauen angefangen hat.

Wider Willen lächle ich, froh, ein Problem zu haben, das ich tatsächlich lösen kann.

Im Kosmetiksalon setzt CeCe sich in den Sessel neben mir und reicht der Kosmetikerin ein Fläschchen Nagellack. Ich brauche nicht hinzuschauen, um zu wissen, dass es ein Lilaton ist.

Es war nicht so schwierig wie gedacht, sie davon zu überzeugen, dass es uns beiden guttun würde, uns ein wenig verwöhnen zu lassen. Bestimmt hat sie sich genauso darüber gefreut wie ich, weil ich endlich einen Grund hatte, aus dem Haus zu gehen.

»Tochter?«, fragt die Kosmetikerin und weist mit dem Kopf auf CeCe.

Ich antworte mit einem Nicken und einem Lächeln und wieder muss ich nicht hinschauen, um zu wissen, dass CeCe ein finsteres Gesicht macht. Früher hat es mich gekränkt, wie sehr sie es verabscheut, dass wir uns so ähnlich sehen. Aber Tommy hat mir beinahe glaubhaft vermittelt, dass es ihr nicht so sehr um unser Äußeres, sondern darum geht, ihre eigene Identität zu entwickeln, oder sonst irgendein Psychologengerede.

Ich werfe einen Blick auf CeCe und bewundere ihre Körperhaltung. Dann straffe ich die Schultern und setze mich auch ein wenig gerader hin. Sie sieht mich an und lächelt kurz, ein unerwartetes Geschenk, das ich so gern in die Tasche stecken und für später aufheben würde.

Weil ich befürchte, dass die Stimmung kippen könnte, zermartere ich mir das Hirn nach einem unverfänglichen Gesprächsthema. Die Schule ist vorbei, und alles, was mit der Schauspielerei zusammenhängt, wird uns wieder dazu führen, dass sie den Theaterworkshop absagen musste. Außerdem habe ich den Eindruck, dass sie und Sofia sich gestritten haben, und ich glaube, wir sind beide noch nicht bereit, darüber zu reden, was zwischen ihr und Liam läuft. Gerade will ich eine Bemerkung zum Wetter machen, als die Kosmetikerin sich nach ihrem Lieblingsfach erkundigt.

Wie CeCe die Frage der Frau beantwortet, hat etwas Sorgloses und Unbeschwertes an sich. Ich schließe die Augen, entspanne mich und lausche mit halbem Ohr dem freundlichen Geplänkel. CeCe ist charmant, etwas, das sie hoffentlich von mir hat. Ihre Gegenfragen zeugen zudem davon, dass sie nachdenkt, und das hat sie eindeutig von Tommy.

»Richtig, Mom?«, sagt sie.

Ich öffne die Augen und stelle zu meiner Überraschung

fest, dass die Kosmetikerin die letzte Schicht meines Cajun-Shrimp-Nagellacks von OPI aufträgt.

»Verzeihung?«, erwidere ich, unsicher, wie lange ich taggeträumt habe.

»Oma und Opa sind in Thailand?«

Ich nicke, und CeCe plaudert weiter. Etwas zum Thema Streetfood und Curry. Seit mein Dad sich im letzten Herbst zur Ruhe gesetzt hat, bereisen er und meine Mom die Welt und sammeln Stempel in ihren Pässen, als seien es Restaurant-Bonushefte. Nach den Fotos zu urteilen, die sie bei Facebook posten, genießen sie offenbar ihre gemeinsamen goldenen Jahre. Allerdings weiß ich, dass sie sich kaum anlächeln, geschweige denn ein Wort miteinander wechseln, wenn die Kamera nicht eingeschaltet und niemand sonst in der Nähe ist. Sie benutzen einander nur, um zu bekommen, was sie wollen – oder das zur Schau zu stellen, was sie in den Augen ihrer Mitmenschen angeblich haben.

Als ich endlich den Mut hatte, ihnen zu sagen, was mit Tommy los ist, waren sie gerade in Kambodscha. Obwohl ich den Zeitunterschied von dreizehn Stunden als Vorwand benutzte, wollte ich in Wahrheit nicht erklären, dass Tommy aufgegeben hat. Mir war klar, dass sie so reagieren würden, wie auf fast alle anderen Probleme, nämlich indem sie versuchten, sie mit Geld zuzuschütten. Was sie auch getan haben.

Mein Dad erbot sich, sämtliche Kosten zu übernehmen, die besten Ärzte anzuheuern und die fähigsten Fachleute aufzutreiben. Wenn es nötig sei, um meine dreiköpfige Familie zu retten, würden sie uns bis zum Mond fliegen.

»Zehn Minuten«, verkündet die Kosmetikerin und

rückt mir an der Nageltrockenstation einen Stuhl zurecht. Ich setze mich und schließe die Augen, als sie für die kostenlose Schultermassage hinter mich tritt.

»Total verkrampft«, stellt sie fest, während sie die Handfläche in meine rechte Schulter presst.

»Wenn Sie wüssten«, erwidere ich. Es tut angenehm weh. Ich senke den Kopf und warte, bis die Anspannung meinen Körper verlässt. Schon will ich sie bitten, für ein zusätzliches Trinkgeld weiterzumachen, als CeCe sich einen Stuhl neben mir heranzieht.

»Wie sehen sie aus?«, frage ich.

Sie streckt ihre, wie vorherzusehen war, violetten Nägel hoch, ein weicher Farbton, irgendwo im Lavendelspektrum.

»Wunderschön.« Mein Kompliment zaubert ein kurzes Lächeln auf CeCes Gesicht. »Optimale Strandnägel für Destin.«

Ihre Miene verdüstert sich, und ich könnte mich ohrfeigen, weil ich ausgerechnet eines der Themen angeschnitten habe, die wir hier eigentlich vergessen wollten. Ich wünschte, ich könnte ihr anvertrauen, dass ich auch nicht hinwill, aber ich weiß, es würde nichts nützen.

Da wir schon einmal dabei sind, finde ich, dass es nicht schaden kann, weiter darüber zu reden. Vielleicht ist es ja sogar hilfreich, denn sich davor zu drücken, ändert nichts daran, dass wir morgen in aller Früh aufbrechen.

»Hast du schon angefangen zu packen?«, erkundige ich mich, obwohl ich weiß, dass es nicht so ist.

CeCe schüttelt den Kopf.

»Ich helfe dir, wenn wir zu Hause sind«, schlage ich vor.

»Ich bin kein Baby«, herrscht sie mich an. Ich schrecke zusammen. Am liebsten würde ich die Uhr zurückdrehen und das D-Wort niemals aussprechen. Es ist genauso schlimm wie das K-Wort.

»Ich möchte doch nur helfen«, beharre ich, wohl wissend, dass ich genau das Gegenteil tue.

»Wenn du wirklich helfen willst«, entgegnet sie, »überzeuge Dad davon, diesen Sommer hierzubleiben.«

»Du hast die Sommer in Destin früher geliebt«, erinnere ich sie.

»Damals war ich ein Baby«, antwortet CeCe, und ihr Tonfall wird mit jeder Silbe schärfer. »Da ich jetzt in der Highschool bin, spielt es eine Rolle, wie ich meine Sommer verbringe. Möchtest du, dass ich an einem guten College unterkomme?«

Was man in den Sommerferien zwischen dem ersten und zweiten Schuljahr so treibt, interessiert Colleges in etwa so viel wie die Sportnote. Allerdings bin ich klug genug, ihr das nicht zu sagen, insbesondere nicht an einem öffentlichen Ort, an dem ich mich gern wieder blicken lassen würde.

»Wir reden später darüber«, meine ich deshalb und senke die Stimme.

»Du schnallst es einfach nicht«, entgegnet CeCe. Sie spart sich die Mühe, leise zu sprechen. Ich spüre, wie alle im Salon uns anstarren und mit gespitzten Ohren ein Gespräch belauschen, das eigentlich niemanden etwas angeht. »Du kapierst nicht, wie viel die Schauspielerei mir bedeutet.«

»Mehr als dein Dad?«

CeCe beugt sich so weit von mir weg, wie es möglich ist, ohne die Hände aus dem Trockengerät zu nehmen. »Natürlich nicht«, zischt sie.

»Der Theaterworkshop ist auch noch im nächsten Jahr da«, erkläre ich ihr. Und ehe ich mich bremsen kann, füge ich hinzu: »Dein Vater nicht.«

Ich beobachte, wie sich die Augen meiner Tochter, die aussehen wie meine, weiten und hinter der Brille zu glänzen beginnen. Sie öffnet den Mund, schließt ihn jedoch wieder, ohne etwas zu sagen. Genau das, was ich hätte tun sollen.

»Entschuldige.« Ich ziehe die Hände aus dem Trockengerät, um sie am Arm zu berühren, doch sie ist aufgesprungen, bevor ich sie zurückhalten kann. Das laute Bimmeln des Glöckchens an der Tür durchschneidet die beklommene Stille, die sie zurücklässt.

Rasch bezahle ich am Empfang und gebe mehr Trinkgeld als nötig, ehe ich CeCe nach draußen folge. So viel zu gemeinsamen Unternehmungen von Mutter und Tochter.

14

CeCe

Nach vier Stunden Autofahrt muss ich so dringend pinkeln, dass meine Blase sich anfühlt, als würde sie gleich platzen. Es war nicht unbedingt eine gute Idee, vor dem Aufbruch eine Riesenflasche Wasser zu trinken, und es ist auch nicht gerade hilfreich, dass die Fahrt sogar noch länger dauert als sonst, weil Mom am Steuer sitzt.

Ich nehme die Ohrhörer aus den Ohren, die ein bisschen wehtun. Wahrscheinlich hätte ich nicht so laut Musik hören sollen, aber ich konnte es einfach nicht ertragen, dass Mom versucht, so zu tun, als sei alles in bester Ordnung.

»Ich muss aufs Klo«, sage ich.

»Kannst du bis zur nächsten Raststätte warten?«, meint Mom. Eine dämliche Frage, denn was wäre die Alternative? Mich an den Straßenrand kauern?

»Natürlich«, erwidere ich und bemerke zu spät, dass ich versehentlich mein Schweigegelübde gebrochen habe. Seit wir gestern den Salon verlassen haben, habe ich kein einziges Wort mehr von mir gegeben. Ich betrachte meinen ruinierten Nagel am kleinen Finger, wo der Lack verschmiert ist, weil ich ihn nicht lange genug habe trocknen lassen. Ebenfalls ihre Schuld.

»Nächste Raststätte zwanzig Kilometer«, liest Dad von einem Schild ab und greift hinter den Vordersitz, um mir die Hand aufs Knie zu legen. Ich hebe die Füße an, damit er nicht drankommt.

Er und Mom lächeln einander so dämlich an, wie Eltern es tun, wenn sie glauben, ein großes Geheimnis zu haben, von dem der Rest der Welt nichts ahnt.

»Schau auf die Straße«, ermahne ich Mom.

Sie sieht mich an, bevor sie ihre Aufmerksamkeit wieder dorthin richtet, wo sie hingehört. »Schon verstanden«, antwortet sie. »Und meine Hände stehen auf zehn und zwei Uhr, nur für den Fall, dass du dich das gefragt haben solltest.«

»Habe ich nicht«, murmle ich in mich hinein. Ich glaube, sie hat mich sowieso nicht gehört, denn »Happy Together«, unser Familienlied, fängt an, und sie kann nicht anders als mitzusingen.

»*Imagine me and you*«, trällert sie.

Dad stellt den Ton lauter und antwortet mit der nächsten Zeile. Wenn wir schon ein Familienlied haben müssen, wäre es doch nicht zu viel verlangt zu erwarten, dass es aus diesem Jahrhundert stammt.

Normalerweise stimme ich in den Refrain ein, aber ich halte den Mund in stummem Protest geschlossen.

Dad bemerkt es entweder nicht, oder es ist ihm egal, denn er singt einfach weiter, und zwar seine veränderte Textversion über zwei »Mädchen«, die er liebt. Mich und Mom.

Als er hinter sich greift, rücke ich meine Knie wieder in Anfassnähe, um ihm mitzuteilen, dass nicht er es ist, auf den ich sauer bin. Er dreht sich um, lächelt mich an und wirkt so glücklich, dass ich mir überlege, ob ich beim nächsten Mal den Refrain mitsingen soll, wie lieb wir einander haben. Doch da fängt er zu husten an.

»Dad?«, frage ich im gleichen Augenblick, wie Mom »Tommy?« ruft.

Es wird weitergehustet, sehr laut, und es klingt, als ob es wehtut. Das schrecklichste Geräusch, das ich je gehört habe. Mir tut davon selbst die Brust weh. Er hustet und hustet und keucht schließlich, bis ich befürchte, dass er keine Luft mehr kriegt. Was, wenn er aufhört zu atmen?

Ich werfe einen Blick auf Mom, die Dad ansieht, nicht die Straße, wo die Autos vor uns langsamer werden.

»Mom, bleib stehen!«

Sie schaut auf und tritt gerade noch rechtzeitig auf die Bremse. Ihr Arm schießt zum Beifahrersitz, als könne sie Dad beschützen. Er lehnt sich an ihren Arm und sitzt nach vorne zusammengesackt da.

»Daddy?«

Der Hustenfall ist zwar vorbei, aber er atmet langsam und flach und von einem rauen Rasseln begleitet. »Alles okay«, antwortet er.

Mein Blick trifft im Rückspiegel den von Mom. Obwohl wir schweigen, weiß ich, was wir beide denken: Wir sind noch nicht bereit, ihn zu verlieren.

»Du kannst jetzt weiterfahren«, sagt Daddy.

»Was?« Moms Stimme zittert, und ich merke ihr an, wie sie mit den Tränen kämpft.

»*Fahr weiter*«, wiederholt er, diesmal lauter. Er klingt wütend, hoffentlich nicht auf mich.

Mom starrt ihn noch einen Moment lang an und schaut dann auf den Highway, wo sich alle anderen Autos inzwischen wieder in Bewegung gesetzt haben. Als jemand hinter uns hupt, gibt sie Gas.

15

Alexis

»Scheiße«, schimpfe ich, als wir an der Ausfahrt vorbeibrausen, die ich hätte nehmen sollen. »Sorry.« Ich sehe in den Rückspiegel, in der Hoffnung, dass CeCe meinen Blick erwidert. Vorhin, als Tommy gehustet hat, war da ein Moment, in dem sie anscheinend wusste, dass wir das nur gemeinsam überstehen können.

»Was?«, fragt sie gereizt, als habe sie vergessen, dass sie vor wenigen Minuten dringend aufs Klo gemusst hat. Sie hat sogar ihren Schwur gebrochen, nicht mit mir zu reden.

Mir ist klar, dass sie Angst hat und traurig und wütend ist. Und zwar deshalb, weil ich mich ganz genauso fühle. Ich wünschte, ich könnte ihr das erklären, aber ich muss erwachsen sein. Es ist meine Aufgabe, sie zu trösten und sie aufzumuntern. Allerdings habe ich keine Ahnung, wie ich das anstellen soll, denn ich brauche selbst jemanden, der genau das bei mir tut.

Unter anderen Umständen hätte ich mit Tommy darüber gesprochen. Doch ich kann ihm nicht erzählen, was wirklich in mir vorgeht – dass mir fast das Herz stehen geblieben ist, als er anfing, so schrecklich zu husten. Ich hatte solche Angst, dass wir zu lange gewartet haben könnten. Dass ich es vermasselt habe, denn ich habe nicht früh genug Ja gesagt. Er darf nicht sterben, bevor wir auch nur in Destin sind oder einen Teil der Dinge getan haben, die er in diesem Sommer unternehmen will. In seinem letzten.

»Die Ausfahrt. Ich habe sie verpasst«, sage ich.

»Egal«, erwidert CeCe vom Rücksitz aus. »Wir sind sowieso fast da.«

Als Tommy sich räuspert, huscht mein Blick zu ihm hinüber. »Ich bin okay«, verkündet er.

Ich wünschte, ich könnte ihm glauben, und bin mir dessen bewusst, wie sehr es ihn belastet, dass die Krankheit eine solche Auswirkung auf uns hat. Ich versuche, für so viel Normalität wie möglich zu sorgen. Eigentlich bin ich froh, dass CeCe sich vorhin aufgeführt hat wie die Axt im Walde. Hätte sie sich brav wie ein Lämmchen verhalten, es wäre nicht authentisch gewesen.

»In ein paar Kilometern kommt die nächste Ausfahrt«, merke ich an.

Tommy nickt und stellt die Musik lauter. Ich habe gar nicht bemerkt, dass ich sie leiser gemacht habe. Einer meiner Vorsätze für diesen Sommer ist, daran zu arbeiten, mehr im Moment zu leben, insbesondere deshalb, weil die Momente für uns knapp werden.

»Erzähl mir die Geschichte von unserem ersten Kuss«, meint Tommy.

»Du warst dabei«, halte ich ihm vor Augen. »Außerdem hast du diese Geschichte schon hundertmal von mir gehört.«

»Es würde mich nicht stören, sie noch hundertmal zu

hören.« Er legt mir die Hand aufs Bein und lässt sie zum Knie hinunterrutschen.

Mein Blick wandert zum Rückspiegel, um festzustellen, ob CeCe lauscht. Aber sie hat wieder den Kopfhörer auf und starrt auf ihr Telefon.

»Du warst zurückhaltend und schüchtern«, beginne ich. »Und du warst wunderschön.«

Ich lache. Nur ein verliebter Betrachter hätte es geschafft, mich als unbeholfene Zwölfjährige schön zu finden. Mein Haar war kraus. Ich hatte mindestens zehn Kilo Übergewicht. Und die Klamotten, die wir alle in den Achtzigern trugen, waren alles andere als schmeichelhaft.

»Wir standen als Mutprobe im Wandschrank«, fahre ich fort. »Du auf der einen Seite, ich auf der anderen.«

»Ich habe den ersten Schritt gemacht«, sagt er stolz.

»Aber du hast mich verfehlt und mir das Kinn in die Nase gerammt.«

»Es war mein erster Kuss«, wendet er ein und streicht mit der Hand meinen Oberschenkel auf und nieder. Ich erinnere ihn nicht daran, dass es bei mir nicht das erste Mal war. Inzwischen wünschte ich, es wäre so gewesen.

»Es war dir peinlich, und du hast dich auf deine Seite des Schrankes geflüchtet. Dann war die Zeit um, sie haben die Tür geöffnet, und ich bin rausgegangen.«

»Aber du bist zurückgekommen.«

»Ich bin zurückgekommen.« Ich lächle. Jahrelang endete meine Erinnerung an diesen Abend damit, dass ich den Schrank verließ. Erst Jahre später, als ich endlich wieder in Destin war, hat Tommy mir geschildert, was dann geschah.

Inzwischen weiß ich, dass ich zurück zum Schrank

schaute, wo Tommy sich nicht von der Stelle gerührt hatte. Seine Pausbacken waren verlegen gerötet, und er machte einen traurigen Eindruck. Selbst damals schaffte ich es nicht, ihn zu enttäuschen. Also ging ich wieder zum Schrank, beugte mich vor und streifte mit den Lippen kurz seine. Es war nur der Hauch eines Kusses, doch er brachte ihn zum Lächeln.

»Den restlichen Sommer habe ich mir nicht den Mund gewaschen.« Tommy lehnt sich hinüber und küsst mich rasch. Nach einem Blick auf den Rücksitz tut er es noch einmal. »Wir hatten ein schönes Leben.«

»Wir leben noch«, beharre ich.

»Richtig«, stimmt er zu. »Ich weiß, dass es nicht optimal ist, den ganzen Sommer hier zu verbringen …«

»CeCe hat es nicht so gemeint.«

»Ich dachte eher an dich.«

Erwischt. Seit unserem Gespräch über Monica habe ich versucht, gute Miene zum bösen Spiel zu machen. Aber natürlich hat er mich durchschaut. »Wir könnten auch an einem schlimmeren Ort sein«, antworte ich.

»In einem Krankenhaus zum Beispiel«, entgegnet er.

Ich nicke, obwohl wir, wenn wir in einem Krankenhaus wären, vielleicht noch eine kleine Chance auf weitere gemeinsame Sommer hätten. »Oder auf der Zulassungsstelle«, füge ich, bemüht, das Thema zu wechseln, hinzu.

Nach dem Lächeln auf Tommys Gesicht zu urteilen klappt es. »Oder mit einem Dutzend Teenager im Einkaufszentrum.«

»Im Flugzeug auf dem Platz in der Mitte«, schlage ich vor. »Neben jemandem, der Blähungen hat.«

»Im Büro des Schuldirektors«, sagt Tommy mit einem verschlagenen Grinsen.

»Du hast noch nie das Büro eines Direktors von innen gesehen«, stelle ich richtig. »Du warst immer ein Musterschüler.«

»Das glaubst du vielleicht«, antwortet er. Als ich ihn verstohlen ansehe, bemerke ich, dass er mich mit selbstzufriedener Miene betrachtet. »Du kennst nicht alle meine Geheimnisse.«

»Ich weiß, dass du einmal deine Weihnachtsgeschenke aufgemacht und sie anschließend wieder eingepackt hast, damit deine Mom nichts mitkriegt.«

»Stimmt.«

»Und ich weiß, dass du bei der Führerscheinprüfung geschummelt hast.«

»Das warst du, mein Schatz.«

Verdammt, er hat recht. »Manchmal ist es, als würdest du mich besser kennen als ich mich selbst.«

»Etwas anderes käme für mich nicht infrage.«

Tommy greift nach meiner Hand, küsst sie liebevoll und lässt seine Lippen so lange dort liegen, dass CeCe sicher etwas dazu anmerken würde, hätte sie darauf geachtet.

Wieder sehe ich in den Rückspiegel, wo meine Tochter sich zusammengerollt hat, nicht ahnend, dass wir im Begriff sind, auf die einzige Leiche im Keller ihres Dads zu sprechen zu kommen.

»Elf nach elf«, verkündet Tommy und weist mit dem Kopf auf die Uhr am Armaturenbrett.

Erneut ruht mein Blick auf CeCe. Obwohl sich der Großteil meiner Wünsche inzwischen darum dreht, dass ich mehr Zeit mit Tommy haben will, wünsche ich mir außerdem, Tommys Vergangenheit möge auch vergangen bleiben. Außerdem, dass CeCe niemals von Monica erfährt. Allerdings habe ich ein mulmiges Gefühl im Magen und den Verdacht, dass ich mir in diesem Sommer nicht nur darum Sorgen machen muss, Tommy zu verlieren.

16

CeCe

Als wir über die Mid-Bay Bridge in Richtung Destin fahren, fühle ich mich wie am Anfang des zweiten Akts eines Theaterstücks. Nur, dass dieses Stück mein Leben ist und, wie alle Tragödien, ein unausweichliches Ende hat.

»Es ist noch hübscher, als ich es im Gedächtnis habe«, sagt Dad, als seien wir jahrelang nicht hier gewesen und nicht erst vor wenigen Monaten in den Frühjahrsferien.

Aber er hat recht: Es ist wunderschön. Links und rechts Wasser, so weit das Auge reicht. Die Aussicht fühlt sich normalerweise an wie eine Belohnung dafür, dass man die weite Fahrt hinter sich hat, und verheißt Dinge, die noch kommen werden.

Nur, dass ich diesmal weiß, was kommt, und nichts damit zu tun haben will.

Offenbar hat Dad vergessen, warum wir hier sind, denn er benimmt sich wie in jedem anderen Sommer. Er kurbelt das Fenster ganz herunter, sodass ein Schwall salzige Luft ins Auto weht. Der Wind ist so laut, dass ich nicht verstehe, was er sagt, aber ich kenne ihn gut genug, um zu wissen, dass er witzelt, er würde ihm die nicht existierenden Haare zerzausen.

Ich öffne meinen Sicherheitsgurt, mache das Fenster auf und ziehe mir das Gummiband aus den Haaren. Dann halte ich den Kopf hinaus, ehe Mom mich daran hindern kann.

Der Wind ist stark, doch ich bin stärker. Ich schließe die Augen und recke mein Gesicht in die Sonne. Mich gegen den Widerstand stemmend, lasse ich zu, dass mein Kopf hin- und herwippt, als tanzte ich mit dem Wind. Mein Haar wird durchgepustet, und es pikt, als lose Strähnen mir ins Gesicht schlagen. Aber das ist mir egal. So fühlt es sich an, lebendig zu sein.

Der Wind lässt nach, und ich schlüpfe zurück ins Auto, als Mom an der Mautstation langsamer wird.

Ich klappe die Armlehne hoch und rutsche auf die andere Seite, damit ich mir die aufgemalten Wale gut ansehen kann. Als ich klein war, dachte ich, sie seien echt, sprängen aus dem Wasser, um mich in Destin zu begrüßen, und fragten sich, warum ich so lange fort gewesen sei.

Natürlich bin ich inzwischen klüger. Es handelt sich nur um ein Wandgemälde an einem Lagerhaus am Straßenrand. Wenn man genauer hinschaut, erkennt man die Stellen, wo die Farbe anfängt abzublättern. Dennoch fühlt sich ein kleiner Teil von mir so, als werde er von alten Freunden begrüßt.

»Es wird eine Wohltat, sich die Beine zu vertreten«, verkündet Mom.

Ich spare mir die Antwort. Sie sagt stets die offensichtlichen Dinge, die nicht ausgesprochen werden müssen. Es ist, als rede sie nur, weil sie das Schweigen nicht aushält. Dad ist da eher wie ich. Er weiß, dass es manchmal überflüssig ist, die Stille mit Worten zu stören.

Als wir uns dem Highway 98 nähern, wippe ich mit dem Fuß. Da ich schon nach Destin gekommen bin, bevor ich auf der Welt war, reagiert mein Körper anscheinend unwillkürlich auf diesen Ort. Irgendwie so, als liege es mir in den Genen.

Mom biegt in den 98er ein, und ich halte Ausschau nach Bruster's, um mich zu vergewissern, dass es meine Lieblingseisdiele noch gibt. Doch ehe mein Blick in einem Rennen gegen den Sonnenschein auf die roten Bänke fällt, wo Dad und ich immer sitzen und unser Eis essen, bemerke ich die Plakatwand.

»Ach du Scheiße«, entfährt es mir.

»Keine Kraftausdrücke«, rügt Dad.

Normalerweise bemühe ich mich, in seiner Gegenwart keine Schimpfwörter zu benutzen, obwohl Mom es ständig tut. Aber, ach du Scheiße! Ich blinzle ein paarmal rasch, doch auf der Werbetafel steht noch immer dasselbe wie gerade eben. DESTIN BEGRÜSST ENSEMBLE UND TEAM VON THE SEASIDERS. Ich habe gelesen, dass die neue Netflix-Serie am Strand einer Kleinstadt in Florida gedreht wird, ahnte aber nicht, dass es in *meiner* Kleinstadt in Florida ist.

Als wir direkt vor der Plakatwand an einer roten Ampel stoppen, mache ich durch das offene Fenster ein Foto. Vielleicht wird dieser Sommer ja doch nicht so grässlich.

Mein Lächeln verfliegt, als mir klar wird, dass Mom mich im Rückspiegel beobachtet. Ihre Augen weiten sich, als sie zwischen mir und der Plakatwand hin- und herschaut. Es ist, als ahne sie, dass ich mir den Tag ausmale, an dem ich zufällig einem der Casting-Agenten der Serie am Strand über den Weg laufe.

Ich kann es mir bildlich vorstellen. Er wird sagen, er habe einen Blick für Naturtalente, und wenn ich erwidere, dass ich Cecelia Whistler heiße, wird er fragen, ob ich mit Monica verwandt bin. Ich werde ihm erklären, dass zwischen mir und einem der Stars der Serie leider keine Verbindung besteht. Da mein Dad Einzelkind ist, habe ich weder Tanten, Cousinen noch sonst etwas. Dennoch wäre es toll, in der Serie Monicas Tochter zu spielen. Aber wem will ich etwas vormachen? Ich würde mich schon über eine Komparsenrolle freuen!

»Baby«, sagt Dad, als die Autos hinter uns zu hupen anfangen.

Mom wendet die Augen von mir ab und wieder der Straße zu, wo die Ampel inzwischen umgesprungen ist. Es ist peinlich, wie offensichtlich sie sich aufführt. Ich wünschte wirklich, sie würde sich um ihr eigenes Leben kümmern, anstatt meines zu ruinieren. Wenn sie nicht gewollt hätte, dass ich mich in die Schauspielerei verliebe, hätte sie mich als Kind nicht in einem ihrer dämlichen Werbefilme auftreten lassen sollen. Und wenn sie tatsächlich an meine Begabung glauben würde, wie sie es nach der Aufführung behauptet hat, wäre sie nicht besorgt, dass Absagen mir schaden könnten, weil mir nämlich niemand absagen wird.

Falls ich irgendwann wieder mit ihr rede, teile ich ihr mit, dass es einen Weg für sie gibt, alles wiedergutzumachen – und zwar, indem sie mir einen Vorsprechtermin organisiert. Sie könnte ihre Werbecasting-Leute in L. A. anrufen und fragen, ob sie die Casting-Leute hier kennen. Es ist einen Versuch wert und außerdem das Mindeste, was sie tun kann, nachdem sie mich gezwungen hat, einen ganzen Sommer hier zu verbringen.

Ich poste mein Foto von der Plakatwand bei Instagram, und zwar mit dem Begleittext *Bin bereit zum Casten #SuchMich #AStarIsBorn #SchauspielenIstMeinDing #ZweiWhistlersSindBesserAlsEine*.

Ich schicke das Bild an Liam. In den letzten Wochen wollte ich ihm eine Million Mal eine SMS schreiben, aber es sollte nicht so aussehen, als würde ich ihm nachlaufen. Jetzt habe ich wenigstens etwas Interessantes zu berichten.

Als ich aufblicke, biegen wir gerade in den Crystal Beach Drive ein. Die vertrauten zweistöckigen Häuser stehen aufgereiht wie pastellfarbene Malkreiden in einer Schachtel: Rosatöne, Blau, Gelb und Grün. Die Palmen davor erinnern mich an Hollywood. Vielleicht werden die Palmen mich irgendwann an Destin, den Ort, wo ich entdeckt wurde, erinnern, wenn ich erst als berühmte Schauspielerin in Kalifornien wohne.

Mom fährt auf der Luke nach links, vorbei an der Stingray und der Cobia Street. Mir fällt ein, dass ich unbedingt mit Dad zum Fischmarkt will. Und da, rechts vor der Pompano Street, liegt unser Strandhaus mit einer Schaukel auf der Veranda, identisch mit der, die wir zu Hause haben. Die Schaukel ist einer meiner Lieblingsplätze, wenn Mom sie nicht in Beschlag nimmt.

»Da wären wir«, stellt sie wieder das Offensichtliche fest.

17

Alexis

Beim Anblick des Hauses meiner Großmutter fließt mir das Herz über. Inzwischen ist es mein Haus, denn sie hat es mir vererbt. Trotzdem betrachte ich das gelbe zweistöckige Strandhaus weiterhin als ihres.

Nach all den Jahren vermisse ich sie noch immer so, dass es wehtut. Aber obwohl sie nicht mehr herauskommen wird, um mich mit einer Umarmung und einem eiskalten Glas ihres berühmten Arnold Palmer zu begrüßen, spüre ich sie an diesem Ort, wo wir, nur zu zweit, so viele gemeinsame Sommer verbracht haben. Ich hoffe, dass es mit Tommy auch so sein wird. Dass ich seine Anwesenheit spüren werde. Doch ich bin nicht bereit, daran zu denken. Nicht jetzt. Noch nicht.

CeCe öffnet ihre Tür, bevor das Auto richtig steht. Ich beobachte, wie sie mit einem gewaltigen Satz die Stufen zur Veranda hinaufeilt und den Ersatzschlüssel aus seinem üblichen Versteck unter dem Ochsenfrosch aus Keramik hervorholt, den Oma für fünf Dollar zehn in einem Fabrikresteladen gekauft hat.

Wenn es nach Tommy gegangen wäre, wären wir ganz

hierhergezogen. Er behauptet zwar, seine Heimat sei dort, wo ich bin, aber im Grunde seines Herzens ist er stets glücklicher hier, wo das Meer nur wenige Häuserblocks und nicht Hunderte von Kilometern entfernt ist.

Jedes Jahr nehmen wir uns vor, öfter herzukommen, doch das Leben macht uns immer einen Strich durch die Rechnung. Hauptsächlich ist es mein Beruf. Allerdings dachte ich, dass uns noch jede Menge Zeit bleibt. Wir wollten uns hier zur Ruhe setzen. Tommy würde Golf lernen, ich mich im Pickleball versuchen. Und bei Sonnenuntergang würden wir Hand in Hand über den Strand schlendern und der guten alten Zeiten gedenken. Wir hatten einen Plan. Wir hatten uns mehr Zeit vorgestellt.

Ich drücke auf den Zündknopf, um den Motor abzuschalten, öffne jedoch nicht die Tür. So gern ich auch aussteigen will, graut mir vor der Abschiedstournee. Der Eindruck trügt, dass dieser Aufenthalt sich nicht von den Hunderten von Malen unterscheidet, die wir die Fahrt hinter uns gebracht haben. Und ich kann die Tatsache nicht wegschieben, dass wir zwar zu dritt angekommen sind, aber nur zu zweit abreisen werden.

Tommy tätschelt mir das Bein. »Bereit?«

»Oder auch nicht«, erwidere ich und lege die Hand auf seine. »Nichts geht mehr.«

Ich steige aus, öffne den Kofferraum und achte nicht auf den Sauerstoff, den er zum Glück noch nicht braucht. Ein großer Tank für zu Hause und ein tragbares Sauerstoffgerät, das aussieht wie eine Kreuzung aus Aktenkoffer und Handtasche. Sein Arzt hat uns mit einem hiesigen Spezialisten vernetzt, der bei der »Linderung der Beschwerden«

helfen soll. Tommy hat mir den Mund verboten, bevor ich ihm auch nur vorschlagen konnte, vielleicht von diesem Arzt eine Drittmeinung einzuholen.

Sosehr ich mich auch bemühe, mir keine falschen Hoffnungen zu machen, wünsche ich mir, dass der Aufenthalt hier Tommy daran erinnert, wie schön das Leben sein kann. Er soll erkennen, dass wir es wert sind, um uns zu kämpfen, ehe es zu spät ist.

»Ich erledige das«, holt Tommy mich in die Gegenwart zurück. Er greift nach meinem riesigen Koffer, vollgepackt mit allem, was ich in den nächsten Monaten brauchen könnte.

Ich beobachte, wie er ihn aus dem Kofferraum wuchtet und dann seinen eigenen Koffer nimmt, der mindestens genauso schwer ist. Einen Koffer in jeder Hand steuert er auf das Haus zu. Er strengt sich so an, weiterhin das Sinnbild der Kraft zu verkörpern.

Er ahnt nicht, dass mir seine zunehmende Appetitlosigkeit aufgefallen ist. Sein Gesicht ist bereits eingefallen, seine Hemden fangen an, ihn zu umschlottern, und er trägt den Gürtel einige Löcher enger.

Über solche Dinge reden wir nicht.

Im Kofferraum befindet sich ein Pappkarton, an den ich mich nicht vom Packen her erinnere, doch ich lasse ihn für den Moment stehen und schnappe mir mit einer Hand CeCes Koffer und mit der anderen den Sauerstofftank. Dann mache ich den Kofferraum zu und spare mir die Mühe, das Auto abzuschließen, denn wir sind hier in Destin, wo nie etwas Schlimmes passiert, zumindest nicht vor diesem Sommer.

Drinnen erwarte ich fast, alles so vorzufinden wie früher, mit Omas Möbeln aus Atlanta, die hier stets ein wenig deplatziert gewirkt haben. Ich trete in das einzige Zimmer, das von unserer Umgestaltungsaktion verschont geblieben ist, das Klavierzimmer mit Omas Steinway, der in einer Ecke Hof hält. Wie gerne habe ich ihr zugehört, wenn sie sang und alles, angefangen bei Broadway-Hits bis hin zu Liedern von den Andrew Sisters, spielte, während ich am Kartentisch saß, zeichnete oder Solitaire legte.

Damals, als Tommy und CeCe ganze Sommer hier verbracht haben, haben sie den Tisch für ihre gewaltigen Puzzles benutzt. Immer wenn ich auf ein verlängertes Wochenende herkam, war das jeweilige Werk ein Stückchen weiter gediehen. Auf wundersame Weise klappte es stets mit der Zeiteinteilung, sodass das letzte Teil eingefügt wurde, kurz bevor es Zeit wurde, zu packen und nach Hause zu fahren.

»Baby!«, ruft Tommy aus der Küche.

Ich gehe den Flur entlang auf ihn zu und bleibe stehen, um ein gerahmtes Foto gerade zu rücken, das Jills Tochter Abigail letzten Sommer von uns dreien am Strand gemacht hat.

»Offenbar war Jill hier«, verkündet Tommy und hält einen Krug Arnold Palmer hoch, ein Getränk halb Eistee, halb Limonade, das meine Großmutter, wie Jill weiß, stets im Kühlschrank hatte. Tränen der Dankbarkeit steigen mir in die Augen, doch ich blinzle sie weg.

»Hat sie uns sonst noch etwas hinterlassen?«, frage ich und spekuliere auf eine süße Köstlichkeit aus ihrer Bäckerei mit angeschlossenem Café, um sie zum Getränk zu naschen.

»Nur einen Zettel, dass du ins Broken Crown kommen sollst, nachdem wir uns häuslich eingerichtet haben.«

Ich nicke und wünsche mir, ich könnte das Auspacken und Aufräumen vor mir herschieben. Aber es gibt nun einmal Regeln, und ich weiß, dass ich meine Koffer den restlichen Sommer über als Schublade benutzen werde, wenn ich mich nicht gleich darum kümmere.

»Geh nur«, meint Tommy. »Ich räume alles weg.«

»Später«, erwidere ich. »Wir müssen noch einkaufen.«

Tommy lächelt. »Das kann ich übernehmen. Schließlich mache ich es auch zu Hause, richtig?«

Da liegt er nicht falsch. »Bist du sicher?«

Tommy umfasst meine Taille, zieht mich enger an sich und antwortet mit einem Kuss. »Bring mir nur etwas von Jill mit.«

»Wird erledigt.«

Nach einem weiteren Kuss schlendere ich die Straße entlang, um mir die Umarmung zu holen, die ich herbeisehne, seit dieser Albtraum begonnen hat.

18

CeCe

Ich höre die Haustür zufallen und schaue gerade noch rechtzeitig aus dem Fenster, um zu sehen, wie Mom die Straße hinuntergeht. Wir sind noch kaum hier, und sie verschwindet schon wieder. Es ist, als sei sie lieber anderswo als bei uns.

»Dad?«, rufe ich auf dem Weg die Treppe hinunter.

»Hier bin ich«, erwidert er aus der Küche. »Magst du einen Arnold Palmer?«

»Klar.« Ich steuere geradewegs auf den Schrank zu, in dem wir die Gläser aufbewahren. »Du auch?«

»Ich dachte schon, du fragst nie«, frotzelt er.

Ich greife nach einem zweiten Glas und halte ihm beide hin. »Drinnen oder draußen?«

»Immer draußen«, meint er, füllt die Gläser und stellt den Krug wieder in den Kühlschrank.

Ich folge ihm hinaus zu unserem Stammplatz, der Schaukel auf der Veranda; er sitzt links, ich rechts und mit den Füßen auf seinem Schoß.

»Ahh«, seufzt er und trinkt einen Schluck. »So lasse ich es mir gefallen.«

»Nicht schlecht.« Der Arnold Palmer schmeckt frisch, die optimale Mischung aus süß und sauer. Offenbar verwendet Tante Jill echte Limonade, nicht die Chemieplörre, die Mom nimmt.

»Danke«, sagt Dad und drückt meinen Fuß.

»Wofür?«

»Ich weiß, dass du diesen Sommer nicht hierher wolltest.«

»Nicht den *ganzen* Sommer lang. Allerdings ist es ja nicht so, als ob ich groß hätte mitreden können.«

»Nun, trotzdem danke.«

»Trotzdem gern geschehen.«

Es ist einfach, so zu tun, als läge nichts im Argen, solange alles normal ist wie jetzt. Nur wenn Dad hustet oder wenn er seitlich dasteht und ich sehe, wie sehr er abgemagert ist, fällt es mir wieder ein. Das heißt nicht, dass ich es je vergesse. Ich habe es immer im Hinterkopf. Ich bemühe mich nur, es so weit wie möglich wegzuschieben. Denn es ist mir einfach zu viel, mich damit zu beschäftigen.

»Ein Penny für deine Gedanken«, meint Dad, aber ich kann ihm nicht verraten, was wirklich in mir vorgeht. Es würde ihn traurig machen zu erfahren, was ich wirklich denke, wenn ich mir seine Situation vor Augen führe.

»Die sind mindestens einen Dollar wert«, entgegne ich grinsend, um die Stimmung aufzulockern.

»Setz es auf meine Rechnung«, erwidert er. »Ich möchte gern wissen, was sich in deinem hübschen Köpfchen so tut.«

»Eigentlich nichts.«

»Nichts heißt immer, dass da etwas ist. Denkst du an

Liam?« Er zieht die Augenbraue hoch, als glaube er, im Bilde zu sein.

»Wen?«

»Schon kapiert. Du willst mit deinem alten Herrn nicht darüber reden.«

»Das ist es nicht.«

Er wirft mir einen seiner Psychologenblicke zu, so als erwarte er, dass ich weiterspreche.

»Das heißt, ich mag ihn«, gebe ich zu. »Und ich habe geglaubt, dass er mich auch mag. Aber wahrscheinlich hatte es nur mit dem Stück zu tun. Offenbar wollte er sich in seine Rolle einfühlen. Egal, was es war, jetzt ist es vorbei.« Ich zucke die Achseln und versuche, den Eindruck zu erwecken, als sei es nicht weiter wichtig. Immerhin habe ich nicht alle paar Minuten auf mein Telefon geschaut, um festzustellen, ob er auf das Foto von der Plakatwand reagiert hat, das ich ihm geschickt habe. Hat er nicht.

»Es tut mir leid, Mäuschen.«

»Egal«, wiederhole ich. »Offenbar geht er mit einer Freundin seiner Schwester. Es ist schwierig, als einfache Schülerin im ersten Jahr Highschool hübschen College-Mädchen das Wasser zu reichen.«

»Wart's nur ab«, antwortet Dad. »Bald bist du auch ein hübsches College-Mädchen, das Herzen bricht und Jungs sammelt.«

»Es ist keine große Sache«, beteuere ich, obwohl das nicht stimmt.

»Bestimmt fühlt es sich momentan trotzdem so an, doch es gehört zum Erwachsenwerden«, erwidert er. »Und wenn es dir weiterhilft: Jungs wie Liam, die dir jetzt so wundervoll erscheinen, tja, die entwickeln sich manchmal nicht mehr weiter.«

Ich verdrehe die Augen. »Das steht in den Erziehungsratgebern, richtig?«

Dad lacht, was mich zum Schmunzeln bringt. »Ich wünschte, ein solcher Ratgeber würde existieren, aber es stimmt. Weißt du, ich habe nicht immer so gut ausgesehen.«

»Du siehst auch jetzt nicht gut aus«, necke ich ihn.

»*Oh, Cecelia*«, singt er. »*You're breaking my heart.*«

»Und ich erschüttere täglich dein Selbstbewusstsein.« Ich spreche den Text, weil ich keine Lust habe zu singen.

»Aber mal im Ernst«, fährt Dad fort. »Ich war der Junge, der in der Schule ständig geärgert wurde.«

»Ich kenne Fotos. Du warst süß.«

»Das ist, weil du mich liebhast. Ich war ziemlich pummelig und habe gestottert.«

»Wirklich?«

»J-j-j-ja.«

»Oh.« Es fällt mir schwer, mir Dad als kleinen Jungen vorzustellen, geschweige denn als stotternden kleinen Jungen. Ich frage mich, ob ich nett zu ihm gewesen wäre, wenn ich ihn damals kennengelernt hätte. Ich bin mir nicht sicher. »Warum hast du mir das nie erzählt?«

»Weil es nicht so wichtig war. Ich erzähle es dir jetzt nur deshalb, damit du dir nicht zu sehr den Kopf über die Jungs zerbrichst, die in der Highschool die tollen Hengste sind.«

Bei dem Ausdruck »tolle Hengste« zucke ich zusammen. »Das sagt heute niemand mehr.«

»Nun, nenn es, wie du es willst. Vergiss Liam und halte Ausschau nach dem Frosch, der sich wie dein alter Herr in einen hübschen Prinzen verwandeln wird.«

»Es heißt, dazu muss man eine Menge Frösche küssen.«

»Nicht allzu viele«, meint Dad und stößt mich mit der Schulter an. »Apropos Küsse …«

Ich seufze lauter als nötig.

»Auf der Bühne mit Liam. War das …?«

»Nichts als Theater«, lüge ich. »Wir haben nur gespielt.«

»Wirklich?« Er klingt gleichzeitig beeindruckt und erleichtert.

»Ich habe doch gesagt, dass ich eine gute Schauspielerin bin.«

»Das brauchst du nicht zu betonen«, stellt er fest. »Ich habe es mit eigenen Augen gesehen.«

Ich erröte, denn ich kriege leidenschaftlich gerne Komplimente. Insbesondere dann, wenn ich sie wirklich verdient habe.

Als in meiner Tasche das Telefon vibriert, beuge ich mich vor, um es herauszuholen. Ganz sicher ist es nicht Liam, aber das verhindert nicht, dass ich es mir wünsche. Als ich erkenne, dass es nur Beau ist, bin ich ein wenig enttäuscht.

Mom ist bestimmt im Café. Meine Freundschaft mit Beau wäre weniger kompliziert, wenn unsere Moms nicht beste Freundinnen wären.

»Jemand Besonderes?«, erkundigt sich Dad.

»Bloß ein Frosch.«

Er greift nach meiner Hand und küsst sie.

Nachdem ich das Telefon wieder eingesteckt habe, mustere ich meinen Dad, um mir sein Gesicht einzuprägen. »Und was jetzt?«

»Jetzt sitzen wir da, reden und trinken.« Er stößt mit mir an. »Wir spannen aus.«

»Ich habe nicht diesen Augenblick gemeint.« Es ärgert mich, wenn ich die falschen Wörter benutze. »Sondern jetzt, da wir hier sind. Was möchtest du unternehmen?«

Ich kann Dads Gesichtsausdruck nicht deuten, doch er hat ganz bestimmt nichts Gutes zu bedeuten. Ich wende mich ab und könnte mich ohrfeigen, weil ich den Mund nicht gehalten habe.

Als ich endlich wage, ihn wieder anzuschauen, ist sein Lächeln zurück. Allerdings wirkt es aufgemalt und irgendwie unecht. »Ich habe etwas im Kofferraum. Einen Karton. Holst du ihn mir?«

Froh über die Ablenkung, nicke ich und gehe zum Auto. Im Kofferraum entdecke ich einen Pappkarton. Er sieht aus wie die Aktenkartons, die Mom in der Garage aufbewahrt, so als würde sie ihre alten Notizbücher und Papiere aus dem Büro je wieder brauchen.

Da der Karton nicht schwer ist, trage ich ihn mühelos zur Schaukel auf der Veranda und reiche ihn Dad, der ihn auf seinem Schoß abstellt. Er zieht die Augenbraue hoch und öffnet ihn langsam, so als sei etwas Gefährliches darin. Als er bemerkt, dass ich nicht mitspiele, entfernt er den Deckel und legt ihn weg.

Ich beuge mich vor. Der Inhalt ist offenbar ein Haufen Krimskrams. Ich versuche, mir die Enttäuschung nicht anmerken zu lassen, denn ich hatte auf etwas Cooles gehofft.

Doch weil er so begeistert zu sein scheint, mache ich gute Miene zum bösen Spiel, was sich nicht sehr vom Schauspielern unterscheidet.

»Was sind das für Sachen?«, frage ich, wobei ich mich bemühe, ehrfürchtig und nicht gelangweilt zu klingen.

»Nur ein paar Dinge, die mir bei meiner Liste helfen sollen.« Er klopft auf sein Hemd, wo, wie ich feststelle, ein kleines Notizbuch aus der Brusttasche ragt.

»Was für eine Liste?«, erkundige ich mich und greife nach dem Notizbuch. Mit einem Kopfschütteln hält er mich zurück.

»Eine Liste der Dinge, die ich in diesem Sommer tun möchte.«

Ich stecke die Hand in den Karton und hole den ersten Gegenstand heraus, den ich in die Finger bekomme. »Ein Jo-Jo?«

Dad nickt und beobachtet, wie ich den Finger in die weiße Schlinge stecke. Ich halte das Jo-Jo in der Hand und lasse es dann zu Boden fallen, wo es mit einem Plumps landet.

»Schau, lass mich mal.« Dad nimmt das Jo-Jo, wickelt die weiße Schnur wieder darum und steht auf. Er lässt es fallen so wie ich vorhin, aber die kleine blaue Scheibe stoppt, bevor sie den Boden erreicht. Ich schaue erstaunt hin, als mein Dad mit dem Jo-Jo alle möglichen Kunststücke vollführt. Eine rasche Bewegung des Handgelenks sorgt dafür, dass die Schnur im Jo-Jo verschwindet und wieder in die offenbar fähigen Hände meines Vaters gezogen wird.

»Wow.«

»Bis zum Ende des Sommers möchte ich dir beibringen, wie das funktioniert.«

Ich nicke, obwohl dieser Sommer sicherlich nicht genug Stunden hat, um so geschickt mit dem alten Spielzeug umgehen zu lernen wie er.

»Was hast du sonst noch da drin?« Ich fange an, in der scheinbar willkürlichen Ansammlung von Krimskrams zu wühlen. Einige Bücher und DVDs, ein Kartenspiel und darunter … nein, das darf doch nicht wahr sein.

Lächelnd fördere ich eine gewaltige Schachtel mit einem Puzzle darin vom Grunde des Kartons zutage. »Zehntausend Teile?«, frage ich. Das größte, an dem wir uns bis jetzt versucht haben, hatte fünftausend Teile, und wir haben bis zum dem Morgen dafür gebraucht, als wir uns am Ende des Sommers vom Strand verabschiedeten.

Das Foto vorne auf der Schachtel sieht aus, als sei es an unserem Strand gemacht worden, mit Dünen im Vordergrund und blütenweißem Sand. Er erstreckt sich bis zum smaragdgrünen Wasser, das mit dem klaren blauen Himmel verschmilzt.

»Was meinst du?«, sagt Dad, wieder ein Lächeln in den Augen.

»Dass der Erste, der alle vier Ecken findet, aussuchen darf, wo wir anfangen.«

»Abgemacht«, antwortet Dad und folgt mir ins Haus. Er öffnet die Schiebetüren aus Glas, damit wir den Lufthauch spüren, während ich den Kartentisch wieder in einen Puzzletisch verwandele, so wie vor vielen Jahren, ehe sich alles zum Schlechteren verändert hat.

19

Alexis

Meine Füße fühlen sich schwer an. Im Boden verwurzelt wie die Palmen vor dem Broken Crown, dem Café mit Bäckerei, das Jill letztes Jahr eröffnet hat. Ich bin so stolz auf sie, weil sie es geschafft hat, ihren Traum zu verwirklichen und ihrem Leben eine neue Wendung zu geben. Nun ist sie glücklich, obwohl Adam sie und die Kinder wegen einer Frau verlassen hat, die ihnen altersmäßig nähersteht als ihm. Mir ist nicht entgangen, dass er gerne hinschaute, und ich hatte stets den Verdacht, dass er es nicht beim Schauen bewenden ließ. Doch Jill zuliebe wünschte ich, ich hätte mich geirrt.

Jill, eine der Freundinnen, die eigentlich zur Familie gehören, war von Anfang an da. Schon damals, als wir sorglose Kinder waren, Sandburgen bauten und am Strand den Wellen nachrannten. Sie war auch dabei, als Tommy und ich die Grenze zwischen Freundschaft und noch viel mehr überschritten, und sie war die Erste, die ich anrief, als ich erfuhr, dass ich schwanger war. Noch ehe ich es Tommy erzählte.

Am Telefon schluchzte ich, ich wolle mich so gerne über

die Nachricht freuen, hatte jedoch eine Mordsangst. Ich wohnte in Atlanta, Tommy noch immer in Destin. Eine Fernbeziehung war zwar möglich, aber ich wusste, dass man so auf keinen Fall ein Kind großziehen konnte. Ich wollte den Beruf nicht aufgeben, für den ich bereits so viel geopfert hatte, und Tommy hatte seine Praxis in Destin. Sie ließ mich reden, bis meine Stimme müde war, und hielt mir dann vor Augen, was ich ohnehin die ganze Zeit gewusst hatte: Tommy würde Himmel und Erde in Bewegung setzen, um mit mir eine Familie zu gründen.

Und sie behielt recht. Kaum hatte ich die Worte »Ich bin schwanger« ausgesprochen, als er sich schon erbot, nach Atlanta zu ziehen. Es war das erste Mal, dass er mir einen Heiratsantrag machte. Ich habe noch vor mir, wie er in meine Auffahrt einbog. In seiner Aufregung versuchte er auszusteigen, obwohl er noch angeschnallt war. Dann sank er mitten auf dem Asphalt auf ein Knie.

Ich griff nach seinen Händen und zog ihn wieder auf die Füße. Obwohl Tommy meine Einstellung zum Thema Ehe kannte, wirkte er enttäuscht, als ich ablehnte. Seine Miene wurde wieder überglücklich, als ich seine Hände auf meinen Bauch legte. Das Baby war unsere Zukunft, und ich würde bei ihm bleiben.

Jill war die ganze Zeit über für mich da, und auch jetzt wird sie mir bis zum Ende zur Seite stehen. Dafür bin ich dankbarer als für alles andere. Also sollte ich eigentlich die Treppe hinauf- und ihr entgegeneilen, doch ich schaffe es nicht, mich zu rühren.

Das Glöckchen über der Eingangstür bimmelt zur Begrüßung. Als ich aufblicke, hält eine Frau mit rostrotem

Haar und einem mit Sommersprossen übersäten Gesicht mir die Tür auf. Ihr Lächeln versetzt mich zurück in all die Sommer, in denen wir Kinder waren, jünger, als unsere Kinder es heute sind.

»Willst du den ganzen Tag da rumstehen?«

Der Klang von Jills Stimme lässt mir Tränen in die Augen steigen. Ich schüttle den Kopf und gehe langsam die Treppe hinauf, wo sie mich erwartet.

»Deine Schuhe«, meine ich und betrachte die grellpinken Crocs an ihren Füßen, »sind schauderhaft.«

Lachend schließt Jill mich in die Arme. Ich lehne den Kopf an ihre Schulter, und sobald ich mir gestatte lockerzulassen, bricht sich alles, was sich in mir aufgestaut hat, in einer Tränenflut Bahn.

»Psst«, flüstert sie und streichelt mein Haar, wie ich es bei CeCe getan habe, als sie mir noch erlaubt hat, sie zu trösten. Jill löst sich aus unserer Umarmung. Allerdings hält sie weiter meine Hand, als sie mich drinnen, vorbei an voll besetzten Tischen, zur Theke und durch eine doppelflüglige Schwingtür führt, wo eine zierliche Frau in einer mit Mehl bestäubten Schürze offenbar schwer beschäftigt ist. »Lässt du uns einen Moment allein, Lou?«

»Aber die Törtchen …«, protestiert die Frau.

»Denen passiert nichts, ich kümmere mich darum«, versichert Jill.

Die Frau weicht meinem Blick aus und schaut sich im Raum um, als fühle sie sich fehl am Platz. »Sie müssen in dreizehn Minuten aus dem Ofen. Und dann die Glasur …«

»Ich habe doch gesagt, dass ich mich darum kümmere, Lou«, entgegnet Jill mit mehr Nachdruck.

Lou lächelt verlegen, sieht mich rasch an und verschwindet durch die Schwingtür ins Café.

»Setz dich«, fordert Jill mich auf und rückt einen Holzhocker an den Profi-Küchenblock.

»Tut mir leid«, stoße ich, unterbrochen von Tränen, hervor. »Ich habe mich so gut zusammengerissen.« Ich verstumme und wische mir die Nase ab, die genauso tropft wie meine Augen.

»Hier«, meint Jill und reicht mir ein sauberes Geschirrtuch. »Du brauchst dich nicht zu entschuldigen.« Auch in ihren braunen Augen schimmern Tränen.

Sie stellt einen zweiten Hocker neben meinen. »Eigentlich wollte ich mich erkundigen, wie es dir geht, aber das ist wahrscheinlich die dümmste Frage der Welt.«

»Ist es nicht«, erwidere ich und beseitige die hoffentlich letzten Tränen. »Es mag momentan zwar anders wirken, aber ich schlage mich recht wacker.«

»Offenbar mit mehr Erfolg, als ich es an deiner Stelle könnte.«

Ich schüttle den Kopf. Jill hat sich im Vergleich zu mir um einiges besser gemausert. Auch wenn sich das Wie, Was und Warum unserer jeweiligen Situation unterscheiden, ist das Ergebnis letztlich das gleiche. Von allen Dingen, die ich mir für Jill und mich gewünscht habe, wenn wir einmal älter sind, stand alleinerziehend zu sein nicht auf dem Programm.

So hart es klingen mag, weiß ich, dass es von Vorteil für Abigail und Beau ist, nicht mehr tagtäglich Adams Einfluss ausgesetzt zu sein. Selbst als die beiden Kinder waren, verhielt sich Adam, als gehöre die Welt ihm, und wir seien nur seine Anhängsel. Wenn er etwas wollte, nahm er es sich, ohne auf das Trümmerfeld zu achten, das er dabei hinterließ.

Als Jill mir damals erzählte, aus ihrer Freundschaft sei Liebe geworden, romantisierte sie den Schieber, den sie und Adam zu »Satellite« von Dave Matthews getanzt hatten. Obwohl sie mit anderen Partnern beim Abschlussball waren, landeten sie auf der Ladefläche von Adams Pickup. Am Ende des Sommers hatte Jill den Traum von einer Ausbildung an einer Kochschule gegen eine Blitzhochzeit eingetauscht. Sie verloren zwar das Baby, waren und blieben aber leider verheiratet.

Ich male mir gern aus, dass ich Jill hätte helfen können, andere Lösungen zu finden, wenn ich vor Ort gewesen wäre. Selbst mit Baby hätte sie ihn nicht heiraten müssen. Denn Adam Carter war, selbst wenn er zur Hochform auflief, höchstens ein Typ für eine Nacht.

Er hatte überhaupt nichts mit Tommy gemeinsam. Der ist sogar jetzt zu Hause und packt unsere Koffer aus, bevor er einkaufen geht. Ich bin die lausigste Hausfrau der Hausfrauengeschichte. Es ist so ein Trauerspiel, dass ich lachen muss.

Jill zieht die Augenbraue hoch. »Was ist denn so lustig?«

»Nichts«, antworte ich, kann jedoch nicht zu lachen aufhören. »Alles.«

Jill betrachtet mich, als hätte ich nicht mehr alle Tassen im Schrank, und ich fürchte, sie könnte recht haben. Also beuge ich mich vor und zwinge mich, tief durchzuatmen, um das Lachen zu unterdrücken. Ich weiß nur zu gut, dass zwischen Lachen und Tränen nur ein Schritt liegt, und für heute habe ich mehr geweint, als mir lieb ist.

Sobald das Lachen verstummt ist und ich wieder normal atme, nehme ich meinen Mut zusammen, um die Frage zu stellen, die mir auf den Nägeln brennt. Insbesondere deshalb, weil mir die Fernsehwagen am Straßenrand vor dem Café aufgefallen sind.

»Hast du sie schon gesehen?«, erkundige ich mich und ziehe eine Augenbraue hoch, damit Jill weiß, wen ich mit »sie« meine. Als ob es eine andere gäbe.

»Sie war ein paarmal hier«, gibt Jill zu. Sosehr ich auch versuche, mir die Enttäuschung nicht anmerken zu lassen, durchschaut Jill mich sofort. »Ich kann es mir nicht leisten, Kundschaft zu vergraulen. Sie drehen gleich am Ende der Straße. Aber sie lässt sich nur einmal pro Woche blicken. Vermutlich ist ihre Rolle nicht sehr groß.«

»Kapierst du, wie sie eine *Mutter* spielen kann?« Ich bemühe mich um einen lockeren Tonfall, damit Jill merkt, dass ich nicht sauer auf sie bin. Und das bin ich auch nicht. Ich wundere mich nur über Jill, denn sie müsste Monica eigentlich mehr hassen als ich.

Damals, vor knapp sechzehn Jahren, war Destin für mich nur ein Fünkchen Erinnerung. Immer, wenn ich an das Städtchen dachte, wo ich so viele Sommer verbracht hatte, waren Tommy und Jill Momentaufnahmen, für immer Zwölfjährige an dem Strand, wo ich mich von ihnen verabschiedete. Keine Erwachsenen, die sich mit untreuen Ehemännern und bösartigen und betrügerischen Ehefrauen herumschlagen mussten.

Nur, dass Jill einen Logenplatz hatte, um die Katastrophe zu beobachten, als Monica Tommy mit gebrochenem Herzen zurückließ. Wegen des überstürzten Endes ihrer Ehe und wegen des Kindes, das es nun niemals geben würde. Wenn man Jill zuhört, hat sie offenbar, schon bevor die Beziehung den Bach runterging, nicht viel von Monica gehalten. Ich kann mir keine Welt vorstellen, in der all das vergessen, geschweige denn vergeben werden könnte.

»Wenn du es jemandem verrätst, streite ich es ab«, verkündet Jill. »Aber ich habe in ihren Kaffee gespuckt. Einen ordentlichen Rotzklumpen.«

»Niemals!«

»Nein.« Jill schüttelt den Kopf. »Hab ich nicht. Ich habe ihr nur kurz zugelächelt und mich nach hinten geflüchtet. Sehr erwachsen, was?«

»Erwachsener als ich es an deiner Stelle gewesen wäre.« Ich habe mir überlegt, was ich tun würde, falls ich ihr begegne. In meiner Fantasie gibt es verschiedene Szenarien, abhängig davon, ob ich mit Tommy zusammen oder allein bin. Allein wäre ich im Vorteil, denn sie ahnt nicht, wer ich bin und dass ich, wenn auch nur am Rande, eine Rolle in ihrem Leben spiele. Eine positive Folge der Tatsache, dass ich damals nicht vor Ort war.

Natürlich weiß ich, ebenso wie Jill, nicht, ob ich die Nerven hätte, eines der Dinge, die ich mir ausmale, in die Tat umzusetzen. Doch es hatte eine therapeutische Wirkung, es mir vorzustellen.

Gerade will ich Jill eine der Varianten schildern, in der mein Auto und ein Parkplatz vorkommen, als ich einen unangenehmen Geruch wahrnehme. Er überdeckt die süßen

Düfte, die gerade noch den Raum erfüllt haben. »Brennt da etwas an?«, frage ich.

»Die Törtchen!«, rufen wir im Chor. Ich mache Platz, als Jill um den Küchenblock herumhastet und das Profibackrohr aufreißt, sodass schwarzer Qualm herauswabert. Mist.

Lou kommt in die Küche geeilt und übernimmt das Kommando. »Ich erledige das«, sagt sie und schiebt Jill weg.

Wenn ich es nicht besser wüsste, würde ich glauben, dass Lou die Chefin ist. Sie greift nach dem Handtuch an ihrer Seite, fasst ins Backrohr und holt das Blech mit den verkohlten Törtchen heraus. Dann stellt sie das heiße Blech ab und wirft eines nach dem anderen in den Müll.

»Das tut mir leid.« Offenbar verfolgt mich das Unglück inzwischen auf Schritt und Tritt.

»Meine Schuld«, entgegnet Jill. »Ich habe das Zeug ganz vergessen.«

»Weil ich dich abgelenkt habe.«

»Unsinn, schon in Ordnung. Wir machen einfach neue.«

»Tun wir das?«, erwidert Lou und bedenkt sie mit einem Blick, der mir verrät, dass ihre Beziehung weiter geht als die zwischen einer Chefin und ihrer Angestellten.

»Lou kann das«, räumt Jill ein. »Lou bringt alles in Ordnung, so wie immer.«

Als Lou sich verlegen abwendet, beschließe ich spontan, sie zu mögen. »Ich bin Lexie«, stelle ich mich mit dem Spitznamen aus meiner Kindheit vor, wie ich es stets tue, wenn ich in Destin bin. Ich halte Lou die Hand hin. Sie zögert kurz und wischt ihre Hand an der Schürze ab, ehe sie die meine drückt.

Jill schüttelt den Kopf. »Habe ich euch nicht miteinander bekannt gemacht?«

»Ich habe dir nicht viel Gelegenheit dazu gegeben«, wende ich ein.

»Nett, dich kennenzulernen«, nuschelt Lou, sodass man die Wörter kaum voneinander unterscheiden kann. Ihre Wangen sind noch immer gerötet, und sie kann mir nicht richtig in die Augen schauen.

»Ohne Lou wäre ich verloren«, verkündet Jill. »Sie ist meine Chefköchin, meine Managerin und manchmal meine Therapeutin.«

»Wir sind ein gutes Team«, stimmt Lou zu. Sie blickt mir noch immer nicht in die Augen. Aus ihrem Füßescharren schließe ich, dass wir verschwinden sollen, damit sie weiterarbeiten kann.

»Das beste«, bestätigt Jill. »Und Lexie ist eine meiner ältesten und engsten Freundinnen. Der Name The Broken Crown war ihre Idee.«

»Jill redet ständig darüber, wie begabt du bist«, meint Lou, während sie die letzten Törtchen entsorgt. »Wie bist du auf den Namen gekommen?«

»Ich wusste, es musste etwas aus dem Kinderreim sein, wegen Jack und Jill.«

Jill schüttelt den Kopf. Sie fand es schon immer ärgerlich, dass ihre Eltern sie und ihren Zwillingsbruder nach einem Kinderreim benannt haben. Als Kind war es meine Lieblingsbeschäftigung, schlechte Witze darüber zu reißen, wie zum Beispiel sie oder Jack zu bitten, mir wie in dem Gedicht einen Eimer Wasser zu holen.

»Als ich den genauen Text nachgeschlagen habe, ist es

mir gleich in der ersten Strophe entgegengeschlagen: *Jack and Jill went up the hill to fetch a pail of water. Jack fell down and broke his crown …*«

»*And Jill came tumbling after*«, ergänzt sie und macht einen Knicks.

»Ich dachte immer, es habe mit der Geschichte von dir auf dem Schulball zu tun«, sagt Lou.

»Welche Geschichte vom Schulball?« Ich dachte, ich kenne Jills sämtliche Geschichten.

»Ach, nichts.« Allerdings verraten mir ihre sich rötenden Wangen, dass es alles andere als nichts ist.

»Spuck es aus«, befehle ich.

»Es ist nichts weiter.« Sie dreht sich zur Speisekammer um und will die Zutaten für die Ersatztörtchen holen. »Ich wurde im letzten Jahr als Ballkönigin nominiert.«

»Das hast du mir nie erzählt!« Ich verabscheue diese Hinweise darauf, dass das Leben in den Jahren meiner Abwesenheit weitergegangen ist.

»Weil es peinlich ist.« Sie beginnt, die Zutaten abzuwiegen, doch Lou scheucht sie weg und übernimmt.

»Ich will die Fotos sehen!«

»Niemals.« Jill schüttelt den Kopf. »Weil es nämlich keine gibt. Man hat mir den Titel aberkannt, ehe überhaupt Fotos gemacht wurden.«

»Du wurdest abgesetzt?«, wundere ich mich. »Warum weiß ich nichts davon?«

»Das ist doch wohl kein Grund zum Angeben.«

»Aber Lou hast du es gestanden!«

»Lou und ich verbringen etwa tausend Stunden pro Woche zusammen.«

»Eine Woche hat gar nicht so viel Stunden«, widerspreche ich, erspare mir jedoch das Nachrechnen.

»Ich habe Lou viel von dir erzählt«, versucht sie vergeblich, das Thema zu wechseln.

»Lass mich da raus«, teilt Lou Jill mit.

Ich lache und fühle mich so normal wie seit dem Ausbruch von Tommys Erkrankung nicht mehr. Und schon spukt mir der Krebs wieder im Kopf herum und wirft seinen Schatten auf alles.

Offenbar bemerkt Jill meinen Stimmungsumschwung, denn sie steht sofort wieder neben mir. »Wir sollten Lou nicht mehr beim Arbeiten stören.«

»Natürlich.« Ich erhebe mich. »Noch mal Entschuldigung.«

»Unsinn, manchmal passiert so was eben.«

»Es war wirklich nett, dich kennenzulernen.«

»Schau wieder vorbei«, antwortet Lou und blickt mich endlich an. Ihre grauen Augen funkeln, und ich würde ihr ein Kompliment dazu machen, wenn ich nicht befürchten würde, dass sie davon noch verlegener werden könnte.

»Du hast einen ziemlichen Eindruck hinterlassen«, merkt Jill auf dem Rückweg in den vorderen Raum an.

»Bei Lou? Wahrscheinlich war sie in Sorge, ich könnte wieder zu weinen anfangen.«

»Sie mag dich«, beteuert Jill.

»Tante Lexie?«, höre ich eine leise Stimme hinter mir.

Begierig auf noch mehr Liebe, drehe ich mich mit ausgebreiteten Armen um. Abigail zögert, bevor sie sich schüchtern umarmen lässt. Ich mache einen Schritt rückwärts, um sie besser ansehen zu können.

Abigail ist knapp achtzehn, zurückhaltend und auf eine ruhige, nicht aufdringliche Art eine Schönheit. Die eisblauen Augen, die sie von Adam hat, bilden einen auffälligen Kontrast zu dem rotblonden Haar, das ihr bis über die Ellbogen reicht. Sie hat die helle Haut ihrer Mutter und genau die richtige Anzahl Sommersprossen auf dem Nasenrücken.

Ich ziehe sie wieder an mich. »Ich freue mich, dich zu sehen.«

»Wie geht es Onkel Tommy?«, fragt sie und weicht zur Theke zurück.

Ich sehe Jill an, unsicher, wie viel sie den Kindern verraten hat. Ihr Lächeln sagt mir alles, was ich wissen muss. »Recht gut, Liebes. Er wird so froh sein, dich zu sehen.«

Als Abigail zu Boden schaut, fällt ihr das lange Haar ins Gesicht. Sie schiebt es weg und betrachtet ihre Mom. »Darf ich ihn besuchen?«

Jill schüttelt den Kopf. »Nicht jetzt, Ab. Gib ihnen Zeit, sich zuerst häuslich einzurichten.«

Abigail wirkt zwar enttäuscht, drängelt aber nicht.

»Ich gehe besser wieder nach Hause«, meine ich.

»Morgen zum Abendessen?«, fragt Jill. Offenbar ist sie genauso gespannt auf ein Treffen mit Tommy wie Abigail.

»Ja, gerne.«

»Ich koche etwas Besonderes«, verspricht Jill.

»Nein, lass uns essen gehen«, schlage ich vor. »Zu Camille's, um der alten Zeiten willen?«

»Kann ich mit?«, erkundigt sich Abigail und sieht zwischen uns beiden hin und her.

»Selbstverständlich kannst du«, antworte ich an Jills statt. »Alle sind eingeladen, sogar dein Bruder.«

Abigail verdreht die Augen. Diesmal unterdrücke ich mein Grinsen nicht. Laut Jill ist die Rivalität zwischen den Geschwistern noch größer geworden, seit Adam fort ist.

Manchmal frage ich mich, wie anders die Situation wäre, wenn CeCe einen Bruder oder eine Schwester hätte. Wäre er oder sie nur ein weiterer Mensch, mit dem sie sich zanken kann, oder würden sich die beiden gegen mich verbünden?

Wir haben darüber nachgedacht, Tommy mehr als ich. Als Einzelkinder waren wir uns einig, dass es nett für CeCe wäre, Geschwister zu haben. Aber der Zeitpunkt passte nie.

Und jetzt haben wir keine Zeit mehr.

20

CeCe

Ich habe Beaus SMS noch immer nicht beantwortet.

Das heißt nicht, dass ich mich nicht mit ihm treffen möchte. Ich will nur nicht über die momentane Situation reden, bin jedoch sicher, dass er nur genau darüber wird reden wollen.

Für meine Freundinnen zu Hause ist mein Dad ein Dad wie jeder andere. Er ist der Mann, den sie eine Sekunde lang zur Kenntnis nehmen, wenn er mich abholt oder zur Schule bringt. Der Typ, der mit uns ins Einkaufszentrum fährt und immer genügend Abstand hält, damit wir unter uns sein können. Der Mann, der morgens seine berühmten Eier mit Frischkäse brät, wenn andere Mädchen bei uns übernachten.

Aber bei Beau ist das anders. Er weiß, dass mein Dad zu praktisch jedem Thema eine Theorie hat. Und dass es nicht ratsam ist, über einen seiner schlechten Witze zu lachen, wenn man keine Lust auf einen Nachschlag hat. Beau weiß, dass mein Dad der beste Zuhörer der Welt ist und dass seine Ratschläge manchmal gar nicht so schlecht sind. Er weiß, dass er zu fast allem »wie interessant« sagt, selbst wenn es nicht stimmt. Und er weiß, dass mein Dad die besten Umarmungen auf Lager hat und nie als Erster loslässt. Aber vielleicht macht er das ja nur bei mir.

Ich greife nach meinem Telefon, das auf dem Nachttisch liegt, und starre zum wohl siebenhundertsten Mal an diesem Tag darauf, obwohl es erst 10:03 ist. Wenn Liam bis jetzt nicht geantwortet hat, wird er es auch nicht mehr tun.

Wieder betrachte ich das textfreie Display. Es ist noch nicht einmal 10:04. Ich seufze, obwohl niemand da ist, der mich hören könnte. Die Zeit vergeht hier so langsam. Dieser Sommer wird sich anfühlen, als dauerte er eine Million Jahre. Obwohl das vielleicht gar nicht das Schlechteste wäre, wenn es sich dadurch so anfühlen würde, als hätte ich mehr Zeit mit Dad.

Moms Worte kreisen ständig in meinem Kopf herum – *Den Theaterworkshop gibt es auch noch nächsten Sommer, deinen Vater nicht*. Ich fasse es nicht, dass sie mir das an den Kopf geworfen hat, so als hätte ich keine Ahnung, dass er sterben wird. Ich bin doch nicht blöd, aber daran, dass er im nächsten Sommer nicht mehr da sein wird, habe ich wirklich nicht gedacht. Und im Sommer danach. Oder in allen Sommern für den Rest meines Lebens.

Welpen. Regenbogen. Kätzchen. Einhörner. Eiscreme. Welpen. Regenbogen. Kätzchen. Einhörner. Eiscreme. Immer wieder gehe ich die Liste der Dinge durch, die mich zum Lächeln bringen sollten, einfach nur, indem ich an sie denke. Wenn es mir gelingt, meinen Kopf mit genügend glücklichen Gedanken zu füllen, verschwinden die traurigen möglicherweise. *Welpen. Regenbogen. Kätzchen. Einhörner. Eiscreme*. Es klappt nicht.

Ich versuche, mir weitere Punkte für die Liste einfallen zu lassen. Ein Vorhang, der sich, begleitet vom tosenden Applaus des Publikums, hebt. Der erste Bissen einer ausgezeichnet geglückten Mahlzeit. Liams Lippen. Meine Füße, wie sie im Sand versinken. Der Strand. *Der Strand*. Ja, das mache ich.

Ich schwinge die Beine über die Bettkante und öffne die unterste Kommodenschublade, um meine Badebekleidung unter die Lupe zu nehmen. Der Einteiler, nein. Der Tankini, vielleicht. Der Bikini, niemals.

Ich hätte mich nicht von Sofia überreden lassen dürfen, ihn zu kaufen. Natürlich war das, bevor ich sauer auf sie wurde. Seit dem Tag in der Umkleide habe ich ihn nicht mehr angehabt. Er sieht zwar niedlich aus und steht mir auch, wirkt jedoch zu sehr wie ein BH mit Höschen, um ihn in der Öffentlichkeit zu tragen. Vor echten Leuten.

Also der Tankini.

Ich ziehe ihn an, suche mir etwas zum Darübertragen und binde mein Haar zu einem Pferdeschwanz zusammen, ehe ich nach unten gehe. Hoffentlich gelingt es mir, das Haus zu verlassen, ohne von Mom ins Verhör genommen zu werden. Kurz nach unserer Ankunft ist sie immer so unbeholfen. So als wisse sie nicht, was sie mit sich anfangen soll. Oder mit mir.

Unten an der Treppe halte ich inne und schaue mich um. Die Luft ist rein. »Ich gehe zum Strand«, rufe ich, damit ich nicht lüge, wenn ich sage, ich hätte ihnen mitgeteilt, wo ich hinwill. Dann schlüpfe ich zur Haustür hinaus und schließe sie hinter mir. *Freiheit*.

»Wo willst du hin?«, fragt Mom von der Schaukel auf

der Veranda aus. Ich habe gar nicht bemerkt, dass sie dort sitzt, sollte mich aber nicht wundern, weil sie das immer tut.

»Zum Strand«, antworte ich, obwohl das eigentlich offensichtlich ist. Schließlich habe ich ein Strandlaken und eine Badetasche dabei.

»Kommt Beau mit?«, hakt sie nach.

»Nein, warum?« Bis jetzt hat es sie nie interessiert, mit wem ich mich treffe.

»Ich möchte nur, dass du vorsichtig bist.«

»Wegen Beau?« Ich lache. Seine Mom ist ihre beste Freundin, und er ist wie ein Bruder für mich.

»Wenn Jungs Teenager sind, können sich die Dinge rasch verändern. Und sein Dad …« Sie verstummt, obwohl ich bereits weiß, dass sein Dad ein Mistkerl ist, der seine Mom wegen einer jüngeren Frau verlassen hat. Doch das hat nichts mit Beau zu tun. Wenn überhaupt, hasst er seinen Dad noch mehr, als seine Mom es tut. »Sei einfach vorsichtig.«

»Aber klar doch.«

Mit einem gewaltigen Satz überwinde ich die Stufen zur Veranda und schlendere die Luke Avenue entlang. Dabei verkneife ich es mir, mich umzuschauen, denn ich weiß, dass sie mich beobachtet.

Ich verlagere die Tasche auf die andere Schulter und beschließe, die Baracuda zum Old Highway 98 zu nehmen, da sich dort ein öffentlicher Zugang zum Strand befindet. Und nicht, weil ich dazu an Beaus Haus vorbeimuss.

Im Garten des Hauses gegenüber steht ein Schild mit der Aufschrift »Zu verkaufen«. Ich bin den McKeens, der

Familie, die dort gewohnt hat, ein paarmal begegnet. Die Kinder, William und Madeline, sind ein wenig älter als Beau, der wiederum ein bisschen älter als ich ist. Trotzdem haben wir zusammen abgehangen. Ich frage mich, wo sie wohl hinziehen.

»Mach ein Foto. Das hält länger.«

Als ich mich umdrehe, stelle ich fest, dass Beau den Kopf aus seinem Zimmerfenster streckt. Das weißblonde Haar steht ihm zu Berge, und er wirkt, als sei er gerade aufgewacht.

»Hi«, erwidere ich bewusst gleichgültig, freue mich aber, ihn zu sehen.

»Ich komme runter«, sagt er und nimmt selbstverständlich an, dass ich auf ihn warten werde. Was ich natürlich tue.

Während ich rumstehe und von Minute zu Minute mehr schwitze, betrachte ich eingehend die Vorderseite des Hauses, das ich fast so gut kenne wie mein eigenes. Seltsam, dass man im Leben Dinge so oft anschauen kann, ohne sie richtig wahrzunehmen.

Der Lattenzaun ist nicht strahlend weiß wie sonst, sondern eher eierschalenfarben, und der rosa Anstrich des Hauses selbst ist verblasst. Der Rasen ist zu lang, und die Büsche wuchern. Einige Äste ragen weiter heraus als andere. Mein Magen schlägt einen Purzelbaum. So sieht offenbar ein Haus aus, in dem kein Dad lebt.

»Hey.« Beau springt über den Zaun, anstatt wie ein normaler Mensch das Tor zu öffnen.

»Entschuldige, dass ich deine SMS nicht beantwortet habe.«

»Schon okay.«

Ich schultere meine Tasche anders und weiß nicht, was ich sagen soll.

»Gehst du an den Strand?«, fragt er.

»Nein, ich dachte, ich trampe zurück nach Atlanta.«

Beau macht ein verdattertes Gesicht. »Du bist doch erst angekommen.«

»War nur ein Witz«, meine ich. »Ja, ich gehe an den Strand.«

»Möchtest du, dass ein gut aussehender Typ dich begleitet?«

»Kennst du denn einen?«, necke ich ihn.

Beau lächelt und marschiert in Richtung Strand. Ich aber rühre mich nicht, denn er hat nicht alles bei sich, was er braucht, auch wenn er das anscheinend noch nicht mitgekriegt hat. Manchmal lässt sich einfach nicht leugnen, dass ich die Klügere von uns beiden bin, obwohl er ein Jahr älter ist.

»Hast du nicht was vergessen?«, erkundige ich mich.

»Was denn?«

Typisch Jungs. »Keine Ahnung. Ein Strandlaken vielleicht? Oder Sonnenmilch?«

»Ich setze mich mit auf dein Handtuch.«

»Wirklich?« Ich ziehe die Augenbraue hoch.

»Und wahrscheinlich hast du auch Sonnenmilch dabei, also ist alles gebongt.«

Kopfschüttelnd mache ich ein paar Schritte, um ihn einzuholen.

»Und wie geht es deinem Freund?«, kommt Beau sofort auf den Punkt. Als er mir am Tag nach der ersten Party bei

Liam eine SMS geschrieben hat, habe ich ihm alles erzählt. Auch, dass ich überzeugt war, das letzte ungeküsste Mädchen an der Highschool zu sein. Er hat mir versprochen, mir zu helfen, das zu ändern, doch das war bestimmt nur ein Scherz. Für ihn bin ich eine Schwester, kein richtiges Mädchen. Und außerdem wird er, falls er mir die Wahrheit gesagt hat, auf Schritt und Tritt von Mädchen verfolgt.

»Er ist nicht mein Freund.« Ich versuche, nicht so enttäuscht und verlegen zu klingen, wie ich mich fühle. Es ist viel einfacher, über solche Sachen zu reden, wenn Hunderte von Kilometern zwischen uns liegen und er nicht vor mir steht und noch niedlicher aussieht, als ich ihn in Erinnerung habe.

»Also hast du den Kuss nie gekriegt?«

»Das habe ich nicht behauptet.« Ich grinse ihm spöttisch zu. Weitere Einzelheiten wird er mir nicht entlocken. Vielleicht wenn wir uns online unterhalten würden, aber niemals persönlich, denn dann merkt er, dass ich rot werde.

Als ich den Old 98 zum Strand auf der anderen Straßenseite überqueren will, packt Beau mich an der Hand, zieht mich gerade noch rechtzeitig zurück und verhindert, dass mich ein alter Mann auf einem Fahrrad platt fährt.

»Aufpassen«, ruft der alte Mann, während er an uns vorbeiflitzt.

»Ich habe dir eben das Leben gerettet«, verkündet Beau und scheint stolz auf sich zu sein.

»Vielleicht hättest du dir die Mühe sparen sollen.«

Ich schaue in beide Richtungen und gehe über die nun freie Straße. An den Holzstufen zum Strand bleibe ich stehen und knipse rasch ein Foto, um es auf Instagram zu posten. Dass ich nicht hier sein will, bedeutet noch lange nicht, dass ich meinen Freunden zu Hause nicht vormachen kann, ich verbrächte den tollsten Sommer aller Zeiten.

Der Strand ist so schön, dass ich nicht einmal einen Filter brauche. Der weiße Sand glitzert in der Sonne, und das Wasser wirkt wie ein umgekehrter Schattenwurf, angefangen bei einem hellen Grün bis hin zu dunklen Blautönen, dort, wo es tiefer wird.

Beau schiebt sich an mir vorbei und fliegt praktisch die Holzstufen hinunter. »Worauf wartest du?«

Seufzend nehme ich eine Stufe nach der anderen, nur um ihm zu beweisen, dass ich erwachsener bin als er.

Wie ich schon vermutet habe, ist am Strand ziemlich viel los. Beau winkt mich zu einer Stelle auf halbem Wege zwischen Wasser und Sanddünen, die er entdeckt hat. Ich nähere mich ihm durch ein Labyrinth aus Badelaken, auf denen Touristen und Einheimische den Strand genießen, bevor am Nachmittag die Sonne zu heiß wird.

»Wie findest du es hier?«, fragt Beau.

»Optimal.« Ich lasse meine Tasche in den Sand fallen, halte die oberen beiden Handtuchzipfel hoch und gebe die anderen beiden Beau. Wenn er das Handtuch mit mir teilen will, kann er mir auch beim Ausbreiten helfen.

Er macht es sich bequem und beansprucht die untere Hälfte des Handtuchs für sich. Dann winkt er mich zu sich, damit ich mich setze, so als sei es sein Handtuch, nicht meines.

Ich nehme Platz, ziehe die Knie hoch an die Brust und mustere die Paare und Familien um uns herum. Manchmal tue ich gern so, als befände ich mich in einer Szene eines fremden Theaterstücks. So, als seien wir alle literarische Figuren, die ihre Geschichte spielen.

Ich beschließe, dass die junge Familie, die da aus dem Wasser kommt, nur für eine Woche hier ist. Die Mom möchte ein kleines Ferienhaus kaufen, doch der Dad glaubt, dass sie sich das nicht leisten können, wenn sie ihre Kinder aufs College schicken wollen. Das ältere Paar in Liegestühlen ist in Rente. Sie haben früher irgendwo anders, vielleicht im Mittleren Westen, gewohnt und sind hierhergezogen, als er zu arbeiten aufgehört hat. Sie wünschen sich, ihre Kinder würden sie öfter besuchen.

Als die ältere Frau mir zulächelt, wende ich rasch den Blick ab, weil es mir peinlich ist, beim Hinstarren erwischt worden zu sein. Ich frage mich, was sie von uns – Beau und mir – hält. Wir sind eindeutig nicht verwandt. Möglicherweise glaubt sie, wir seien ein Paar, was ebenso daneben ist.

»Schmierst du mir den Rücken ein?«

Ich drehe mich zu Beau um, der das Hemd ausgezogen und meine Sonnenmilch in der Hand hat. »Bedien dich.«

»Habe ich schon.« Er lächelt und kapiert offenbar nicht. »Aber beim Rücken brauche ich Hilfe. Keine Angst, ich revanchiere mich.«

Ich habe noch nicht entschieden, ob ich mein Strandkleid ausziehen soll oder nicht, dennoch nehme ich ihm die Sonnenmilch aus der Hand und rutsche zu seiner Seite meines Handtuchs hinüber.

Als er den Rücken ein wenig streckt, bemerke ich, dass er kräftiger geworden ist, seit wir das letzte Mal hier waren. Ich würde ihn ja fragen, ob er Fitnesstraining macht, aber ich glaube, sein Ego ist schon aufgeblasen genug.

Ich drücke die Sonnenmilch direkt auf seine Haut. Sein Rücken spannt sich an, sobald meine Hände ihn berühren, und ich höre, wie er tief Luft holt. So schnell ich kann, beschreibe ich große Kreise. Die weiße Lotion zieht in die Haut ein. Ich kehre zu meiner Seite des Handtuchs zurück und reibe mir mit den Händen über die Arme, um die überschüssige Sonnenmilch loszuwerden.

»Du bist dran«, sagt Beau und blickt mich an.

»Ist nicht nötig.«

»Amateurin.«

»Bin ich nicht«, verteidige ich mich. »Auch wenn ich nicht hier wohne, komme ich schon mein ganzes Leben lang mindestens zweimal im Jahr her.«

»Und jedes Mal holst du dir am ersten Tag einen Sonnenbrand und musst dich in den nächsten Tagen im Schatten verkriechen.«

Ich ziehe mir das Strandkleid über den Kopf und weigere mich, ihm recht zu geben, obwohl es stimmt. Dann reiche ich ihm die Sonnenmilch und drehe ihm den Rücken zu.

Beau drückt sich die Lotion auf die Hände, bevor er sie auf meinem Rücken verteilt. Er fängt bei den Schultern an, arbeitet sich nach unten vor und knetet meine Haut, als verabreiche er mir eine Massage, anstatt mich einfach nur mit Sonnencreme einzureiben. Ich überlege, ob ich etwas sagen soll, aber da es sich angenehm anfühlt, lasse ich es dabei bewenden.

»Danke«, meine ich und greife nach der Flasche, als er fertig ist.

»Brauchst du keine Hilfe mit der anderen Seite?«, erkundigt er sich mit unbewegter Miene.

Ohne das einer Antwort zu würdigen, greife ich wieder nach der Sonnenmilch. Er zieht die Hand weg, um mich zu ärgern, aber ich bin so klug, sein Spiel nicht mitzumachen. Stattdessen lehne ich mich zurück und stütze mich auf die Arme. Schließlich bin ich nicht diejenige, die sich unbedingt eincremen wollte.

Beau schwenkt die Sonnenmilch vor meiner Nase, bereit, sie wegzureißen, sobald ich die Hand danach ausstrecke. Als ich nicht reagiere, ist er enttäuscht. »Spielverderberin.«

»Du brauchst nicht zu bleiben, wenn du nicht möchtest«, entgegne ich.

»Soll ich gehen?«, fragt er, und ein enttäuschter Ausdruck huscht über sein Gesicht. Es ist so viel schwieriger, direkt mit einem Menschen zu sprechen, ohne demjenigen mit einem Arsenal aus Emojis mitzuteilen, dass es nur ein Witz war.

»Das habe ich nicht gesagt.« Ich hoffe, dass er nicht geht, und das nicht nur, weil ich vergessen habe, ein Buch mitzubringen. »Gib mir einfach die Sonnenmilch. *Meine* Sonnenmilch.«

Schmunzelnd wirft Beau sie mir zu. »Nur, damit du keinen Sonnenbrand kriegst.«

Ich drücke Lotion auf meine Hände und verteile sie gleichmäßig auf meiner Haut. Beaus Blick folgt meinen Händen, die sie einmassieren. Ich versuche, nicht auf das flaue Gefühl in meinem Magen zu achten.

Beau ist für mich wie ein Bruder, halte ich mir vor Augen.

Allerdings weiß Liam das nicht.

»Wir machen ein Selfie.« Ich fördere mein iPhone aus der Badetasche zutage, und Beau rutscht herüber, sodass wir nebeneinander dasitzen. Ich hebe das Telefon, um den besten Winkel zu erwischen, und zieh ein Schmollmündchen. Nicht schlecht.

Bevor ich das Foto posten kann, werde ich von Tumult am Wasser abgelenkt. »Ein Hai?«, frage ich. Da sich meine schlimmste Befürchtung in diesem Sommer bewahrheiten wird, würde mich nichts mehr wundern.

»Eher Guppys.« Beau verdreht die Augen und lehnt sich auf dem Handtuch zurück.

»Guppys?«

»Groupies, oder wie man sie sonst nennen will. Ich kapiere nicht, was an dieser dämlichen Serie so besonders sein soll.«

»Die *Seasiders*?«

»Erzähl mir jetzt nicht, dass du auch zu denen gehörst.«

Dieser Satz ist so beleidigend, dass ich nicht darauf eingehe. Natürlich bin ich kein Groupie. Ich bin Schauspielerin und warte darauf, entdeckt zu werden. Also nehme ich die Bürste aus der Tasche und fahre mir rasch durch den verfilzten Pferdeschwanz, damit ich es nicht vermassle, falls sich das hier als meine einzige Chance entpuppt.

»Wer ist es?«, frage ich Beau, obwohl ich die Mitwirkenden sicher besser kenne als er. Seit ich die Plakatwand gesehen habe, habe ich jeden einzelnen Darsteller gegoogelt.

»Ist das so wichtig? Das sind doch alles Möchtegerns. Bis auf Monica Whistler, und die …«

»Es sind Victoria und Peter!«, unterbreche ich ihn, denn ich erkenne die Schauspieler, die die Zwillinge verkörpern. Sie befreien sich aus der Masse kindischer Fans, die lautstark ihre Aufmerksamkeit fordern.

Ich beschließe hier und jetzt, jeden Tag einen Spaziergang am Strand zu unternehmen, bis ich den beiden wieder zufällig begegne. Ich werde sie auf Anhieb beeindrucken, denn ich werde mich professionell und weltgewandt benehmen, damit sie wissen, dass sie mich als richtige Schauspielerin respektieren müssen.

Lächelnd lehne ich mich zurück. Dieser Plan könnte tatsächlich klappen, gerade weil er so verrückt ist. Wenn das Schlimmste im Bereich des Möglichen liegt, gilt das doch sicher auch für das Beste.

21

Alexis

»Kommt CeCe nicht mit?«, frage ich, als Tommy auf dem Beifahrersitz Platz nimmt. Dass das Fahren jetzt an mir hängen bleibt, gehört zu den Dingen, die sich in unserer neuen Normalität verändert haben.

»Sie sagt, dass sie keinen Hunger hat«, erwidert Tommy.

»Laut Jill möchte Beau auch nicht mit«, antworte ich. »Glaubst du etwa, dass …«

»Beau und CeCe?«, meint Tommy.

»Auf gar keinen Fall«, schiebe ich den Gedanken weg, ehe er sich in meinem Kopf festsetzen kann. »Sie sind wie Bruder und Schwester. Außerdem trauert sie immer noch Liam nach.«

»Es wäre nicht das Schlimmste«, meint Tommy. »Beau ist ein netter Junge.«

»Er *war* ein netter Junge«, entgegne ich mit Betonung auf »war«. Es ist gleichzeitig liebenswürdig und anstrengend, dass Tommy stets das Gute im Menschen sehen will. »Doch inzwischen ist er ein Teenager. Du solltest dir die Fotos anschauen, die er auf Instagram postet. Er behandelt Frauen genauso wie damals sein Vater.«

»Frauen?«

»Oder Mädchen, egal. Jedenfalls ist er wie ein Adam in Miniaturausgabe.« Und außerdem ist er ein fünfzehnjähriger Junge, füge ich im Geist hinzu, an sich schon ein bedrohlicher Gedanke.

Allmählich dämmert Tommy, worauf ich hinauswill. »Sollten wir sie zwingen mitzukommen?«

Ich zögere. Der Teil in mir, der eine gute Mutter sein will, findet, dass wir sie unbedingt zwingen sollten. Wir sollten uns durchsetzen und ihr zeigen, wer hier das Sagen hat. Allerdings raunt meine innere Egoistin, dass sie uns in diesem Fall nur nerven und einen ansonsten sehr angenehmen Abend verderben würde.

»Wenn du möchtest.« Ich zucke die Achseln, in der Hoffnung, dass er es nicht möchte.

»Vergiss es«, antwortet Tommy. »Wenn sie sich unwohl fühlt, wird sie dafür sorgen, dass wir anderen es auch tun.«

»Wie recht du hast.« Ich rolle rückwärts aus der Einfahrt, ehe er es sich anders überlegen kann.

Als wir in den Parkplatz des Camille's einbiegen, kann ich nicht anders, als mich an das erste Mal zu erinnern, als Tommy mit mir hier war. Wir waren mit Adam und Jill zu einer Art doppeltem Date verabredet, auch wenn wir hartnäckig darauf bestanden, dass wir nur Freunde waren. Deshalb war ich ja auch so verwirrt, als er ausgerechnet den Parkplatz eines Motels ansteuerte. Gut, vielleicht war ich sogar ein wenig enttäuscht, als mir klar wurde, dass sich das Restaurant im Obergeschoss des besagten Motels befand.

»Unser erster ganzer Tag hier, und schon kann ich etwas von der Liste der Dinge streichen, die ich tun möchte, bevor ich den Löffel abgebe«, stellt Tommy fest und steigt aus.

Ich verziehe das Gesicht. Sosehr ich mich auch bemühe, ihn zu unterstützen, hat seine Art, alles auf die leichte Schulter zu nehmen, bei mir genau die entgegengesetzte Wirkung. Wenn seine To-do-Liste für den Sommer nicht so eng mit dem Tod zusammenhinge, hätte sie mir vielleicht gefallen. Allerdings verzichte ich gerne auf die Anspielungen darauf, was uns am Ende dieses Sommers erwartet.

»Onkel Tommy?«, sagt Abigail.

Ich habe Jills Auto gar nicht bemerkt. Doch Abigail steht da und wirkt sehr schüchtern und reizend. Tommy schenkt ihr ein Lächeln, das sein Gesicht zum Strahlen bringt, und nach seiner Versicherung, dass es in Ordnung ist, wirft sie sich ihm in die ausgebreiteten Arme.

Ihr Anblick treibt mir die Tränen in die Augen. Tommy und Abigail hatten schon immer ein besonderes Verhältnis, was im Laufe der Zeit nicht nachgelassen hat. Wenn überhaupt, ist diese Verbindung nun stärker geworden, weil Abigail keine neue verlässliche Vaterfigur hat.

Es sollte mich nicht wundern, dass Adam durch Abwesenheit glänzt, denn schließlich ist er abgehauen, um mit seinem neuen Püppchen Familie zu spielen, und dennoch macht es mich zornig. Selbst jetzt nimmt Jill ihn noch in Schutz und beteuert, Adam habe es versucht, doch die Kinder hätten sich geweigert, mit ihm zu reden. Aber er ist der Dad. Es ist seine Aufgabe, nicht lockerzulassen. Ihnen zu zeigen, dass er sie liebt. Zumindest halb so sehr wie Tommy.

»Wer ist dieses hinreißende Geschöpf?«, fragt Tommy Jill über Abigails Schulter hinweg.

»Onkel Tommy, du weißt doch, dass ich es bin.« Abigail spielt mit, obwohl sie weiß, dass er sie nur veräppeln will.

Tommy hält sie auf Armeslänge von sich weg. »Abigail Jane?« Tommy sieht mich an. Sein Lächeln reicht von Ohr zu Ohr. »Lex, schau, wie unser Mädchen gewachsen ist.«

Plötzlich wieder schüchtern, senkt Abigail den Kopf, sodass ihr das seidige glatte Haar ins Gesicht fällt. Tommy schiebt es ihr hinter die Schulter und küsst sie auf die Wange. Dann beugt er sich vor und flüstert ihr etwas ins Ohr.

Ich fange Jills Blick auf, als diese sich gerade eine Träne abwischt, und strecke die Hand nach ihr aus. Ihre Finger flechten sich in meine, und sie räuspert sich. »Wir sollten raufgehen, bevor die unseren Tisch weggeben.«

»Das würden sie nicht wagen«, erwidert Tommy. Nachdem er Jill umarmt hat, steuert er auf die Treppe zu, die zur oberen Etage des Motels führt, und lässt uns alle vorangehen. Ich versuche, nicht zur Kenntnis zu nehmen, dass er auf halbem Weg nach oben ausruhen muss und dass er außer Atem ist, als wir eines unserer Lieblingsrestaurants in Destin betreten.

»Tom, Tom!«, ruft Brit, die langjährige Restaurantchefin, und kommt auf uns zu. Sie war früher eine von Monicas besten Freundinnen und ist noch immer eine Schönheit, wirkt allerdings weniger einschüchternd als vor all den Jahren. Wie immer küsst sie Tommy auf die Lippen und anschließend mich auf die Wange, was sie nicht immer getan hat.

»Weißt du, dass Monica wieder in der Stadt ist?«, fragt sie Tommy.

Mir krampft sich der Magen zusammen, und ich bin erleichtert, dass CeCe nicht da ist und dieses Gespräch nicht mitkriegt.

»Ich habe so etwas läuten hören«, erwidert er und legt mir den Arm um die Taille. Obwohl ich die Geste sofort durchschaue, freue ich mich darüber.

Lächelnd beginnt Brit zu berichten, wie Monica dieses tolle Projekt bei Netflix an Land gezogen hat. Es sei reiner Zufall, dass die Dreharbeiten ausgerechnet in Destin stattfinden. Wie in alten Zeiten, wir sollten uns alle einmal treffen.

Nur über meine Leiche.

Brit wartet auf Tommys Zustimmung, als habe sie vergessen, wie übel es zwischen ihm und Monica geendet hat. Als die gewünschte Reaktion ausbleibt, greift sie nach den Speisekarten und begleitet uns zu unserem Stammplatz an den Fenstern im hinteren Teil des Speisesaals.

Als wir uns setzen, versuche ich, die Gedanken an Monica beiseitezuschieben und mich mit den Menschen zu beschäftigen, die sich an unserem Tisch versammelt haben. Wir drei haben hier so viele gute Mahlzeiten gegessen und eine Menge Spaß gehabt. Ich bin erleichtert, dass Abigail heute Abend unser Kleeblatt vervollständigt, nicht der betrügerische Mistkerl, der ihr Vater ist.

An unserem ersten Abend, an dem wir zu viert hier waren, kam mir allmählich der Verdacht, dass Adam möglicherweise nicht so traumhaft und liebevoll sein könnte, wie Jill behauptete. Ich erinnere mich, dass er beobachtete, wie Brit sich nach einer Serviette bückte und eine kleine Showeinlage daraus machte.

Jill ist ohne Adam nicht nur besser dran, sondern scheint sich endlich zu der Frau zu entwickeln, die sie eigentlich schon immer war. Seit unserem letzten Besuch wirkt sie zehn Jahre jünger und so viel sorgloser. »Du siehst spitze aus«, unterbreche ich ein Gespräch, auf das ich nicht geachtet habe.

Verlegen berührt Jill ihren Mund mit den Fingern. »Ich weiß nicht, wann ich zuletzt Lippenstift benutzt habe.«

»Ständig predige ich ihr, sie soll wieder unter Leute gehen«, verkündet Abigail.

»Es gibt keine Leute«, erwidert Jill. »Glaube mir.«

»Du hast ja keine Ahnung«, entgegnet Abigail ein wenig keck.

»Hast du es mit Apps versucht?«, frage ich.

»Den Appetithäppchen?«, frotzelt Jill.

Ich lache, aber Abigail verdreht nur die Augen.

»Du weißt schon, dass ich Dating-Apps meine. Ich sollte dein Profil einstellen, um mich zu revanchieren.«

»Wehe dir«, droht Jill lächelnd.

»Sicher hast du gehört«, meine ich zu Abigail, »dass mich deine Mom, bevor dein Onkel Tommy und ich angefangen haben, miteinander zu gehen, überredet hat, mich bei einer Dating-Plattform anzumelden. Aber sie hat das falsche Kästchen angekreuzt.«

»Lex«, warnt Jill.

Ich lächle. Sie braucht sich keine Sorgen zu machen, ich könnte ihrer jungen, leicht zu beeindruckenden Tochter erzählen, dass sie bei meinem Dating-Profil das Kästchen

»unverbindlicher Sex« markiert hat. Die E-Mails, die ich bekam – und die Fotos … Als mir klar wurde, was passiert war, ging ich online und kündigte mein Konto.

»Sagen wir mal, die große Liebe habe ich nicht gefunden«, erkläre ich ihr.

»Da muss ich aber widersprechen«, protestiert Tommy und beugt sich vor, um mich rasch zu küssen.

Offenbar ist Abigail mit dem Thema noch längst nicht fertig. »Selbst wenn du sie dazu bringen würdest, die Apps …«

»Nur über meine Leiche«, fällt Jill ihrer Tochter ins Wort.

»Selbst wenn du Mom dazu bringen würdest, die Apps zu nutzen«, beharrt Abigail, »hätte sie gar keine Zeit für ein Date. Jeden Morgen, noch ehe wir aufwachen, ist sie im Café, und an manchen Tagen bleibt sie dort, wenn wir schon schlafen gegangen sind.«

»Ach, hör auf.« Es scheint Jill peinlich zu sein.

Trotz der Zankerei beneide ich die beiden ein bisschen um ihr Verhältnis. Ich kann mir nicht vorstellen, dass CeCe und ich so unbefangen miteinander witzeln.

»Bei dir klingt es, als sei ich nie für euch da«, sagt Jill zu Abigail. »Ich schwöre, ich bin keine Rabenmutter«, teilt sie uns mit, obwohl wir bereits wissen, dass sie alles andere ist als das.

»So habe ich es nicht gemeint«, rechtfertigt sich Abigail.

»Du bist eine der besten Mütter, die ich kenne«, wende ich mich an Jill. »Schau nur, wie deine Tochter sich entwickelt hat!« Hoffentlich bemerkt niemand, dass ich Beau nicht erwähnt habe, doch seine Probleme haben nichts mit Jill zu tun.

Eine Kellnerin, die ich nicht kenne, tritt, eine Flasche Weißwein in der einen und einen Teller mit Camille's berühmten frittierten grünen Tomaten mit gehacktem Krabbenfleisch in der anderen Hand, an unseren Tisch. Mir läuft vor Vorfreude das Wasser im Mund zusammen. »Gruß von Brit«, erklärt sie.

Die Kellnerin entkorkt die Flasche und gießt einen kleinen Schluck in mein Glas. Das Vorkosten scheint stets meine Aufgabe zu sein. Ich lasse den Wein kreisen und schnuppere daran, bevor ich nippe. »Ausgezeichnet, danke.«

Lächelnd füllt sie Jills Glas und dann Tommys. Vor Abigails leerem Glas zögert sie. Diese sieht ihre Mutter flehend an.

»Keine Chance«, entgegnet Jill.

Mit einem Nicken überspringt die Kellnerin Abigails Glas und schenkt mir nach. Die Flasche stellt sie in einen Eiskübel auf einem hohen Ständer zwischen meinem und Tommys Stuhl.

»Ich weiß nicht, warum du so ein Tamtam machst«, beschwert sich Abigail. »Ich durfte doch auch was trinken, als …« Jill wirft Abigail einen Blick zu, der diese zum Verstummen bringt. Es wirkt tatsächlich. Jill muss mir erklären, wie das funktioniert.

»Wir wollen ihnen demonstrieren, dass ich keine Rabenmutter bin, richtig?«, fügt Jill hinzu.

»Genug von diesem Thema«, sagt Tommy. »Ich würde jetzt gerne einen Trinkspruch ausbringen und möchte, dass meine Patentochter auch dabei ist. Nur ein kleiner Schluck?«

Abigail richtet sich ein Stück auf, lächelt ihrer Mom zu und schiebt langsam ihr leeres Weinglas zu Tommy hinüber.

»Aber wirklich nur ein Schluck«, lässt sich Jill erweichen.

Tommy nimmt die Flasche und gießt eine zwei Finger hohe Menge in das Glas, das Abigail anmutig mit beiden Händen hochhält. Tommy schaut sich am Tisch um, als wolle er sich jeden von uns einprägen, bevor er sein Glas hebt.

»Nun, da wir alle hier sind, tja, die meisten von uns wenigstens«, spielt er auf die Abwesenheit von CeCe und Beau an, »würde ich gern ein paar Worte sagen.«

Ich schließe die Augen, hole tief Luft und nehme mir fest vor, die Ruhe zu bewahren. Ich mag die Schreiberin in der Familie sein, doch Tommy ist der Meister des gesprochenen Wortes.

Als er sich räuspert, blicken Jill und ich einander an. Ich bemerke, dass sie sich ebenfalls zusammennimmt, weil sie nicht vor den Augen ihrer Tochter und in einem Raum voller fremder Leute die Beherrschung verlieren will.

»Ein Hoch aufs Betrügen, Lügen, Stehlen und Trinken«, überrascht Tommy uns alle.

»Tommy.« Ich sehe zwischen Abigail und ihm hin und her.

»Schon gut«, fährt er fort. »Wenn man betrügen will, dann den Tod.« Er dreht sich ein Stück zu Jill um. »Wenn man lügt, dann für einen Freund.« Er wendet sich wieder mir zu und schaut mich eindringlich an. »Wer stehlen will, stehle ein Herz.« Sein Blick wandert zu Abigail, die ihn erwidert. »Wenn man trinkt, dann mit mir.«

Er hebt sein Glas ein Stückchen weiter und streckt die Hand zur Tischmitte, wo wir alle mit ihm anstoßen.

»Cheers«, rufen wir im Chor.

Ich beobachte, wie Abigail an ihrem Wein nippt, und wünsche mir plötzlich, CeCe wäre hier.

»Du hast gedacht, ich würde jetzt schrecklich sentimental werden, was?« Tommy fängt an zu lachen. Es ist ein Lachen, das sanft und leise beginnt, sich jedoch zu einem markerschütternden, den Körper zum Erbeben bringenden Geräusch entwickelt.

Sein Lachen war immer ansteckend, und Abigail stimmt als Erste ein. Wenn sie lockerlässt, ist sie sogar noch schöner. Jill ist das nächste Opfer, und schließlich gebe ich mich geschlagen. Ich kann mich diesem Kreis von Menschen, die mir so viel bedeuten, nicht entziehen. Sie alle lachen, als sei auf der Welt alles in bester Ordnung.

Natürlich nutzt das Schicksal diesen Moment, um uns vor Augen zu halten, dass rein überhaupt nichts in Ordnung ist.

Der Übergang vom Lachen zum Husten ist so unterschwellig und nahtlos, dass ich einen Moment brauche, um zu verstehen, was da geschieht. Aber Tommy hustet wieder, so tief und rau, dass es mir das Herz bricht.

Ich lege ihm die Hand auf den Rücken und beschreibe kleine Kreise. Keine Ahnung, ob das etwas nützt, doch ich fühle mich so besser, als wenn ich nur dasitzen und nichts tun würde. Ich werfe einen Blick auf Abigail, die erbleicht ist und ängstlich die Augen aufreißt. Jill wirkt, als warte sie mit angehaltenem Atem darauf, dass es vorbei ist. Wie ich feststelle, steht Brit mitten im Speisesaal und starrt uns an, als habe sie ihre Manieren vergessen.

Tommy hustet wieder, diesmal ein wenig leiser. Es ängstigt mich, dass ich bei diesen Anfällen allmählich ein Muster erkenne. Diesmal scheint es bald ausgestanden zu sein. Tommy ist atemlos, und ich gebe ihm Zeit, sich zu fangen, bevor ich ihm ein Glas Wasser reiche.

Er bedankt sich mit einem Blick und trinkt einen kleinen Schluck.

»Was macht ihr für lange Gesichter?«, fragt er mit einem Kratzen in der Stimme. »Ich weiß, dass das die Pointe eines ziemlich guten Witzes ist, aber ich habe den ersten Teil vergessen. Etwas mit einem Pferd?«

Er schaut sich am Tisch um, doch uns ist allen nicht nach Lachen zumute.

»Schon in Ordnung«, meine ich zu Jill und Abigail. »Es geht ihm gut.«

Tommy trinkt noch einen Schluck Wasser, um Zeit zu gewinnen. Ich weiß, ich muss möglichst für Normalität sorgen, wenn ich möchte, dass er sich besser fühlt.

»Also, Abigail«, beginne ich, so fröhlich ich kann. »Deine Mom hat mir erzählt, du seist eine richtige Künstlerin geworden.«

»Ich bin nicht sehr begabt«, wehrt Abigail ab. »Aber ich zeichne viel.«

»Sie ist nur bescheiden«, merkt Jill an. »Die Bilder, die ich sehen darf, sind fantastisch. Sie hat eine ganze Reihe von Porträts von Gästen im Café gezeichnet.«

»Zeichnest du mich auch einmal?«, fragt Tommy.

Abigail nickt mit einem schüchternen Lächeln.

»Du bist ein Glückspilz«, meint Jill. »Mich will sie nicht zeichnen.«

»Du hast mich noch nie darum gebeten«, entgegnet Abigail schnippisch und nippt an ihrem Wein. Ich lächle, erleichtert weil meine Tochter nicht die Einzige ist, die mit wenigen Worten einen Seitenhieb austeilen kann.

Jill wirkt gekränkt, fasst sich jedoch bewundernswert schnell und wechselt wie ein Profi das Thema. »Was habt ihr in diesem Sommer hier alles vor?«

»Er hat eine Liste«, erkläre ich und versuche, nicht zu selbstzufrieden zu klingen.

»Ich mag Listen«, erwidert Jill. »Was steht denn drauf?«

»Ein bisschen von jedem«, antwortet Tommy. Er hat mir nur verraten, dass es so eine Liste gibt, jedoch keine Einzelheiten preisgegeben, obwohl er weiß, dass ich der vermutlich ungeduldigste Mensch der Welt bin. »Kleinkram wie Zeit mit euch dreien zu verbringen und mir meine liebsten alten Filme noch einmal anzuschauen. Und große Dinge, zum Beispiel zusammenpassende Tattoos für Lexie und mich.«

»Keine Chance«, protestiere ich. »Es verstößt gegen meinen Glauben, und dir ist ja bekannt, dass der Schmerz und ich keine Freunde sind.«

»Apropos Schmerzen«, sagt Jill. »Wie schwer fällt es dir, nicht zu arbeiten? Glaubst du, du wirst es wirklich schaffen loszulassen?«

Achselzuckend trinke ich einen Schluck Wein. Normalerweise würde die Frage mich nicht stören. Doch ich bin machtlos dagegen, dass es mir einen Stich versetzt hat, als Jill sich ziemlich wunderte, weil ich beschlossen habe, mir den Sommer freizunehmen, anstatt von hier aus zu arbeiten. Ich hatte gehofft, Jill würde verstehen, dass Arbeit nicht für jeden eine lästige Pflicht ist, da sie ja nun auch selbstständig ist. Dass ich meinen Beruf wirklich liebe.

»Es ist ganz klar eine Umstellung«, erkläre ich ihr. »Wahrscheinlich wird es nächste Woche besser, wenn ich nicht mehr dauernd den Alltag und die Terminpläne vor Augen habe. Das heißt, ich vertraue darauf, dass Becky alles hinkriegt. Es ist nur sehr viel zu tun.«

»Das kann ich nachvollziehen«, erwidert Jill. »Lou ist die Größte, aber wenn ich nicht vor Ort bin ... Keine Ahnung, vielleicht halte ich mich ja für unabkömmlicher, als ich bin.«

Ich nicke, stimme ihr ein wenig zu eifrig zu und bin erleichtert, weil sie es versteht.

»Du bist ein Glückspilz, Ab«, meint Tommy. »Du kannst eine Menge von diesen beiden starken, erfolgreichen Frauen lernen.«

Jill und ich sehen einander und dann Tommy an, der lächelt, als sei sein Leben völlig sorgenfrei.

Den restlichen Abend halten wir uns an unverfängliche Themen – viel Schwelgen in Erinnerungen und Gespräche über die Vergangenheit, möglicherweise damit wir nicht zu sehr an die trübe Zukunft denken müssen, die uns bevorsteht. Abigail hört hauptsächlich zu, und Jill erhebt keine Einwände, als Tommy noch ein wenig Wein in ihr Glas gießt.

Als wir das Restaurant verlassen, fängt Brit Jill ab. »Hast du einen Moment Zeit?«

»Klar?«, sagt Jill zweifelnd.

»Nur zu«, meine ich und umarme sie fest. »Wir reden morgen.«

Brit lächelt in unsere Richtung und beugt sich dann vor, um mit Jill zu sprechen.

Es könnte mit dem Café zusammenhängen. Jill hat erwähnt, sie versuche, ihr Gebäck über hiesige Restaurants zu vertreiben. Doch Brit späht über ihre Schulter zu uns hinüber, und ich erkenne Besorgnis in ihren Augen.

Der Hustenanfall von vorhin war nicht zu überhören, und sie kennt Tommy lange und gut genug, um die körperlichen Veränderungen zu bemerken.

Ich danke Jill im Stillen und hoffe, sie weiß, wie hoch ich sie schätze. Zu den größten Schwierigkeiten bei dieser Sache gehört, anderen Leuten zu erzählen, was los ist. Bei jedem anderen Krebs wäre es vielleicht anders, doch bei Lungenkrebs geben die Menschen dem Opfer die Schuld. Selbst wenn sie nicht nachhaken, merkt man ihnen an, was in ihnen vorgeht und dass sie sich fragen, ob der Betroffene geraucht hat. So, als sei die Krankheit sein Fehler.

»Was denkst du?«, erkundigt sich Tommy, als wir unten an der Treppe sind.

»Entschuldige, ich habe nicht zugehört.«

»Ich habe gefragt, ob in dieser Herberge wohl noch ein Zimmer frei ist.« Im schummrigen Licht auf dem Parkplatz kann ich gerade noch das Funkeln in Tommys Augen erkennen.

»Dieser Herberge?« Ich weise auf das Motel hinter ihm. »Baby.« Ich trete einen Schritt auf ihn zu und schlinge ihm die Arme um die Taille. »Ich liebe dich zwar, aber du hast eindeutig den Verstand verloren.«

»Wir könnten einen Kurzurlaub nehmen.«

»So nett das auch klingt, weißt du, dass ich eher auf Hotels stehe.«

»Das hier ist ein Hotel.«

»Es ist ein Motel. Außerdem haben wir nur wenige Straßen entfernt ein wundervolles Haus.«

Das Piepen der Fernbedienung, als er das Auto aufschließt, verrät mir, dass ich diese Debatte gewonnen habe. Ich strecke die Hand nach dem Schlüssel aus und rutsche auf den Fahrersitz.

»Was ist eigentlich der Unterschied zwischen einem Hotel und einem Motel?«, meint Tommy und schnallt sich an.

»Ein Buchstabe«, frotzle ich. »Und etwa drei Sterne.«

»Klug und schön«, stellt Tommy fest. »Wie, um alles in der Welt, konnte ein Typ wie ich nur ein Mädchen wie dich abkriegen?«

Ich strecke die Hand aus und berühre seine Wange. Als er die Hand auf meine legt, bin ich fast so weit, mich umzuentscheiden.

»Lass uns nach Hause fahren«, sagt er.

Ich könnte ihm nicht mehr von Herzen zustimmen.

22

CeCe

@BeauBo: HEY
@WhistlerGurl: Hey
@BeauBo: WAS MACHST DU?
@WhistlerGurl: Nichts. Und lass das mit den Großbuchstaben
@BeauBo: Magst du an den Strand?
@WhistlerGurl: Nicht wirklich
@BeauBo: Spielverderberin

Ich antworte nicht, weil er recht hat. Ich bin momentan nicht sehr amüsant.

@BeauBo: Schreib mir, wenn du es dir anders überlegst
@WhistlerGurl: Werd ich nicht
@WhistlerGurl: Aber danke
@BeauBo: Bis später

Draußen ist schönes Wetter. Ich sollte Beau begleiten, aber noch ein Tag am Strand, ohne jemandem von *The Seasiders* zu begegnen, und ich kriege einen Herzinfarkt.

Es war dumm von mir zu glauben, ich könnte einfach so

durch Zufall die Chance meines Lebens herbeiführen. Genauso, wie es dumm von mir war zu denken, dass es mich nicht ärgern würde, heute Morgen die Besetzungsliste für die Theaterworkshop-Inszenierung von *Die Trapp-Familie* zu sehen. Es tut weh zu wissen, dass mein Name auf der Liste hätte stehen sollen, und die Fotos auf Instagram waren auch nicht sehr hilfreich.

Liam hat ein Bild von sich vor der Wand mit der Besetzungsliste gepostet. Er sieht niedlich aus wie immer und hat den Arm um meine ehemalige beste Freundin gelegt. Ich habe Sofia damals angefleht, den Theaterworkshop mitzumachen. Deshalb hätte sie aussteigen sollen, sobald ich es musste.

Obwohl die Schrift ein wenig verschwommen war, konnte ich genug entziffern, um festzustellen, dass Liam den Captain von Trapp spielt, was ich schon gewusst habe. Allerdings hätte ich nicht damit gerechnet, dass Sofia die Rolle der Maria ergattert.

Es hat mich zwar ein wenig getröstet, dass der Captain und Maria keine schmachtenden Liebenden sind, wie Liam und ich sie verkörpert haben. Aber dann habe ich gegoogelt und herausgefunden, dass sie sich in einer Szene küssen. Seitdem kriege ich die Vorstellung von den beiden zusammen nicht mehr aus dem Kopf. Dass ich dauernd das dämliche Foto anglotze, macht es wahrscheinlich auch nicht besser.

Ich klappe den Laptop zu und beschließe, wenigstens ein bisschen frische Luft zu schnappen. Wenn Mom mir nicht zuvorgekommen ist, kann ich draußen auf der Veranda auf der Schaukel sitzen. Da sie viel Zeit bei Tante

Jill im Café verbringt, ist sie hoffentlich nicht da. Meinetwegen kann sie überall sein, nur nicht hier.

Unten ist die Wohnzimmertür geschlossen, was heißt, dass Daddy vermutlich mit einem seiner Psychos redet. Als ich aus dem vorderen Fenster spähe, ist die Luft offenbar rein. Meine Laune bessert sich, als ich in die Küche gehe, um mir ein Glas Arnold Palmer einzuschenken, der immer im Kühlschrank steht. Ich verstehe nicht, was an dem Zeug so besonders sein soll, es ist nur eine Mischung aus Eistee und Limo. Aber Mom steht drauf.

Ich könnte diese Begeisterung ja ein bisschen eher nachvollziehen, wenn Mom kein Limonadenpulver aus der Dose verwenden würde. Beim Eistee macht sie es genauso. Nicht einmal ein echter Teebeutel. Mit richtiger Limonade und Sonnentee würde es so viel besser schmecken. Vielleicht mit ein wenig frischer Minze.

Rasch schreibe ich einen Zettel, dass ich mit dem Fahrrad unterwegs bin, und schnappe mir zwanzig Dollar aus dem Kaffeebecher im zweiten Regal über der Spüle, wo Mom ihren Notgroschen aufbewahrt.

Der Biosupermarkt befindet sich auf der anderen Seite des 98er. Mom würde ausflippen, wenn sie wüsste, dass ich mit dem Fahrrad einen stark befahrenen sechsspurigen Highway überquere. Doch was sie nicht weiß, macht sie nicht heiß.

Ich nehme meinen Helm und fahre los. Am Rand des Highway zögere ich und zweifle fast an meinem Vorhaben. Aber an dieser Kreuzung gibt es zumindest eine Ampel. Den Fuß auf der Bremse, warte ich an der roten Ampel. Das Herz klopft mir bis zum Halse.

Die Ampel wird grün, und ich trete so schnell ich kann, bis ich auf der richtigen Seite des Highway bin. Da die Autos in beide Richtungen an roten Ampeln halten, ist es nicht weiter weltbewegend. Allerdings löst es ein Hochgefühl in mir aus, wie an dem Tag, als ich mich in der Schule ins Theater geschlichen habe. Ich habe so viel Zeit meines Lebens damit vergeudet, mich an Regeln zu halten.

Ich überlege, ob ich nach links in die Commons abbiegen und eine Kleinigkeit nur für mich kaufen soll. Die zwanzig Dollar in meiner Tasche ließen sich mühelos in einige neue Döschen Lipgloss bei Sephora umsetzen. Doch ich habe das Geld genommen, um für Mom einzukaufen und etwas Nettes für sie zu tun, damit sie weiß, dass ich nicht der schlechteste Mensch der Welt bin.

Aber Lipgloss.

Ich schiebe das Verlangen beiseite und fahre nach rechts zum Biosupermarkt Whole Foods. Da ich jetzt weiß, dass es keine große Sache ist, den Highway zu überqueren, kann ich auch ein andermal zurückkommen und zur Commons fahren.

Vor dem Biosupermarkt gibt es einen Radständer. Ich schließe mein Fahrrad an, nehme den Helm ab und versuche, meinem angeklatschten Haar ein wenig Leben einzuhauchen. Obwohl ich nur ein paar Sachen brauche, greife ich mir einen Einkaufswagen und werfe den Helm hinein.

Die Filiale von Whole Food ist nicht so groß wie die in Atlanta, wo Dad und ich immer einkaufen. Allerdings suche ich heute nichts Ausgefallenes und denke, dass sie solche einfachen Dinge schon haben werden.

Meine erste Station ist die Obst- und Gemüseabteilung,

wo ich die abgepackten Zitronen links liegen lasse, mir eine Tüte schnappe und diese mit den saftigsten Früchten fülle, die ich finden kann. Mein Blick wird von den strahlend gelbsten mit schrumpelfreier Schale angezogen, wie ich es bei Food Network gelernt habe.

Ich nehme zwei Zitronen in die Hand. Sie riechen beide gut und fühlen sich für ihre Größe schwer an. Allerdings gibt die erste nicht nach, als ich darauf drücke, was mir verrät, dass sie nicht viel Saft enthält. Die zweite ist so elastisch, wie sie sein sollte. Also lege ich sie in die Tüte und suche sechs weitere, die genauso reif sind.

Als Nächstes schiebe ich meinen Wagen zu den frischen Kräutern. Obwohl mein erster Gedanke Minze war, überlege ich jetzt, da ich hier bin, ob Basilikum und Rosmarin nicht die bessere Wahl wären. Ich greife nach den drei Töpfchen, auch wenn ich mir nicht alle leisten kann. Dann schnuppere ich nacheinander daran und stelle mir vor, wie jedes dieser Kräuter, vermischt mit frisch gepressten Zitronen und Sonnentee, schmecken würde.

Ich stelle den Rosmarin zurück und versuche, mich zwischen Minze und Basilikum zu entscheiden. Einerseits war der Sinn des Ganzen, Moms Geschmacksknopsen auf den Sprung zu helfen und mit meinem Wissen anzugeben, und Basilikum ist außerdem um so vieles kreativer. Doch ich weiß, dass es mit Minze auf jeden Fall lecker wird. Vielleicht ist es ja besser, sich Mom mit Trippelschritten zu nähern.

Die beiden Kräutertöpfchen in der Hand, erinnere ich mich daran, wie toll es war, auf die Sicherheit zu pfeifen und über den Highway zu flitzen. Deshalb stelle ich die Minze zurück und das Basilikum in meinen Wagen.

Nachdem ich alles andere Gesuchte rasch entdeckt habe, gehe ich zur Kasse. Ich verstehe nicht, warum die meisten Leute, auch Mom, über das Einkaufen jammern. Es macht doch solchen Spaß, die verschiedenen Zutaten auszusuchen und sich auszumalen, wie sie miteinander harmonieren. Wenn die Sache, an die ich nicht denken will, vorbei ist, übernehme ich vielleicht das Einkaufen. Solange Mom bezahlt und mich entscheiden lässt, was ich kaufe.

»Haben Sie alles gefunden, was Sie brauchen?«, fragt die Kassiererin, eine Frau mit blonden Dreadlocks.

»Ja, danke«, versuche ich, so erwachsen wie möglich zu klingen. Sie reicht mir das Wechselgeld, als sei es nicht komisch, dass eine Vierzehnjährige allein einkaufen geht.

Vielleicht klappt es ja … Während ich den Wagen in Richtung Ausgang schiebe, grüble ich über die logistische Herausforderung nach. Obwohl ich keinen Moment daran zweifle, dass ich das mit den Lebensmitteln besser hinkriegen würde als Mom, weiß ich nicht, wie ich es organisatorisch schaffen soll. Insbesondere deshalb, weil ich erst in einem Jahr meinen Anfänger-Führerschein bekomme.

Als ich die Einkaufstüte im Fahrradkorb verstaue, wird mir bei der Erkenntnis, was ich gerade gedacht habe, kotzübel. Mit mir stimmt eindeutig etwas nicht, denn ich schmiede Pläne für die Zeit, wenn Dad nicht mehr da ist, als sei es keine große Sache. Und dabei ist es die größte Sache von allen. Das Schlimmste auf der ganzen Welt. Und ich überlege, wer dann die Lebensmittel einkaufen wird? Vielleicht hat Mom ja recht, und ich bin eine absolut miese Egoistin.

Ich setze den Helm wieder auf. Er drückt ein wenig auf

den Ohren, aber der Schmerz fühlt sich gut an. Ich habe ihn und noch viel Schrecklicheres verdient.

Auf dem Rückweg erscheint mir die Kreuzung Highway 98 und Crystal Beach nicht mehr so bedeutsam. Statt Schmetterlingen im Bauch spüre ich nur noch ein gewaltiges Loch.

Die Ampel wird grün, und ich fahre in Normalgeschwindigkeit die Crystal Beach und die Luke hinunter zu dem Haus, in dem mein Dad bald sterben wird.

23

Alexis

»Was ist das?«, frage ich laut, obwohl niemand da ist, der mir antworten könnte. Am Rand der Veranda steht ein großes Einmachglas, in dem vier Teebeutel schwimmen. Sicher eines von CeCes Kochexperimenten.

Drinnen sind die Schiebetüren zum Wohnzimmer geschlossen, was heißt, dass Tommy vermutlich mit einem Patienten spricht, obwohl er vor unserem Aufbruch aus Atlanta eigentlich hätte aufhören sollen zu arbeiten. Er sagt, es täte ihm gut, gebraucht zu werden, und ich verkneife mir den Witz, ich sei offenbar nicht der einzige Workaholic in der Familie.

Ich schiebe den Gedanken daran, was wohl gerade in der Agentur passiert, beiseite und gehe in die Küche, um die Kanapees, die Jill mir unbedingt mitgeben wollte, in den Kühlschrank zu stellen. Auf der Schwelle bleibe ich stehen, überrascht, CeCe am Küchentisch sitzen zu sehen.

»Was machst du an so einem schönen Tag drinnen?« Ich hatte angenommen, sie würde am Strand sein.

»Sieht man das nicht?«

Ich betrachte die Einkaufstüte aus dem Biosupermarkt

neben ihr auf dem Stuhl und den Haufen Zitronen vor ihr auf dem Tisch.

»Hat Dad dich zu Whole Food gefahren?« Er soll zwar nicht mehr fahren, aber es ist zumindest nicht weit.

»Ich habe nur ein paar Dinge besorgt«, antwortet sie und schaut zwischen mir und dem Schneidebrett hin und her. »Genau genommen, mache ich etwas für dich.«

Ich habe mich wohl verhört. »Für mich?«

»Ist das so schwer zu glauben?«, zischt sie.

»Was? Nein. Ich meine, natürlich nicht.« Ich ziehe mir einen Stuhl heran und setze mich ihr gegenüber. »Was wird es denn?«

»Ein aufgemotzter Arnold Palmer. Das Pulverzeug, das du benutzt, besteht nur aus Chemie, echt fies.«

»So hat Oma es immer gemacht«, erwidere ich, was offenbar die falsche Antwort ist, denn CeCes Schultern wandern ruckartig nach oben, und der Hauch von Zugänglichkeit, den sie mir gegenüber an den Tag gelegt hat, ist wie weggeblasen.

»Dann hätte ich mir die Mühe ja sparen können«, seufzt sie und greift nach dem Messer.

»Nein, nein, ich freue mich darüber.« Ich nehme eine Zitrone. »Bestimmt schmeckt es so viel besser. Hast du ein Rezept?«

»Mein eigenes«, verkündet sie mit Stolz in der Stimme.

Ich beobachte, wie sie eine Zitrone hochkant aufs Schneidebrett stellt und eine Seite abtrennt. Dann dreht sie die Zitrone um und tut das Gleiche mit den anderen drei Seiten. Ihre Hände bewegen sich so rasch. Ich beneide sie um ihr Selbstbewusstsein in der Küche. Ihr Nagellack ist schon wieder abgeblättert. Vielleicht können wir später am Nachmittag noch einmal zur Maniküre gehen. Ich könnte vermutlich auch eine Pediküre gebrauchen.

CeCe nimmt das verbliebene Herz der Zitrone und drückt es in der Schüssel aus, die vor ihr steht. Sie verlagert die Zitrone in ihrer Hand und drückt noch einmal, bis sie auch den letzten Tropfen Saft herausgepresst hat.

»Wo hast du das gelernt?«, frage ich beeindruckt.

»Food Network.« Sie wirft die ausgedrückten Schalen in die Einkaufstüte und greift nach der letzten Zitrone.

Ich schaue zu, wie sie sich durch den Zitronenhaufen arbeitet. Wir sprechen kaum, damit sie sich auf ihr Werk konzentrieren kann. Trotzdem ist es schön, mit ihr dazusitzen und ihr zuzusehen. Sie macht etwas für mich.

»Was ist los mit dir?«, erkundigt sie sich.

»Nichts. Warum?«

»Dein Gesicht«, erwidert sie. »Es ist so komisch.«

»Hmmm.« Ich führe die Hand ans Gesicht und lasse sie abwärtsgleiten, als könne ich so den Ausdruck wegwischen, der CeCe aufgefallen ist. Ein Pokerface hatte ich noch nie. »Kann ich dir helfen?«

»Bringst du mir den Zucker?«

»Ist Süßstoff okay?«

»Ich habe das echte Zeug gekauft. Steht da drüben.«

Ich folge ihrem Blick zur Arbeitsfläche, wo sich eine wachsende Zahl orangefarbener Döschen mit rezeptpflichtigen Medikamenten angesammelt hat. Ich weiß, dass man so etwas Palliativpflege nennt, doch für mich riecht es eher nach Kapitulation. Eine der Websites, auf denen ich mich vor einigen Wochen registriert habe, hat mir letztens ein

Update über eine neue Medikamentenversuchsreihe gemailt. Aber Tommy ist mir ins Wort gefallen, ehe ich den Satz auch nur beenden konnte.

Meine Miene verdüstert sich ein wenig, und ich bemerke, dass es bei CeCe genauso ist. Wir haben nicht viel über das geredet, was ihrem Dad fehlt. Ich weiß, dass Tommy mit ihr darüber gesprochen hat, doch nachdem ich die Sache im Nagelstudio so grandios in den Sand gesetzt habe, wage ich nicht mehr, das Thema anzuschneiden.

»Es ist schwierig, so zu tun, als sei alles normal, wenn man auf Schritt und Tritt über das Gegenteil stolpert, was?«

»Das kannst du laut sagen«, antwortet sie. Und dann lächelt sie mich an. Es dauert zwar nur eine Sekunde, aber einen wunderschönen Moment lang ist es, als würden wir das gemeinsam durchstehen.

Ich befürchte, alles zu verderben, wenn ich etwas erwidere. Deshalb stehe ich auf und nehme die von vielen Tablettendöschen umringte Zuckertüte. Vielleicht werde ich Tommy bitten, die Medikamente fortan im Schrank aufzubewahren, damit wir sie nicht ständig vor Augen haben.

»Richtig?«, frage ich und reiche ihr den Zucker.

»Ja, und gibst du mir den Messbecher?«

Ich hole den Messbecher aus der Schublade neben der Spüle und stelle ihn auf den Tisch, bevor ich mich wortlos wieder setze. CeCe öffnet die Zuckertüte und benutzt den Messbecher als Schöpflöffel. Sie streicht mit dem Zeigefinger über den Rand, um überschüssige Körnchen zu beseitigen, und kippt den Zucker in eine zweite Schale. Ich verkneife mir den Kommentar, dass dieses Rezept offenbar eine Menge Zucker enthält, und lächle stattdessen.

Sie greift nach einem Behälter mit frischen Kräutern und entfernt den Deckel, sodass ein vertrauter Geruch aufsteigt. Ich erkenne Minzduft, aber da ist noch etwas anderes.

»Ist das Minze?«

Beim Anblick von CeCes Schmunzeln weiß ich, dass ich mich irre. Doch sie hat solchen Spaß daran, mich zu verbessern, dass ich bereit wäre, den ganzen Tag lang unrecht zu haben, wenn die Folge ist, dass wir so miteinander umgehen.

»Nein.« CeCe reißt ein Blatt vom Stängel ab und gibt es mir. »Riech mal.«

Sobald ich das behaarte grüne Blatt unter der Nase habe, identifiziere ich es als Basilikum, aber das werde ich ihr nicht verraten. Zumindest noch nicht. »Es liegt mir auf der Zunge.«

»Es ist Basilikum«, verkündet CeCe strahlend vor Stolz.

»Basilikum?« Ich schnuppere noch einmal ausgiebig. »Natürlich. Und das tust du in die Limonade?« Mein Lächeln soll ihr vermitteln, dass ich sie nicht kritisieren will.

»Ja. Ich hätte beinahe Minze genommen, aber ich dachte, so wird es besser.«

»Ich kann es kaum erwarten zu kosten.«

Wieder lächelt sie. Ich kann mich nicht erinnern, wann ich das letzte Mal so oft angelächelt wurde.

Ich verschränke die Hände auf dem Tisch und beobachte, wie sie weiterarbeitet. Dabei muss ich nicht vortäuschen, dass ich beeindruckt bin, denn das bin ich wirklich. Meine Methode, Limonade zu machen, bestand schon immer darin, Pulver in einen Krug Wasser zu löffeln und das Ganze umzurühren. Manchmal erstaunt es mich, dass dieses wunderschöne Geschöpf nicht nur in mir herangewachsen ist, sondern auch zur Hälfte meine DNA hat.

CeCes Finger bewegen sich flink. Sie reißt die Blätter ab, lässt einige jedoch intakt. Die zerrupften Blätter gibt sie in die Schüssel mit dem Zucker und stößt mit einem Holzlöffel hinein, anstatt umzurühren. Sie hält inne, um sich die Brille hochzuschieben, und lacht, da ihr meine verdatterte Miene nicht entgangen ist.

»Ich zerstampfe die Basilikumblätter«, meint sie, als ob das eine verständliche Erklärung wäre.

»Food Network?«

Sie nickt und bearbeitet weiter das Basilikum.

Als die Blätter ausreichend zermalmt sind, gießt sie alles, gefolgt von der Schüssel frisch gepresstem Zitronensaft und Leitungswasser, in einen Glaskrug.

Dann stellt sie sich so hin, dass ich ihr zuschauen kann, während sie die Zutaten mit dem Holzlöffel vermischt. Ich habe vor mir, wie sie bei laufender Kamera in einer Fernsehkulisse kocht und die Zuschauer zu Hause betört.

»Vielleicht sollte ich das filmen«, meine ich und fördere mein Telefon zutage. »Es könnte eines Tages etwas wert sein. Jugendaufnahmen einer Promiköchin!«

CeCe lächelt so reizend, dass mir das Herz überfließt. Es ist sehr lange her, dass ich sie richtig glücklich erlebt habe. Ich fange an zu filmen.

»Was machst du da?«, frage ich.

»Limonade aus frischen Zutaten mit Basilikum«, antwortet sie und blickt direkt in die Kamera. »Für meine Mom.«

Oh, mein Herz. Es kostet mich Mühe, mich aufs Filmen zu konzentrieren. »Wie lange musst du rühren?«, erkundige ich mich nach einer Weile.

»Bis sich der Zucker aufgelöst hat.«

Ich nicke und wünschte, ich wüsste nicht, wie viel Zucker es ist.

»Und dann gieße ich den Sonnentee dazu, der draußen zieht, damit ein Luxus-Arnold-Palmer entsteht.« Sie lächelt in die Kamera. Ich halte im Filmen inne, möchte jedoch nicht, dass sie zu reden aufhört.

»Was für ein Tee ist das?«, hake ich nach.

»Ganz normaler«, erwidert sie. »Nun, normale Teebeutel, nicht das Zeug, dass du sonst verwendest. Man nennt ihn Sonnentee, weil man ihn für ein paar Stunden in der Sonne stehen lässt, sodass er natürlich ziehen kann.«

»Food Network«, sagen wir im Chor.

»Wann kann ich ihn kosten?«, will ich wissen.

»Nach dem Abendessen vielleicht? Ich möchte den Aromen Zeit geben, miteinander zu verschmelzen. Außerdem muss der Tee noch abkühlen, weil er warm von der Sonne ist.«

Voller Vorfreude lecke ich mir über die Lippen. »Darf ich vorher schon ein Schlückchen probieren?«

»Geduld ist eine Tugend, Mom.«

»Meine nicht.« Als ich lache, stimmt sie ein.

Ich genieße den Moment so sehr, dass ich Tommy nicht hereinkommen höre.

»Alles in Ordnung?«, erkundigt er sich und lehnt sich mit argwöhnischer Miene an den Türstock.

»Selbstverständlich«, entgegnet CeCe, als handle es sich um eine dumme Frage.

»Selbstverständlich«, ahme ich sie nach und werfe Tommy einen Blick zu, der hoffentlich *Ich habe auch keine Ahnung, aber lass uns mitmachen* besagt.

Lächelnd schaut er zwischen uns beiden hin und her. Sein Blick bleibt an dem Limonadenkrug und der Einkaufstüte zwischen uns auf dem Stuhl hängen. »Wart ihr beide im Bio-Supermarkt?«

»Ich dachte, du …« Ich betrachte CeCe, die plötzlich zu lachen aufgehört hat. Und die Magie des Moments ist, einfach so, verflogen.

Manchmal nervt es, Eltern zu sein.

24

Alexis

Wie immer ist Tommy als Erster auf den Beinen. Ich treffe ihn im Klavierzimmer an, wo er an dem Puzzle arbeitet. Sie haben am oberen Rand angefangen, CeCes Entscheidung. Der Himmel nimmt allmählich Gestalt an. Ich kann mir nicht merken, ob man die dünnen fedrigen Wolken als Kumulus oder sonst irgendwas bezeichnet. Jedenfalls sehen sie hübsch aus.

»Guten Morgen.« Ich küsse ihn rasch, bevor ich in die Küche gehe, um Kaffee für uns beide zu holen.

»Und was hast du heute vor?«, frage ich. Wir haben versucht, täglich mindestens einen Punkt von seiner Liste in Angriff zu nehmen. Sosehr ich mich anfangs auch dagegen gesträubt habe, ist es angenehm, dass jeder Tag ein Ziel hat.

»Ich dachte mir, vielleicht Big Kahuna's«, erwidert Tommy.

Der Name des Spaßbades am Ende der Straße sorgt dafür, dass Wellen der Angst mich durchpulsen. Ich erschaudere bei der Vorstellung, dass Tommy mit seinem tragbaren Sauerstofftank, den er seit zwei Tagen überallhin mitnimmt, dort herumläuft.

Sogar unsere Treppe zum Obergeschoss bringt ihn beinahe außer Atem, und ich weiß nicht, wie er auf die meterhohen Rutschen im Freizeitpark klettern will. Und wie ich ihn kenne, wird er es nicht schaffen, sitzen zu bleiben und zuzuschauen, wie die anderen sich ohne ihn amüsieren.

Ich beiße mir auf die Lippe und überlege, wie ich die Stimme der Vernunft verkörpern soll, ohne ihn zu entmutigen.

»Auf den Minigolfplatz«, ergänzt er.

Ich atme erleichtert auf. Minigolf kriegen wir hin.

»Machen wir in Sachen Hausarrest eine Ausnahme?«, erkundige ich mich.

»Wäre gut«, meint Tommy.

»Waren wir zu streng mit ihr?«, hake ich nach.

»Vermutlich nicht«, erwidert Tommy. »Aber können wir nicht einmal nachsichtig sein? Auch wenn es egoistisch von mir sein mag, möchte ich keinen Tag unserer gemeinsamen Zeit damit vergeuden, CeCe zu bestrafen.«

»Du bist der am wenigsten egoistische Mensch, den ich kenne, Tommy Whistler.« Ich küsse ihn und beobachte, wie er sich auf die Suche nach einem Puzzleteil macht, auf dem der linke Flügel eines Vogels abgebildet ist.

Als er es hat und der Flügel an seinem Platz ist, blickt er mich mit einem Gesichtsausdruck an, den ich nicht richtig deuten kann. »Apropos weniger egoistisch und selbstloser: Monica hat mich heute Morgen angerufen.«

Ich bekomme meinen Kaffee in die falsche Röhre und fange zu husten an.

»Monica-Monica?«, vergewissere ich mich.

»Genau diese Monica.«

Bei dem Gedanken, dass meine schlimmsten Befürchtungen wahr werden könnten, dreht es mir den Magen um. Ich bin zwar davon ausgegangen, dass es irgendwann zu einer Begegnung kommen wird, habe allerdings geglaubt, sie würde eher zufällig sein. Und nicht so bald.

»Was hat sie gesagt?« Es gelingt mir nicht, beiläufig zu klingen.

»Dass es schon eine Weile her ist.«

Ich schnaube. »Das ist wohl ein wenig untertrieben.«

»Wahrscheinlich hat sie von Brit erfahren, was los ist«, fährt er fort. »Sie möchte mich besuchen. Um zu reden.«

»Zu reden?« Argwöhnisch ziehe ich die Augenbrauen hoch. Keine Ahnung, aus welchem Grund. Gut, Tommy hat beteuert, dass ich keinen Anlass habe, mir Sorgen zu machen. Doch das ist leicht gesagt, solange seine Ex abstrakt bleibt. Aber wenn er sie wiedersieht, mit ihrem pechschwarzen Haar, dem dunklen Teint und den fast durchscheinenden grünen Augen, die in mir die Frage aufwerfen, welche Kulturen bei ihrer Erschaffung zusammengeprallt sind, könnte etwas völlig anderes daraus entstehen.

Die Vorstellung lässt mich erschaudern. Selbst für eine Frau mit ausgeprägtem Selbstbewusstsein und einem positiven Körperbild wäre es nicht leicht, mit Monica mitzuhalten.

»Wirklich nur, um zu reden«, beharrt Tommy. »Wenn du dich nicht wohl damit fühlst, bitte ich sie, nicht zu kommen. Ich weiß, ich habe es dir versprochen.«

Ich trinke noch einen Schluck von meinem inzwischen kalten Kaffee. Er hat es tatsächlich versprochen. Wie mir allerdings klar ist, kann und will ich ein Treffen zwischen den beiden nicht verhindern. Und wenn der Grund nur ist, dass er das Recht hat, einen Schlussstrich ziehen zu wollen. Es gab eine Zeit, in der sie ihm etwas bedeutet hat, und falls er es schafft, ihr zu verzeihen, ist er ein besserer Mensch als ich. Was ohnehin natürlich zutrifft.

»Nein, du solltest mit ihr sprechen, falls du das möchtest.«

»Ich wusste, du würdest es verstehen«, erwidert Tommy. Anscheinend traut er mir mehr zu als ich mir selbst.

»Aber ich will nicht, dass CeCe im Haus ist.«

Tommy nickt. Ich mustere seine Augen und suche einen Hinweis darauf, wie er die Angelegenheit empfindet.

»Hast du ihr verziehen?«, frage ich.

»Schon vor langer Zeit.«

Ich nicke und nehme meinen Mut zusammen, um die Frage zu stellen, vor der mir bei unserem letzten Gespräch über sie zu sehr gegraut hat. Denn ich könnte die Antwort nicht ungeschehen machen, sollte sie so ausfallen, wie ich all die Jahre befürchtet habe.

»Bist du in Kontakt geblieben? Mit ihr?«

»Mit Monica? Nein.« Ich atme erleichtert auf. »Wir haben zuletzt miteinander geredet, als die Scheidung durch war. Allerdings habe ich sie per Twitter beglückwünscht, nachdem du mir von ihrer Rolle bei Netflix erzählt hattest.«

Ich versuche, mir die Überraschung nicht anmerken zu lassen. »Wirklich?«

»Natürlich nicht.« Er lacht. »Du weißt, dass ich nicht twittere.«

»Und wenn doch?«, witzle ich so locker wie immer.

»Dann wären meine Tweets nur an dich gerichtet, mein Liebling.« Er nimmt meine Hand und führt sie an die Lippen.

»Ach, lass das«, schimpfe ich und ziehe die Hand weg. »Aber sprich weiter.«

»Ich würde mit hundertvierzig Zeichen pro Nachricht dein Loblied singen.«

»Inzwischen sind zweihundertachtzig Zeichen erlaubt«, teile ich ihm mit.

»Noch besser.« Wieder lächelt er und umfasst meine Hand. »Nur noch eines zum Thema Monica.«

Ich nicke.

»Sie kann dir nicht das Wasser reichen.«

»Du brauchst mir keine Komplimente zu machen.« Ich starre auf das Puzzle, auf dem man allmählich etwas erkennt.

»Ich will aber.« Er streckt die Hand aus und dreht meinen Kopf zu sich herum, sodass mir nichts anderes übrig bleibt, als ihn anzusehen. »Ich würde nichts verändern. Gut, vielleicht ein paar Kleinigkeiten. Doch alles, was ich vor deiner Zeit durchgemacht und getan habe, war nötig, um mich auf dich einlassen zu können. Was würde es also bringen, böse auf sie zu sein? Ich habe alles bekommen, was ich wollte.«

Ich rutsche meinen Stuhl näher heran und lehne den Kopf an seine Schulter. Meine Gedanken huschen hin und her. Einerseits frage ich mich, wie ich das Glück haben konnte, einen Mann wie Tommy zu finden. Andererseits weiß ich nicht, wie um alles in der Welt ich verhindern soll, dass CeCe zu Hause ist, wenn Monica an unsere Tür klopft.

25

Alexis

»Es fühlt sich nicht an, als wären wir noch in Destin«, stellt CeCe fest, als wir mitten in Big Kahuna's tropischem Minigolfplatz aus einer Höhle kommen.

CeCes Verwandlung geschah schlagartig. Ihre miese Laune verschwand, sobald wir ihr mitteilten, sie sei begnadigt, und wir würden am Vormittag zu Big Kahuna's fahren. Anfangs war sie enttäuscht, weil sie nicht auf die wahnwitzigen Wasserrutschen darf, doch sie hatte Verständnis. Außerdem hat sie die Angebote des Freizeitparks ein wenig recherchiert und ein Wellenbad entdeckt, das ihrer Ansicht nach vielleicht nicht zu anstrengend für Tommy ist.

Und so werden wir uns nach dem nächsten Loch, wo Tommy vermutlich seine überlegenen Fähigkeiten im Minigolf mit noch einem Volltreffer, oder wenigstens bei drei Versuchen, unter Beweis stellen wird, mit einer Runde im Wellenbad abkühlen.

»Es ist wirklich traumhaft hier«, muss ich einräumen. Es ist schon einige Jahre her, dass ich mich von den beiden habe überreden lassen, sie in den Freizeitpark, eine von Destins größten Touristenattraktionen, zu begleiten. Die Gartengestaltung ist wirklich beeindruckend. Schatten spendende Bäume ragen empor, und Holzbrücken führen unter einem Dach aus tropischen Blüten über einen dahinströmenden »Fluss«. Die gewaltigen Tiki-Köpfe sind für meinen Geschmack etwas zu dick aufgetragen, aber ich nehme sie als Teil der Firmenphilosophie hin.

»Das Wasser wird sicher eine Wohltat«, sagt Tommy. Die Atemzüge zwischen seinen Worten klingen angestrengt. Bald wird er seinen Sauerstoff brauchen.

»Ganz toll«, stimmt CeCe zu.

Sie lächelt ihrem Dad so breit zu, wie ich es noch nie gesehen habe. Nicht nur, seit diese Sache passiert, sondern auch seit sie offiziell vom kleinen Mädchen zum Teenager geworden ist. Fast ist es, als sei dieses kleine Mädchen heute zurückgekehrt, um einen Tag lang zu spielen; wie ich zugeben muss, eine erfreuliche Veränderung.

Vielleicht war Tommy mit seiner Liste ja auf dem richtigen Weg. Bis jetzt scheint sie uns genauso gutzutun wie ihm. So, als hinterließe er uns ein Geschenk aus neuen Erinnerungen, die wir werden bewahren müssen.

Ich blinzle die drohenden Tränen weg, denn ich will nicht, dass auch nur der kleinste Schatten auf diesen wundervollen Tag fällt.

»Du bist zuerst dran, Mom«, meint CeCe, als wir uns dem Loch nähern, das nach allgemeiner Übereinkunft für heute das letzte ist. Ich deponiere meinen blauen Ball an der Startlinie und gehe in Position, als wüsste ich, was ich tue. Die Beine ein Stück gespreizt und mit gestrafften Schultern stehe ich da, wie Tommy es mir erklärt hat, hole mit dem Schläger aus, schwinge ihn und treffe den Ball.

Er fliegt ziemlich weit, bis er gegen eine Windmühle prallt und fast den halben Weg wieder zurückrollt.

Achselzuckend mache ich Platz, damit CeCe versuchen kann, ihren violetten Ball durch die Windmühle und in das winzige Loch auf der anderen Seite zu bugsieren.

Neben mir lehnt sich Tommy gegen einen dicken Baumstamm. Er atmet langsam und gepresst.

»Alles in Ordnung?«, frage ich und fürchte mich vor der Antwort. Ich habe Angst, ich könnte den Tag vor dem Abend gelobt und damit einen Fluch über uns heraufbeschworen haben.

»Bestens«, herrscht Tommy mich an. Obwohl er versucht, seinen Worten mit einem Lächeln die Schärfe zu nehmen, wirkt dieses wegen seines schmerzverzerrten Gesichts mehr wie eine Grimasse.

Er rückt die Sauerstoffschläuche zurecht und geht hinüber zum Green. Dort wirft er seinen roten Ball auf den künstlichen Rasen, und CeCe legt ihn richtig hin, damit er sich nicht bücken muss. Dankbar zaust er ihr das Haar, als sie zurücktritt, um ihm zuzuschauen.

Ich beobachte, wie er Position einnimmt, als sei es das Natürlichste der Welt. Dann holt er mit dem Schläger aus und schwingt ihn. Er trifft zwar, doch der Ball beschreibt eine ähnliche Flugbahn wie meiner, anstatt wie erwartet durch die Öffnung in der Windmühle zu fliegen, und landet beinahe am Ausgangspunkt.

»Schon in Ordnung, Daddy«, meint CeCe und eilt an seine Seite. Er schnauft empört und geht, den Sauerstoffbehälter in der Hand, auf den Ball zu. Mit angehaltenem Atem sehen wir zu, wie er erneut ausholt. Diesmal kommt der Ball knapp links neben der Öffnung in der Windmühle an. Er prallt einige Zentimeter rückwärts und liegt nun auf einer geraden Linie zur Öffnung da.

»Das Ding will mich offenbar ärgern«, verkündet Tommy mit seltsam barscher Stimme. CeCe wirft mir einen verunsicherten Blick zu. Ich lächle sie rasch an und hoffe, dass es nur etwas Vorübergehendes ist. Tommy ist es nicht gewohnt, körperlich überfordert zu sein, insbesondere nicht von etwas wie Minigolf, das überhaupt nicht anstrengend ist und Spaß machen sollte.

Tommy schlägt den Ball ein wenig fester als nötig. Er segelt zum Eingang der Windmühle, genau in dem Moment, als die sich drehenden Flügel daran vorbeigleiten. Wieder prallt der Ball zurück, aber Tommy stoppt ihn mit dem Schläger und manövriert ihn mit einer fließenden Bewegung so, dass er endlich auf die andere Seite rollt. Ich atme die angehaltene Luft aus und denke, dass es CeCe genauso ergeht. Tommys Körperhaltung ändert sich schlagartig. Er wirkt erschöpft, aber zufrieden.

»Die Windmühlen sind immer am schwierigsten«, stellt er fest und schultert den Schläger. »Was haltet ihr davon zu verschwinden?«

Ich rechne mit CeCes Protest, denn ich weiß, dass sie sich aufs Wellenbad gefreut hat, aber sie stimmt ihrem Dad nickend zu.

»Ja, lasst uns abhauen«, meint sie. »Auf ein Eis zu Bruster's?«

»Klingt gut, Kleines«, erwidert Tommy.

CeCe belohnt ihn mit einem Lächeln, bevor sie zur anderen Seite der Windmühle läuft, um unsere Bälle einzusammeln.

Sobald wir bei voll aufgedrehter Klimaanlage im Auto sitzen, schließt Tommy die Augen. Er ist eingeschlafen, noch ehe wir den Parkplatz verlassen haben. Ich drehe mich zu CeCe auf dem Rücksitz um. Erstaunlich, wie schnell sie zwischen kleinem Mädchen und junger Frau wechseln kann.

»Danke, dass du heute so verständnisvoll warst«, sage ich zu ihr. Ich spreche absichtlich leise, obwohl ich weiß, dass ein höherer Geräuschpegel nötig wäre, um Tommy aus seinem Schlaf zu wecken.

»Nicht so wichtig«, murmelt sie.

»Doch«, widerspreche ich. »Und ich freue mich darüber.«

Sie zuckt die Achseln, und ich lege den Gang ein. Als wir uns Bruster's nähern, gehe ich vom Gas, nur für den Fall, dass CeCe anhalten will.

»Möchtest du ein Eis?«, frage ich.

Sie schüttelt den Kopf, und ich fahre weiter. Ich werde einen Weg finden, sie zu belohnen. Bald suchen wir uns einen Tag aus, und dann besuche ich mit ihr noch einmal den Freizeitpark, damit sie nach Herzenslust rutschen und nicht nur im Wellenbad planschen kann. Und anschließend essen wir ein Eis und diskutieren darüber, welche Rutschen uns am besten gefallen haben.

Seufzend kehre ich in die Wirklichkeit zurück. Denn selbst wenn dieser Tag wirklich wahr und in jeder anderen Hinsicht ein Traum wird, könnte er uns nicht für die eine

Sache entschädigen, die ihn vervollkommnen würde. Denn nach dem heutigen Tag können wir nicht mehr abstreiten, dass die Entwicklung, vor der wir bis jetzt die Augen verschlossen haben, eingesetzt hat.

Wieder zu Hause, öffnet CeCe die Autotür, um auszusteigen. Ich finde die Vorstellung schrecklich, dass der Tag so traurig enden soll. Auch wenn ich nichts tun kann, um die Zeit für Tommy anzuhalten, habe ich die Möglichkeit, es CeCe ein wenig zu erleichtern.

»Hallo, Kleines?«

Sie dreht sich um und sieht mich an. In ihrem erschöpften Gesicht zeichnet sich kein Gefühl ab. Die Leere erschreckt mich, und einen Moment lang vergesse ich, was ich sagen wollte. Dann jedoch fasst sie sich an den Mund und beginnt, an einer Ecke ihres Fingernagels zu kauen.

»Was hältst du davon, wenn wir zur Nagel- und Fußpflege gehen, nachdem wir es deinem Dad drinnen gemütlich gemacht haben?«

»Okay«, erwidert sie achselzuckend.

Nicht ganz die Reaktion, die ich mir erhofft habe, aber zumindest kein Nein.

Jill hat mir einen Nagelsalon in einer Ladenzeile am 98er, flankiert von einer Filiale von Best Buy und einer Niederlassung von Office Depot, empfohlen. Sobald wir uns zur Pediküre in unseren Sesseln niedergelassen haben, erwacht die alte CeCe wieder zum Leben. Vielleicht ist es ja hilfreich, dass ich ihr erlaubt habe, die Farbe für meine Zehennägel auszusuchen.

Als CeCe jünger war, das heißt, bevor sie es entsetzlich

fand, dass wir uns so ähneln, hatte sie es gern, wenn wir gleichfarbigen Nagellack trugen. Dass ich mit Glitzernägeln in allen Regenbogenfarben im Büro auftauchte, sorgte für einige interessante Sitzungen.

Eigentlich rechne ich damit, dass sie einen violetten Lack auswählt, aber stattdessen entscheidet sie sich für ein blasses Pastellrosa. Das ist zwar dezenter als das ins Orangefarbene changierende Pink, inzwischen mein Sommerlack, aber mir gefällt der Kontrast zu meiner gebräunten Haut.

»Wenn du möchtest, gehen wir anschließend ein Eis essen«, schlage ich vor. Sie wirft mir einen Blick zu, der mich davor warnt, meine Glückssträhne überzustrapazieren. »Oder wir fahren einfach nach Hause.«

»Dann fahren wir nach Hause. Außer, Dad ist wach und will, dass wir ihm welches mitbringen.«

Ich nicke. »Hoffentlich hat er sich nach einem ausgiebigen Nickerchen ein wenig erholt. Wir haben ihn heute angestrengt, aber er freut sich wirklich auf den Film am Abend.«

Bei diesen Worten leuchten CeCes Augen auf. Bis jetzt hat sie Spaß an den Filmen auf Tommys Liste, die wir uns gemeinsam ansehen sollen. Doch was ihr noch mehr bedeutet, sind die Debatten, die diese Filme anstoßen. Tommy und CeCe reden über alles, angefangen von Genres bis hin zu Schauspieltechniken. Unterdessen schaue ich einfach zu, lausche und freue mich über die aus einem gemeinsamen Interesse entstandene Nähe.

Heute steht *Blues Brothers* auf dem Programm, und ich habe versprochen, Cheddar und Karamellpopcorn für das klassische Chicago-Aroma zu besorgen.

Als die Kosmetikerin mir aufs Bein tippt, damit ich den Fuß aus dem Wasser nehme, gehorche ich, ohne an den »grausigen« Teil meiner Hassliebe zur Pediküre zu denken. Zu spät wird mir klar, dass sie vorhat, meine äußerst kitzligen Fußsohlen zu schrubben, und ich stoße ein leises Kreischen aus.

CeCe verdreht die Augen, worauf ich mich an der Sesselkante festkralle und mich mit aller Kraft darauf konzentriere, weder zu kichern noch der Kosmetikerin meinen Fuß zu entziehen.

»Sind Sie kitzelig wie Ihre Mom?«, erkundigt sich CeCes Kosmetikerin.

»Nicht so schlimm«, erwidert CeCe lächelnd.

»Auch wenn sie aussieht wie ich«, meine ich zu der Frau, »hat sie ein dickes Fell wie ihr Vater.«

Bei diesem Kompliment erhellt sich CeCes Miene. Sie lehnt sich zurück, als ihre Kosmetikerin, die einen Schritt hinter meiner zurück ist, zum Bimsstein greift.

CeCe hat nie eine Herausforderung gescheut und fixiert mich mit reglosem Gesicht, während die Kosmetikerin ihre Füße bearbeitet. Beide beobachten mich, als ich mich winde, als würden meine Fußsohlen mit dem Peelinggerät attackiert.

Den Tumult draußen höre ich, ehe ich ihn sehe. CeCe bemerkt ihn ebenfalls. Als wir gleichzeitig die Köpfe wenden, fällt uns die Kinnlade herunter – allerdings aus ziemlich unterschiedlichen Gründen. Denn draußen vor der Glasscheibe steht keine andere als Monica Whistler.

CeCe macht einen Satz vorwärts, doch zum Glück belegt die Kosmetikerin, die gerade bei der ersten Lackschicht auf CeCes dritter Zehe angelangt ist, ihre Füße mit Beschlag. Ich danke Gott für die kleinen Wunder und schaue zwischen meiner Tochter und dem Möchtegern-Star hin und her. Unterdessen posieren Mädchen in CeCes Alter – und ihre Mütter – für Selfies mit Monica.

»Ohmeingott«, seufzt CeCe, was bei ihr wie ein einziges Wort klingt. »Mom – das ist Monica Whistler!«

»Wirklich?«, spiele ich die Dumme.

»Darf ich?« Verzweifelt betrachtet CeCe erst ihre unlackierten Zehennägel und dann Monica, die sich mit der um sie gescharten bescheidenen Menschenmenge fotografieren lässt.

»CeCe.« Ich spreche ihren Namen in dem getragenen Ton aus, in dem Jill sich mit ihren Kindern verständigt und den ich unbedingt erlernen will. »Die drehen den ganzen Sommer lang. Sicher ergibt sich für dich noch eine andere Gelegenheit, ihr zu begegnen.«

»Glaubst du, du könntest einen der Casting-Menschen anrufen, die du in L. A. kennst, und fragen, ob er mich vorsprechen lässt?«

»Ich sehe, was ich tun kann«, lüge ich.

CeCe schenkt mir ein Lächeln, das ich nicht verdient habe, denn ich beabsichtige nicht, dieses Telefonat jemals zu führen. Es ist zu gefährlich. Wenn CeCe Gelegenheit erhält, Monica zu treffen, wird sie garantiert herausfinden, wer sie ist. Es ist schwierig genug, Tommys zweite große Liebe zu sein. Mit Monica zu konkurrieren ist mir eine Nummer zu groß.

26

Alexis

Ich kann mich nicht erinnern, wann ich mich zuletzt so mit der Frage zermürbt habe, was ich anziehen soll. Alles, was ich heute Morgen anprobiert habe, fühlt sich so falsch an wie damals, als ich ein unbeholfenes Schulmädchen war und mir meine Sachen mindestens eine Nummer zu klein waren. Das war, bevor ich wusste, welche Schnitte einer »kurvenreichen« Figur am besten schmeicheln.

Es liegt nicht daran, dass mich Monica Whistlers Meinung interessieren würde. Sie wird ein Urteil über mich fällen, ganz gleich, wie gut oder miserabel ich aussehe. Ich, ihre längst nicht so attraktive Nachfolgerin. Doch ich möchte Tommy zuliebe einen positiven Eindruck machen. Die Rolle der liebevollen, unterstützenden Ehefrau sowohl optisch als auch inhaltlich verkörpern, obwohl Monica die Einzige ist, die diesen Titel offiziell in Tommys Leben erobert hat. Was ganz allein meine eigene Schuld ist.

Heute Morgen ist er auf Abstand geblieben, wohl wissend, wie ich sein kann, wenn ich mich in etwas hineinsteigere. Aber er hat mir einen Zettel neben das Kopfkissen gelegt, sodass ich ihn beim Aufwachen gefunden habe.

Inzwischen verbringen wir so viel Zeit zusammen, dass er es sich abgewöhnt hat, mir tägliche Liebesbriefe zu schreiben. Mir war gar nicht klar gewesen, wie sehr sie mir fehlen, bis ich heute Morgen seine kritzelige Schrift entdeckte. Er hatte die Rückseite eines Briefumschlags benutzt. *In einem Meer voller Menschen werden meine Augen stets nach dir Ausschau halten* steht da.

Der Mann macht es einem sehr schwer, sauer auf ihn zu sein. Natürlich bin ich nicht wirklich sauer, sondern habe Verständnis. Ich finde nur die Situation an sich grässlich. Zumindest ist es bloß ein Tag, und einen Tag überstehe ich. Es ist ja nicht einmal ein ganzer Tag. Sie wird nur eine Stunde hier sein.

Jill war ein Engel und hat CeCe eingeladen, den Tag bei ihnen zu verbringen. Am Nachmittag wollen sie an den Strand, aber am Vormittag wird CeCe echte Küchenerfahrung sammeln und im Broken Crown arbeiten. Anfangs war ich besorgt, Monica könnte davor oder danach ins Café kommen, doch Jill hat sich erinnert, dass sie nur mittwochs aufkreuzt, offenbar der Tag, an dem sie ihre Szenen drehen. Wenigstens brauche ich mir darüber nicht mehr den Kopf zu zerbrechen.

Mein Telefon gibt das vorletzte Du-beeilst-dich-jetzt-besser-Signal von sich, das ich schon monatelang nicht mehr einschalten musste. Ich war noch nie ein Morgenmensch und lasse mich so leicht ablenken, dass ich ohne solche kleinen Gedächtnisstützen jeden Tag zu spät zur Arbeit kommen würde. Ungefähr vergleichbar mit der Tatsache, dass ich, wie mir reumütig klar wird, allabendlich zu spät zu Hause war.

Ich hole tief Luft und konzentriere mich darauf, die positive Kraft zu sein, die Tommy jetzt braucht. Die ich, auch mir selbst zuliebe, sein muss, zumindest bis Monica aus meinem Haus verschwindet. Ich lege das Glätteisen zurück in die Schublade, wo es seit unserer Ankunft verstaubt, und schaue noch einmal verstohlen in den Spiegel. Ich weiß, dass mein kritischer Blick nach Problemzonen sucht, doch es ist schwierig, die wabbelige Taille zu ignorieren, die von dem rosafarbenen Kleid im A-Linien-Schnitt, für das ich mich letztlich entschieden habe, nur notdürftig getarnt wird.

Die Zeit reicht nicht, um mich noch einmal umzuziehen, und selbst wenn ich sie hätte, schlägt dieses Kleid alles andere in meinem Schrank. Es schmeichelt mir einigermaßen und wirkt, was am wichtigsten ist, nicht so, als gäbe ich mir zu viel Mühe. Denn zu viel Mühe ist sogar noch schlimmer als gar keine.

Es läutet an der Tür. Ich schaue auf den Wecker auf Tommys Seite des Bettes. Zehn vor elf. Wie kann man nur so wenig Anstand besitzen, nicht bis zur verabredeten Zeit im Auto zu warten? Aber vielleicht heißt das ja, dass sie sich dementsprechend früher verabschieden wird, damit wir wieder zur Tagesordnung übergehen können, so als habe es diesen Morgen nie gegeben.

»Ich komme«, rufe ich und renne die Treppe hinunter – laut genug, damit sie mich hört, aber nicht so laut, dass ich abweisend oder zornig klinge. Wie immer ist es eine Frage der Ausgewogenheit.

Ich lächle Tommy zu. Er sitzt auf dem Wohnzimmersofa, wo das Gespräch, wie wir beschlossen haben, stattfinden wird. Weil ich weiß, dass er die Unterhaltung nicht atemlos führen will, habe ich mich erboten, die Tür zu öffnen und Monica zu ihm zu führen.

So stehe ich nun da, hole tief Luft und streiche zum letzten Mal mein Kleid glatt, ehe ich aufmache und mein bestes gekünsteltes Lächeln aufsetze, eine Technik, zu der ich seit geraumer Zeit nicht mehr gegriffen habe.

»Sie müssen Monica sein«, begrüße ich sie, als ob sie jemand anderes sein könnte.

Ihre Haut ist glatt und makellos, ihre durchscheinenden grünen Augen strahlen so, dass sie regelrecht funkeln, und ich kann kaum der Versuchung widerstehen, die Hand auszustrecken und ihr Haar zu berühren, so weich und seidig wirkt es. Aus der Nähe betrachtet, ist sie sogar noch schöner als auf den Paparazzo-Fotos in den Hochglanzzeitschriften.

»Und Sie sind Lexie«, erwidert sie mit einem perfekten Kameralächeln und zeigt dabei Zähne, die so weiß sind, dass sie für Crest-Zahnbleichpaste Reklame machen könnte. »Die sind für Sie.« Sie überreicht mir einen traumhaften Blumenstrauß, der es mir ein wenig erschwert, sie zu hassen.

Die Blumen sind wie sie exotisch und hinreißend. Sie sehen so frisch aus, dass es mich nicht wundern würde, wenn sie erst wenige Minuten vor Monicas Eintreffen aufgeblüht wären. Eindeutig stammen sie von einem teuren Floristen, nicht vom Publix-Supermarkt, wo ich gewöhnlich hingehe.

»Die sind wunderschön. Vielen Dank.« Ich beuge den Kopf über den Strauß, schnuppere und genieße die Symphonie der Düfte. Lächelnd blicke ich wieder auf und bin erstaunt wegen ihrer verdatterten Miene. »Tut mir leid. Kommen Sie doch bitte rein.«

Ich mache Platz und halte Monica Whistler die Tür auf. Während sie sich umschaut, beobachte ich sie und versuche, das Haus mit ihren Augen zu sehen. Es ist klein und bestimmt nicht so elegant wie vermutlich ihres in L. A..

»Ihr Haus ist reizend«, sagt sie.

Zunächst ärgere ich mich über ihren gönnerhaften Ton, bis mir ihr Geschmack in Sachen Inneneinrichtung einfällt. Nach den Möbeln zu urteilen, die sie in Tommys und ihrer früher gemeinsamen Eigentumswohnung zurückgelassen hat – eine harte, nicht im mindesten nachgiebige Ledercouch, ein flauschiger weißer Teppich und ein schauderhaftes Gemälde –, wäre ich eher besorgt, wenn es ihr bei uns gefallen würde.

»Wir sind nur im Sommer hier«, erkläre ich. »Den Großteil des Jahres leben wir in Atlanta. Ich bin von dort, und Tommy ist meinetwegen umgezogen.« Sosehr ich auch versuche, den letzten Satz wie einen beiläufigen Einwurf klingen zu lassen, bin ich nicht sicher, ob das geklappt hat.

»Wie lange seid ihr denn schon verheiratet?«, erkundigt sie sich.

Ich bedecke den unberingten Finger meiner linken Hand und weiche ihrer Frage verlegen aus. »Unsere Tochter CeCe ist vierzehn, fast fünfzehn.«

Falls sie erkannt haben sollte, dass das keine richtige Antwort ist, lässt sie sich nichts anmerken. Sie nickt nur lächelnd wie jede Frau, wenn sie der aktuellen »Ehefrau« ihres Ex begegnet.

»Hallo, Mon.« Tommy steht vom Sofa auf. Ich versuche, nicht zusammenzuzucken, als er sie mit einem Spitznamen anspricht, von dessen Existenz ich gar nichts ahnte. Es hat etwas so Vertrautes an sich, dass ich nicht anders kann, als mir die beiden aneinandergekuschelt im Bett vorzustellen, wo er ihr seidiges Haar streichelt und sie Mon nennt. Der Gedanke bringt mich zum Erschaudern.

Monica macht ein Geräusch, das sein Name sein könnte, doch es hört sich an, als sei ihr das Wort in der Kehle stecken geblieben.

Sosehr ich mich auch bemühe, es nicht zur Kenntnis zu nehmen, weiß ich, dass Tommy krank aussieht. Sein sonst volles Gesicht ist eingefallen, und er versinkt in seinen Kleidern, die inzwischen viel zu groß für seinen abgemagerten Körper sind.

»Schon okay«, meint Tommy und breitet die Arme aus, um sie zu begrüßen.

Nach kurzem Zögern sinkt Monica ihm in die Arme. Mir fällt auf, dass sie sich ein Stück bücken muss, um den Kopf an seine Schulter zu lehnen, und ich bin erleichtert, dass sie nicht so gut zusammenpassen wie er und ich.

Am Zucken ihrer Schultern erkenne ich, dass sie weint. So gern ich auch bleiben würde, um festzustellen, ob ihr dabei die Wimperntusche verläuft, beschließe ich, die zwei miteinander allein zu lassen. Ich strecke die Hand nach der Schiebetür aus, halte aber in der Bewegung inne. So viel Privatsphäre brauchen sie nun auch wieder nicht.

Ich überlege, ob ich mich knapp außer Sichtweite auf die Treppe setzen soll, weiß jedoch, dass das unhöflich und außerdem schwer zu erklären wäre, sollten sie mich erwischen. Also kehre ich zurück in die Küche, wo ich mich anstrenge, nicht die Ohren zu spitzen und zu belauschen, was sich im Wohnzimmer tut. Das heißt nicht, dass ich Tommy nicht traue. Ich würde ihm mein Herz und mein gesamtes Leben ausliefern. Ich will nur wissen, worüber sie reden.

Ich suche nach etwas, womit ich meine Hände und meinen Verstand beschäftigen kann. Ich könnte das schmutzige Geschirr spülen, das CeCe im Becken hinterlassen hat, nur dass das fließende Wasser unweigerlich ihre Stimmen übertönen würde. Ich könnte Becky eine SMS schreiben und sie fragen, wie es im Büro läuft. Doch sie wird bestimmt antworten, alles sei in Ordnung, und ich solle mir keine Sorgen machen. Ich wünschte, die Leute würden begreifen, dass man sich nur umso mehr Sorgen macht, wenn jemand sagt, man solle es nicht tun. Es ist, als bäte man eine Frau, sich zu beruhigen. Nie eine gute Idee.

Aus dem Wohnzimmer weht Monicas Lachen herüber wie eine warme Sommerbrise. Wenn ich lache, klingt es nicht so hübsch. *Hör auf*. Mich mit ihr zu vergleichen wird zu nichts Gutem führen.

Noch mehr Gelächter.

So amüsant ist Tommy nun auch wieder nicht.

Ich stehe auf und öffne den Kühlschrank. Seit ich für die Einkäufe zuständig bin, herrscht bei uns in jeglicher Hinsicht Knappheit. Vielleicht frage ich CeCe, ob sie später mitkommen will. Wenn nicht, weise ich sie auf den fertigen Keksteig hin, den ich zu ihrem Entsetzen bei meiner letzten Solo-Einkaufsexpedition erstanden habe. Man kann mir eindeutig nicht trauen.

Der Keksteig. Das ist etwas, das ich hinkriege. Wenn

ich die Kekse jetzt ins Backrohr stecke, sind sie fertig, bevor Monicas Stunde um ist. Dann kann ich hereinspazieren und ihr frische ofenwarme Kekse anbieten. Dass es ein Fertigteig ist, braucht sie ja nicht zu wissen.

Manchmal bin ich von meinen eigenen Geistesblitzen überrascht. Ich greife nach der Rolle mit Keksteig und vergesse einige Minuten lang, dass ich ja ihr Gespräch belauschen wollte.

Nachdem ich den Herd auf 180 Grad vorgeheizt habe, wie es auf der Packung steht, versuche ich, sie aufzukriegen. Leichter gesagt als getan. Beide Seiten sind mit einem seltsamen Metallding zum Drehen verschlossen, doch die Drecksteile rühren sich einfach nicht. Bald werfe ich das Handtuch und ziehe die Krimskramsschublade auf, wo eigentlich die Schere sein sollte. Natürlich ist sie nicht da.

Also improvisiere ich, nehme ein kleines Messer, schlitze die Plastikröhre auf und klappe beide Seiten hinunter. Praktischerweise ist der Teig zu makellos geformten Keksen portioniert. Doch weil ich weiß, dass selbst gebackene Kekse nie perfekt aussehen, gehe ich Pi mal Daumen vor und angle ein Stück Keksteig aus dem Wrack der Röhre.

Mist, das Blech.

Ich mache das Backrohr auf. Klar, da liegt das Backblech auf der obersten Schiene. Glücklicherweise befinden sich die Topflappen an ihrem Platz. Ich schnappe sie mir und werfe das heiße Backblech oben auf den Herd.

»Verdammt«, schimpfe ich, als es mit lautem Scheppern aufprallt.

»Alles in Ordnung, Baby?«, ruft Tommy.

»Selbstverständlich ist alles in Ordnung«, antworte ich.

Wer hätte geahnt, dass Backen so ein Stress ist? Es ist mir rätselhaft, warum Jill und CeCe so viel Spaß daran haben, das ganze Zeug auch noch aus frischen Zutaten herzustellen.

Mein Selbstbewusstsein in der Küche wächst wieder, als ich das Backblech mit einer dünnen Schicht Olivenöl einfette und anschließend formvollendete Kekse mit kleinen Schönheitsfehlern darauf drapiere. In der Anleitung heißt es, man solle einen Abstand von fünf Zentimetern zwischen den Keksen einhalten, aber da die hier nur halb so groß sind wie die ursprünglich vorportionierten, werden zweieinhalb schon genügen.

Nachdem ich die Kekse auf dem Backblech angeordnet habe, stecke ich dieses in den Ofen und stelle den Timer meines Telefons auf dreizehn Minuten ein. Anschließend werfe ich die Verpackung in den Müll, um sämtliche Hinweise auf ein Fertiggericht zu beseitigen, und schaue auf den Timer. Ich seufze auf, als ich sehe, dass nur knapp dreißig Sekunden vergangen sind. Geduld war noch nie meine Stärke.

Ich werfe einen Blick auf den Tisch, doch ich bin zu aufgekratzt und nervös, um mich zu setzen. Also öffne ich wieder den Kühlschrank, um die Getränkesituation in Augenschein zu nehmen. Zu Keksen passt am besten Milch, aber wir haben nur Mandelmilch da. Außerdem haben wir Cola und natürlich den letzten Krug des Luxus-Arnold-Palmer aus CeCes Produktion. Allerdings bin ich nicht sicher, wie gut Basilikum und Zitrone mit Schokokeksen harmonieren.

Obwohl ich weiß, dass ich mich absurd verhalte, bin ich

machtlos dagegen. Ich könnte ihnen jetzt, vor den Keksen, etwas zu trinken bringen. Das wäre nett und das Normalste der Welt.

Deshalb öffne ich den Küchenschrank, in dem wir die guten Gläser aufbewahren, die wir nie benutzen, und hole zwei heraus. Ich überlege, ob ich noch ein drittes nehmen soll, aber das wäre aufdringlich. Ich gebe erst einige Eiswürfel und dann den Arnold Palmer in die Gläser. Dann frage ich mich, ob ich ein Blatt Basilikum hinzufügen soll, doch der Geschmack könnte zu kräftig sein. Vermutlich würde ich mit dieser Dekoration außerdem die Grenze zu »zu bemüht« überschreiten.

Mein Telefon läutet, und als ich es betrachte, erkenne ich auf dem Display Jills lächelndes Gesicht. Ich rufe sie später zurück. Schließlich kann ich ihr schlecht erzählen, wie es läuft, solange Monica noch hier ist. Ich habe eine tragende Stimme, und das alte Haus ist hellhörig.

Ich schalte das Telefon auf stumm, appliziere rasch noch eine Schicht Lipgloss und bin bereit, die Rolle der Halbgöttin im Haushalt zu spielen. Monica ist nicht die Einzige, die eine Vorstellung abliefern kann.

Ein Glas in jeder Hand, gehe ich den Flur entlang in Richtung Wohnzimmer.

Auf halbem Wege bemerke ich, dass der Knauf der Haustür sich dreht.

Oh, Mist.

27

CeCe

»Handtuch vergessen«, verkünde ich, als ich zur Haustür hineinschlüpfe.

Mom steht, zwei Gläser mit meinem neuen und verbesserten Arnold Palmer in der Hand, da. Ich versuche, mich darüber zu freuen, dass sie ihn mag, anstatt mich zu ärgern, weil ich ständig neuen machen muss.

»Was?«

Moms Gesichtsausdruck ist selbst für ihre Begriffe komisch. Sie sagt kein Wort, doch ihr Blick huscht immer wieder zum Wohnzimmer. Mein Herz gerät ins Stottern. *Dad*?

Ich schaue in dieselbe Richtung. *Was, zum Teufel, ist da los*? Obwohl ich ein paarmal blinzle, sehe ich immer dasselbe: Meinen Dad. Er sitzt da und redet, und zwar, ach, herrje, mit *Monica Whistler*.

Mit einem breiten und dümmlichen Grinsen winke ich zur Begrüßung, bevor ich Mom zurück in die Küche schiebe. Seit Wochen tigere ich nun schon am Strand herum und versuche, zufällig einem Mitwirkenden der Serie zu begegnen. Und dann komme ich nach Hause und treffe einen der wichtigsten Stars in meinem Wohnzimmer an?

»Was macht Monica Whistler im Wohnzimmer? Oh, mein Gott, hast du mir einen Vorsprechtermin besorgt?«

»CeCe«, sagt Dad.

Ich mustere Mom und warte auf eine Erklärung, aber sie kriegt den Mund nicht mehr zu wie eine Zeichentrickfigur.

»Mom?«

»Es ist eine lange Geschichte«, erwidert sie schließlich.

»Cecelia?«

Dad benutzt meinen vollen Namen sonst nur, wenn er unser Lied singt. Ich betrachte meine Kleidung: Ausgezeichnet geeignet für die morgendliche Arbeit im Café und den Strand. Nicht ganz so passend für ein Treffen mit einer Schauspielerin, die mir zum Durchbruch verhelfen könnte.

Ich überlege, ob ich nach oben laufen und mich umziehen soll, doch das wäre zu offensichtlich, denn sie hat mich ja schon gesehen. Also fahre ich mir mit den Fingern durchs Haar, hole tief Luft und erde mich wie vor einem Auftritt.

Mom folgt mir, als wäre sie eine Bühnenarbeiterin, die nicht ganz sauber tickt. Sie hat noch immer die beiden guten Gläser in der Hand. Natürlich bemüht sie sich wieder mal zu sehr.

»Hallo, Daddy«, sage ich und verharre lässig auf der Türschwelle, als ob nichts Außergewöhnliches geschehen wäre.

»Monica, das ist meine Tochter Cecelia.«

»Alle nennen mich CeCe«, versuche ich, selbstbewusst

zu wirken, nicht total hibbelig, obwohl das absolut der Fall ist. Ich trete ein paar Schritte näher und strecke die Hand aus, um ihre so höflich und fest zu schütteln, wie Dad es mir beigebracht hat.

»Hallo, CeCe, ich bin …«

»Monica Whistler«, beende ich ihren Satz. »Jeder, der einen Fernseher hat, weiß, wer Sie sind.« Errötend streicht sie sich das makellose Haar hinter die Ohren. Keine Ahnung, wie das möglich ist, aber in echt ist sie sogar noch schöner. »Aber was wollen Sie bei uns zu Hause?«

Sie und Dad sehen einander auf die ärgerliche Weise an, die Erwachsene draufhaben, wenn sie wollen, dass der andere zuerst redet.

»Sind wir verwandt?«, keuche ich. »Ist sie deine schon viele Jahre verschollene Schwester oder so?«

»Oder so.« Als Monica lacht, klingt es wie Blumen, Vögel und Regenbogen auf einmal.

Dad schaut über meine Schulter hinweg zu Mom hinüber. Ich hätte fast vergessen, dass sie auch noch da ist. Dann blickt er wieder mich an, doch ich kann seine Miene nicht deuten.

»Jemand soll den Mund aufmachen.«

»Los«, fordert Mom ihn auf. Ihre Stimme hört sich zittrig und eigenartig an.

»Dad?« Ich betrachte ihn und verlange eine Antwort.

»Monica und ich waren früher einmal verheiratet«, erwidert er so lässig, als schlage er vor, zum Abendessen zu gehen.

»Das gibt's doch nicht.« Ich bin nicht sicher, ob ich begeistert oder entsetzt sein soll. »Du warst verheiratet? Vor

Mom?« Ich mustere Mom, die immer noch, die beiden dämlichen Gläser in der Hand, dasteht.

»Es ist lange her«, ergänzt Dad.

Zum ersten Mal im Leben bin ich buchstäblich sprachlos.

»Sie ähnelt dir«, merkt Monica an, als könne sie so einfach das Thema wechseln. Und es stimmt nicht einmal. Noch nie hat jemand behauptet, ich sähe aus wie mein Dad. Selbst fremde Leute bemerken auf Anhieb, dass Mom und ich einander gleichen wie ein Ei dem anderen.

»Warum hast du mir das nie erzählt?«, frage ich.

»Es erschien mir nicht wichtig«, entgegnet Dad, obwohl ich mir kein Szenario vorstellen kann, in dem es nicht wichtig gewesen wäre. »Ich kann dir nicht vorschreiben, wie du dich fühlen …«

»Verschon mich mit deinem Psychogequatsche.«

Als Mom hinter mir lacht, drehe ich mich um und werfe ihr meinen bösesten Blick zu.

»Entschuldige«, sagt sie.

Ich schaue zwischen meinen Eltern hin und her. »Du hast gelogen«, schleudere ich Dad entgegen, bevor ich mich wieder an Mom wende. »Du hattest niemals vor, wegen eines Vorsprechtermins anzurufen, richtig?«

»Mach deinem Dad keine Vorwürfe«, meint Monica.

»Schon gut, Mon.«

»Nein, lass mich«, protestiert Monica Whistler. »Ich war nicht sehr nett zu deinem Dad. Ich habe ihn und diese Stadt verlassen, weil ich egoistisch war und dachte, dass einzig und allein meine Träume von Bedeutung sind. Das stimmte nicht. Ich bereue mein Verhalten. Es tut mir leid.« Den letzten Satz richtet sie an Dad. Die beiden betrachten einander, als sei außer ihnen niemand im Zimmer.

»Hallo?«, mache ich mich bemerkbar. Sie haben eindeutig vergessen, dass wir hier über mich reden.

»Cecelia«, setzt Dad noch einmal an. Ich bemerke, dass er allmählich mit seiner Geduld am Ende ist. Außerdem scheint er zu ermüden. Er ist immer müde. »Es tut mir leid, falls ich dich gekränkt haben sollte, doch einige Dinge gehen niemanden etwas an.«

»Aber du bist mein Dad.«

»Ich bin außerdem ein eigenständiger Mensch.«

Ich halte inne und lasse mir diesen Gedanken durch den Kopf gehen. Sein Einwand hat etwas für sich. Meiner allerdings auch. »*Und* du bist mein Dad.«

»Dein Dad sagt, dass du Schauspielerin werden willst«, stellt Monica fest. Jemand sollte ihr beibringen, dass es eine richtige und eine falsche Methode gibt, das Thema zu wechseln.

»Mon.« Dad schüttelt den Kopf. Es ist so schräg.

»Ich meine doch nur, dass wir die Rolle eines Mädchens besetzen müssen, das übers Wochenende in der Stadt ist. Nur eine winzige Nebenrolle, aber ich könnte meine Beziehungen spielen lassen.«

»Ach du Scheiße«, rufe ich aus.

»Cecelia«, rügt Dad.

»Das heißt, dass es die tollste Sache überhaupt wäre!«

»Ich rufe deinen Dad an, um die Einzelheiten zu bestätigen.« Ich höre, wie sich hinter mir die Haustür öffnet.

»Kommst du?«, erkundigt sich Beau. Wahrscheinlich

fragt er sich, warum es so lange dauert, ein bescheuertes Handtuch zu holen.

»Jetzt ist es gerade ungünstig, Beau«, sagt Mom, als sei er es, auf den sie eine Wut hat.

Sichtlich erstaunt blickt Beau mich an. Dann späht er ins Wohnzimmer und sieht dasselbe wie ich vorhin. »Mannomann!«

»Monica, das ist Beau«, stellt Dad ihn vor.

Sie neigt den Kopf, fast als wolle sie sein Gesicht mustern. »Er ist das Ebenbild von Adam.«

»Er ist der Sohn von Adam und Jill.«

»Jetzt ist es gerade ungünstig, Beau«, wiederholt Mom wie ein Roboter, der auf einen einzigen Satz programmiert ist.

Achselzuckend macht Beau die Tür auf, hält im Gehen jedoch inne. »Brennt da etwas an?«

»Mist«, schimpft Mom. »Die Kekse.«

»Kekse?« Dieser Tag wird ja immer verrückter. »Wer seid ihr? Ich kenne euch nicht!«

Ich renne die Treppe hinauf, um so viel Abstand wie möglich zwischen mich und die beiden zu bringen. Auf halbem Wege fällt mir allerdings ein, dass sich so eine Chance vielleicht nicht so bald wieder ergibt. Rasch kehre ich zum Wohnzimmer zurück und stecke den Kopf hinein. »Es war wirklich nett, Sie kennenzulernen«, meine ich zu Monica Whistler.

Mir fehlt der Mut, meinen Dad finster anzuschauen, weil er so traurig und krank aussieht. Doch ich höre auf zu lächeln, damit er merkt, wie sehr ich mich ärgere. Dann marschiere ich die Treppe hinauf und knalle die

Tür meines Zimmers zu, um meinen Standpunkt zu untermauern.

»Monica Whistler, o Mann.« Ich klappe den Laptop auf und fange an zu googeln.

Monica + Whistler + Destin. Klar, sie ist von hier und hat ihren Abschluss an der Crestview Highschool gemacht. Wie habe ich das nicht wissen können?

Ich kriege es nicht in den Kopf. Warum habe ich Dad nie gefragt, ob wir miteinander verwandt sind? Da er und Mom beide Einzelkinder sind, habe ich einfach angenommen, wir hätten keine Angehörigen. Außerdem sind meine Eltern nicht miteinander verheiratet. Wie, um alles in der Welt, hätte ich da darauf kommen sollen, mich zu erkundigen, ob sie je mit jemand anderem verheiratet waren? Ob Mom wohl irgendwo heimlich einen Ehemann hat, von dem ich nichts ahne?

Konzentrier dich, Cecelia.

Ich ändere meine Suchanfrage: *Monica + Whistler + Tommy*. Nichts. Ich ändere Tommy zu Thomas und füge das Wort »Hochzeit« hinzu. Und wirklich ist da ein Artikel aus der *Northwest Florida Daily News*.

FEIER: VESELOVSKY UND WHISTLER HEIRATEN lautet die Schlagzeile.

Kein Wunder, dass sie den Namen meines Dads behalten hat. Als ich den Bericht weiter herunterscrolle, stoße ich auf ein Foto von den beiden, wie sie in Abendkleidung an einem Strand posieren. Dad sieht aus wie Dad, nur in einer jüngeren nicht kranken Version mit einem nahezu dichten kastanienbraunen Haarschopf. Monica ist auch jünger, aber nicht unbedingt hübscher. Ihr Busen ist kleiner, und ihr Haar ist nicht so perfekt. Ziemlich attraktiv, allerdings nicht so atemberaubend hinreißend wie heute.

Ich scrolle weiter und lese den Artikel.

Boris und Irene Veslovsky aus Crestview geben stolz die Verlobung ihrer Tochter Monica mit Thomas Whistler, Sohn von Dorothy und dem verstorbenen Richard Whistler aus Destin, bekannt.

Die beiden haben sich im Oktober verlobt und planen, im Juni zu heiraten.

Thomas hat an der University of Georgia studiert und betreibt eine florierende psychologische Praxis in Destin, wo das Paar lebt. Monica ist ein aufstrebendes Model, dessen Foto im *Coastal Living Magazine* und im Bademodenkatalog *Everything But Water* erschienen ist.

Also sagen sie die Wahrheit. Nicht, dass meine Eltern mir vorlügen würden, sie hätten mir all die Jahre nichts vorgelogen.

Mit einem Summen landet eine SMS auf meinem Telefon. Vermutlich von Beau, der sich fragt, wo zum Teufel er da gerade hineinspaziert ist. Keine Ahnung, wie ich auch nur ansatzweise erklären soll, was ich selbst nicht verstehe. Und falls ich es je begreifen werde, ist er nicht derjenige, mit dem ich darüber reden will.

Schade, dass ich nicht mehr mit Sofia spreche. Doch seit sie angefangen hat, Fotos von sich selbst und dem Idioten Liam zu posten, auf denen sie buchstäblich übereinander herfallen, ist das absolut unmöglich. Obwohl sie weiß, dass ich es weiß, hat sie es mir gegenüber mit keinem Wort erwähnt. *Ach, egal.*

Vielleicht sollte ich diesen Link an die Nachrichtenwebsite TMZ schicken. Ich habe die Schlagzeile schon vor mir: FERNSEHSTAR VOR DER OP! HEIMLICHE HEIRAT IN GRAUER VORZEIT!

Wenn Sofia das lesen würde, würde sie angekrochen kommen, um mehr zu erfahren. Nicht, dass ich ihr etwas verraten würde. Das wäre wirklich spitze. Allerdings würde Dad einen Wutanfall kriegen.

Ich könnte mich ohrfeigen, weil ich vergessen habe, Monica um ein Selfie zu bitten. Jetzt wird niemand erfahren, dass ich das Mädchen bin, dessen Dad mit Monica Whistler verheiratet war. Die Leute werden mich so sehen wie bisher. Als das Mädchen, dessen Dad bald sterben wird.

28

Alexis

»Was meinst du?«, fragt Tommy, während er ein Stück Palme an der richtigen Stelle einfügt. Das Puzzle nimmt rasant Gestalt an, wahrscheinlich weil wir ein wenig häufiger als üblich zu Hause sitzen. Seit dem Minigolf-Fiasko versuchen wir, die Ausflüge einzuschränken.

»Verzeihung?«

»Soll ich Alexis oder Lexie nehmen?«, hakt er nach. Und wenn es um mein Leben ginge, hätte ich keine Ahnung, wovon er redet. Seit der Begegnung zwischen CeCe und Monica letzte Woche bin ich zerstreut. Ständig habe ich ihren Gesichtsausdruck vor mir. Und die Tatsache, dass ich nur dagestanden habe.

CeCe benimmt sich, als sei sie nicht sicher, was sie von alldem halten soll. Einerseits ist sie außer sich vor Freude, weil ihr Traum jetzt endlich wahr wird. Die ganze Zeit übt sie, sich in handelnde Personen einzufühlen, was immer das auch bedeuten mag. Doch andererseits ist sie stinksauer. Mehr auf mich als auf Tommy. Das ergibt logisch betrachtet keinen Sinn, da ich in jenen Anfangstagen gar nicht dabei war. Aber ich habe inzwischen kapiert, dass es einfacher ist, *mich* zum Sündenbock zu machen.

Nachdem sie uns beide eine Weile angeschwiegen hat, bombardiert sie Tommy mittlerweile pausenlos mit Fragen über Monica und sein Zusammenleben mit ihr. Sie will alles wissen, angefangen beim Heiratsantrag bis dahin, wie Monica damals ihren Morgenkaffee getrunken hat. Ich habe es nicht für möglich gehalten, diese Frau noch mehr zu hassen, als es bereits der Fall ist. Nun jedoch liefert mir jede neue Einzelheit einen weiteren Grund, sie zu verabscheuen. Zum Glück hatte Tommy es nach einiger Zeit ebenfalls satt, und er teilte CeCe mit, sofern sie noch mehr Fragen habe, solle sie doch Google konsultieren.

»Wo warst du?«, meint Tommy. Er merkt mir stets an, wenn ich nicht ganz bei der Sache bin.

»Verzeihung«, wiederhole ich. »Wovon redest du?«

»Von meiner Tätowierung«, erwidert er. »Soll ich Alexis oder Lexie nehmen?«

Trotz meines argwöhnischen Blicks spricht er weiter.

»Ich glaube, quer über meinen Bizeps würde es gut aussehen.« Er versucht, seine Armmuskeln spielen zu lassen, die ohnehin nie sehr stark ausgeprägt waren. Aber noch nie waren seine Arme so dünn wie heute. »Du nimmst natürlich Tommy.«

»Baby.« Zärtlich lege ich ihm die Hand auf die Schulter. »Sosehr ich dich auch liebe, du hast den Verstand verloren.«

»Man kann einem Mann nicht verübeln, dass er es wenigstens versucht.« Tommy schenkt mir das Lächeln, das früher mein Herz zum Überlaufen brachte. Inzwischen schwingt jedoch Trauer darin mit. Sein Gesicht ist so mager, dass es hohlwangig wirkt, und die Grübchen, die ich mein Leben lang geliebt habe, sind beinahe verschwunden. »Was hältst du stattdessen von einem Tagesausflug nach Seaside?«

Ich nicke und bemühe mich um einen interessierten Gesichtsausdruck. Obwohl nichts Falsches an unseren Ausflügen ist, fühlen sie sich einfach wie Theater an. So, als hätten wir es eilig, all diese Erinnerungen zu erzeugen, was natürlich zutrifft. Außerdem brauche ich nicht noch öfter daran erinnert zu werden, dass uns die Zeit ausgeht.

»Welchen Tag haben wir heute noch mal?«, fragt er.

Da jeder Tag hier ein Samstag zu sein scheint, muss ich auf mein Telefon schauen. »Mittwoch.«

»Dann fahren wir am besten morgen, um das Gedränge am Wochenende zu meiden. Wir können an einem der Foodtrucks zu Mittag essen, das Postamt besichtigen und über den Modica Market spazieren. CeCe wird sicher begeistert sein, den Schauplatz der *Truman Show* zu sehen.«

»Hmmm«, stimme ich zu.

»Und heute Abend schauen wir uns *Rocky III* an«, verkündet er und blättert in seinem kleinen Notizbuch herum, das noch immer tabu für mich ist. »Wir kommen gut voran.«

Ja, wir kommen voran. Als gut würde ich es allerdings nicht bezeichnen. Denn je mehr wir uns dem Ende von Tommys To-do-Liste nähern, desto näher rückt auch das Ende selbst.

Ich versuche zwar, ihm zuzulächeln, bin aber mit dem Herzen nicht bei der Sache. Ich möchte ihm die Laune nicht verderben und habe den Verdacht, dass sich meine Niedergeschlagenheit nicht so bald legen wird. Es schnürt mir die Brust zu, und ich spüre, wie mein Herz schneller schlägt, als meine Panik steigt. Die Wände scheinen mich zu erdrücken. Ich muss hier raus. Schnell.

»Ich muss noch etwas erledigen«, verkünde ich und erhebe mich hastiger als nötig.

Tommy wirft mir einen zweifelnden Blick zu, der weicher wird, sobald er meine Miene bemerkt. Er besaß schon immer die Fähigkeit, mich zu durchschauen.

Bevor ich gehe, küsse ich ihn rasch. »Bin gleich zurück.«

Draußen schließe ich die Tür hinter mir und lehne mich dagegen. Mit geschlossenen Augen warte ich ab, bis mein Atem und mein Herzschlag langsamer geworden sind.

Ruhig atme ich ein und noch ruhiger wieder aus, wie Tommy es mir bei meiner ersten Panikattacke während meiner Schwangerschaft mit CeCe beigebracht hat. Aber es nützt nichts. Eine Tüte. Ich brauche eine Tüte. So rasch ich kann, gehe ich los und presse mir die Hand auf die Brust, als könne ich mein Herz so beschwichtigen. Ich öffne den Kofferraum, schnappe mir die erstbeste Tüte, halte sie mir an den Mund und atme langsam ein und aus. Ein und aus.

Ich lehne mich ans Auto, um nicht zu stürzen, senke den Kopf und atme weiter in die Tüte, die, wie ich jetzt feststelle, welch Ironie des Schicksals, von Dox Pharmacy stammt. Ein und aus, ein und aus. Als sich mein Herzschlag normalisiert, lege ich die Tüte weg. Nach einem letzten Ausatmen spähe ich hinüber zum Haus. Zum Glück fehlt von Tommy und CeCe jede Spur; sie können beide keinen zusätzlichen Grund gebrauchen, sich Sorgen zu machen. Und mir geht es gut. Wirklich gut.

Allerdings würde es mir nach einem eisgekühlten Milchkaffee mit Vanillearoma und einer Umarmung von Jill noch um einiges besser gehen.

Da es zu heiß für einen Fußmarsch ist, fahre ich die kurze Strecke zum Broken Crown mit dem Auto. Als ich an Jills Haus vorbeikomme, das Zuhause, das sie mit Adam geteilt hat, frage ich mich, ob es je eine Zeit gab, in der eine Umarmung von mir sie trösten konnte.

Die Lage war kompliziert, als Adam und sie sich endlich trennten. Ich verkniff mir die Bemerkung, ich hätte ihr das prophezeit, obwohl ich sicher war, dass sie meine Gedanken erriet. Zum ersten Mal habe ich seine Seitensprünge angesprochen, als sie hochschwanger mit Abigail war und Adam versuchte, mich im volltrunkenen Zustand auf der Tanzfläche anzugrapschen.

Ich dachte, ich verhielte mich wie eine gute Freundin, indem ich es ihr erzähle, aber sie wollte es noch nicht wissen. Rückblickend betrachtet, ist mir klar, dass der Zeitpunkt nicht passte; sie konnte keine Zweifel gebrauchen, denn schließlich beabsichtigte sie, in einem knappen Monat mit diesem Mann eine Familie zu gründen. Danach wechselte Jill kein Wort mehr mit mir. Sie warf mir vor, ich würde mich in ihre Angelegenheiten einmischen, während ich wiederum Tommy vorwarf, er habe mich nicht daran gehindert, ihr reinen Wein einzuschenken. Ich war völlig durcheinander und bereute, je nach Destin zurückgekommen zu sein.

Am nächsten Morgen hatte ich meine Sachen schon gepackt und wollte unbedingt zurück zur Arbeit, als Tommy an meine Tür klopfte. Als ich mich weigerte aufzumachen, ging er ums Haus herum zur Hintertür und überrumpelte mich, sodass ich ihn in meinem Schreck hereinließ.

Ich erinnere mich, als ob es gestern gewesen wäre, wie ich mit verschränkten Armen am Küchentisch saß, während er mich bekniete, ihm zuzuhören. Er erklärte mir, was ich in meiner Sturheit nicht eingesehen hatte: Meine Strategie bestand grundsätzlich darin, die Flucht zu ergreifen, wenn die Situation haarig wurde. Das hatte ich schon als Kind getan, ich tat es damals und, so ungern ich es auch zugebe, tue ich es gerade wieder.

Da es heute Morgen kritisch geworden ist, bin ich so schnell wie möglich aus dem Haus geflohen. Es ärgert mich, dass sein Urteil über mich auch weiterhin so zutreffend ist. Vielleicht bestelle ich den Milchkaffee zum Mitnehmen und bringe ihm eine Kleinigkeit mit. Etwas mit einer Menge Kalorien, damit er wieder ein paar Pfunde auf die Rippen bekommt.

Auf dem Parkplatz ist viel los, doch ich ergattere eine Lücke, weil gerade jemand wegfährt. Das deute ich als Zeichen dafür, dass sich dieser Tag doch noch zum Guten entwickelt und dass es genau das Richtige war zu gehen. Manchmal braucht man eben Abstand und eine Schachtel mit Jills Blätterteigteilchen, um die Dinge klar zu sehen. Wie bildet man eigentlich den Plural von Teilchen?

Als ich langsam die Stufen zur Veranda hinaufsteige, überlege ich mir, ob Tommy die salzig-süße Variante wirklich am liebsten mag oder ob er sie nur immer nimmt, weil er weiß, dass ich sie gern esse. Vielleicht kaufe ich eine gemischte Schachtel und veranstalte einen Geschmackstest mit ihm. Schade, dass CeCe heute ihren freien Tag hat. Es wäre noch besser, wenn wir Backwaren kosten würden, an deren Herstellung sie beteiligt war.

Was als Taktik begonnen hat, um CeCe dazu zu bewegen, das Haus zu verlassen, hat sich zu einem Teilzeitjob entwickelt. Sie hilft Lou an vier Tagen pro Woche in der Küche – also täglich außer mittwochs. CeCe hat großen Spaß daran, und es ist eine Erleichterung, sich zumindest einige Stunden am Tag keine Sorgen darüber machen zu müssen, dass sie Monica treffen oder sich mit Beau in Schwierigkeiten bringen könnte.

Die Tür des Cafés öffnet sich, und eine kichernde Mädchengruppe stürmt auf mich zu. Sie sind so damit beschäftigt, auf ihre Telefone zu starren und wegen irgendetwas zu kreischen, dass mich eine von ihnen buchstäblich umrennt.

Anstelle einer Entschuldigung lächelt das Mädchen nur, doch ich beschließe, mich nicht darum zu kümmern. Ich möchte nicht, dass irgendwas mir die Stimmung verhagelt. Also werde ich mich hinter positiven Dingen verschanzen, auf dass Zuversicht und gute Vibrationen wieder in unserem Haus Einzug halten. Natürlich zusammen mit den Teilchen.

Mein Blick fällt sofort auf Jill, die an einem Ecktisch sitzt und mit einer Kundin spricht. Das fröhliche Lächeln, mit dem sie mich fast immer begrüßt, verfliegt, und ich schaue mich um, um festzustellen, wo sie denn nur hinstarrt.

Und da, wie in Zeitlupe, dreht sich die Kundin an Jills

Tisch um. Pechschwarzes Haar umfließt sie wie ein Wasserfall, ihre gebräunte Haut wirkt zart und weich, und das Lächeln auf ihrem Gesicht ist ekelhaft süßlich. Ich bleibe ruckartig stehen und kann vor Schreck nichts weiter tun, als wie eine Idiotin an Ort und Stelle zu verharren.

Jill müsste Monica doch noch mehr hassen als ich. Wieso, um alles in der Welt, sitzt sie dann lächelnd da und trinkt mit der Leibhaftigen selbst Kaffee? Die Stuhlbeine scharren, als Jill sich vom Tisch wegschiebt. Das unangenehme Geräusch ist so laut, dass ich mir beinahe die Ohren zuhalte. Ich wünschte, ich könnte auch meine Augen bedecken. Das Bild vergessen, das sich, wie ich fürchte, unauslöschlich in mein Gedächtnis eingegraben hat.

»Lex«, sagt Jill. Sie hat einen Arm auf die Stuhllehne gestützt, als überlege sie, ob sie bleiben oder gehen soll.

Diese Entscheidung kann ich ihr gerne abnehmen.

Ich setze mein allerkünstlichstes Lächeln auf. »Bin gleich wieder da«, stoße ich hervor. »Ich habe etwas im Auto vergessen.« Ich schicke mich zum Gehen an.

Ich warte, bis sich die Tür hinter mir schließt, ehe ich wie eine Wahnsinnige zu meinem Auto stürze, wo ich im verriegelten Fahrzeug einen diskreten Zusammenbruch hinlegen kann. Meine schlimmsten Befürchtungen sind noch übertroffen worden. Ich wusste, dass CeCe sofort auf Monicas Charme hereinfallen würde. Aber Jill? Sie sollte doch auf meiner Seite stehen.

Die Tür des Cafés geht auf, und Jill erscheint. Sie hält zögernd Ausschau nach mir. Doch da ich nicht entdeckt werden will, starte ich das Auto und verschwinde so schnell wie möglich. Keine Ahnung, wo ich hinfahren soll. Wenn

Tommy nicht wäre, würde ich einfach auf den Highway und auf direktem Weg nach Atlanta zurückkehren. Ich könnte um sieben Uhr abends im Büro sein und mich mit Problemen befassen, die ich auch tatsächlich lösen kann.

Eine SMS trifft ein. Da ich keine Lust auf Jills Erklärungen und Ausreden habe, schaue ich beinahe nicht nach. Aber die Neugier gewinnt die Oberhand, und ich lese eine Nachricht von CeCe, die ihr trotziges Schweigen lange genug bricht, um mich zu bitten, für den Filmsnack heute Abend Popcorn mitzubringen. Unbehandelte Maiskörner, nicht die für die Mikrowelle, und dazu frische Butter, keine Margarine. Wir kommen gut voran; auf der Liste stehen nur noch wenige Filme, die Tommy sich ein letztes Mal anschauen will.

Seufzend wende ich und frage mich, warum ich mir die Mühe überhaupt mache, obwohl mich alles an die Dinge erinnert, die ich unbedingt vergessen will.

29

CeCe

@WhistlerGurl: Mache jetzt Strandspaziergang
@BeauBo: Aha

Ich starre aufs Display und warte darauf, dass er mich wie immer fragt, ob er mitkommen kann. Er führt sich auf wie ein Mädchen und spielt die beleidigte Leberwurst, weil ich ihm nach der ganzen Sache mit Monica nicht geschrieben habe. Tut mir leid, aber ich hatte Wichtigeres im Kopf. Zum Beispiel, wie ich das Geflecht aus Lügen entwirren soll, die meine Eltern mir mein ganzes Leben lang aufgetischt haben.

@WhistlerGurl: Zwing mich nicht, dich zu fragen
@BeauBo: Was?
@WhistlerGurl: Willst du mitkommen?
@BeauBo: Nur, wenn du möchtest
@WhistlerGurl: Lass den Mist
@BeauBo: Treffen bei mir?
@WhistlerGurl: Okay

Ich klappe den Laptop zu und überlege, ob ich ein Handtuch mitnehmen soll, doch ich will lieber laufen als sitzen. Wir sitzen hier die ganze Zeit nur rum – in der Sonne, auf der Veranda, im Wohnzimmer. Sitzen, sitzen, sitzen.

Ich habe das Sitzen satt.

Auf der obersten Treppenstufe kann ich nicht feststellen, ob die Wohnzimmertür offen oder zu ist. Dennoch schleiche ich mich hinunter, nur für den Fall, dass Dad mit einem seiner Spinner spricht. Die Tür ist offen, aber Dad schläft auf dem Sofa. Also trotzdem gut, dass ich leise war.

In letzter Zeit tut er das häufig. Er hält am Nachmittag ein Nickerchen wie ein Kleinkind. Es ist wie ein umgekehrtes Altern, ein Weg zurück zum Nullpunkt. An den Nullpunkt will ich lieber nicht denken.

Draußen sitzt Mom mit einem Buch auf dem Schoß auf der Veranda, aber sie starrt ins Leere, nicht auf die Seiten.

»Ich mache mit Beau einen Strandspaziergang.«

Ihre ausdruckslose Miene ändert sich nicht – anders als sonst in letzter Zeit nicht einmal, als Beaus Name fällt. Ich habe mich bei Dad erkundigt, was sie für ein Problem mit Beau hat, als wir letzte Woche an unserem Puzzle gearbeitet haben. Er hat etwas Nichtssagendes geantwortet. Nach dem Motto, die Vergangenheit fände manchmal einen Weg in die Gegenwart. Außerdem war da noch etwas zum Thema Übertragung, also dass Menschen ihre Schwierigkeiten an den falschen Leuten abreagieren.

»Viel Spaß«, meint Mom und lächelt plötzlich gekünstelt, als habe sie meine Anwesenheit gerade erst bemerkt. Wenn ich nicht so sauer auf sie wäre, würde sie mir ein bisschen leidtun. Aber über vierzehn Jahre voller Lügen kann man nicht so einfach hinwegsehen.

»Wollten wir uns nicht bei dir zu Hause treffen?«, frage ich Beau an der Ecke, wo unsere beiden Straßen sich kreuzen.

»Du bist zu langsam gegangen.«

Achselzuckend schlendere ich an ihm vorbei. Er hält einen Moment inne, als glaube er, dass ich stehen bleiben und auf ihn warten werde. Aber nichts da.

»Na, was gibt es Neues?«, erkundigt er sich, nachdem er mich eingeholt hat. »Sind im Keller noch ein paar Leichen aufgetaucht?«

Ich stoppe gerade lange genug, um ihn giftig anzuschauen. »Du würdest es nicht so lustig finden, wenn du es wärst, der von seinen Eltern angelogen worden ist.«

Als Beau ebenfalls die Achseln zuckt, schiebe ich mich an ihm vorbei zu der alten Holztreppe, die zum Strand führt. Unten schlüpfe ich aus den Flipflops, um den Sand zwischen den Zehen zu spüren.

»Es war keine richtige Lüge«, wendet Beau ein, während er auch die Schuhe auszieht.

»Was soll das heißen, es war keine Lüge?«

»Hast du sie je gefragt, ob sie schon mal verheiratet waren?«

»Ich ... äh ...« Ich bemerke, dass ich rot werde. Beau ist doch mein Freund und sollte eigentlich auf meiner Seite stehen. »Das hätte nicht nötig sein dürfen.«

Wieder ein Achselzucken. Beau marschiert in Richtung Henderson State Park. Diesmal bin ich es, die ihm nachlaufen muss. »Wenn deine Eltern dich angelogen hätten, würdest du mich verstehen.«

»Willst du wirklich damit anfangen?«, meint Beau, worauf ich rasch einen Rückzieher mache. Ich erinnere mich an all die verratenen Geheimnisse und gebrochenen Versprechen, mit denen er leben musste, als die Wahrheit über die Affäre seines Vaters ans Licht kam.

»Das ist etwas anderes.« Er kapiert offenbar nicht, wie ernst meine Lage ist.

Beau lacht kurz und spöttisch auf. »Das behauptest du. Es wäre viel einfacher gewesen, wenn mein Dad mir von einer ehemaligen Frau erzählt hätte als von einer zukünftigen.«

»Triffst du ihn ab und zu?« Ich nehme an, dass es in Ordnung ist, darüber zu reden, denn schließlich hat er das Thema Dad aufs Tapet gebracht.

»Meinen Vater?« Bei Beau klingt es wie ein Kraftausdruck. »Der ist für mich gestorben.« Ich bleibe ruckartig stehen und überlege, wie er nur in meiner Gegenwart solche Witze machen kann. »Sorry«, sagt er. »Das war dämlich, aber ich will nichts mit ihm zu tun haben. Als er ging, hat er nicht nur meine Mom sitzen gelassen, sondern auch uns.«

»Aber du sprichst noch mit ihm und so?«

Beau schüttelt den Kopf. »Eine Weile hat er angerufen und SMS geschickt, aber als er gemerkt hat, dass ich nicht antworte, hat er irgendwann aufgehört.«

»Wann hat er sich zuletzt gemeldet?«

Beau zuckt die Achseln. Obwohl er sich bemüht, cool zu bleiben, sehe ich ihm an, dass er darunter leidet. »Vor ein paar Monaten? An Weihnachten vielleicht?«

»O Mann.« Ich setze mich wieder in Bewegung, kann jedoch nicht aufhören, an seinen Dad zu denken. Daran, dass er noch da ist und gleichzeitig auch nicht. Daran, wie unfair es ist, dass so etwas meinem Dad passiert und nicht seinem.

Wir verstummen, als wir am Restaurant 790 vorbeikommen und beobachten, wie die glücklichen Paare und Familien essen, trinken und die Aussicht genießen, als sei auf der Welt alles im Lot.

»Wenn ich mal heirate, mache ich alles anders«, verkündet Beau. »Ich gehe nicht fremd, und ich verschwinde auch nicht. Ich bin für meine Kinder da.«

»Ich heirate nie«, teile ich ihm mit.

»Warum nicht?«

Ich zucke die Achseln. »Meine Eltern haben nie geheiratet. Meine Mom findet das altmodisch.«

»Manche altmodischen Sachen sind auch gut.«

»Warum möchtest du unbedingt heiraten?« Es ist schräg, wenn ein Typ sich mit so etwas beschäftigt.

»Weil es das Richtige ist. Ist das nicht Sinn und Zweck des Ganzen? Dem Menschen zu begegnen, zu dem man gehört?«

»Ich will zu niemandem gehören«, widerspreche ich. »Ich werde eine berühmte Schauspielerin und schreibe in meiner Freizeit, von der ich sicher nicht viel haben werde, einen Food-Blog.«

»Du wirst berühmt?«, spöttelt er.

Ich bleibe stehen und starre ihn herausfordernd an und warne ihn mit einem Blick davor, das zu bezweifeln. »Glaubst du mir nicht?«

»Oh, ich glaube dir.«

»Hey, Beau!« Als wir beide aufschauen, stellen wir fest, dass ein Mädchen mit langem blondem Haar und in einem knappen Bikini ihm zuwinkt. Bis jetzt war mir nicht klar, dass ein Winken so eindeutig sexy sein kann.

Beau nickt ihr lächelnd zu und wendet sich dann wieder an mich.

»Wer ist das?«, frage ich. Ob das eines der Mädchen ist, mit denen er dauernd auf Instagram posiert?

»Warum? Bist du eifersüchtig?«, erkundigt er sich und rempelt mich mit der Schulter an.

»Wegen ihr?«, höhne ich. »Wohl kaum.«

Er schmunzelt und denkt offenbar, dass er recht hat, obwohl nichts weiter von der Wahrheit entfernt sein könnte. »Gehst du eigentlich noch mit diesem Romeo?«

»Liam«, entgegne ich. »Nein.«

Da ich mich nicht wieder aufregen will, lasse ich Beau stehen, spaziere zum Ufer und betrachte die Wellen, die meine Füße umspülen, bevor sie ins Meer zurückweichen. Ich hätte meinen Badeanzug anziehen sollen.

»Der Typ ist ein Idiot, weil er dich in die Wüste geschickt hat«, merkt Beau an und tritt neben mich.

»Er hatte mich ja nie richtig«, erkläre ich ihm. »Wir haben nur ein paarmal geknutscht, keine große Sache also.«

»Das sagst du häufig.«

»Was?«

»Große Sache.«

»Tja, einige Dinge sind eine, andere nicht.«

»Und Romeo ist es nicht?«

»Nicht mehr.«

»Soll das bedeuten, dass ich eine Chance habe?« Als Beau mich mit einem spitzbübischen Grinsen mustert, kann ich nicht feststellen, ob das ein Witz sein soll. Ich spritze mit dem Fuß Wasser in seine Richtung, nur für den Fall, dass er es wirklich so meint.

Dann schüttle ich den Kopf. »Das wäre absolut unmöglich.«

»Warum?«, hakt er nach.

»Weil du mein Patenbruder bist.«

»Das Wort gibt es nicht.« Plötzlich wird sein Tonfall ernst. »Wenn du mich nicht attraktiv findest, kannst du es ruhig sagen.« Er wirft sich in Positur und präsentiert die Muskeln, die mir bereits aufgefallen sind. Man kann nicht abstreiten, dass Beau niedlich ist. »Du wirst rot, Whistler.«

Noch nie hat er mich mit meinem Nachnamen angesprochen, doch es gefällt mir irgendwie.

»Stimmt nicht.« Ich trete noch einmal ins Wasser, mache kehrt und schlendere den Strand hinauf. Dort setze ich mich und klopfe mir die Füße ab, obwohl sie sowieso gleich wieder sandig werden.

Beau lässt sich neben mir fallen und stützt sich auf einen Ellbogen. Das weißblonde Haar steht ihm zu Berge, und ich muss mich beherrschen, um nicht die Hand auszustrecken und es glatt zu streichen.

»Es ist schön, dich wieder den ganzen Sommer über hierzuhaben«, sagt er.

Da bin ich nicht seiner Ansicht, aber ich widerspreche ihm auch nicht. Stattdessen sitze ich nur da und lausche den Strandgeräuschen: ans Ufer schlagende Wellen, kreischende Möwen, lachende Kinder. Außerdem werden wir von der Sonne beschienen. Ich weiß, dass die meisten Leute diesen Tag als vollkommen bezeichnen würden.

Eindeutig ist er das für das süße kleine Mädchen, das mit seinem Dad an uns vorbeikommt. Ihr blondes Haar ist zu schiefen Zöpfen geflochten, vermutlich das Werk ihres Dads. Ich kenne so etwas aus Erfahrung.

Ich beobachte, wie das Mädchen seinen Dad an der Hand packt und zum Wasser zieht, zu einem Abenteuer, von dem es gar nicht weiß, dass es eine große Sache ist. Denn vermutlich glaubt sie, ihre Zukunft würde von Abenteuern mit ihrem Dad nur so strotzen. Warum auch nicht? Das Leben hat ihr noch nicht das Gegenteil bewiesen.

»Möchtest du den wahren Grund wissen, warum ich nicht heiraten will?«, frage ich Beau, als Vater und Tochter außer Sichtweite sind.

»Warum?«

»Weil«, erwidere ich zögernd und nehme meinen Mut zusammen, um ihm anzuvertrauen, was ich bis jetzt nur mir selbst eingestanden habe, »mein Dad nicht da sein wird, um mich zum Altar zu führen.«

Beau betrachtet mich, als lege er sich seine nächsten Worte sorgfältig zurecht. »Ganz schön hart«, stellt er schließlich fest.

»Das kannst du laut sagen.« Wenn er nur meine düsteren Gedanken sehen könnte. Wenn er die Dinge kennen würde, die ich nicht einmal zu denken wage, weil sie mir so peinlich sind. Egoistische Dinge, die mich vermutlich zur schlechtesten Tochter der Weltgeschichte machen.

»Mir ist klar, wie bescheuert und selbstsüchtig das ist, aber seine Krankheit ruiniert mein Leben.«

»Es ist okay, deswegen sauer zu sein«, antwortet Beau. Seine Stimme hört sich anders an als zuvor. Er witzelt und flirtet nicht.

»Ich bin sauer. Sauer auf ihn, weil er krank ist und weil er nicht einmal versucht, gesund zu werden. Ich bin sauer, weil er nicht da sein wird, um mich vor dem Highschool-Abschlussball zu fotografieren. Dass er den Abschluss selbst nicht miterleben oder mich ins College fahren wird.«

Die im letzten Monat aufgestauten Tränen brechen sich endlich Bahn, und ich könnte sie nicht aufhalten, selbst wenn ich es versuchen würde. »Ich bin sauer, weil er nicht da sein wird, um mir Ratschläge zu geben. Ich bin sauer, weil er mir jetzt nicht raten kann, wie ich damit klarkommen soll. Ich bin sogar sauer, weil er mir nicht das Autofahren beibringen wird. Wie egoistisch ist das denn? Und ich bin total sauer auf mich selbst, weil ich die ganze Situation auf mich beziehe. Ich weiß, dass es nicht um mich geht.«

»Ich bringe dir das Autofahren bei«, erbietet sich Beau, und ich muss wider Willen lachen.

»Du kannst doch auch nicht Auto fahren.«

»Noch nicht«, entgegnet er. »Aber ich werde vor dir sechzehn. Also werde ich es können, wenn du so weit bist.«

»Danke, aber es ist nicht dasselbe.« Sooft ich mir auch die Tränen abwische, es fließen ständig neue. Es ist ja so peinlich. Ich nehme die Brille ab und poliere sie mit einem Hemdzipfel. »Ich finde Weinen zum Kotzen.«

Beau stemmt sich hoch, sodass er direkt vor mir auf den Knien kauert. »Deine Augen sind hübsch, wenn du weinst.«

Errötend starre ich auf die zusammengeklappte Brille in meinen Händen.

»Es stimmt«, beteuert er. »Die meisten Mädchen kriegen beim Weinen hässliche Gesichter, aber du …«

Ich hebe den Kopf, und unsere Blicke treffen sich. Obwohl ich mich abwenden möchte, tue ich es nicht. Er auch nicht. Und dann beugt sich Beau, mein Patenbruder, vor und küsst mich.

Seine Lippen sind weicher als die von Liam, sein Kuss ist sanfter. Liebevoller. Ich will zwar nicht, dass er mir gefällt, bin jedoch machtlos dagegen. Außerdem sind wir nicht richtig verwandt, unsere Moms sind nur beste Freundinnen. Kein Problem also.

Beau macht sich los und sieht mich an. In seinem Gesicht malen sich ein Anflug von Ungläubigkeit und jede Menge Glücksgefühl. Das Leben ist zu kurz zum Grübeln. Deshalb lehne ich mich vor und erwidere seinen Kuss. Ich öffne den Mund ein wenig, und Beau macht es mir nach.

»Mann«, keucht er, als wir innehalten, um Atem zu schöpfen.

»Ja, Mann.«

Zärtlich streicht er mir mit dem Finger den Kiefer entlang, sodass ich erschaudere. »Das will ich schon seit zwei Jahren tun.«

»Echt fies, da war ich erst zwölf.« Ich versetze ihm einen Schubs gegen die Schulter.

Er hält meine Hand fest und flicht unsere Finger ineinander. Es fühlt sich angenehm an. Seine Hände sind größer und stärker als meine. »Na und? Ich war dreizehn.«

»Kinderschänder.«

Er bringt mich mit einem weiteren Kuss zum Schweigen, und ich kann nicht anders als zu denken, dass sich das richtig anfühlt. Als ich Liam geküsst habe, war ich schrecklich befangen und wollte ihn beeindrucken. Aber Beau ist sowieso beeindruckt, ganz gleich, was ich mache. Ich entspanne mich und genieße, wie meine Haut prickelt, wenn er sie berührt, und wie sein Herz unter meiner Handfläche pocht, wenn ich sie ihm auf die Brust lege. Er hört auf, bevor es mir recht ist, lehnt sich zurück und fördert sein Telefon aus der Hosentasche zutage.

»Was tust du da?«, frage ich.

»Wonach sieht es denn aus?«

Er hält sich das Telefon vors Gesicht, und ich stelle fest, dass er mich fotografiert.

»Meine Augen sind rot und verschwollen«, protestiere ich, ein gekünsteltes Fotolächeln auf dem Gesicht.

»Schon gut. Ich zeige es niemandem.«

»Warum machst du es dann?«

Leichte Röte breitet sich an seinem Nacken aus, und er lächelt mich schüchtern an. »Damit ich nie vergesse, wie du in diesem Moment aussiehst.«

»Darf ich?« Als ich nach dem Telefon greife, steckt er es mit einem Kopfschütteln ein.

»Das ist nur für mich.«

Ich schüttle ebenfalls den Kopf und betrachte ihn. Da er ein wenig verschwommen ist, setze ich die Brille wieder auf. Er sieht noch immer aus wie der Beau, den ich schon mein ganzes Leben lang kenne, und ich frage mich, ob ich mich für ihn verändert habe. »Du weißt, dass wir das keinem Menschen erzählen dürfen, richtig?«

Er wirkt enttäuscht. »Warum nicht?«

»Aus vielen verschiedenen Gründen«, entgegne ich. »Erstens werden sie uns nicht mehr miteinander allein lassen, wenn sie es wissen.«

»Guter Einwand«, stimmt Beau zu. »Es kann unser Geheimnis werden.«

»Handschlag?« Ich strecke die Hand aus.

»Ein Kuss wäre mir lieber«, erwidert er und beugt sich wieder zu mir vor. Obwohl ich ihn wegschiebe, wandert mein Blick immer wieder zu seinen Lippen, und ich überlege es mir anders. Ich habe den Verdacht, dass diese Lippen mir noch eine Menge Ärger einbringen werden.

»Wir gehen jetzt lieber«, meine ich zu ihm, nachdem wir uns noch eine Weile geküsst haben. Eigentlich will ich noch nicht aufhören, doch ständig schleicht sich das Bild, wie meine Mom ins Leere starrt, in meinen Verstand. Falls etwas im Argen liegt, erfahre ich es besser zu früh als zu spät.

Beau steht auf und reicht mir die Hand. Ich nehme sie und lasse mir von ihm aufhelfen, aber als wir uns auf den langen Fußmarsch zurück machen und er sie weiter festhalten will, entziehe ich sie ihm. Es ist eigenartig, in Gegenwart eines Menschen, bei dem man sich früher so unbefangen gefühlt hat, Beklommenheit zu empfinden. Die Dynamik zwischen uns hat sich total verändert. Zum Guten, wie ich glaube. Aber dennoch.

»Das ist irgendwie schräg.«

»Angenehm schräg?«, fragt er.

Ich nicke. »Doch ich halte trotzdem nicht deine Hand.«

»Schon in Ordnung.« Lächelnd steckt er die Hände in die Taschen.

Unten an der Treppe bleiben wir stehen, damit ich die Schuhe anziehen und er mich noch einmal küssen kann. »Es wird schwierig werden, das nicht jedes Mal zu tun, wenn ich dich sehe.«

Ich erröte und bereue, dass ich Liam je geküsst habe. Sonst wäre es mit Beau das erste Mal gewesen. Ach, ja. Seufzend erinnere ich mich an den alten Spruch, den wir als Kinder aufgesagt haben: *Das erste Mal ist am schlimmsten, das zweite am besten.*

30

Alexis

»Cecelia«, rufe ich nach oben. »Wir gehen!«

»Ich komme«, antwortet sie.

Sie lächelt mich an, als sie die Treppe hinuntersteigt. In ihrem hellblauen Sommerkleid, das ihre gebräunte Haut zum Strahlen bringt, sieht sie hübsch aus. Das Haar trägt sie offen. Anscheinend hat sie es geglättet. An der einen Seite hat sie ein kleines Zöpfchen mit einem hineingeflochtenen roten Band.

»Du bist für ein Grillfest ziemlich schick angezogen«, merke ich an.

»Wir haben den Vierten Juli. Außerdem ist es nur ein Kleid.« In ihrem Tonfall schwingt etwas Rechtfertigendes mit. Gerade will ich ihr erklären, dass es als Kompliment gemeint war, als schon der Seitenhieb erfolgt. »Es hätte dir nicht geschadet, dich auch ein bisschen mehr anzustrengen.«

Ich brauche nicht in den Spiegel zu schauen, um zu wissen, dass sie nicht falschliegt. Dunkle Ringe haben sich dauerhaft unter meinen Augen eingenistet, mein Haar hat seinen halb gewellten Naturzustand angenommen, und ich habe, im Gegensatz zu dem Tag, als Monica hier war und alles kaputtgemacht hat, kein bisschen Make-up benutzt.

»Du hast recht«, erwidere ich.

CeCe scheint verdattert. »Was habe ich?«

»Recht. Geh und leiste deinem Dad im Auto Gesellschaft, ich mache mich frisch.«

»Er ist im Auto? Wir müssen doch bloß um die Ecke.«

»Heute Abend fahren wir mit dem Auto«, entgegne ich und hoffe, dass sie es dabei bewenden lässt. Ich will ihr nicht erklären, dass ihrem Dad selbst diese kurze Strecke zu weit zum Zufußgehen ist. Schon die Treppe ist für ihn ein solcher Kampf geworden, dass wir letzte Nacht überlegt haben, im Wohnzimmer ein Bett aufzustellen. Aber ich möchte das nicht erwähnen und damit riskieren, einen Abend zu verderben, der sicher wunderschön werden wird.

»Egal«, sagt sie achselzuckend und steuert auf die Tür zu.

»Richte ihm aus, ich brauche nur ein paar Minuten.«

Anstelle einer Antwort salutiert sie kurz, während ich nach oben haste. Zum zweiten Mal in diesem ganzen Sommer stöpsle ich das Glätteisen in die Steckdose, damit es ein wenig aufheizt, und suche mir etwas Passenderes zum Anziehen.

Ich schnappe mir das erstbeste Kleidungsstück, das mir geeignet erscheint, ein langes dunkelblaues Sommerkleid mit weißen und beigen Blumen. Es weist zwei der drei Farben der amerikanischen Flagge auf, und der Schnitt schmeichelt der Figur. Nachdem ich in ein Paar hellbraune Sandalen geschlüpft bin, kehre ich zurück ins Bad.

Ohne auf das Gehupe draußen zu achten, durchwühle

ich meine Schminkschublade nach der Lidschattenpalette, die Becky mir geschenkt hat. Ich entscheide mich für einen hellen Grauton, trage ihn auf die Augenlider auf und füge rasch ein wenig Rouge hinzu. Zum Glück ist meine Haut so sonnengebräunt, dass ich keine Grundierung brauche. Ein Hauch Wimperntusche und ein wenig Lipgloss, und ich bin beinahe fertig.

Schnell fahre ich mir mit dem Glätteisen durchs Haar, laut CeCe nicht die korrekte Methode. Als sie mich einmal dabei beobachtet hat, ist sie zusammengezuckt, hat mir das Glätteisen aus der Hand genommen und hat mir gezeigt, wie man es »richtig« macht: langsam und in kleinen Strähnchen.

Wieder wird gehupt. »Ich komme!«, rufe ich, obwohl ich weiß, dass sie mich nicht hören können. Ich schaue in den Spiegel und zucke die Achseln. Mehr ist heute Abend nicht herauszuholen.

»Wow«, sagt Tommy, als ich die Fahrertür öffne.

Auf dem Rücksitz verdreht CeCe die Augen.

»Ich glaube, ich bin zu leger angezogen«, meint Tommy und betrachtet sein hellblaues Hemd und die Khakishorts, die ihm früher ein bisschen zu eng waren. Inzwischen umschlottern sie seinen abgemagerten Körper.

»Überhaupt nicht.« Aufmunternd tätschle ich ihm die Hand. »CeCe hat mich nur eben daran erinnert, dass ich mir mehr Mühe geben sollte.«

»Ich finde, deine Schönheit hat keine Mühe nötig«, stellt er fest.

»Das musst du behaupten«, lässt sich CeCe vernehmen.

»Alles anschnallen«, erwidere ich, ohne auf ihren Seitenhieb zu achten.

»Wir fahren höchstens drei Meter. Wahrscheinlich würde ich euch zu Fuß überholen.«

»Tu dir keinen Zwang an.« Ich warte mit dem Zurückstoßen, doch sie bleibt sitzen und schließt widerwillig ihren Sicherheitsgurt. Sie hat recht damit, dass es zu Jill nur ein Katzensprung ist, doch manchmal ist es ein gutes Gefühl, mich als Mutter zu behaupten.

»Anschnallen«, äfft sie mich nach, worauf ich auch meinen Gurt einhake und zu dem Schluss komme, dass die Partie mehr oder weniger unentschieden ausgegangen ist.

Die Fahrt zu Jills Haus dauert nicht einmal so lange wie der Refrain eines Liedes im Radio. CeCe ist ausgestiegen, bevor die nächste Strophe beginnt. Kopfschüttelnd beobachte ich, wie sie durch das Tor des Lattenzauns und ins Haus stürmt, ohne anzuklopfen.

»Deine Tochter«, teile ich Tommy mit.

»Sie ist eine Miniaturausgabe von dir.« Er reicht mir die Flasche Rosé, die er geistesgegenwärtig aus dem Kühlschrank mitgenommen hat, und schultert sein tragbares Sauerstoffgerät. »Kein Wunder, dass ihr einander in den Wahnsinn treibt.«

Ich runzle die Stirn. »Es hat mir besser gefallen, als du es als Phase bezeichnet hast.«

Tommy wendet sich zum Aussteigen um. Ich versuche zu übersehen, dass ihn selbst die kleinste Bewegung gewaltige Mühe zu kosten scheint. Das alles passiert zu schnell.

»Und nur, damit du es weißt: Verglichen mit ihr war ich ein Engel«, füge ich hinzu und gehe ums Auto herum.

»Vergiss nicht, dass ich dich kannte, als du etwa in ihrem Alter warst.«

»Hey, eigentlich solltest du auf meiner Seite stehen.«

»Mach ich doch immer.« Er greift nach meiner Hand.

Ich öffne die Tür, und wir treten ein. Im Haus duftet es noch wundervoller als sonst.

»Hallo?«, rufe ich, aber niemand antwortet.

»Wahrscheinlich sind sie draußen«, meint Tommy.

Wir durchqueren die Küche, wo der Herd eingeschaltet ist. Auf dem Küchenblock sind verschiedene Salate und andere Köstlichkeiten angerichtet. Wie immer hat Jill sich selbst übertroffen.

Die Hintertür geht auf, und Jill und Lou erscheinen. »Ihr kommt gerade rechtzeitig. Wir wollten jetzt den Grill anwerfen.«

Ich halte die Weinflasche hoch. »Wir haben das hier mitgebracht.«

»Danke«, erwidert Jill. »Was übrigens letztens betrifft ...«

»Schon gut«, falle ich ihr ins Wort. »Es ist schlecht fürs Geschäft, wenn du nicht höflich zur Kundschaft bist. Selbst zu den Teufelinnen, die einem das Herz aus dem Leibe reißen, richtig?«

»Richtig«, stimmt sie mir mit erleichterter Miene zu. »Keine Ahnung, was mit dir ist, aber ich könnte ein Gläschen vertragen.«

Lächelnd umrunde ich den Küchenblock, wo sie, wie ich weiß, in einer Schublade ihren schicken Korkenzieher aufbewahrt, und schnappe mir vier Gläser aus dem Schrank über der Spüle. Es ist wundervoll, dass ich mich bei Jill ebenso zu Hause fühle wie in meiner eigenen Küche.

Gerade schenke ich das dritte Glas ein, als Abigail, ihren Skizzenblock in der Hand, hereinkommt. Ihr Blick wandert sofort zur Weinflasche.

»Vergiss es«, warnt Jill, die es bemerkt hat.

»Ich habe doch gar nichts gesagt«, spielt Abigail das Unschuldslamm. »Du siehst hübsch aus, Tante Lexie.«

Jill dreht sich um und mustert mich eindringlich. »Stimmt. Tut mir leid, dass es mir nicht aufgefallen ist. Es ist, als würde ich dich gar nicht mehr richtig wahrnehmen. Sei nicht sauer.«

»Bin ich nicht. Sollte ich?«

Lachend stoßen wir an und nippen an dem trockenen Wein, der nach Sommer schmeckt.

Draußen sitzen CeCe und Beau am Prunkstück in Jills Garten, einem traumhaften Tisch aus recyceltem Holz. Der Himmel verdunkelt sich allmählich, und die Lampions am Zaun lassen das Ganze wie eine Szene aus einer Wohnzeitschrift wirken.

Beau steht auf und rückt den Stuhl am Kopf des Tisches für Tommy zurecht, der sich erleichtert setzt.

»Kann ich etwas helfen?«, fragt CeCe und erhebt sich ebenfalls.

»Nur zu«, antwortet Jill und reicht ihr die Grillzange.

Nacheinander nimmt CeCe die Hühnerbrüste aus dem Behälter mit der Marinade und legt sie auf den heißen Grill. Das Brutzeln ist Musik für meine Geschmacksnerven, und die Vorfreude sorgt dafür, dass mir das Wasser im Munde zusammenläuft.

Wenn CeCe das Grillen lernt, können wir vielleicht eine der Familien werden, die selbst grillt, anstatt eine zu sein, die sich von anderen Leuten dazu einladen lässt.

»Die sind ziemlich dick«, stellt CeCe fest. »Etwa sechs Minuten pro Seite?«

»Hört sich gut an«, entgegnet Jill. »Möchtest du die Zeitschaltuhr stellen?«

CeCe holt ihr Telefon aus der Tasche, um es zu tun. »Ich spüle die Zange ab, weil sie mit rohem Huhn in Berührung gekommen ist.«

»Ich helfe dir«, erbietet sich Beau und folgt CeCe hinein.

Jill nimmt wieder Platz und trinkt einen großen Schluck Wein. Sie freut sich sichtlich darüber, eine Gehilfin zu haben, die ihre Leidenschaft fürs Kochen offenbar teilt. »Wir werden CeCe im Café vermissen, wenn sie bei den *Seasiders* anfängt.«

»Das hat nicht geklappt«, erwidert Tommy. Er spricht leise und ernst und wirft Jill und mir einen Blick zu, der besagt, dass das Thema für ihn abgehakt ist. Nicht, dass ich gerne weiter darauf herumkauen möchte.

»Ich erzähle es dir später«, raune ich Jill zu.

Gestern hatten wir wegen des ganzen Tamtams unseren ersten richtigen Streit dieses Sommers. Ich habe es nicht für möglich gehalten, Monica noch mehr zu hassen als bisher, weil sie so mit Tommy umgesprungen ist. Aber einem kleinen Mädchen das Herz zu brechen ist wirklich das Letzte vom Letzten. Sie hätte CeCe keine Rolle in der Serie versprechen dürfen, ohne zu wissen, ob eine reelle Chance besteht.

Das ist genau der Grund, warum ich nicht wollte, dass CeCe ihr Herz an die Schauspielerei hängt. Als Teenager hat man es schwer genug, ohne ständig von anderen zurückgewiesen und auf sein Äußeres reduziert zu werden. Natürlich hatte es nichts mit ihrer Begabung und ihrem Aussehen zu tun, dass sie die Rolle nicht gekriegt hat. Laut Tommy hatte die Tochter der Nachbarin des Produktionsleiters sie sich schon gesichert. Aber trotzdem.

Ich habe Tommy dazu gezwungen, es ihr zu eröffnen, denn schließlich ist dieser Kuddelmuddel seine Schuld. Sie hat es erstaunlich gut weggesteckt. Tommy glaubt, es liege daran, dass sie erwachsener ist, als ich es ihr zugestehe. Wie ich jedoch vermute, hat sich ihr Interesse auf etwas anderes verlagert. Vielleicht ist ihr ja klar geworden, dass ihr Kochen sogar noch mehr Spaß macht als Schauspielern.

Als der Wecker in CeCes Telefon läutet, schreckt Abigail hoch, die sich, seit wir sitzen, hinter ihrem Skizzenbuch verschanzt hat. CeCe kehrt mit der sauberen Zange zurück. Ihr Gesicht ist ein wenig gerötet, als sie Posten am Grill bezieht.

Sie hebt den Deckel an und wendet jede Hühnerbrust, bevor sie die Zeitschaltuhr neu stellt. Ihre selbstsicheren Bewegungen beeindrucken mich. Sie weiß eindeutig, was sie tut.

»Mom, sollen diese ganzen Sachen raus?«, fragt Beau durch die Fliegengittertür.

»Das wäre spitze. Ab, holst du Teller und Besteck?«

»Okay«, brummt Abigail, offensichtlich nicht erfreut, dass sie zu zeichnen aufhören und ihrem Bruder helfen soll.

»Ich erledige das«, meint Lou und will aufstehen.

»Kommt überhaupt nicht infrage.« Jill legt Lou die Hand auf die Schulter und drückt sie sanft auf ihren Sitz. »Du hast heute Abend frei.«

Lou wirkt zwar verlegen, bleibt jedoch sitzen.

»Beau?«, ruft Jill, als sei ihr plötzlich etwas eingefallen. »Nimmst du die Kartoffeln aus dem Ofen und tust sie in die schwarz-weiße Schüssel von MacKenzie-Childs? Außerdem muss das Fladenbrot aufgewärmt werden. Schon gut, ich komme.«

Als ich nach Tommys Hand greife, erschrickt er leicht. »Alles in Ordnung?«, erkundige ich mich und fürchte mich ein wenig vor der Antwort.

»So gut wie nie«, entgegnet er. »Bis auf diese Krebs-Geschichte.«

Ich öffne den Mund, um die Bemerkung loszuwerden, wir hätten doch abgemacht, uns mit den Witzen zurückzuhalten. Aber ich beherrsche mich, denn ich möchte Lous nicht zu übersehende Beklommenheit nicht noch steigern. Es kostet mich eben Mühe zu verstehen, dass ich Tommy gewähren lassen muss, wenn das sein Weg ist, mit seiner Krebserkrankung fertigzuwerden.

Abigail kehrt zurück, ehe mir eine lockere und lässige Antwort eingefallen ist. Also zwinge ich mich zu einem Lächeln und trinke einen großen Schluck Wein.

»Wer hat Hunger?«, fragt Jill, während sie eine schachbrettgemusterte Schale voller Röstkartoffeln auf den Tisch stellt. Ich nehme mir eine, ohne auf ihre Warnung zu achten, sie seien noch zu heiß.

CeCes Zeitschaltuhr meldet sich wieder, als das letzte

Gericht auf dem Tisch steht, und ich sehe zu, wie sie das gegrillte Huhn auf einer sauberen, zur Schale passenden Platte drapiert. Sie hält nur einmal kurz inne, um ihre von der dampfigen Luft beschlagene Brille hochzuschieben.

»Wie mache ich den aus?«, fragt sie.

»Ich kümmere mich darum.« Beau ist aufgesprungen, bevor Jill etwas sagen kann. Mit einer übertrieben heldenmutigen Geste betätigt er den gewaltigen Ausschaltknopf des Grills. CeCe verdreht die Augen.

Wenn ich es nicht besser wüsste, würde ich glauben, dass Beau ein wenig für meine Tochter schwärmt. Doch nach den Fotos in seinem Instagram-Profil zu urteilen bevorzugt er Mädchen mit am Strand gebleichtem Haar und der dazu passenden Figur. So wie sein Dad. Zum Glück trauert CeCe weiterhin Liam nach. Ich habe in diesem Sommer so viel um die Ohren, dass mir ein Adam im Miniaturformat gerade noch gefehlt hätte.

Adam war schon immer verrückt nach den Mädchen. Sogar schon damals, als wir Jugendliche waren und ein »Date« aus Händchenhalten und einer geteilten Eiswaffel am Strand bestand. Da die hiesigen Mädchen ihn nicht ernst nahmen, entwickelte er eine Methode, die Urlauberinnen um den Finger zu wickeln. Wir anderen lachten ihn aus, führten Buch über seine verschiedenen Eroberungen im Laufe der Wochen und benutzten sie als Zeiteinheit:

»Wir waren seit Krissie nicht im Donut Hole!« oder »Erinnert ihr euch an den Film, den wir uns am Libby-Wochenende angeschaut haben? Oder war das D. J.?«

Damals war das lustig, rückblickend betrachtet, nicht so sehr. Ich hätte mir genauso wenig träumen lassen, dass

Jill und Adam ein Paar werden würden, wie ich es bei Tommy und mir geglaubt hätte.

Tommy.

Ich betrachte ihn und präge mir den Moment ins Gedächtnis ein. Er sieht so stolz aus, als er eine Hühnerbrust von der Platte angelt, die Jill ihm hinhält. Nachdem er das Fleisch auf meinen Teller gelegt hat, nimmt er sich selbst etwas.

Das Lächeln, das er mir schenkt, als er mich beim Hinstarren ertappt, sorgt dafür, dass mir das Herz überfließt. Ich weiß, ich sollte dankbar sein, eine Liebe erlebt zu haben, wie man sie sonst nur im Märchen antrifft. Aber ich will mehr. Er hustet und schiebt die Sauerstoffkanüle zurecht, eine Erinnerung daran, dass uns ein Happy End verwehrt bleiben wird.

31

CeCe

Tante Jill wirft mir ständig komische Blicke zu. Beau hätte mir nicht ins Haus folgen sollen, als ich reingegangen bin, um die Zange zu spülen. Ich habe ihn gebeten zu verschwinden, aber da hat er angefangen, mich zu küssen. Ich habe es nicht geschafft, ihn wegzuschieben. Und das, obwohl seine Mom, seine Schwester, Lou und meine beiden Eltern auf der anderen Seite der Tür saßen.

Dad überschlägt sich fast vor Lob wegen des Hühnchens. Es ist wirklich lecker; allerdings ist das nicht mein Verdienst. Tante Jill hat die Marinade angemischt, die, wie ich glaube, aus Olivenöl, Zitronensaft, Thymian und Rosmarin besteht. Vermutlich enthält sie auch ein bisschen Knoblauch und schwarzen Pfeffer. Ich habe das Huhn nur gegrillt.

»Ich bin pappsatt«, verkündet Dad, obwohl es ihm nicht schaden würde, noch ein paar Bissen zu essen. Vielleicht würde er nicht so krank aussehen, wenn er ein wenig zunehmen würde.

»Du musst mir das Rezept geben«, sagt Mom, worauf ich mir ein Lachen verkneifen muss. Niemals, auch nicht mit einer Anleitung Schritt für Schritt, würde sie ein solches Essen hinkriegen.

»Vielleicht gibt sie es besser CeCe«, festigt Dad seinen Platz als mein Lieblingsmensch.

»Wer ist mit dem Spülen dran?«, fragt Tante Jill und schaut Lou an. »Wehe dir.«

»Lass mich das machen«, erbietet sich Mom. »Es ist das Mindeste, was ich tun kann.«

»Das ist nicht nötig«, protestiert Jill. »Aber wenn du darauf bestehst. Beau hilft dir.«

»Wirklich?«, erwidert Beau in dem Versuch, witzig zu sein. Was er auch ist. Außerdem irgendwie niedlich.

»Ja, wirklich«, verkündet seine Mom und schenkt den Erwachsenen Wein nach.

Mom und Beau stehen beide auf. Mir sackt der Magen in die Kniekehlen. Die beiden, allein da drin. Sie werden miteinander reden. Was, wenn er etwas über uns ausplaudert? Was, wenn sie etwas Peinliches über mich erzählt?

»Ich helfe auch«, rufe ich ein bisschen zu eifrig.

»Ich erledige das«, widerspricht Mom. »Ihr beide setzt euch und lasst mich machen. Ist die Spülmaschine sauber oder dreckig?«

»Dreckig«, antwortet Tante Jill. »Wir überwachen alles und leisten dir Gesellschaft. Komm, Lou.«

Lou erhebt sich, dankbar für die Gelegenheit zur Flucht. Sie hat heute Abend kaum zehn Wörter von sich gegeben. Wenn wir im Café unter uns sind, ist sie wie ausgewechselt. Eigentlich hat sie recht viel Humor. Außerdem ist sie schrecklich intelligent und weiß buchstäblich alles über das Backen. Ich wette, die Küche ist ihre Komfortzone, in etwa so wie die Bühne für mich.

»Hey, Bo«, benutzt Dad den Spitznamen, den er Beau gegeben hat, als der noch ein Baby war. »Habe ich da im Wohnzimmer eine Gitarre gesehen?«

»Ja, ich fange gerade an zu spielen, aber ich bin noch nicht sehr gut.«

»Hast du was dagegen, wenn ich mich mal dran versuche?«

»Logo.« Lächelnd geht Beau hinein, um die Gitarre zu holen.

Dad verschränkt die Arme hinter dem Kopf und lehnt sich zurück. Abigail schaut ständig zwischen ihm und dem Skizzenblock hin und her. Als ich mich hinüberbeuge, um festzustellen, was sie da zeichnet, drückt sie sich den Block fest an die Brust. So schräg, wie die drauf ist, kann ich mir nur schwer vorstellen, dass sie und Beau dieselben Eltern haben.

Wenige Sekunden später ist Beau wieder da, und sobald er Dad die Gitarre reicht, strahlt dieser übers ganze Gesicht wie bei einem Wiedersehen mit einem alten Freund. Er hat schon viel zu lange nicht mehr gespielt. Wenn wir seine Gitarre nach unten bringen würden, würde er vielleicht öfter spielen. Wer weiß, möglicherweise hat Musikmachen eine ebenso heilende Wirkung wie in manchen Fällen das Zuhören.

»Irgendwelche Wünsche?«, fragt Dad, dreht an den Saiten herum und stimmt sie.

»More Than Words«, schlägt Abigail vor. Ihr Musikgeschmack hat so einen Bart. Sie mag das ganze Zeug, das unsere Eltern sich reinziehen. Ich wette, ihre Lieblingsplaylist bei Spotify ist »Oldies but Goldies«.

Als Dad beginnt, das Intro zu zupfen, muss ich einfach mit den Zehen den Takt mitklopfen.

»CeCe, singst du mit?«, fragt Dad.

Ich schaue Beau an, der ein dämliches Grinsen auf dem Gesicht hat. Ich will nicht in seiner Gegenwart singen, und es ist mir ein bisschen peinlich, dass ich den Text kenne. Allerdings kriegt man den zwangsläufig mit, wenn man diese Lieder millionenfach gehört hat.

»Bitte?«

Ehe ich antworten kann, fängt er an zu singen. »*Saying I love you …*«

Als ich bei der nächsten Zeile einstimme, lächelt Dad so breit, dass er aus dem Text fliegt. Ich singe weiter, und er spielt nur dazu.

Den Refrain singt er wieder mit. Ich mache den Fehler, Beau anzusehen. Ein seltsamer Ausdruck liegt auf seinem Gesicht. Da er mich schon singen gehört hat, habe ich keine Ahnung, was daran so eine große Sache ist.

Gerade beenden wir das Lied, als das Feuerwerk beginnt und den Himmel mit blauen, roten, violetten und grünen Lichtblitzen erhellt. Wir halten alle inne und beobachten das Schauspiel über uns. Ich schiebe den Gedanken beiseite, dass Dad im nächsten Jahr die beste Aussicht von uns allen haben wird.

Mom, Jill und Lou kommen wieder heraus und sehen noch, wie vier meiner Lieblingsraketen, weiß glitzernde, eine nach der anderen explodieren. Als ich Dad betrachte, ist seine Miene gleichzeitig glücklich und traurig.

Als die letzte Farbfontäne am dunklen Himmel verglüht, bleiben nur graue Rauchwolken zurück, die sich langsam auflösen. Tante Jill verteilt kleine Teller für die Nachspeise, und Dad greift erneut zur Gitarre. Er spielt »Happy Birthday«, obwohl außer den USA niemand Geburtstag hat.

»Wer hat denn Geburtstag?«, fragt Abigail verdattert.

»Niemand«, erwidert Mom. Obwohl sie lächelt, wirkt sie bedrückt.

Tante Jill und Mom singen mit. Zuerst fügen sie Tante Jills Namen in das Lied ein, dann Moms. Ich werfe einen Blick auf Beau, der ebenso verwirrt scheint wie ich. Alte Leute sind ja so komisch drauf.

Als Nächstes ist Dads Name dran, darauf folgen die Namen von uns Kindern und der von Lou. Als wir alle Namen durchhaben, hört Dad auf zu spielen. Tante Jill wischt sich die Augen ab, und Mom ist offenbar auch den Tränen nah.

»Was sollte das?«, erkundige ich mich.

»Das«, antwortet Dad, »war das erste Lied, das ich auf der Gitarre spielen konnte.«

»Und?«, hake ich nach. Seitdem hat er jede Menge anderer Lieder gelernt.

»Als wir Jugendliche und etwa in deinem Alter waren, haben wir eines Abends bei Jack und Jill im Garten ein kleines Lagerfeuer angezündet. Und weil es das einzige Lied war, das ich konnte, habe ich es den ganzen Abend lang immer wieder gespielt.«

»Mit all unseren Namen«, ergänzt Mom.

»Und mit den Namen von allen, die wir kannten«, fügt Tante Jill hinzu.

Es ist seltsam, sich unsere Eltern in unserem Alter vorzustellen, wie sie zusammen abhängen, befreundet sind und Gitarre spielen. So wie heute Abend. Dad zupft und summt kleine Melodiefetzen. »Alle, die ich liebe, sind satt und glücklich und singen, lachen und beobachten ein Feuerwerk«, sagt er. »So wünsche ich mir meine Beerdigung.«

Beerdigung? Meine Finger gehorchen mir nicht mehr. Die Gabel fällt mir aus der Hand und landet auf meinem Teller. Das Scheppern ist lauter als vorhin das Feuerwerk. Alle drehen sich um und starren mich an.

Plötzlich ist es totenstill. Es ist, als habe jemand den Ton ausgeschaltet, und ich kann weder hören noch atmen noch denken. Ich muss hier raus.

»Tommy«, flüstert meine Mom. Doch es klingt, als würde sie schreien. »Jetzt ist nicht der richtige Zeitpunkt.«

Natürlich ist jetzt nicht der richtige Zeitpunkt. Nie ist der richtige Zeitpunkt. Es wird niemals der richtige Zeitpunkt sein. Ich betrachte meinen Dad, der nicht einmal mehr wie mein Dad aussieht.

Er streckt die Hand nach mir aus, diese ausgehöhlte Hülle des Dads, der er einmal war. Nur die Augen sind noch die von meinem Dad, das eine blau, das andere braun, und sie wirken verängstigt. Das habe ich noch nie bei ihm erlebt, nicht einmal damals, als wir Mom vorgeschwindelt haben, wir würden uns an Halloween keine Gruselfilme anschauen. Natürlich haben wir es trotzdem gemacht.

Das flaue Gefühl in der Magengrube ist wieder da, und rasch rutsche ich meinen Stuhl weg von seiner Hand.

»Ich brauche frische Luft.«

»Wir sind doch schon draußen«, wendet Beau ein. Ich weiß, dass er witzig sein will, doch ich kann im Moment keine Scherzbolde gebrauchen. Ich will, dass mein Dad gesund ist.

Dad nimmt sein Sauerstoffgerät und rückt langsam und stetig atmend die kleinen Schläuche zurecht. Wenn er in diesem Zustand ist, kann ich ihn nicht ansehen, und ich ertrage die besorgten Mienen der anderen nicht.

»Ich gehe spazieren.«

»CeCe«, protestiert Mom.

Ich drehe mich um und warne sie mit einem Blick davor, mich aufzuhalten.

»Lass sie«, sagt Dad.

Alle betrachten erst ihn und dann mich. Jetzt will ich nicht mehr gehen. Ich will ihn eigentlich nicht allein lassen. Doch weil ich es schon angekündigt habe, haste ich zur Seite des Hauses und durch das Tor im Lattenzaun hinaus und lasse es hinter mir zuknallen.

»Ich komme mit«, höre ich Beaus Stimme.

Aber das möchte ich auch nicht. Ich will allein sein – weder mit ihm zusammen noch mit sonst jemandem. Als ich auf der Straße stehe, schaue ich in beide Richtungen. Vermutlich wird er glauben, dass ich nach links zum Strand gegangen bin. Er könnte auch denken, dass ich auf dem direkten Wege nach Hause will. Ich hebe den Kopf. Meine Zeit wird knapp.

Und da sehe ich es. Das Haus der McKeens. Da vorne noch das »Zu-verkaufen«-Schild steht, ist sicher niemand da. Ich laufe über die Straße und kauere mich in eine dunkle Ecke der Veranda. Gerade noch rechtzeitig, denn ich erkenne Beau vor seinem Haus.

So wie ich vor wenigen Minuten blickt er erst nach rechts, dann nach links. Als er geradeaus späht, befürchte ich schon, er könnte mich entdeckt haben. Aber er sieht wieder nach links und steuert auf den Strand zu.

Er hat recht. Dort wäre ich hingegangen.

Das könnte ich immer noch. Ich könnte ihm nachrennen und mir von ihm beim Vergessen helfen lassen. Doch das wäre zu einfach, und das hier darf nicht einfach sein. Ich muss stark und tapfer sein und jedes Gefühl spüren. Selbst wenn es wehtut.

Und im Moment tut es schrecklich weh.

32

Alexis

Früher war ich stets diejenige, die zuerst eingeschlafen ist. In letzter Zeit jedoch kann Tommy kaum noch die Augen offen halten, wenn wir endlich ins Bett kriechen. Heute Nacht musste er auf dem Weg die Treppe hinauf dreimal anhalten und Luft holen. Nach dieser Anstrengung und der Aufregung beim Abendessen schlief er, noch ehe ich das Licht ausmachte.

Als CeCe und Beau verschwunden waren, entschuldigte sich Lou mit den Worten, sie müsse am nächsten Morgen früh aufstehen und arbeiten. Sie konnte sich gar nicht schnell genug verdrücken. Nicht, dass ich ihr das verüble. Ich konnte es auch kaum erwarten, den traurigen Gesichtern und verlegenen Blicken zu entrinnen.

Es ist schon schwierig genug mitanzuhören, wie Tommy die ganze Situation auf die leichte Schulter nimmt. Doch als er das Wort »Beerdigung« aussprach, war es, als könne ich sehen, wie CeCes Herz direkt vor meinen Augen in eine Million Scherben zersprang.

Zum Glück hat Tommy versprochen, morgen früh mit ihr zu reden. Während ich nicht wüsste, wo ich anfangen soll, hatte er schon immer eine ganz besondere Art, auf CeCe zuzugehen. Selbst als sie ein Baby war, war er es, der erkannte, warum sie schrie – ob sie Hunger hatte, müde war oder eine frische Windel brauchte. Er wusste, wie man sie genau richtig im Arm hielt und sie in den Schlaf wiegte. Bei Tommy wirkte das alles so mühelos. Wenn ich es versuchte, schrie und schrie CeCe, bis sie rot im Gesicht war, so als wäre ich eine Fremde. Was vermutlich auch stimmte.

Ich gab mir selbst die Schuld, weil ich bereits einige Wochen vor Ablauf des Mutterschutzes wieder zur Arbeit gegangen war. Ich hatte wie auf heißen Kohlen gesessen, nicht weil ich das Zusammensein mit CeCe nicht genossen hätte, sondern weil ich mich verzweifelt danach sehnte, wieder ich selbst zu sein. Und ich identifiziere mich eben eher mit Abgabeterminen und Meetings als mit schmutzigen Windeln und Babysprache.

Als sie sich zu einem hinreißenden Menschenkind mit eigener Meinung, Geschichten und einer Persönlichkeit entwickelt hatte, war ich bereits das fünfte Rad am Wagen. Aber ich habe nie aufgehört, mir Mühe zu geben.

Fast immer rief ich an, um ihr »süße Träume« zu wünschen, wenn Tommy sie abends ins Bett brachte. Und als sie älter wurde, strengte ich mich an, dieselben Bücher zu lesen und dieselbe Musik zu hören, damit wir ein richtiges Gesprächsthema hatten und etwas miteinander teilen konnten. Obwohl es nicht immer klappte, sah sie wenigstens, dass ich es versuchte. Zumindest hoffe ich das.

Meine Mutter hatte sich längst nicht so ins Zeug gelegt wie ich, obwohl sie nicht einmal eine gute Ausrede hatte. Sie hatte zwar nach meiner Geburt die Berufstätigkeit aufgegeben, allerdings nie Zeit für mich. Natürlich hatte sie mehr als genug Zeit für all die Ausschüsse, denen sie vorstand, die Wohltätigkeitsbälle, die sie organisierte, und die sechsjährige Amtszeit als Vorsitzende des Eltern-Lehrer-Verbandes, der größte Witz der Weltgeschichte. Außerdem weiß ich, dass mein Vater sogar noch länger arbeitete als ich heute und es nie für nötig hielt, sich dafür zu rechtfertigen.

Irgendwann gab ich es auf, um die Zeit und Zuwendung meiner Eltern zu buhlen, und war stolz auf meine Unabhängigkeit, darauf, dass ich sonst niemanden brauchte. Nur, dass da ein Mensch war, der mich gebraucht hätte.

So unfassbar es klingen mag, habe ich bis jetzt nicht bemerkt, dass ich die Fehler meiner Eltern wiederholte. Ich sagte mir, CeCe gehe es gut, weil sie ja Tommy hätte – er war besser als meine beiden Eltern zusammen. Und besser als ich sowieso.

Was, um alles in der Welt, sollen wir ohne ihn anfangen?

Ich betrachte Tommy, dessen Brust sich bei seinen mühevollen Atemzügen hebt und senkt. Es wirkt, als sei selbst der Schlaf zu anstrengend. Mein Blick fällt auf die Leuchtziffern der Uhr auf seinem Nachttisch, die gerade auf 11:11 umspringen. Zum ersten Mal, seit all das geschehen ist, wünsche ich mir nicht etwas für Tommy, sondern für CeCe. Nämlich, dass ich irgendwie einen Weg finde, ihr zu genügen.

Als Tommy ein Geräusch ausstößt, halte ich die Luft an. Eine Sekunde später atmet er wieder normal. Zumindest nach den Maßstäben unserer neuen Normalität. Seufzend lege ich mich hin und versuche, mich zum Schlafen zu zwingen. Inzwischen fällt es mir immer schwerer. Es ist, als würde ich umso wacher, je mehr Tommy schläft. So, als wisse mein Körper, dass die Uhr unseres Zusammenseins abläuft. Ich will keine einzige Minute verpassen.

Ich bemühe mich, mich zu beruhigen, indem ich an glückliche Tage denke. Wir hatten so viele davon, dass es schwierig ist, sich für einen zu entscheiden. Ich blättere die Erinnerungen durch wie Fotos in einem alten Album. Bei einem Bild, das Tommy und CeCe am Strand zeigt, halte ich inne. Sie muss fünf oder sechs gewesen sein und kreischte, weil Tommy sie jagte. Nachdem sie durch die seichten Wellen gelaufen war, spritzte sie ihn nass und flüchtete sich dann zu dem Liegestuhl, auf dem ich die Stellung hielt.

»Komm spielen, Mommy!«, habe ich ihre Stimme noch ihm Ohr.

»Gleich«, erwiderte ich und griff nach meinem Mobiltelefon anstatt nach ihrer ausgestreckten Hand. Wir steckten in der Agentur gerade in wichtigen Verhandlungen – eine große Sache, wie ich Tommy erzählte.

Wahrscheinlich hat er mir erklärt, das hier, nämlich mit unserer Tochter am Strand zu spielen, sei eine noch viel größere Sache, aber ich habe ihm sicher nicht zugehört. Ich hatte mich so darauf versteift, es meinem Chef zu zeigen und ihm zu demonstrieren, dass Becky und ich, ein Team aus zwei Frauen, genauso klug, kreativ und peppig sein konnten wie jeder der Jungs, die er uns vorzog.

Derart besessen war ich, dass mir offenbar gar nicht auffiel, wie sehr ich dem Erfolg hinterherhetzte. Der Preis dafür war, dass ich die Kindheit meiner Tochter nicht miterlebt habe. In wie vielen ihrer Erinnerungen glänze ich durch Abwesenheit oder Nichterreichbarkeit? Mein Gott, es war wirklich eine Schande mit mir.

Da die Erinnerung zu wehtut, versuche ich es mit Schäfchenzählen. Obwohl mir noch nie ein tatsächlicher Mensch begegnet ist, bei dem diese Methode klappt. Ich will es schon aufgeben, nach unten gehen und mir irgendeinen Unsinn im Fernsehen anschauen, als ich die Haustür höre.

CeCe.

Ich lausche ihren Schritten, als sie die Treppe hinauf und auf Zehenspitzen in ihr Zimmer schleicht. Ihre Tür wird mit einem leisen Klicken geschlossen. Ich starre auf meine Schlafzimmertür, als sei sie eine Brücke, die ich überqueren muss.

Keine Ahnung, woher mein plötzlicher Heldenmut kommt. Vielleicht ist es der Einfluss von Tommy, der neben mir liegt. Jedenfalls setze ich mich langsam auf und klettere aus dem Bett, wobei ich darauf achte, die Matratze nicht zu erschüttern.

Vor ihrem Zimmer, wo das Mondlicht unter der Tür hindurchschimmert, zögere ich kurz. Doch dann ergreift mich eine ruhige Gelassenheit. Ich hebe die Hand und klopfe leise an. Da sie nicht sagt, dass ich draußen bleiben soll, öffne ich die Tür.

Sie blickt überrascht auf und kuschelt sich in ihr Doppelbett. »Was ist?« Sie klingt eher erschöpft als verärgert.

Weil mir »Ich weiß nicht« nicht als die richtige Antwort erscheint, erwidere ich: »Rutsch mal.«

Sie starrt mich an, als hätte ich den Verstand verloren. Doch nach einer Sekunde rutscht sie an die Wand, und ich lege mich zu ihr. Ich schaue zur Decke auf die matt gewordenen Sterne, die früher im Dunkeln geleuchtet haben, vor einer Million Jahren, als das hier mein Zimmer war.

»Kriege ich Probleme?«

»Nein, natürlich nicht.« Ich ändere meine Körperhaltung, bis ich an die Wand gelehnt aufrecht dasitze. Dann betrachte ich ihr hellbraunes Haar, ausgebreitet auf dem hellrosafarbenen Kissen. Es juckt mir in den Fingern, es anzufassen und mit der Hand hindurchzufahren wie damals, als sie ein kleines Mädchen war. »Möchtest du darüber reden?«

»Nein.«

»Stört es dich, wenn ich rede?«

Als sie die Achseln zuckt, hole ich tief Luft. Ich lege ihr die Hand auf den Kopf und streiche immer wieder in gleichförmigen Bewegungen über ihr Haar, was auf sie hoffentlich die gleiche tröstende Wirkung hat wie auf mich.

»Seit dein Dad und ich Jugendliche waren, hat er auf mich aufgepasst.« Ich merke ihr an, dass sie nicht mit so einer Äußerung gerechnet hat. Ich übrigens auch nicht. Dennoch spreche ich weiter und lasse die Worte einfach strömen. »Als wir jung waren, waren es nur Kleinigkeiten. Einmal ist er geblieben und mit mir zu Fuß gegangen, weil mein Rad einen Platten hatte. Und er sorgte stets dafür, dass ich das Traubeneis bekam, weil ich das am liebsten mochte. Doch als ich älter wurde … Habe ich dir je erzählt, wie ich das erste Mal wieder nach Destin gekommen bin? Als Erwachsene?«

CeCe schüttelt den Kopf, und ich überlege, welche Einzelheiten ich weglassen sollte, denn schließlich ist sie meine Tochter und erst vierzehn. Es stört mich nicht, wenn sie keine hohe Meinung von Adam hat. Aber sie soll mich nicht noch mehr verurteilen, als sie es ohnehin schon tut.

»Der Mann, mit dem ich vor deinem Dad gegangen bin, hatte mir gerade das Herz gebrochen, und ich habe mich hierhergeflüchtet, um Abstand zu gewinnen. Das habe ich oft getan, wenn es Schwierigkeiten gab. Und ich hatte vor, es zu wiederholen, Destin zu verlassen und nach Atlanta zurückzukehren, weil ich mich schrecklich mit Tante Jill und Onkel Adam gestritten hatte.«

Worum es bei dem Streit ging, braucht sie nicht zu wissen. Adam hat mich im betrunkenen Zustand geküsst, während Jill nur wenige Wochen vor der Geburt ihres ersten Kindes stand. »Aber dein Dad war da und hat mich daran gehindert, mich aus dem Staub zu machen. Ich erinnere mich an seine Worte, es gebe Dinge im Leben, für die es sich lohne zu bleiben. Außerdem könne ich Schwierigkeiten nicht durch Weglaufen ausweichen. Und so hat er mir geraten auszuharren und mich durch die schweren Zeiten zu den guten durchzukämpfen.«

»Bist du geblieben?«, fragt CeCe.

»Damals nicht«, sage ich, enttäuscht von meinem jüngeren Ich. »Doch irgendwann bin ich zurückgekommen. Und als wir erfuhren, dass wir dich erwarten, ließ er alles und jeden, den er kannte, hinter sich, zog mit seiner Praxis um und folgte mir nach Atlanta. Es war sein Vorschlag, bei dir zu Hause zu bleiben, damit ich weiterarbeiten konnte – er wusste, wie sehr ich meinen Beruf liebte, und war überzeugt, dass ich begabt genug war, um die Chance verdient zu haben, es mit den Besten aufzunehmen. Jeden Tag seines Lebens hat er alles für dich und für mich getan. Und jetzt …« Ich halte inne, um mich zu sammeln und die aufsteigenden Tränen hinunterzuschlucken. »Und jetzt muss ich mich revanchieren, so gut ich kann, und für ihn da sein. Selbst wenn das bedeutet, mir auf die Zunge zu beißen und ihn diese schauderhaften Witze über das Sterben reißen zu lassen.«

Ich spüre, dass CeCe neben mir tief einatmet. Ich hätte das Wort vermeiden sollen, aber wir dürfen die Augen nicht vor der Wahrheit verschließen.

»Er weiß, dass nichts Lustiges daran ist. Ich glaube, es ist einfach nur seine Methode, damit fertigzuwerden und die Stimmung aufzulockern. Mir ist klar, wie schwierig das ist, und es tut mir so leid, dass du ihn daherreden hören musst wie heute Nacht. Aber vergiss nicht, dass er dir niemals wehtun wollte.«

»Warum ist dir deine Arbeit eigentlich so wichtig?«, erkundigt sich CeCe. Sie wälzt sich zur Seite und reckt den Kopf nach oben, um mich anzuschauen. Es ist nicht unbedingt die Moral, die sie aus dieser Geschichte ziehen sollte.

»Das ist schwierig zu erklären«, erwidere ich, wohl wissend, dass das eine Ausrede ist.

»Darf ich raten? Ich werde es verstehen, wenn ich erst mal älter bin?« Sie lehnt den Kopf an die Wand.

»Das hoffe ich«, meine ich. »Wenn du einen Beruf hast, den du liebst, fühlt es sich nicht so sehr an wie Arbeit. Doch das ist nicht der einzige Grund.« Sie blickt auf und wartet auf die Antwort, die allen verpassten Momenten einen Sinn geben wird. »Was, wenn ich dir sagen würde, dass du meiner Ansicht nach kein Soufflé hinkriegst, das nicht in sich zusammenfällt?«

»Ich würde dir das Gegenteil beweisen.«

»Genau.« Es gelingt mir, ein Lachen zu unterdrücken, doch gegen mein Schmunzeln bin ich machtlos. Sie ist mehr meine Tochter, als sie ahnt.

»Also. Wer hat behauptet, dass du etwas nicht kannst?«

»Mein alter Chef, als ich dich erwartet habe. Er hat mir mehr oder weniger an den Kopf geworfen, meine Karriere sei jetzt vorbei. Ich könnte nicht gleichzeitig eine gute Mutter und eine gute Mitarbeiterin sein. Ich wollte ihm zeigen, dass er unrecht hat.«

Als CeCe nickt, halte ich die Luft an und hoffe, dass sie jetzt nicht das sagt, was ich bereits weiß. Dass ich keine gute Mom war. Aber ich versuche es jetzt und wünsche mir, dass das zählt.

»Mir ist bewusst, dass das kein Grund ist und dass dadurch nicht alles gut wird. Doch jedes Mal, wenn ich nicht für dich da war, hattest du deinen Dad. Und ich dachte, das würde reichen. Dass er genügen würde.«

»Hat er«, entgegnet CeCe. »Tut er immer noch.«

Zwischen uns entsteht niederdrückendes Schweigen, da wir beide die Worte nicht aussprechen wollen. Allerdings bin ich die Mom und muss endlich anfangen, mich wie eine zu benehmen.

»Ich verspreche dir, mich mehr anzustrengen. Es nicht nur zu versuchen. Ich werde mich bessern. Ich weiß, dass ich nicht dein Dad bin.« Eine Träne rinnt mir die Wange hinunter, ehe ich es verhindern kann. »Ich liebe dich so sehr, dass es wehtut. Und wenn du reden willst, wenn du möchtest, dass ich dir zuhöre, wenn du willst, dass ich dich in Ruhe lasse oder wenn ich dir zur Seite stehen soll, bin ich für dich da, das verspreche ich dir.«

Mit einem Aufstoßen unterdrückt CeCe einen Schluchzer. Dann wirft sie sich mir in die Arme und lässt den Tränen freien Lauf. Ich sage ihr nicht, dass sie nicht mehr weinen soll, sondern halte sie nur fest, bis sie sich ausgeweint hat und in meinen Armen einschläft.

33

CeCe

»Ein Tisch für eine Person?«, fragt die Restaurantchefin im 790.

»Für zwei«, erwidere ich und versuche, so erwachsen wie möglich zu klingen.

Monica und ich schreiben uns seit einigen Wochen SMS, und zwar seit ich »zufällig« ihre Nummer in Dads Telefon gefunden habe. Allerdings war es ihre Idee, dass wir uns zum Mittagessen treffen, bevor nach der Pause zum Vierten Juli die Dreharbeiten wieder beginnen.

Eigentlich wollte ich Tante Jill vorschwindeln, ich fühlte mich nicht wohl und müsse deshalb früher im Café Feierabend machen. Aber Beau hat eingewandt, sie könnte anrufen und sich bei meiner Mom erkundigen, ob es mir besser ginge, und dann würde ich ordentlich Stress kriegen. Er hat viel mehr Erfahrung im Lügen und hat mir erklärt, dass dabei weniger mehr sei. Deshalb habe ich Tante Jill nur gesagt, ich müsse ein bisschen früher weg. Da sie sich nicht nach dem Grund erkundigt hat, habe ich ihr auch keinen genannt. Und falls sie es Mom gegenüber erwähnt, antworte ich nur, ich hätte ein bisschen Zeit für mich gebraucht. Nach unserem offenen Gespräch letztens in der Nacht weiß ich, dass sie mich weder bedrängen noch verhören wird.

Das Restaurant, das ich ausgesucht habe, befindet sich nur wenige Häuserblocks vom Café entfernt am Strand. Also hatte ich ausreichend Zeit, Klamotten anzuziehen, die nicht voller Mehl sind.

Die Restaurantchefin schnappt sich zwei Speisekarten und geht nach draußen auf die Terrasse, laut Dad das hübscheste verborgene Juwel in Destin. Es wimmelt nicht von Touristen, und man hat, hier direkt am Strand, Aussicht aufs Wasser, das sämtliche Schattierungen von Blau und Grün miteinander vereint. Vor einem kleinen Tisch am Rand der Terrasse und mit Blick auf den Strand bleibt die Frau stehen. »Ist der hier okay?«

»Optimal.« Ich setze mich mit dem Gesicht zur Tür, damit ich Monicas Ankunft sofort bemerke.

Dann schaue ich auf mein Telefon: 12:05. Sie ist zu spät dran. Aber wahrscheinlich gehört sich das so bei Promis. Wenn man zuerst da ist, ist es schwierig, einen großartigen Auftritt hinzulegen. Ich nehme mir vor, in Zukunft auch ein kleines bisschen zu spät zu kommen. Außer zum Unterricht. Vielleicht schaffe ich es ja, gleichzeitig mit dem Gong einzutreffen. So erziele ich die gewünschte Wirkung, ohne mir Nachsitzen einzuhandeln.

Ich lerne bereits so viel, und dabei ist sie noch nicht einmal da.

»Warten Sie auf jemanden?«, erkundigt sich der Kellner. Normalerweise würde mich diese offensichtliche Frage ärgern. Wieso liegen sonst zwei Speisekarten auf dem Tisch? Aber heute ist es mir egal.

»Auf meine Stiefmutter«, erwidere ich, als er zwei Gläser Wasser vor mich hinstellt.

Seit ich das von Monica und Dad erfahren habe, betrachte ich sie als meine Stiefmutter, weil das wirklich die zutreffendste Bezeichnung ist. Außerdem wäre sie es ja, wenn sie meinen Dad nach meiner Geburt und nicht davor geheiratet hätte. Man darf mich nicht dafür bestrafen, dass ich leider zu spät auf die Welt gekommen bin.

Heute habe ich es zum ersten Mal laut ausgesprochen. Es ist der absolute Wahnsinn.

»Ich heiße Gary«, sagt er. »Möchten Sie etwas außer Wasser, während Sie warten?«

»Nein danke.«

Wenn wir die Rolle des Kellners bei unserem ersten und hoffentlich nicht letzten Mittagessen besetzen müssten, würde dieser Typ sie mit absoluter Sicherheit kriegen. Er ist zwar älter als meine Eltern, aber man sieht ihm an, dass er mit seiner sonnengebräunten Haut und den hellblauen Augen in seiner Jugend ein Sahneschnittchen war. Sein Haar ist grau, jedoch nicht hässlich grau. Er wirkt damit nicht alt, sondern würdevoll.

Während ich Gary betrachte, erscheint Monica. Ich spüre ihre Ankunft, denn auf der Terrasse wird es totenstill. Nur irgendeine Frau redet laut darüber, dass sie ihr Essen ohne Tomaten bestellt hat. Es ist wie bei einer La-Ola-Welle, nur dass die Leute sich umdrehen und hinstarren, anstatt aufzustehen und die Arme zu schwenken.

Wer kann es ihnen verübeln? Immerhin ist es Monica Whistler. Selbst wenn man sie vor Beginn der Dreharbeiten zu *The Seasiders* in Destin nicht kannte, weiß jetzt jeder, wer sie ist. Außerdem merkt man ihr den VIP-Status deutlich an: an ihrem Gang und ihrem hocherhobenen Kopf und daran, dass die weiße Leinenhose und das geblümte schulterfreie Oberteil ihr auf den Leib geschneidert zu sein scheinen.

»CeCe!« Sie klingt beinahe so begeistert, mich zu sehen, wie umgekehrt. Jetzt wenden sich die Köpfe, und die Leute sehen mich an. Sicher fragen sie sich, wer dieses Glücksmädchen sein mag, das da mit einer Prominenten zu Mittag isst. Und ich bin es wirklich. Ich bin das Glücksmädchen.

Ich stehe auf, wie Dad es tut, wenn jemand, den er kennt, an unseren Tisch kommt. Dabei streiche ich meine Sachen glatt, ein schwarz-weißes Sommerkleid, das hoffentlich hübsch, aber nicht zu aufgetakelt wirkt.

»Du siehst spitze aus.« Monica beugt sich vor, um mich auf die Wange zu küssen.

»Danke.« Ich spüre, wie ich rot werde. »Du auch«, füge ich gerade noch rechtzeitig hinzu, während ich mich wieder setze. Gleich werde ich mit Monica Whistler zu Mittag essen, Mannomann!

»Wie reizend von dir, aber ich weiß, dass ich müde aussehe«, erwidert Monica und nimmt Platz. »Ich habe letzte Nacht den ersten Flieger aus L. A. genommen. Mein Agent hat darauf bestanden, dass ich auf diese alberne kleine Party gehe.«

Ich will die Beine so übereinanderschlagen, wie ich es bei ihr beobachtet habe. Doch mein Knie stößt gegen den Tisch, sodass dieser erbebt und mein Wasserglas überschwappt. Das muss ich am Küchentisch üben, wenn Mom und Dad nicht da sind.

»Danke für die Einladung«, beginne ich, nachdem wir die Getränke bestellt haben.

»Ach, keine Ursache. Ich habe mich gefreut, dass du angenommen hast.« Schon wieder erröte ich. Ich muss einen Weg finden, das in Zukunft zu verhindern. In der Hoffnung, mein Gesicht zu beruhigen, trinke ich einen Schluck Wasser. »Ich kann dir gar nicht sagen, wie leid es mir tut, dass das mit der Rolle nicht geklappt hat. Ich hatte keine Ahnung, dass sie schon jemand anderem versprochen war.«

»Schon okay«, erwidere ich.

»Ist es nicht«, protestiert Monica. »Aber ich mache es wieder gut. Dein Dad hat erzählt, dass du wirklich begabt bist.«

»Ihm bleibt nichts anderes übrig.« Ich senke nur für eine Sekunde den Kopf. Allerdings reicht das, damit meine Brille hinunterrutscht. Rasch schiebe ich sie wieder hoch und hoffe, dass Monica nichts bemerkt hat.

»Tom würde nie einen Menschen anlügen. Wenigstens nicht mich.«

»Du und mein Dad«, antworte ich. »Es will mir noch immer nicht in den Kopf, dass er mir nie etwas verraten hat.«

Monica beugt sich vor und schaut mir in die Augen. Ich widerstehe dem Bedürfnis, den Blick abzuwenden, und schiebe meine Brille hoch, obwohl sie gar nicht runtergerutscht ist. »Es war nicht seine Schuld, sondern ganz allein meine. Und es ist eines der Dinge, die ich im Leben am meisten bereue.«

Bevor ich entscheiden kann, ob es zu aufdringlich wäre,

sich nach dem Grund zu erkundigen, erscheint Gary, der Kellner, mit unseren Getränken.

Monicas ganzes Gesicht verändert sich, als sie ihr Champagnerglas hebt, und ich merke ihr an, dass die Gelegenheit verpasst ist. »Auf den Beginn einer sehr langen Freundschaft«, verkündet sie.

Ich stoße mit ihr an und trinke einen Schluck Arnold Palmer.

»Ich habe dir etwas mitgebracht«, fügt Monica hinzu, greift in ihre riesige schwarze Handtasche und reicht mir ein Hardcover-Buch. Am oberen Rand prangt in leuchtend gelben Buchstaben der Name der Autorin: Stella Adler. Unten steht in den gleichen gelben Buchstaben: *Die Schule der Schauspielkunst*.

»Danke«, meine ich und drücke mir das Buch an die Brust, bevor ich noch einmal das Cover betrachte.

»Hast du je von Stella Adler gehört?«, erkundigt sich Monica.

»Sie hat dieses Buch geschrieben«, erwidere ich in der Hoffnung, dass die offensichtliche Antwort die richtige ist.

Monica lächelt, jedoch nicht so, dass ich mir dumm vorkomme. »Sie war eine der wichtigsten und geachtetsten Schauspiellehrerinnen in diesem Land.«

»Hat sie dich unterrichtet?«

»Nein, nicht direkt. Doch ich habe Stunden an einer Schauspielschule genommen, die nach ihrer Methode arbeitet.«

»Wow.« Ich schlage das Inhaltsverzeichnis auf und überfliege die Kapitelüberschriften: Die Welt der Bühne ist nicht deine Welt; Schauspielerei ist aktiv sein; Sofortige und innere Rechtfertigungen; Den Rhythmus einer Figur erarbeiten. »Ich muss so viel lernen.«

»Das hier ist nur ein Anfang, aber ein guter.«

»Danke.« Ich wünschte, es gebe bessere Worte, um auszudrücken, wie ernst ich es meine. »So ein tolles Geschenk habe ich noch nie bekommen.«

Monica lächelt, ich lächle, und wir lächeln zusammen. Schade, dass ich diesen Moment nicht einfrieren kann. Alles fühlt sich so wunderbar an, dass ich beinahe vergesse, wie schrecklich die Situation in Wirklichkeit ist.

Als Gary, der Kellner, zurückkehrt, um unsere Essensbestellungen aufzunehmen, ordert Monica einen Tropical Chicken Salat, Dressing separat. Sosehr ich auch auf die Crab Cakes hier stehe, bestelle ich ebenfalls einen, denn es ist noch toller »Ich nehme das Gleiche wie sie« zu sagen.

Während wir auf unsere Salate warten, erzählt Monica mir alles Mögliche. Zum Beispiel, dass sie mit nur zwei Koffern Florida verlassen hat und nach New York gegangen ist, um ihren Träumen zu folgen. Dass sie in einem Winter nach L. A. gezogen ist, weil es ihr in New York zu kalt wurde. Sie erklärt, es sei kein Zuckerschlecken und auch nicht immer angenehm gewesen, doch dank ihrer Hartnäckigkeit habe sie es geschafft.

»Bei einigen Rollen bin ich noch immer traurig, weil ich sie nicht gekriegt habe«, vertraut sie mir an.

»Welche?«, frage ich.

Sie reckt das Kinn und schaut auf mich hinunter, als überlege sie, ob ich es wert bin, ihre innersten dunklen Geheimnisse zu erfahren. Dann lächelt sie, sieht sich um, um sich zu vergewissern, dass niemand lauscht, und senkt ihre Stimme zu einem Flüstern. »Ich sage nur so viel, dass ich neben George Clooney die Hauptrolle in einer großen Filmproduktion gespielt hätte.«

Monica hebt die Hand und wedelt damit vor ihrem Gesicht herum wie mit einem Fächer.

»Wow«, antworte ich und rufe mir alle Filme mit George Clooney ins Gedächtnis. Einer der Ocean-Movies vielleicht?

»Du weißt ja, dass es nicht nur ums Talent geht«, spricht Monica weiter. »Viel hat mit harter Arbeit zu tun und mit ein bisschen Glück, denn man muss zur richtigen Zeit am richtigen Ort sein.«

»Das kenne ich«, stimme ich ihr zu. »Wenn ich an fraglichem Tag nicht mein Handtuch zu Hause vergessen hätte, hätte ich nie erfahren, dass du meine Stiefmutter bist.«

Am liebsten würde ich den Satz sofort zurücknehmen, aber das geht natürlich nicht. Also trinke ich stattdessen einen großen Schluck Wasser und warte darauf, dass Monica etwas sagt und mich verbessert. Als sie es nicht tut, blicke ich auf und stelle fest, dass sie lächelt. Ihre Augen sind ein wenig feucht. Vielleicht betrachtet sie mich ja auch als ihre Stieftochter.

Bevor ich noch einmal ins Fettnäpfchen treten kann, werden unsere Salate serviert. Das Gespräch wendet sich wieder dem Buch zu, und Monica erzählt mir mehr über Stella Adler und darüber, dass man bei ihrer Methode lernt, eine engere Verbindung zu seiner Rolle herzustellen, und zwar indem man sich emotional in die Momente im eigenen Leben vertieft, in denen man sich ähnlich gefühlt hat wie die handelnde Person. Sie sagt, man könne seine Fantasie benutzen, doch die Verknüpfung zu etwas Realem kann den Unterschied zwischen gut und einzigartig bedeuten.

Während ich lausche und versuche, mir jedes ihrer Worte einzuprägen, beobachte ich auch alles, was sie tut. Wie sie ihren Salat in winzige mundgerechte Stückchen schneidet und wie sie nach jedem Bissen die Gabel weglegt und sich dauernd mit einer Serviette die Mundwinkel abtupft. Mom wirkt nicht so aristokratisch, wenn sie einen Salat verspeist. Und obwohl sie ihr Dressing auch separat bestellt, kippt sie es zu guter Letzt doch über ihren Salat und verwandelt ihn damit in eine Kalorienbombe, die dick macht wie ein Cheeseburger.

Da Monica ihren Salat nur zur Hälfte aufisst, folge ich ihrem Beispiel, obwohl ich noch Hunger habe. Und als Gary sie fragt, ob er den Rest zum Mitnehmen einpacken soll, lehnt sie ab, weshalb ich ebenfalls abwinke.

Nach dem Mittagessen schlage ich vor, so ein Treffen irgendwann zu wiederholen. »Aber natürlich«, antwortet Monica, bevor sie mich noch einmal auf die Wange küsst. »Beim nächsten Mal könntest du ja zuerst zum Drehort kommen.«

»Oh mein Gott, wirklich?«, stoße ich hervor und habe Mühe, nicht loszukreischen.

»Das wäre nett.«

Aber da irrt sie sich. Das Mittagessen war nett. Sie am Drehort zu besuchen wäre dagegen ein Jahrhunderterereignis. Das Einzige, was dieses noch krönen würde, wäre, wenn einer der Leute hier heimlich ein Foto von uns macht und es an die Website TMZ schickt. So müsste ich nicht angeben, um der Welt mitzuteilen, dass ich jetzt prominent bin.

Mir ist klar, dass das wahrscheinlich nicht passieren wird, doch ein Mädchen darf wohl noch Träume haben.

34

Alexis

Tommy und ich sitzen am Puzzle-Tisch, als CeCe nach Hause kommt. Sie trägt ein hübsches schwarz-weißes Sommerkleid. Bei unserem Anblick röten sich ihre Wangen, und ich frage mich, ob sie wohl etwas im Schilde führt. Was immer es auch sein mag, es ist sicherlich nichts Weltbewegendes, denn Liam befindet sich fünfhundert Kilometer entfernt von hier, und Monica ist sogar noch weiter weg. Laut Google Alert von letzter Nacht macht sie in Beverly Hills einen Zug durch die Gemeinde. Offenbar ruhen die Dreharbeiten über die Feiertage.

»Hallo.« CeCe lächelt mir fröhlich zu. Ich schaue hinter mich, um sicherzugehen, dass ihr Strahlen an mich gerichtet ist. Seit unserem Gespräch vor einigen Nächten hat sich die Lage zwischen uns ein wenig entspannt. Dennoch ist es ungewohnt.

Sie setzt sich an den Tisch und bewundert das Puzzle. Tommy hat, während sie heute Vormittag arbeiten war, ziemliche Fortschritte gemacht. Der Himmel mit sämtlichen Wolken ist vollendet, ebenso wie die Palmen auf der linken Seite. Es fehlen nur noch die rechte Seite und der untere Rand, wo das Wasser auf den Sand trifft.

CeCe nimmt ein Puzzleteilchen und reibt es zwischen den Fingern wie einen Talisman. »Weißt du noch, wie ich Teilchen irgendwo im Haus versteckt habe?«

»Ich habe überall welche gefunden.« Die Erinnerung bringt mich zum Lächeln. »Warum hast du das eigentlich getan?«

»Damit wir nie fertig werden«, erwidert sie, als sei das eine nicht von der Hand zu weisende Begründung. Für mich hingegen ist es rätselhaft, wieso sich jemand so für ein Projekt ins Zeug legt, das nicht fertig werden soll.

»Und wenn wir nie fertig werden«, lässt Tommy sich lächelnd auf die kindliche Logik ein, »hört der Sommer auch niemals auf.«

»Und wir müssen nicht mehr nach Hause.«

Ich beobachte, wie sich ein trauriges Lächeln auf CeCes Gesicht ausbreitet, als sie bemerkt, wie nah sie der Fertigstellung des Puzzles sind. Sie mustert das Teilchen in ihrer Hand und legt es wieder auf den Tisch.

»Weißt du, ich glaube, wir haben Fotos von einigen der fertigen Puzzles hier drin.« Ich öffne die Klavierbank und beginne, in den vielen alten Fotos zu kramen, die im Laufe der Jahre hier gelandet sind.

CeCe kniet sich neben mich, und wir betrachten Erinnerungen, die bis in die Zeit vor unserer Geburt zurückreichen. Mein Blick fällt auf ein Foto, das früher an der Wand neben der Treppe gehangen hat. Oma und Opa vor dem Haus an dem Tag, an dem sie es gekauft haben. Ich streiche mit dem Finger über ihr Gesicht und vermisse sie unbeschreiblich.

»Ist das Uroma?«, erkundigt sich CeCe. »Sie war wunderschön.«

Ich nicke und reiche ihr das Foto und auch eines, das ich dahinter entdecke. »Das ist sie mit dir im Arm, als du noch klein warst.«

»Schade, dass ich mich nicht mehr an sie erinnern kann«, sagt CeCe und mustert sehnsüchtig das Foto.

»Sie war verrückt nach dir«, teile ich ihr mit. »Wahrscheinlich hat sie geahnt, dass du ihren Hang zur Schauspielerei geerbt hast.«

Verwirrung malt sich in CeCes Gesicht. »Sie war Schauspielerin?«

»Das habe ich dir doch erzählt.« Ich kann mir nicht vorstellen, dass ich die schauspielerische Begabung ihrer Großmutter nicht erwähnt habe. »Oder etwa nicht?«

»Und du hast behauptet, in unserer Familie gebe es keine Geheimnisse«, frotzelt CeCe.

»Es ist kein Geheimnis.« Ich drehe mich zur Klavierbank um und wühle weiter, bis ich das Gesuchte gefunden habe. »Hier, schau.«

Ich drücke CeCe ein von einem dicken Gummiband zusammengehaltenes Bündel Theaterprogramme in die Hand. Der Gummi zerfällt, als sie ihn abstreifen will.

Mir läuft ein Schauder den Rücken hinunter, und ich hoffe, es handelt sich um ein Zeichen dafür, dass Oma hier ist und alles sieht. CeCe schaut auf. Tränen schimmern in ihren Augen, und ich weiß, dass sie es auch spürt.

»Darf ich die behalten?«, fragt sie und drückt sich die Programme vor die Brust.

»Natürlich«, erwidere ich. »Oma wäre begeistert.«

Lächelnd und die alten Programme noch immer in der Hand, steht CeCe auf. »Ich gehe raus und blättere sie durch. Es wäre doch cool, wenn wir in demselben Stück auftreten würden.«

»Supercool«, stimme ich zu.

Ich klappe die Klavierbank zu und stütze mich darauf, um mich hochzustemmen. Als Tommy auf den Sessel neben sich klopft, setze ich mich wieder und betrachte das Puzzle. Ich streiche mit der Hand über den blauen Himmel und nehme den Unterschied zwischen den glatten Teilchen und den schartigen Kanten wahr, die sie miteinander verbinden.

»Du hast dieses Jahr ein gutes ausgesucht«, meine ich zu Tommy. »Es ist wunderschön.«

»Es sieht aus wie im Himmel«, stellt er fest.

Mein Lächeln wird von einem Stirnrunzeln abgelöst, ehe ich es verhindern kann. »Ich will nicht über den Himmel reden.«

»Worüber reden wir dann?«, fragt Tommy und fügt ein Teilchen ein, das eine schaumgekrönte Welle zeigt.

Ich zucke die Achseln. »Ich habe vergessen, worüber wir früher geredet haben.«

»Über alles Mögliche«, entgegnet Tommy.

»Zähl etwas auf«, fordere ich ihn heraus.

»Wir haben darüber geredet, dass wir uns öfter die Zeit nehmen sollten herzukommen«, sagt er.

»Was wir schließlich auch getan haben.«

»Wir haben über Reality-TV geredet und darüber, was an diesen Sendungen die Menschen dazu verleitet, alles in den Wind zu schlagen, was ihre Mütter ihnen beigebracht haben«, fährt er fort.

Ich schmunzle. »Und warum Leute wie wir nicht genug davon kriegen können, ihnen dabei zuzuschauen.«

»Leute wie du«, verbessert mich Tommy.

»Sei still, du hast das Zeug auch geglotzt.«

»Nur, damit ich mehr Zeit mit dir verbringen konnte, meine Liebste.« Er beugt sich hinüber, um mich zu küssen.

»Ach, hör auf«, meine ich. »Aber mach weiter.«

Tommy lacht. Früher habe ich dieses Geräusch geliebt. Inzwischen jedoch schwingt ein Rasseln in seiner Brust darin mit, das sonst nur beim Husten da war. Es schleicht sich überall ein.

»Es ist zum Kotzen.« Ich kuschle mich an seine Schulter, und ehe ich mich versehe, sind wir wieder bei dem Thema, an das ich nicht denken will. Ich kann ihm nicht entrinnen, sosehr ich mich auch bemühe.

Ich schließe die Augen und versuche, mir Tommy so vorzustellen, wie er vor sechs Wochen war, aber ich werde das Bild von ihm als Krankem nicht los, mit den Kanülen seines Sauerstoffgeräts in der Nase und hinter den Ohren eingehakt.

Es wird immer schwieriger, sich vorzumachen, dass es nicht geschieht. Und obwohl ich noch nicht dazu bereit bin, könnte der Zeitpunkt da sein, darüber zu reden oder zumindest Tommy reden zu lassen. Wie ich CeCe letztens in der Nacht erzählt habe, hat er mich früher stets unterstützt. Allmählich muss ich anfangen, ihm eine Stütze zu sein.

»Also, wie fühlst du dich? Sei ehrlich.«

An seiner Miene erkenne ich, dass die Frage ihn überrascht und vielleicht sogar erleichtert. »Eigentlich okay.

Ich wünschte nur, ich hätte mehr Kraft und würde nicht so schnell außer Puste geraten. Das finde ich schrecklich.«

»Ich auch«, stimme ich ihm zu. »Für dich, meine ich.«

»Das ist wahrscheinlich das Schlimmste, bis auf den Husten. Und den trockenen Mund. Mein Mund ist immer trocken.«

»Hast du das dem Arzt gesagt?«

Tommy schüttelt den Kopf. »Das ist ein bisschen, als beklage man sich bei einem Auto mit Totalschaden über einen Lackkratzer.«

Ich runzle die Stirn. »Und wie geht es dir, du weißt schon, emotional?« Ich hoffe, dass ich nicht so unsicher klinge, wie ich in Wirklichkeit bin. Schließlich ist das hier sein Fachgebiet, nicht meines.

»Diese Gefühle lassen sich nicht so leicht erklären«, antwortet er.

»Probier es.«

Tommy holt tief Luft und hustet beim Ausatmen ein wenig. »Ich fühle mich, als wolle ich keine einzige Sekunde für selbstverständlich nehmen. Ich möchte das meiste aus der Zeit machen, die mir bleibt.«

»Deine Liste mit Sachen, die du noch erleben willst«, stelle ich fest.

»Genau.« Er lächelt. »Es ist, als wolle ich so viele Momente wie möglich erfahren und mein Herz und meinen Verstand mit allen Erinnerungen füllen, die ich zu fassen kriege, damit ich sie mitnehmen kann.« Er liebkost meine Wange. Ich lehne den Kopf zurück und bewege mich mit wie eine Katze, die um mehr bettelt. »Ich möchte mich daran erinnern, wie du dir auf die Lippe beißt, wenn du angestrengt nachdenkst. Wie dein Gesicht aufleuchtet, wenn du eine gute Idee hast. Wie du singst, wenn du glaubst, dass ich nicht zuhöre.«

»Ich merke immer, wenn du zuhörst.«

Er nimmt meine Hand. »Ich möchte mich daran erinnern, wie weich deine Hände sind, und daran, dass du stets mindestens einen abgeblätterten Fingernagel hast.« Verlegen ziehe ich die Hände weg, aber Tommy greift wieder danach. »Ich will mich daran erinnern, wie du aussiehst, kurz bevor du abends einschläfst und gleich, nachdem du morgens aufgewacht bist. Ich will mich an den Geschmack deiner Lippen erinnern.« Er beugt sich vor und küsst mich. »Und an diese Stelle, genau hier.« Als er die Biegung meines Halses küsst, kann ich ein Lachen nicht unterdrücken. So viel Aufmerksamkeit bin ich nicht gewohnt, nicht einmal von Tommy.

»CeCe ist da draußen«, protestiere ich, aber ich mache mich nicht los, und er hört auch nicht auf. »Ich liebe dich, Tommy Whistler.«

»Daran brauche ich mich nicht zu erinnern«, erwidert er. »Das weiß ich.«

35

CeCe

»Strecke deine Hände auf zehn und zwei Uhr aus«, weist Dad mich an.

Ich halte die Hände so, wie es vermutlich richtig ist. Jemand sollte sich mal einen moderneren Vergleich einfallen lassen. Wer benutzt denn heute noch Uhren mit Zeigern?

»Ein bisschen höher.« Er hebt meine rechte Hand ein Stück an, und ich folge mit der linken, damit sie auf einer Ebene sind. Wenn ich jetzt nur wüsste, was ich mit meinen Füßen anfangen soll.

Wir haben uns vorhin mit den verschiedenen Pedalen und ihrem Sinn und Zweck beschäftigt. Doch jetzt, als ich tatsächlich im Auto sitze, traue ich mich nicht, sie zu berühren. Der Motor läuft zwar noch nicht, aber trotzdem.

»Stell den Fuß aufs Bremspedal«, sagt Dad.

Wie ich mich erinnere, ist die Bremse links. Also bewege ich den linken Fuß und drücke das Pedal hinunter.

»Den anderen Fuß«, meint Dad. »Immer mit rechts.«

»Immer«, ergänzt Mom vom Rücksitz aus.

Im Rückspiegel werfe ich ihr einen giftigen Blick zu. Eigentlich war das etwas auf Daddys Liste, das wir gemeinsam unternehmen wollten. Wir beide ganz allein. Nur, dass Mom, weil er nicht mehr fahren darf und ich es eindeutig noch nicht kann, uns zum Belk-Parkplatz hinter der Commons bringen musste.

»Okay, und jetzt konzentrier dich«, befiehlt Dad. »Vergiss nicht, langsame und vorsichtige Bewegungen. Du brauchst nicht wie wild am Lenkrad zu kurbeln, damit es sich dreht.«

»Verstanden.« Ich öffne die Hände und strecke die Finger aus, bevor ich sie wieder ums Lenkrad schließe und es gut festhalte.

»Fuß auf der Bremse?«

Ich nicke.

»Und jetzt stell den Fuß ganz sachte aufs Gas und drück es ein bisschen durch. Nicht viel, nur sehr wenig.«

Ich verlagere den Fuß nach rechts und setze ihn aufs Gaspedal.

»Ein bisschen mehr, aber langsam. Denk dran, immer langsam.« Ich trete ein wenig kräftiger aufs Gas. »Und jetzt wieder auf die Bremse«, verkündet er.

Ich drücke auf die Bremse.

»Gut, du hast es kapiert. Bereit?«

»Ich glaube schon«, erwidere ich, obwohl das alles zwei Jahre früher passiert als eigentlich geplant.

»Lass den Fuß auf der Bremse«, spricht Dad weiter, worauf ich noch fester drücke. »Und jetzt der Startknopf.«

Ich strecke die Hand zu dem Knopf rechts neben dem Lenkrad aus und lasse den Finger kurz darüber schweben. *Ich werde jetzt ein Auto fahren!* Als ich den Knopf betätige, springt dröhnend der Motor an. Das Lenkrad erbebt unter meinen Händen.

Ich höre, dass Mom auf dem Rücksitz nach Luft schnappt. Als ich ihr im Rückspiegel einen Blick zuwerfe, zuckt sie entschuldigend die Achseln.

»Jetzt drück den Knopf oben auf dem Schalthebel und schiebe ihn auf D für *drive*.«

Ich drücke den Knopf und bewege den Hebel erst nach rechts und dann zwei Einstellungen nach unten. Er fühlt sich an wie der Joystick bei einem von Beaus Computerspielen. »Das ist ja wie ein Videospiel.«

»Das hier ist kein Spiel.« Dad scheint verärgert zu sein.

»Ich weiß. War nur so ein Spruch.«

»Autofahren ist ein Privileg und eine Verantwortung. Verstehst du das?«

»Ja.« Ich schaue geradeaus und hoffe, dass ich diesen Moment nicht verdorben habe. Schließlich soll ich ihn für den Rest meines Lebens in schöner Erinnerung behalten.

»Okay, nun vorsichtig den Fuß von der Bremse. Ganz langsam«, weist er mich, wieder mit normaler Stimme, an.

Langsam nehme ich den Fuß hoch, wie Dad gesagt hat. Er ist noch nicht einmal ganz runter von der Bremse, als das Auto schon vorwärtsrollt. Ich erschrecke und bremse, offenbar ein bisschen zu fest, denn es versetzt uns allen einen Ruck.

»Und deshalb sind wir immer angeschnallt.« Mom kann sich die Gelegenheit für eine ihrer dämlichen Belehrungen einfach nicht entgehen lassen.

»Lex«, sagt Dad. »Zwing mich nicht dazu, dafür zu sorgen, dass du draußen wartest.«

Noch ein Grund, warum er mein Lieblingsmensch ist. Ich drehe mich um und beobachte, wie Mom die Hand an den Mund führt und tut, als ziehe sie einen Reißverschluss zu.

»Augen geradeaus«, weist Dad mich, wieder in scharfem Ton, an.

»Entschuldige«, nuschle ich und schaue nach vorne.

»So, jetzt versuchen wir es noch einmal«, meint Dad. »Sachte runter von der Bremse. Dann bewegt sich das Auto, aber das ist in Ordnung.« Diesmal lasse ich die Bremse ganz los. Da ich nun weiß, womit ich rechnen muss, macht es mir nicht mehr so viel Angst. »Und sanft Gas geben. Nur ein wenig antippen.«

Ich tippe mit dem Fuß aufs Gas, aber nichts passiert.

»Gut. Ein bisschen mehr Druck.«

»Hoppla!« Als ich aufs Gas trete, macht das Auto einen Satz vorwärts.

»Und jetzt nachlassen«, sagt er.

Ich hebe den Fuß ein Stückchen, und wir werden langsamer. »Ich fahre!« Ich sehe Dad an. Obwohl er lächelt, wirken seine Augen traurig.

Und da wird mir mit einer Wucht, die noch heftiger ist als vorhin der Ruck beim zu starken Abbremsen, klar, warum wir das hier überhaupt veranstalten.

»Alles okay?«, erkundigt sich Dad.

»Was? Oh, ja.« Ich schiebe es weg, denn dass er noch trauriger wird, ist das Letzte, was ich möchte.

»Blinken«, verkündet er, als wir uns dem Ende des Parkplatzes nähern.

»Da ist doch niemand«, wende ich ein.

»Blinken«, wiederholt Dad, und ich gehorche.

»Und jetzt dreh das Lenkrad nach links, fester, fester,

gut.« Der Blinker schaltet sich von selbst ab, als ich das Lenkrad gerade ausrichte. Davon hatte ich keine Ahnung.

»Gib ein bisschen mehr Gas«, fordert Dad mich auf. »Hier kannst du ablesen, wie schnell du gerade fährst.« Er deutet auf einen der kleinen Kreise auf dem Armaturenbrett.

»Sieben?« Ich hatte nicht den Eindruck, dass ich so langsam bin.

»Du kannst ein wenig schneller fahren«, erwidert er.

Ich trete kräftiger aufs Gas und beobachte, wie der Zeiger höher wandert. Erst auf zwölf, dann auf zwanzig und dann, schließlich, mit einem Ruck auf fünfundzwanzig.

»Schau auf die Straße«, erinnert mich Dad. Als ich den Kopf hebe, stelle ich fest, dass das Ende des Parkplatzes immer näher und näher kommt.

»Wie werde ich langsamer?«, frage ich und bemühe mich, mir die Panik nicht anmerken zu lassen.

»Wechsle mit dem Fuß vorsichtig vom Gaspedal auf die Bremse und drück sachte, aber fest darauf.«

Als ich seine Anweisung befolge, bremst das Auto gemächlich ab und bleibt stehen. »Wie war ich?«

»Spitze, Baby.«

Da mein Fuß auf der Bremse steht, halte ich es für ungefährlich, kurz den Blick von der Straße abzuwenden. Rasch schaue ich in den Rückspiegel. Moms Augen sind ein wenig feucht, doch sie lächelt. Ich lächle auch, weil ich genauso empfinde.

»Möchtest du die Runde zurückfahren?«, erkundigt sich Dad.

»Kann ich?«

»Das musst du wissen«, antwortet er.

»Ich schaffe das.« Ich nehme den Fuß von der Bremse und stelle ihn vorsichtig aufs Gas. Dann drehe ich das Lenkrad nach links, in der Hoffnung, Dad bemerkt nicht, dass ich das Blinken vergessen habe.

Am nächsten Ende des großen viereckigen Parkplatzes denke ich ans Blinken, bevor ich links abbiege. Das Gleiche mache ich an den anderen vier Enden, bis wir wieder am Anfangspunkt sind.

»Meinst du, du kannst uns nach Hause fahren?«, fragt er.

»Auf gar keinen Fall«, protestiert Mom auf dem Rücksitz.

Diesmal stört es mich nicht, denn ich weiß, dass Dad nur einen Witz gemacht hat. Ich bin noch nicht weit genug, um auf einer richtigen Straße fahren zu können. Aber wenn ich es einmal bin, erinnere ich mich hoffentlich an alles, was er mir beigebracht hat.

36

Alexis

In der zweiten Juliwoche hat sich Tommys Zustand verschlechtert, und ich konnte nicht mehr abstreiten, dass ich allein damit überfordert war. Manchmal hörte er für eine gefühlte Minute auf zu atmen und schnappte nach Luft wie ein Fisch auf dem Trockenen. Ich wagte kaum, auf die Toilette zu gehen, um ihn nur nicht allein zu lassen, und CeCe hatte solche Angst, dass sie sich nicht weiter als bis zur Schlafzimmertür wagte.

Wahrscheinlich hätte ich den Anruf beim Hospiz noch einige Wochen vor mir hergeschoben, aber Jill überzeugte mich davon, dass die Hilfe uns allen guttun würde. Ich dachte, ich würde Fremde in meinem Haus als störend empfinden. Doch vom ersten Tag an, als sie kamen, um im Wohnzimmer ein Bett aufzustellen, wusste ich, dass sie keine Fremden waren. Sie waren Engel.

Und als ich heute, bewaffnet mit einer Einkaufsliste von Dolly, einer der Pflegerinnen aus dem Hospiz, die Dox Pharmacy betrete, bin ich erleichtert, weil ich mich endlich nicht mehr so ohnmächtig fühle. Nachdem ich das neue Rezept am Apothekenschalter abgegeben habe, schlendere ich die Gänge entlang, auf der Suche nach Dingen, die Dollys Ansicht nach nützlich sein können. Sie nützen bereits, einfach dadurch, dass sie verfügbar sind.

Ich werfe einen Blick auf die Liste und halte Ausschau nach dem, was nicht auf der Liste steht. Ich habe Dolly dreimal gefragt, aber sie hat beteuert, ich müsste keine Knabbersachen für die Pflegerinnen mitbringen. Doch sie irrt sich. Ich muss ihnen etwas Gutes tun. Also mache ich einen Umweg zum Gang mit den Süßigkeiten und Knabbereien und sacke alles ein, was sie vielleicht mögen.

Mein Wagen ist mit verschiedenen Chipssorten und Süßwaren gefüllt, als ich zu den Gefriertruhen gehe, um eine Schachtel Fla-Vor-Ice-Pops zu holen. Dolly meinte, sie seien leicht zu essen und würden Tommys Kehle beruhigen. Als Nächstes schnappe ich mir einige Packungen abknickbarer Strohhalme. Noch eine Alltäglichkeit, an die ich nie gedacht hätte. Auf diese Weise hat Tommy weniger Mühe einen Schluck Wasser zu trinken, wenn das Bett zurückgeklappt ist.

Das sind Informationen, die Dox seinen Kunden geben sollte. Nicht das blöde Geschwätz, das wir in ihren Broschüren und E-Mails absondern müssen, hohle Phrasen, wie sehr ihnen die Gesundheit der ganzen Familie am Herzen liege, gemeinsam mit banalen Tipps, zum Beispiel, man solle sich während der Erkältungs- und Grippesaison regelmäßig die Hände waschen. Wenn ihre Kunden ihnen wirklich wichtig wären, würden sie ihnen Ratschläge wie die erwähnten nicht vorenthalten.

Ich schiebe meinen Wagen zum Gang mit den rezeptfreien Medikamenten und greife nach einer Schachtel

ZzzQuil. Ich vermute, dass es für mich ist, denn Tommy hat keine Schlafprobleme mehr. Ich frage mich, woher die Pflegerinnen wissen, dass ich fast immer die ganze Nacht auf den Beinen bin. Ich wage nicht zu schlafen, weil Tommy mich ja brauchen könnte. Ich nehme mir vor, noch mehr Abdeckcreme zu kaufen, nur für den Fall, dass die dunklen Augenringe mich verraten haben.

Das Nächste auf der Liste ist etwas, das ich überhaupt nicht kaufen will. Ich verharre zögernd am Anfang des Ganges und starre auf die Regale, wo sich Windeln, Babynahrung und Schnuller türmen. Dabei stürmen Erinnerungen an das erste Mal auf mich ein, das ich Tampons gekauft habe. An meine erste Packung Kondome. Obwohl ich nicht zum ersten Mal ein Babyfon erwerbe, war es noch nie derart deprimierend.

Das Sterben ist so verdammt demütigend. Mir ist der logistische Grund klar, warum ich so ein Ding haben muss, um Tommy in seinem Bett zu überwachen, während ich oben in meinem liege. Aber würde sich jemand ein Bein ausreißen, wenn er ein Babyfon ein bisschen anders verpacken würde, damit es einer Frau leichterfällt, eines für ihren sterbenden Mann, einen Erwachsenen, zu kaufen?

Ich hole tief Luft und versuche, mich zu beruhigen. Eine Panikattacke hier in der verdammten Babyabteilung hätte mir gerade noch gefehlt. Ich lege mir die Hand aufs Herz und atme langsam ein und aus. Mit geschlossenen Augen hole ich weiter Luft und zähle dabei mit.

»Mit der Zeit wird es leichter«, meint eine Frau im Vorbeigehen. »Und es wird auch schwieriger. Warten Sie nur, bis es sprechen kann!«

Ich zucke verlegen zusammen und atme mit Nachdruck aus. Offenbar hat das Universum den gleichen Sinn für Humor wie Tommy.

Auf meinem Telefon geht summend die Nachricht ein, meine Rezepte seien bearbeitet. Eine Dienstleistung, die wir mit dem Motto »Einkaufsspaß statt Wartefrust« beworben haben. Zumindest das war eine sinnvolle Neuerung.

»Lexie?«

Als ich meinen Namen höre, drehe ich mich um und setze ein gekünsteltes Lächeln auf, um höflich Konversation mit jemandem zu betreiben, der möglicherweise erfahren hat, was bei uns los ist. Es ist eine Kleinstadt, und schlechte Nachrichten verbreiten sich anscheinend wie ein Lauffeuer.

Als ich die Sprecherin erkenne, formen sich meine Lippen wieder zu einer missbilligend zusammengepressten Linie. Vor mir steht, ein Apothekentütchen in der Hand, Monica Whistler, als sei sie gerade den Seiten einer Promizeitschrift entstiegen. Falls es noch Gerechtigkeit auf der Welt geben sollte, ist ihr Medikament gegen etwas Schmerzhaftes. Hämorrhoiden zum Beispiel.

»Ich habe mir gedacht, dass du es bist.« Sie kommt näher und berührt mich am Arm. Ich weiche zurück auf die andere Seite meines Einkaufswagens, sodass er eine Barriere zwischen uns bildet. »Ich wollte dich anrufen und mich entschuldigen. Das kleine Missverständnis mit CeCe tut mir ja so leid.«

»Kleines Missverständnis?« Die Frechheit dieser Frau spottet jeder Beschreibung.

»Wie hoch ist die Wahrscheinlichkeit, dass der Produzent dieselbe Rolle am selben Tag einem anderen Mädchen verspricht?« Als Monica auflacht, kostet es mich meinen letzten Rest Selbstbeherrschung, sie nicht zu ohrfeigen. »Aber ich mache es wieder gut, Ehrenwort. Wenn sich keine Rolle für CeCe ergibt, werde ich sie anderweitig unterstützen. Tom sagt, sie sei sehr begabt.«

Ich beiße mir auf die Lippe, um nicht damit herauszuplatzen, dass er sich inzwischen Tommy nennen lässt, ein Beweis dafür, wie viel Zeit vergangen ist und dass er nun mir gehört und nicht ihr.

»Ich könnte sie einigen Leuten vorstellen«, redet Monica weiter. »Das ist doch das Mindeste.«

»Nein«, entgegne ich, nach ihrem Gesichtsausdruck zu urteilen ein wenig zu barsch. »Du hast schon genug getan.«

Bevor sie etwas erwidern kann, schiebe ich meinen Einkaufswagen durch den dämlichen Gang mit den Babyartikeln und weg vom Apothekenschalter, wo Tommys Medikamente warten. Ich hole sie mir am Drive-in oder komme später noch einmal wieder.

Da an der Kasse eine Schlange steht, warte ich, klopfe mit dem Fuß und schaue mich alle paar Sekunden um, um mich zu vergewissern, dass Monica nicht hinter mir ist. Die Kundin vor mir plaudert mit der Kassiererin, und ich überlege schon, ob ich einfach gehen und meine Einkäufe liegenlassen soll, als eine andere Kasse aufmacht.

»Haben Sie alles gefunden, was Sie brauchen?«, erkundigt sich die Kassiererin, eine ältere Frau mit blaugrauem Haar und zu viel rotem Lippenstift.

Ich nicke ihr kurz zu und räume weiter meinen Wagen aus. Hoffentlich wird sie das Signal verstehen, dass ich nicht zu einem Plausch aufgelegt bin. Ich möchte nicht unhöflich sein. Doch noch mehr widerstrebt es mir, hohlen Small Talk zu betreiben.

»Offenbar gibt es bei Ihnen eine Party«, meint die Kassiererin, während sie eine Chipstüte nach der anderen einscannt. Als Nächstes greift sie nach dem Babyfon. »Eine Baby-Begrüßungsfeier?«

Da ich es nicht über mich bringe zu antworten, starre ich an ihr vorbei auf ein Plakat, das wir im letzten Jahr entworfen haben, um noch einmal für das Bonuspunkteprogramm zu werben.

Nachdem das letzte Stück eingescannt und eingetütet ist, nimmt die Frau Blickkontakt auf und lächelt so breit, dass ich einen Lippenstiftfleck an ihrem Schneidezahn bemerke. »Möchten Sie einen Dollar für die Krebsforschung spenden?«, fragt sie.

Die in mir aufgestaute Wut bricht sich Bahn. »Warum, zum Teufel, sollte ich das tun?«, herrsche ich sie an.

Die Kassiererin weicht erschrocken zurück. Ich weiß, dass ich mich entschuldigen und gehen sollte. Aber da ich nun einmal in Fahrt bin, kann ich nicht mehr aufhören.

»Wissen Sie, wie viel Geld ich im Laufe der Jahre für die Krebsforschung gespendet habe? Und was haben die damit gemacht? Ich kann Ihnen nur verraten, was sie nicht gemacht haben, nämlich eine Heilung für das kleinzellige Lungenkarzinom zu finden. Wieso also sollte ich denen noch einen beschissenen Dollar nachwerfen, solange sie mir nicht mehr Zeit geben können? Ist das zu viel verlangt?«

»Tut mir leid, Ma'am«, antwortet die Kassiererin. Ihr Kinn bebt, und ich fühle mich wie der herzloseste Mensch auf Gottes Erdboden.

Hinter mir legt mir jemand die Hand auf die Schulter. Als ich mich umdrehe, erkenne ich Monica, die mich mit traurigen Augen anblickt. Ich verbessere mich: wie der zweitherzloseste Mensch der Welt.

»Ich kann nicht.« Ich ziehe meine Karte durchs Kreditkartenlesegerät und stehe eine gefühlte Ewigkeit da, bis ich endlich unterschreiben und meinen Wagen zur Tür hinausschieben kann.

Irgendwie gelingt es mir, mich zusammenzunehmen, bis ich bei verriegelten Türen im Auto sitze. Natürlich stand Kleenex nicht auf der Einkaufsliste. Unter der Armlehne finde ich eine braune Papierserviette und wische mir damit die Augen ab. Das raue Papier kratzt, doch körperliche Schmerzen hören irgendwann auf, und Wunden heilen. Mit meinem Herzen ist es eine andere Geschichte.

Ich schlage die Hände vors Gesicht und weine ohne Hemmungen, bis meine Schultern vor Schluchzen zucken. Ich lasse alles raus, um es loszuwerden, bevor ich nach Hause fahre und meiner Familie ein lächelndes Gesicht präsentiere.

Es klopft ans Fenster, so leise, dass ich schon glaube, an Halluzinationen zu leiden. Doch als ich aufschaue, steht Monica vor mir. Ihre Miene ist noch verlorener als zuvor. Diese Frau hat ein Gemüt wie ein Fleischerhund.

Kopfschüttelnd wende ich das Auto und hoffe, dass sie mir aus dem Weg geht, bevor ich rückwärtsfahre. Denn anderenfalls wird Tommy nicht der Einzige sein, der Palliativpflege braucht.

37

CeCe

»Du willst nicht darüber reden?«, fragt Beau.

Ich schüttle den Kopf, schlage die Füße unter und versuche, es mir auf der sanft schwingenden Schaukel auf der Veranda meines Hauses gemütlich zu machen. Ganz gleich, an wie viele Welpen und Einhörner ich auch zu denken versuche, kann nichts das Bild auslöschen, dass mein Dad heute Morgen geweint hat. Bei meinem Anblick hat er aufgehört und getan, als sei alles in Ordnung. Aber wir wussten beide, dass das nicht wahr ist. Jetzt nicht und auch nicht in Zukunft.

Beau greift nach meiner Hand, doch ich bin nicht in der Stimmung, mich trösten zu lassen. Sosehr er sich auch ins Zeug legt, kann nichts etwas daran ändern, dass die Krankenpflegerinnen wie die Heuschrecken bei uns eingefallen sind. Dolly und Sandra, fröhlich grinsend wie auf einem verlogenen Werbeplakat.

Anfangs fand ich es gut, dass sie hier sind und Dad dabei helfen, sich besser zu fühlen. Dann jedoch habe ich ein Gespräch zwischen Mom und Tante Jill belauscht. Dabei ist das Wort Hospizschwestern gefallen. Da ich keine Ahnung hatte, was das bedeutet, habe ich es gegoogelt. Und jetzt kann ich die Augen nicht mehr vor dem Wissen verschließen, dass diese Leute auf der Bildfläche erscheinen, wenn das Leben eines Patienten zu Ende geht und es keine Hoffnung mehr für ihn gibt.

»Möchtest du mir mehr über Monica erzählen?«

Stirnrunzelnd betrachte ich ihn, überzeugt, dass ich ihn auf keinen Fall richtig verstanden haben kann. »Sei nicht so gemein.«

»Was ist denn daran gemein?« Beau lacht. »Ich will dich nur lächeln sehen.« Wieder greift er nach meiner Hand, und diesmal lasse ich ihn gewähren. Er führt sie an die Lippen und küsst sie sanft. Weil das lieb von ihm ist und ich nicht möchte, dass er geht, lächle ich ihm kurz zu.

»Schon besser«, sagt er und legt den Arm um mich. Ich lehne mich an seine Schulter und werde lockerer. »Wenn du willst, kannst du mir noch mal das Mittagessen schildern oder dass du bald an den Drehort darfst, richtig?«

Ich nicke, aber ich bin zu traurig, um daran zu denken, wie aufgeregt ich war, als Monica mir eine SMS geschickt hat. Sie hat mich eingeladen, sie am Mittwoch am Drehort zu besuchen. Der optimale Zeitpunkt, weil der Mittwoch mein freier Tag ist. Allerdings ist mir klar, dass Beau allmählich genug von diesem Thema hat. Außerdem würde es ihn sicher kränken, wenn ich ihm gestehen würde, die Begegnung mit Monica sei das einzig Gute, was mir in diesem Sommer passiert ist.

Beau weiß, dass er auch zu den guten Dingen zählt. Also schaue ich ihn an und lächle ihm noch einmal zu, um ihm mitzuteilen, wie dankbar ich ihm bin, weil er für mich da ist. Doch er deutet das offenbar als Aufforderung, mich zu küssen, was absolut nicht zutrifft.

»Nicht hier«, protestiere ich und rutsche weiter von ihm weg.

»Schläft dein Dad nicht?«

»Na und?«, entgegne ich, ein wenig verärgert, weil er es erwähnt. Seit Dads Bett im Wohnzimmer steht, scheint er ständig zu schlafen, gerade aufzuwachen oder beim Einschlafen zu sein.

»Und deine Mom ist unterwegs und macht Besorgungen«, versucht Beau es weiter.

Ich versetze ihm einen Rippenstoß, damit er weiß, dass ich es ernst meine.

»*Oh, Cecelia*«, singt er. »*You're breaking my heart.*«

Ich brauche keine Sekunde, um aufzuspringen. »Lass das.« Ich verschränke die Arme und sehe ihn finster an, damit er mich auch richtig versteht. »Es ist eine Sache zwischen mir und meinem Dad. Das darfst du nicht.«

»Tut mir leid.« Beau streckt die Hand nach mir aus, und mir ist klar, dass er aufrichtig ist. »Wirklich. Komm, setz dich wieder.«

Ich bleibe stehen. Es ist eine große Sache, nicht etwas, das er mit drei Wörtchen vom Tisch wischen kann.

»Soll ich dir zeigen, wie leid es mir tut?« Erneut greift er nach meiner Hand. »Bitte?« Seufzend setze ich mich, allerdings nur, weil ich niemanden mehr zum Reden haben werde, wenn ich weiter sauer auf ihn bin. »Bist du sicher, dass du mir nicht erzählen willst, was du am Mittwoch anziehst?«

»Nicht wirklich.« Diesmal nimmt Beau meine Hand.

Obwohl ich ihn mag, brauche ich dringend eine Freundin, mit der ich über solche Sachen sprechen kann. Es ist die Mühe nicht wert, ihm klarzumachen, wie toll es ist, endlich jemanden zu haben, der mir helfen will, meine Träume von der Schauspielerei wahr zu machen.

»Möchtest du dich über was anderes unterhalten?«

»Nicht wirklich«, wiederhole ich und lehne den Kopf an meine Lieblingsstelle dicht unterhalb seiner Schulter.

Als Beau mich auf den Scheitel küsst, lasse ich ihn gewähren. Mit geschlossenen Augen konzentriere ich mich auf das Heben und Senken seiner Brust, während er wieder den Arm um mich legt. Obwohl er nicht immer das Richtige sagt, meint er es gut. Ich weiche zurück, um ihn anzuschauen. Er hätte unter den Mädchen am Strand freie Wahl und ist trotzdem hier bei mir, obwohl ich ihm nicht mehr erlaube, als mich zu küssen.

Ich lächle, was er als Aufforderung versteht, es noch einmal zu versuchen; wahrscheinlich ist es das auch.

Er küsst mich. Nur ganz leicht. Und dann erwidere ich seinen Kuss. Als er mich wieder küsst, vergesse ich alles, bis auf uns beide.

Weit entfernt höre ich etwas, das wie eine zuknallende Autotür klingt.

38

Alexis

Mein erster Gedanke ist, dass etwas passiert sein muss.

CeCe und Beau sitzen auf der Verandaschaukel. Er hat den Arm um sie gelegt, und sie stecken die Köpfe zusammen. Falls er sie tröstet … Ich springe aus dem Auto. Als ich vor einer Stunde aufgebrochen bin, ging es Tommy gut. Laut Hospizschwester war er in Ordnung. CeCe hätte mich anrufen sollen. Tommy war zwar müde, aber okay. Er wollte ein Nickerchen halten und sagte, er werde sich danach besser fühlen.

Er meinte … Moment mal, verdammt. Beau tröstet sie ja gar nicht.

Als ich die Autotür zuschlage, hören die zwei mich nicht einmal. »Finger weg von meiner Tochter«, schreie ich lauter als beabsichtigt. Sie fahren auseinander, und CeCe ist hochrot im Gesicht. »Cecelia, los, rein. Adam, du gehst nach Hause.«

»Ich bin nicht Adam.« Er steht auf und hält dabei weiter die Hand meiner Tochter. »Ich bin nicht mein Dad.«

»Geh nach Hause, hab ich gesagt.«

Auch wenn er nicht sein Dad ist, hat er das gleiche weißblonde Haar und die gleichen eiskalten blauen Augen. Ich würde wetten, dass er den Menschen, denen er etwas bedeutet, auch mit der gleichen zerstörerischen Böswilligkeit und Gleichgültigkeit begegnet.

CeCe und er betrachten einander. Ich kann nicht fassen, dass ich das übersehen habe. All die Mädchen auf Instagram. Ich habe in den letzten Wochen die Konten der beiden nicht überprüft. Nie hätte ich gedacht, dass das nötig sein würde, denn sie waren ja hier oder bei Jill oder … oh, Gott. Wer weiß, wo sie gewesen sind und was sie angestellt haben. Direkt vor meiner Nase, und ich war völlig ahnungslos.

»Wir haben nichts Böses getan«, protestiert CeCe.

»Geh rein, Cecelia.«

Die Haustür öffnet sich. Tommy steht da und sieht aus wie ein Schatten seiner selbst. Vor lauter Wut ist es mir nicht einmal peinlich, dass Dolly neben ihm erscheint und die Szene mitkriegt.

»Ist alles okay?«, erkundigt Tommy sich in seinem Therapeutentonfall. Ruhig und zurückhaltend.

»Nichts ist okay.« CeCes Stimme ist kräftig, zittert jedoch. Ich merke ihr an, dass sie den Tränen nah ist. »Ich hasse dich«, ruft sie, bevor sie ins Haus stürmt. Beau folgt ihr. Ich halte ihn nicht auf, so gern ich das auch möchte.

»Kümmere du dich darum«, sage ich zu Tommy, mache kehrt und gehe davon. Ich bin nicht sicher, wohin ich will, und es interessiert mich nicht, dass die Einkäufe noch im Auto liegen. Soll das Zeug doch kaputt gehen. So wie alles andere hier.

Aus Gewohnheit biege ich in die Barracuda ein, bleibe

jedoch nicht bei Jills Haus stehen, sondern marschiere weiter zum Strand, in der Hoffnung, die beruhigende Kraft des Wassers könnte mir helfen runterzukommen. Unten an der Holztreppe ziehe ich die Schuhe aus und mache einen Schritt in den Sand.

Ich gehe näher ans Wasser, hole tief Luft und lasse die salzige Luft in meine Lunge strömen. Meine Fußspuren werden weggeschwemmt, sobald ich die Füße anhebe, so als wäre ich nie hier gewesen. Ich halte inne, lasse mir das Wasser über die Zehen strömen und versinke tiefer im kalten, harten Sand.

Ehe sie einem im Krankenhaus das Baby in die Hand drücken und einen damit in die Welt hinausschicken, vergewissern sie sich, dass man auch weiß, wie man die Windeln wechselt und das Kind füttert, badet und wickelt. Danach jedoch ist man auf sich allein gestellt.

Es ist, als sei CeCe innerhalb eines Wimpernschlages vom Baby zum Kleinkind geworden. Noch ein Wimpernschlag, und sie feiert einen zweistelligen Geburtstag. Inzwischen ist sie ein Teenager, der sich alle erdenkliche Mühe gibt, eine Frau zu sein. Tommy kommt damit zurecht. Das ist sein Talent. Mit den schwierigen Dingen zurechtzukommen.

»Ein schöner Tag, finden Sie nicht?« Eine Frau nähert sich. Sie wirkt völlig sorgenfrei, auch wenn das nicht sein kann. Jeder hat seine Probleme. Ich bin neugierig, welche ihre sind, doch ich verkneife mir die Frage, weil ich weiß, dass ein normaler Mensch so etwas nicht anspricht.

Stattdessen lasse ich sie lächelnd weitergehen. Nur, dass ich es so leid bin, zu grinsen und so zu tun, als sei alles bestens. Warum machen die Leute das eigentlich? Schließlich ist es kein Geheimnis, dass das Leben schwer und ungerecht ist. Es heißt, dass man nett zu Fremden sein soll, weil man nicht weiß, was sie gerade aushalten müssen. Warum erzählen wir einander dann nicht, was uns bedrückt?

Wenn mich das nächste Mal jemand fragt, wie es mir geht, werde ich ehrlich antworten. Ich werde zugeben, dass ich traurig bin und Angst habe und versuche, tapfer zu sein. Allerdings ist das schwierig, wenn man sein eigenes Leben nicht wiedererkennt.

Ich weiß, was Tommy dazu sagen würde. Er würde mir erklären, dass ich nur da zu sein und zu bleiben brauche. Man möchte meinen, dass ich diese Lektion inzwischen gelernt hätte, aber kaum spitzt sich die Lage zu, bin ich wieder in meinem alten Fahrwasser.

Als Tommy mir zum ersten Mal auf den Kopf zusagte, ich hätte die Angewohnheit, bei Krisen davonzulaufen, fügte er hinzu, ich müsse ausharren und mich dem Konflikt stellen. Er ergänzte, einige Dinge seien es wert, für sie zu kämpfen.

Natürlich hatte er recht. Das hat er bis heute.

Wenn ich eines weiß, dann, dass Tommy es wert ist, für ihn zu kämpfen. CeCe ebenfalls. Ich trete in den Sand und könnte mich ohrfeigen, weil ich wieder und immer wieder den gleichen Mist baue. Ich muss einen Weg finden, ihm mitzuteilen, dass ich nirgendwo hingehen werde, auch nicht, wenn es noch schwieriger wird als momentan. Ich werde bleiben.

Ich muss doch etwas tun können. Ich nestle an dem

Art-déco-Ring an meinem Finger herum und wünsche mir einen Geistesblitz herbei, so wie in der Agentur, wenn ich ein albernes Marketingproblem lösen will, das letztlich nie eine Rolle gespielt hat.

Was wirklich zählt, erwartet mich zu Hause. Tommy und CeCe sind wichtiger als alles andere. Ich betrachte den Ring, und plötzlich weiß ich, was ich tun muss. Allerdings brauche ich dazu Hilfe.

Jills Auto parkt in ihrer Einfahrt. Deshalb öffne ich das Tor und gehe zur Haustür. Normalerweise würde ich einfach das Haus betreten, aber normalerweise erwartet sie mich ja auch.

Als ich anklopfe, macht Jill auf. Sie hat ein Geschirrtuch über der Schulter und Spritzer von etwas Zuckrigem und Süßem auf der Schürze.

»Hallo«, begrüße ich sie. Doch statt Platz zu machen und mich hereinzulassen, kommt Jill hinaus und schließt die Tür hinter sich. Die Hände in die Hüften gestemmt, lehnt sie sich an den Türrahmen. In ihrem Gesicht malt sich ein mir völlig fremder Ausdruck. »Was ist los?«

»Beau hat mir erzählt, was passiert ist«, verkündet sie in dem strengen mütterlichen Tonfall, den ich schon seit vierzehn Jahren nachzuahmen versuche.

»Oh, das.«

Jills Lachen teilt mir unmissverständlich mit, dass sie es alles andere als komisch findet.

»Was hättest du denn gemacht, wenn du sie beim Knutschen erwischt hättest?«, rechtfertige ich mich. Es läuft ganz anders, als ich es mir vorgestellt habe.

»Für mich wäre es in Ordnung gewesen. Sie sind Teenager, und sie sind unsere Kinder.«

»Jungen sind anders als Mädchen.« Es ärgert mich, dass ich nicht erklären kann, wie beängstigend es war, meine kleine Tochter in den Armen ihres Sohnes zu sehen. Vielleicht wäre es ja nicht so schlimm, wenn er seinem Vater nicht so ähneln würde.

»Ich habe eins von jeder Sorte«, hält Jill mir vor Augen. Die arme Abigail vergisst man so schrecklich leicht.

»Abigail ist nicht so. Um die brauchst du dir keine Sorgen zu machen. CeCe ist … ich weiß nicht mal, was sie ist. Und Beau ist der Sohn seines Vaters.«

Ich warte auf Jills Antwort, dass sie mich versteht. Immerhin war sie mit dem Mann verheiratet und müsste deshalb merken, dass ihr Sohn in vielerlei Hinsicht genauso ist. Aber sie steht nur da und blickt mich mit so finsterer und eisiger Miene an, wie ich es niemals bei ihr erlebt habe. »Er ist auch der Sohn seiner Mutter.«

»Du bist wirklich sauer deswegen?«

»Ich bin saurer als sauer«, schleudert sie mir entgegen und verschränkt die Arme vor der Brust, um ihre Worte zu untermauern. Ihr Blick wird kalt, und sie presst enttäuscht die Lippen zusammen. Es ist, als nehme ihr ganzes Gesicht eine Abwehrhaltung ein.

Mir verschlägt es die Sprache, was mir bei Jill noch nie passiert ist. Wirklich nicht.

»Jetzt hast du zweimal meinen Sohn beleidigt«, verkündet sie. »Übrigens ist er oben und sehr traurig darüber.«

»Tut mir leid.«

»Weißt du, das kaufe ich dir nicht ab.« Eine Weile verharren wir so, und ich bin nicht sicher, was ich sagen soll. »Ich glaube, ich habe die Zeitschaltuhr gehört«, meint Jill schließlich.

Ich habe zwar nichts gehört, aber ich lasse sie gehen.

39

Alexis

Am folgenden Nachmittag hole ich mir meinen Kaffee bei Starbucks in der Common, nicht im Broken Crown. Der Vanillesirup in meinem gekühlten Milchkaffee ist nicht so süß wie die echte Vanille, die Jill benutzt, und das Ganze wird auch nicht mit einer Umarmung serviert.

Ich finde draußen einen Platz und versuche, es mir gemütlich zu machen. Doch die Luft ist schwül und stickig, und außen an meinem Glas läuft bereits das Kondenswasser hinunter. Was würde ich dafür geben, auf der Veranda des Broken Crown zu sitzen und das träge Surren des Ventilators über mir und die Meeresbrise zu genießen.

Das ist ja albern.

Sie muss mir verzeihen. Sie muss doch begreifen, dass es nicht gegen sie gerichtet war. Zumindest habe ich es nicht so gemeint. Ironie des Schicksals ist es, dass sie der einzige Mensch ist, den ich jetzt gerne anrufen würde, um darüber zu reden, wie aufgebracht und gekränkt ich bin.

Seufzend betrachte ich die Menschen um mich herum. Sie erinnern mich daran, dass ich allein bin. Ein reizendes älteres Paar in der Ecke zankt sich freundschaftlich um den letzten Bissen Sandkuchen. Am Tisch daneben stecken zwei Frauen in meinem Alter die Köpfe zusammen und tratschen.

Am letzten Tisch sitzt eine Frau, die älter ist als ich. Ihre Tochter scheint mindestens sechs Jahre jünger als CeCe zu sein. Mir fällt auf, dass die Frau keinen Ehering trägt, und ich bedauere es, nicht mutig genug zu sein, um sie um Rat zu fragen. Als Gegenleistung würde ich ihr den Tipp geben, nicht zu blinzeln, denn ehe sie sich versieht, wird ihre Tochter erwachsen sein. Und dann ist es zu spät.

Als ich einen Blick auf mein Telefon werfe, stelle ich zu meiner Enttäuschung fest, dass erst fünf Minuten vergangen sind, seit ich sitze. Dolly ist bei uns zu Hause und wäscht Tommy mit dem Schwamm. Sie hat mich praktisch hinausgescheucht und mir gesagt, ich solle mindestens eine Stunde wegbleiben. Es würde mir guttun, meinte sie.

Sosehr es mir auch davor gegraut hat, Hospizschwestern im Haus zu haben, hat es sich als Erleichterung entpuppt. Ja, ihr Patient ist Tommy, aber sie sorgen dafür, dass auch ich mich besser fühle.

Ich schaue wieder auf mein Telefon.

Es muss Schluss damit sein. Wenn ich eines aus dieser Erfahrung gelernt habe, dann, dass das Leben zu verdammt kurz ist, um den Leuten zu grollen, die wir lieben. Und Jill liebt mich, auch wenn es ihr im Moment vielleicht nicht klar ist.

Ich bin ein wenig überrascht, als ich feststelle, dass ihre Nummer noch immer oben auf der Liste meiner zuletzt getätigten Anrufe steht. Als ich die Nummer anklicke, läutet ihr Telefon.

Einmal. Zweimal. Dreimal.

Ich mustere das Display, um festzustellen, ob ich versehentlich die falsche Nummer gewählt habe. Aber es ist ihre.

Viermal äuten.

Fünfmal.

Sechsmal.

Ich lege auf, ehe ihre Mailbox anspringt, und fühle mich so abserviert wie damals, als Lionel Chavez mich zum Ball der achten Klassen eingeladen und die ganze Zeit mit einem anderen Mädchen getanzt hat.

Ich weiß nicht, ob ich überhaupt rangehen soll, falls Jill anruft. Schließlich bin ich nicht total vereinsamt. Ich habe auch andere Freundinnen. Ich habe Becky.

Becky.

Ich muss ihren Namen in der Kontakte-App heraussuchen, ein Beweis dafür, dass wir schon viel zu lange nicht mehr miteinander geredet haben. Sie antwortet beim ersten Läuten. »Schätzchen, wie geht es dir?«

»Nicht sonderlich«, gebe ich zu. Sie schnappt kurz nach Luft, ein Geräusch, das mir im Ohr widerhallt. »Nein, mit Tommy ist alles in Ordnung. Nun, unter den gegebenen Umständen.«

»Gott sei Dank«, erwidert sie. »Moment mal.« Im Hintergrund höre ich leise Stimmen. Ich habe nicht daran gedacht, dass sie im Büro die Stellung hält, weil ich sie allein mit der ganzen Arbeit habe sitzen lassen. Wieder jemand in der langen Reihe von Menschen, die ich derzeit enttäusche.

»Entschuldige, da bin ich wieder. Erzähl mir, was sich so tut.«

»Mein Leben fällt auseinander.«

»Ach, mein Kleines«, sagt sie. »Ich wünschte, ich könnte etwas unternehmen. Wie kann ich dir helfen?«

»Gar nicht.«

»Willst du drüber reden?«

»Eigentlich nicht.«

Becky seufzt auf, und ich kann mir vorstellen, was sie denkt. *Warum, zum Teufel, hast du mich dann angerufen*?

»Du würdest dich besser fühlen, wenn du den Mund aufmachen würdest«, schlägt sie vor. Normalerweise hätte sie recht. Aber das hier ist so anders als die Themen, über die wir sonst sprechen. Ich bin nicht wegen eines Kunden gestresst oder zermürbe mich mit einem schlechten Gewissen, weil ich wieder einmal ein wichtiges Ereignis in CeCes Leben verpasst habe. »Lass es auf einen Versuch ankommen.«

»Ich begegne Tommys Ex auf Schritt und Tritt. In echt ist sie sogar noch schöner. Außerdem hat CeCe von ihr erfahren. Sie weiß alles. Und Monica hat ihr eine Rolle bei den *Seasiders* versprochen und dann einen Rückzieher gemacht.«

»Mannomann«, seufzt Becky, als ich innehalte, um Luft zu holen.

»Aber das ist noch nicht das Schlimmste. Letztens habe ich beim Nachhausekommen CeCe beim Rumknutschen mit Jills Sohn Beau angetroffen.«

»Ach, Scheibenkleister!« Becky lacht. »Bravo, CeCe.«

»Bravo?« Ich hätte mir gleich denken können, dass Becky mich nicht verstehen wird. »Sie ist vierzehn.«

»Ich war bei meinem ersten Kuss elf. Und hat sie nicht schon mit diesem Romeo rumgemacht?«

»Du kapierst es offenbar nicht.«

»Ob du es glaubst oder nicht, doch, mein Liebling. Wegen Tommy verändert sich alles, und du wünschst dir sicher, dass zumindest eine Sache gleich bleibt oder wenigstens keine Probleme verursacht.«

Meine Schultern sacken herunter, als ein Teil der Anspannung sich auflöst, die ich mit mir herumgeschleppt habe. »Seit wann bist du denn so weise?«

»Ich mag zwar keinen Teenager großgezogen haben, aber manche Leute, Anwesende eingeschlossen, behaupten, dass ich mich manchmal noch wie einer benehme.«

»Eins zu null für dich.« Schmunzelnd wird mir klar, dass ich zuerst Becky hätte anrufen sollen.

»Ist Jill auch ausgeflippt?«

Mein Lächeln verfliegt. »Nicht so richtig.«

»Was hast du denn verbrochen?« Durchs Telefon höre ich den Anflug eines Lachens aus Beckys Stimme heraus.

»Was bringt dich darauf, dass ich etwas verbrochen habe?« Eine der plaudernden Damen wirft mir giftige Blicke zu, ehe sie sich vorbeugt und ihrer Freundin etwas zuflüstert. Ich hatte nicht vor, so laut zu sprechen. Andererseits sind wir draußen und nicht in einer dämlichen Bibliothek. Dennoch senke ich die Stimme. »Das heißt, ja, schon, aber wie bist du drauf gekommen?«

Becky lacht auf. »Du fehlst mir.«

»Du mir auch, aber das ist jetzt nicht das Thema.«

»Ich habe einmal so einen Spruch gelesen: Wenn man einen Jungen hat, muss man sich nur Gedanken um einen Penis machen. Bei einem Mädchen ist man in Sorge wegen aller Penisse.«

»Siehst du? Ich habe recht.«

»Ja und nein«, entgegnet Becky. An ihrem Tonfall erkenne ich, dass sie sich bemüht, taktvoll zu sein. »Er ist nicht irgendein Junge, sondern Beau.«

»Du kennst ihn nicht«, halte ich ihr vor Augen. Seit Jahren versuche ich schon, Becky dazu zu überreden, mit nach Destin zu kommen. Doch sie hat immer eine Ausrede parat – normalerweise einen Typen, mit dem sie gerade etwas angefangen hat. »Du solltest die vielen Mädchen auf seinem Instagram-Konto sehen.«

»Was, wenn es nur Freundinnen sind? Meiner Dating-Erfahrung nach, und du weißt, ich habe eine Menge, sind manche der tollsten Typen eher mit Mädchen befreundet als mit Jungs.«

»Mit dieser Art von Mädchen ist er nicht nur befreundet. Die haben Badeanzüge an, die nichts der Fantasie überlassen.«

Becky lacht. »Es sind Teenager, die am Strand leben. Und wahrscheinlich sagt es mehr über sie aus als über ihn.«

»Bei jedem anderen würde ich deinen Einwand verstehen«, antworte ich. »Doch er ist ein Playboy, genau wie sein Dad.«

»Er ist fünfzehn Jahre alt«, verbessert mich Becky. »Und wenn er auch etwas von Jill hat, kann er gar nicht so übel sein.«

»Etwas Ähnliches hat sie auch gesagt«, erwidere ich und erinnere mich an Jills kalten, harten Gesichtsausdruck. »Aber …«

Becky fällt mir ins Wort. »Kein Aber, Schätzchen. CeCe

ist ein freier Mensch und wird im Leben viele Entscheidungen treffen müssen. Einige davon werden dir ganz und gar nicht gefallen. Langfristig betrachtet, ist es nicht weiter wichtig. Außerdem … ach, schon gut.«

»Was? Du kannst es ruhig aussprechen.« Ich trinke einen Schluck von meinem inzwischen verwässerten Milchkaffee und straffe die Schultern.

»Meines Wissens nach verlierst du gerade die Liebe deines Lebens. Doch sie verliert ihren Dad.« Tränen steigen mir in die Augen, und ich nicke, obwohl sie mich nicht sehen kann. »Das Leben ist schon ohne so eine Sache schwer genug, wenn man ein unbeholfener Teenager ist. Also gönn ihr ein bisschen Spaß. Sie kann die Ablenkung sicher gebrauchen.«

Ich nicke wieder.

»Bist du noch dran?«

»Ja.« Ich wische mir mit dem Handrücken die Augen ab und halte mir das Telefon ans Ohr.

»Möchtest du mich nicht noch einmal fragen, wie ich so weise geworden bin?«

Ich lache. »Ich vermisse dich wirklich.«

»Klar«, meint Becky. »Und jetzt gehst du und renkst die Angelegenheit mit Jill wieder ein.«

»Jawohl, Boss.«

»Ich hab dich lieb«, sagt sie, was eine erneute Tränenflut auslöst.

»Ich dich auch.«

Als ich auflege, fühle ich mich so gut wie seit meiner tollen Idee von gestern nicht mehr. Ich habe gar nicht daran gedacht, es Becky zu erzählen. Aber ich rufe sie bald zurück und erstatte Bericht, vorausgesetzt, ich schaffe es allein, denn Jill wird mir offenbar nicht helfen.

Sie hat sich noch nicht bei mir gemeldet, nicht, dass ich es ihr verübeln würde. Ich bin diejenige, die sich entschuldigen muss. Ich sollte anrufen. Wieder klicke ich ihren Namen an. Mir stockt der Atem, als ich ihre Stimme höre.

»Hallo«, sagt sie.

»Es tut mir so ...«

»Hier spricht Jill. Ich kann gerade nicht ans Telefon kommen. Deshalb hinterlassen Sie mir eine Nachricht oder, noch besser, schicken Sie mir eine SMS.«

Enttäuscht lege ich auf, ohne auf die Mailbox zu sprechen. Eine SMS schreibe ich ihr auch nicht, denn das könnte zu aufdringlich oder bedürftig wirken. Obwohl ich sie im Moment wirklich brauche.

Ich stütze den Kopf in die Hände und konzentriere mich auf meine Atmung. Das nützt zwar etwas, allerdings nicht so viel wie ein Gespräch mit Jill.

Als ich aufblicke, kommt das ältere Paar Händchen haltend an mir vorbei. Die Frau bleibt an meinem Tisch stehen, kramt in ihrer Handtasche und reicht mir ein Kleenex. Dann lächelt sie wortlos und geht weiter.

Nachdem ich mir mit dem Papiertaschentuch die Augen abgewischt habe, mache ich rasch bei Sephora Station, um mein Make-up zu restaurieren, damit Tommy nicht merkt, dass ich geweint habe.

Er hat genug um die Ohren, ohne sich auch noch meinetwegen zu zermürben.

40

CeCe

Ein Wachmann fängt mich am Haupteingang ab, wo ich mit Monica verabredet bin. Das hellblaue Haus ist mindestens zweimal so groß wie unseres, strahlt jedoch dieselbe Strandatmosphäre aus, die alle Häuser in diesem Viertel auszeichnet. Ich frage mich, ob tatsächlich jemand hier wohnt, wenn nicht gedreht wird.

»Besucherausweis«, sagt der Mann, ohne eine Miene zu verziehen.

»Ich … ich habe keinen«, stammle ich. »Ich möchte zu …«

»Sie gehört zu mir.«

Monica erscheint in der Haustür und lehnt sich an den Rahmen, als sei sie den Seiten einer Hochglanzzeitschrift entstiegen. Schon bei unserer letzten Begegnung war sie wunderschön. Jetzt, frisch frisiert und geschminkt, sieht sie wirklich aus wie ein Filmstar. Ich werde rot, als der Security-Mann Platz macht und mich hineinlässt. Er lächelt immer noch nicht, doch mein Lächeln reicht für uns beide.

»Ich freue mich so, dass du es einrichten konntest.«

Monica umarmt mich, und ich stelle fest, dass sie genauso gut riecht, wie sie aussieht. Wie eine blühende Blumenwiese, mit einem Hauch Zitrone und Sonnenschein.

»Danke, dass du mich eingeladen hast«, erwidere ich.

Es könnte nicht besser passen. Ihr wöchentlicher Drehtag ist genau der, an dem ich im Café freihabe. Offenbar ein Wink des Schicksals.

»Also, das hier ist der Ort, wo Wunder wahr werden«, verkündet Monica und streckt die Hand aus, als lege sie mir die ganze Welt zu Füßen, was sie, wenn man es sich genau überlegt, eigentlich auch tut. »Cool, was?«

»Supercool«, antworte ich, obwohl sich das Ganze kaum von den Kulissen der Werbespots unterscheidet, wo ich mit meiner Mom war.

»Möchtest du die Küche sehen?«, erkundigt sie sich. »Sie ist gewissermaßen der Mittelpunkt des Hauses. Viele Szenen spielen dort.«

Ich nicke. Dass sie mir so begeistert alles zeigt, beeindruckt mich noch mehr als der Drehort selbst.

Köpfe wenden sich, als wir den Flur entlanggehen, und ich frage mich, ob sie wohl »Hier kommen die Whistler-Mädchen« denken. Über mich und Mom würde das kein Mensch sagen. Es hat mich eigentlich nie gestört, dass sie einen anderen Nachnamen hat als ich. Dennoch ist es irgendwie toll, genauso zu heißen wie ein anderer Mensch. Man fühlt sich auf eine Weise mit dieser Person verbunden, die nur einem selbst gehört.

»Hier wären wir«, meint Monica. Als wir gerade um die Ecke biegen, um die offene Küche zu betreten, erscheinen zwei mit Kameraausrüstung bepackte Männer. Ich will Platz machen, aber Monica zieht mich an sich. »Die Crew kann uns ausweichen.«

Wie von Monica angewiesen, bleibe ich stehen, lächle den beiden Männern jedoch entschuldigend zu. Wenn Mom mich zu Werbeaufnahmen oder einer Fotosession mitschleppt, ist sie stets besonders nett zur Crew, da sie diejenigen seien, die wirklich hart arbeiteten. Vermutlich ist das bei einem Filmstar etwas anders.

»Gib mir dein Telefon. Ich mache ein Foto. Stell dich da rüber an die Arbeitsplatte.« Monica deutet auf den Küchenblock. »Genau dort stehe ich, rede mit meinen Filmkindern über ihren Tag und gebe ihnen alle möglichen tollen Tipps fürs Leben.«

»Hier?«, frage ich und beziehe Posten.

Sie nickt und hebt mein Telefon vor die Augen. Als sie einige Fotos schießt, spüre ich, wie meine Wangen rot anlaufen. Gleich hinter ihr werden gerade die richtigen Kameras aufgebaut, und eine Minute lang ist es, als wären all meine Träume wahr geworden.

»Könnten Sie kurz mal?« Monica hält einem Crewmitglied mein Telefon hin. Der Mann nimmt es achselzuckend, als habe er die Möglichkeit, dem Star der Serie etwas abzuschlagen.

Monica tritt hinter mich und legt mir den Arm um die Schulter. Ihr Gesicht ist nur wenige Zentimeter von meinem entfernt. Als ich mich umdrehe und sie anschaue, tut sie das Gleiche Ich habe die verrückte Vorstellung, dass das mein Leben hätte sein können.

Wenn Monica meine Mom wäre, wäre ich vielleicht schon eine berühmte Schauspielerin. Nie würde sie ihr

Kind daran hindern, sich seinen Traum zu erfüllen, insbesondere deshalb, weil sie als kleines Mädchen denselben Traum hatte. Monica hätte mich für richtige Rollen vorsprechen lassen und mir zum Erfolg verholfen, anstatt zu versuchen, mich vor Zurückweisungen zu schützen, die wahrscheinlich sowieso niemals stattfinden werden.

»Wir drehen in fünf Minuten«, ruft ein Mann mit britischem Akzent. Ich höre ihn, bevor ich ihn sehe. Doch daran, wie die Leute beim Klang seiner Stimme auseinanderstieben, erkenne ich, dass er wichtig sein muss. Allerdings rührt sich Monica nicht von der Stelle.

»Richard, Schatz«, sagt sie. »Das ist die junge Schauspielerin, von der ich dir erzählt habe.«

Ich halte ihm die Hand hin, um sie zu schütteln, aber er steht nur da und mustert mich von Kopf bis Fuß. Also lasse ich die Hand lächelnd sinken und bin froh, dass Monica noch an meiner Seite ist.

»Casey, richtig?«, erkundigt sich Richard.

Ich wäre bereit, zu nicken und meinen neuen Namen anzunehmen, doch Monica verbessert ihn. »Fast. Sie heißt CeCe.«

Richard nickt und wendet sich ab. Offenbar wird er anderweitig gebraucht. »Wo, zum Teufel, steckt Victoria? Wir haben nicht den ganzen Tag Zeit, Leute!«

Monica nimmt den Arm von meiner Schulter und führt mich an der Hand aus dem Raum. »Das dauert jetzt eine Weile. Wir wollen in meinem Wohnwagen warten.«

Ich folge Monica durch die Hintertür zu den Wohnwagen, die entlang des Old 98 aufgereiht sind. Die Wohnwagen, an denen ich vorbeigeschlendert bin, in der Hoffnung, ein Mitglied des Ensembles würde stehen bleiben und mich bemerken.

Als wir die Stufen des mittleren Wohnwagens hinaufsteigen, stelle ich fest, dass ein weißes Blatt Papier mit ihrem Nachnamen – und meinem – an der Tür klebt.

»Machst du hier noch ein Foto von mir?«, frage ich.

Monica betrachtet unseren Nachnamen an der Tür und lächelt. Wir tauschen auf den Stufen die Plätze, und ich posiere so, dass mein Name auch richtig zur Geltung kommt. Hoffentlich wirkt es, als ginge ich lässig in meinen eigenen Wohnwagen. Vielleicht wird man eines Tages, wenn ich in der *Tonight Show* auftrete, dieses Foto zeigen, und dann erzähle ich ihnen von dem ersten Tag, als meine Stiefmutter mich mit an den Drehort genommen hat.

Drinnen ist der Wohnwagen längst nicht so elegant, wie ich erwartet hätte. Es gibt ein altes Sofa mit einem kleinen Tisch am Ende und einen Frisiertisch, auf dem sich mehr Haarpflegemittel und Kosmetika türmen, als ich je außerhalb von Sephora gesehen habe.

Monica bemerkt, dass ich hinstarre, und erlaubt mir mit einem Nicken, mir alles genauer anzusehen. Als ich mich vor den Spiegel des Frisiertischs setze, streckt sie die Hand aus und betätigt einen Schalter, sodass alle Lämpchen rings um den Spiegel angehen. Ich lächle unsere Spiegelbilder an und bedauere, dass ich meiner Mom so sehr ähnle.

Monicas sämtliche Schminksachen sind nach Art und Farbe sortiert. Ihre Lippenstifte sind wie Wachsmalkreiden in einer Schachtel aufgereiht. Es sind fast alle Farbschattierungen dabei, angefangen bei einem ganz zarten Pink bis hin zu einem dunklen Rotton, der beinahe schwarz aussieht.

»Ich finde, mit dem da würdest du umwerfend aussehen«, verkündet Monica und greift nach einem sanften Pastellpink. Ich will ihr den Lippenstift aus der Hand nehmen, als mir klar wird, dass sie bereits die Hülse entfernt hat und den Stift herausdreht. Sie berührt mich am Kinn und zeigt mir, wie man leicht die Lippen schürzt.

In diesem Moment nicht zu lächeln ist das Schwierigste, was ich je zustande gebracht habe. Aber als sie fertig ist und wir beide in den Spiegel schauen, ziehe ich eine Augenbraue hoch, da mich die Farbe nicht überzeugt. Zum Glück teilt Monica meine Meinung. Sie gibt mir ein Taschentuch, um alles abzuwischen, und entscheidet sich stattdessen für ein kräftiges Rot.

»Das war immer die Lieblingsfarbe deines Dads«, erklärt Monica. Sie lächelt kurz, und ich frage mich, welche geheimnisvollen Dinge sie sonst noch über Dad weiß; die nicht einmal Mom ahnt, denn die benutzt ja kaum Make-up.

Ich schürze die Lippen und sehe Monica an, die konzentriert Lippenstift zuerst auf meine Unterlippe und dann auf meine Oberlippe aufträgt. Ich presse die Lippen zusammen und beobachte, wie sie das Gleiche tut und den roten Lippenstift über dem verteilt, den sie schon trägt.

»Die Farbe heißt Lady Bug«, sagt Monica. Ich versuche, mir den Namen einzuprägen, damit ich so einen Lippenstift kaufen kann, wenn ich zu Hause bin. Aber Monica reicht ihn mir. »Du kannst ihn behalten. Er steht dir.«

Ich lächle mein Spiegelbild an und frage mich, ob ich

Monica wohl dazu bringen kann, mehr aus der Zeit zu berichten, als sie und mein Vater verheiratet waren. Doch ehe ich sie darum bitten kann, fliegt die Tür des Wohnwagens auf, und eine Frau mit Walkie-Talkie steckt den Kopf herein.

»Richard sucht Sie«, meldet sie.

»Was Sie nicht sagen, Kate«, antwortet Monica, die Ruhe selbst.

»Mein Name ist Laura.« Die Frau wirkt nicht sehr erfreut. »Und er wird kommen und Sie persönlich holen, wenn Sie nicht in sechzig Sekunden da sind.«

Monica seufzt auf, als sei es eine lästige Pflicht und nicht die coolste Sache aller Zeiten, vor einer Kamera aufzutreten. Ich frage mich, ob sie wohl einen Raum mit Stühlen und Monitoren haben, wo ich zuschauen kann wie bei den Werbespots meiner Mom. Doch als wir draußen sind, beugt Monica sich vor und schmiegt in einem dieser schicken französischen Luftküsse ihre Wange an meine wie in einem Film. Es ist ja so Hollywood.

»Bis zum nächsten Mal, Schätzchen.«

Lächelnd blicke ich ihr nach. Traurig, aber auch aufgeregt, weil es ein nächstes Mal geben wird.

41

Alexis

Mein Heimweg vom Strand ist länger als gewöhnlich, weil ich einen Bogen um Jills Haus mache. Sieben Tage. Seit ich zuletzt mit Jill gesprochen habe, sind ganze sieben Tage vergangen. So lange war zwischen uns noch nie Funkstille.

Außerdem ist CeCe auch noch immer sauer auf mich. Allerdings bin ich daran gewöhnt, dass sie mich anschweigt und mir giftige Blicke zuwirft. Als sie gerade mitten in einem Kochexperiment war, habe ich es geschafft, sie für eine Minute zum Zuhören zu bewegen. Da ich wusste, dass sie mir nicht davonlaufen konnte, habe ich die Gelegenheit genutzt, um mir alles von der Seele zu reden.

Ich habe mich für mein Verhalten entschuldigt und ihr gesagt, sie solle Beau ausrichten, ich wolle mich auch bei ihm entschuldigen. Ich fügte hinzu, meine Vorurteile gegenüber Beau seien unfair gewesen, und es störe mich nicht, wenn sie sich weiter träfen – solange sie nicht allein zu Hause seien oder sich hinter irgendwelchen geschlossenen Türen verschanzten. Dabei hoffte ich, diese Botschaft würde Jill zu Ohren kommen, aber Pech gehabt.

Inzwischen bin ich gar nicht mehr sicher, ob ich noch

mit Jill reden will. Ich bin jetzt offiziell nicht mehr traurig, sondern wütend. Ja, ich habe kapiert, dass ich mich aufgeführt habe wie die Axt im Walde. Aber dass sie mir in einer der schwersten Phasen meines Lebens die kalte Schulter zeigt, ist noch viel schlimmer.

Ich habe mir überlegt, ihr zu simsen, ich würde es nicht mehr bei ihr versuchen. Nur, dass dieser Schuss nach hinten losgehen würde. So sehr bin ich in meine Gedanken versunken, dass ich die Personen auf der Veranda erst bemerke, als ich auf der obersten Stufe stehe.

»Hallo«, sagt Jill.

Ich schaue von ihr zu Tommy, der ein *Sei-nicht-sauer-Lächeln* auf dem Gesicht trägt. »Hallo, Baby.«

»Verschon mich mit ›hallo, Baby‹.« Ich wende mich an Jill. »Wenn du nicht mit mir redest, dann auch nicht mit ihm.«

»Lex«, wendet Tommy mit seiner Psychologenstimme ein. Der Blick, mit dem ich ihn bedenke, lässt ihn schlagartig verstummen. Die zwei sehen erst einander und dann mich an.

Dolly bricht das Schweigen, als sie, Tommys Nachmittagsmedikamente in einem kleinen Pappbecher, aus dem Haus kommt. Sie lächelt mich an, und da ich die Geste nicht erwidere, schaut sie wie ich zu Jill hinüber, die ebenfalls aufgebracht scheint.

»Ich komme ein bisschen später wieder«, schlägt sie vor und verschwindet im Haus.

Sobald die Tür hinter ihr zugefallen ist, mustere ich wieder die beiden Verräter. »Wollt ihr denn nicht den Mund aufmachen? Einer von euch zweien?« Gut, ich habe sie gerade aufgefordert, still zu sein, aber seit wann tun sie denn, was ich sage?

»Ich habe Jill gebeten vorbeizukommen«, beginnt Tommy. »Damit ihr reden könnt.«

»Ich höre.« Ich habe keine Lust mehr, mich um ein Gespräch zu bemühen.

»Ich warte auf deine Entschuldigung«, entgegnet Jill.

»Ha!« Das Lachen aus meinem Mund klingt nicht wie meines. »Mein Entschuldigungsfenster hat sich geschlossen, Schwester. Jetzt bist du mit dem Entschuldigen dran.«

»Ich? Du bist es doch, die meinen Sohn beleidigt hat.«

»Und ich habe dir bereits gesagt, dass es mir leidtut. Du aber hast mich im Stich gelassen, als ich dich gebraucht habe. Als ich sonst niemanden hatte.«

»Du hast jemanden«, widerspricht Tommy. »Ich bin noch da.«

»Du weißt, dass es nicht dasselbe ist«, erkläre ich ihm und drehe mich erneut zu Jill um. »Ich habe dich gebraucht.« Ich wische mir eine Träne aus dem Auge, bevor sie Gelegenheit hat zu fallen. Jill soll nicht wissen, wie sehr sie mich verletzt hat.

»Ich habe dich auch gebraucht«, antwortet Jill.

Wir stehen da und starren einander an. Ich frage mich, ob sie das Gleiche denkt wie ich, nämlich, dass unsere Freundschaft fast so alt ist wie wir selbst.

»Wir haben sonst nie Streit«, fährt Jill fort. »Deshalb weiß ich nicht, wie wir uns versöhnen sollen.«

Da tappe ich genauso im Dunklen wie sie. Aber ich bin wenigstens nicht mehr wütend. Schließlich habe ich den

Konflikt vom Zaun gebrochen, und mir ist klar, dass es an mir liegt, die Sache wieder einzurenken.

»Waffenstillstand?«, schlage ich vor.

Ihre Unterlippe zittert, und sie nickt, bevor sie mit weit ausgebreiteten Armen auf mich zustürmt.

Jill schließt mich in die Umarmung, nach der ich mich die ganze Woche lang gesehnt habe. Jetzt kann niemand mehr den Tränen Einhalt gebieten, selbst wenn ich es wollte. Über ihre Schulter hinweg sehe ich Tommy lächeln, stolz auf sich, weil er seine Sache gut gemacht hat.

Er schiebt die Schaukel an, um genügend Schwung zum Aufstehen zu bekommen. Ich lasse Jill los und will ihm zurück ins Haus helfen, aber er schüttelt den Kopf.

Ich beobachte, wie er sich mit langsamen, vorsichtigen Schritten ins Haus schleppt, was dafür sorgt, dass ich noch heftiger weine. An der Tür hält er inne, lächelt mich wieder an und geht hinein.

»Versprich mir, dass wir nie mehr so lange nicht miteinander reden«, meint Jill.

»Du warst es doch, die nicht auf meine Anrufe reagiert hat.«

»Ich fand es schrecklich, sauer auf dich zu sein«, erwidert sie.

»Das darfst du nie wieder tun.« Ich nehme sie an der Hand, und wir steuern auf die Schaukel zu. »Ich habe CeCe gesagt, ich wolle selbst mit Beau sprechen und mich bei ihm entschuldigen.«

»Das hat er mir erzählt.«

»Und du warst weiterhin sauer?«

»Nein«, gibt sie zu.

»Warum hast du mich dann nicht zurückgerufen?«

Jill seufzt. »Keine Ahnung. Ich hatte Angst.«

»Vor mir?«

Jill nickt.

»Schau mich an«, sage ich. »Ich bin noch dasselbe Mädchen wie das, das sich mit sieben auf dem Gehweg vor deiner Tür das Knie aufgeschlagen hat, weil es so schnell wie möglich zu dir rennen wollte.«

Sie schmunzelt, aber ich glaube, sie kapiert es noch immer nicht. Zum Glück blicke ich auf ein Leben voller Erinnerungen zurück, die ich ihr vor Augen halten kann.

»Als wir zwölf waren, habe ich neben dir im Bad vor dem Spiegel gesessen, und wir haben uns schichtweise Make-up ins Gesicht gespachtelt, weil wir dachten, wir würden dadurch älter wirken.«

»Dabei haben wir nur lächerlich ausgesehen«, meint sie mit dem Hauch eines Schmunzelns. »Das war der Abend, an dem du Jack geküsst hast.«

»Und wenn er nicht schwul gewesen wäre, hätte ich ihn geheiratet, nur um deine Schwester sein zu können.«

Sie lacht darüber.

»Wir haben so viel zusammen erlebt«, sage ich zu ihr. »Du hast mir klargemacht, dass eine Zukunft mit Tommy möglich ist.«

»Und du warst die Erste, die versucht hat, mir die Augen dafür zu öffnen, dass meine Zukunftsaussichten ohne Adam besser seien.«

»Das tut mir noch immer leid«, antworte ich.

»Mir nicht«, merkt sie an. Sie hat Tränen in den Augen. Ich umarme sie fest.

»Sei nie wieder sauer auf mich«, bitte ich sie. Dann mache ich mich los. Ich will ihr in die Augen schauen, wenn ich die nächste Frage stelle, die mir schon die ganze Woche im Kopf herumgeht. »Das mit der Zeitschaltuhr war eine Lüge, richtig?«

Jill lacht. »Du hast mir gefehlt.« Sie beugt sich vor und umarmt mich noch einmal.

»Ja, schon gut, ich bin eben unersetzlich.«

Ich umarme sie ebenfalls und möchte ihr so gerne von der Idee berichten, die mich letzte Woche zu ihr geführt hat. In den letzten Tagen habe ich darüber nachgegrübelt, und ich weiß, dass ich es ohne Jills Unterstützung nicht durchziehen kann. Momentan brauche ich sie mehr denn je. Außerdem soll Tommy nicht erfahren, was ich im Schilde führe. Noch nicht.

»Du musst mir bei etwas helfen.«

»Wobei?«

»Nicht hier.« Ich schaue mich um. Sicher sitzt Tommy am Fenster und spitzt die Ohren, um den Rest unseres Gesprächs zu belauschen.

Das würde ich an seiner Stelle wenigstens tun.

42

Alexis

Als ich eintrete, bimmelt das Glöckchen an der Tür des Broken Crown. Jill steht an der Theke und kassiert bei einem Kunden. Sie hebt den Finger, um mir mitzuteilen, dass sie in einer Minute für mich da ist.

Ich bemerke, dass Abigail an einem Tisch Posten bezogen hat. Sie ist so in ihre Zeichnung versunken, dass sie meine Ankunft nicht bemerkt. So gerne ich auch einen Blick auf den Skizzenblock werfen würde, ist das hier, wie ich mir vor Augen halte, kein Besuch zum reinen Vergnügen.

»Bist du so aufgeregt wie ich?«, fragt Jill, kommt hinter der Theke hervor und umarmt mich.

»Ich glaube, schon.«

»CeCe und Lou sind hinten und legen letzte Hand an die Kostproben.«

Mir läuft erwartungsvoll das Wasser im Mund zusammen, als sie mich in die Küche führt. »Ich war noch nie dort, aber ich habe gehört, dass es schön sein soll«, höre ich Lou sagen, als ich durch die Schwingtüren trete.

Dann erklingt CeCes Stimme. »Vor ein paar Wochen habe ich mit meiner Stiefmutter dort zu Mittag gegessen.«

Stiefmutter? Oh, verdammter Mist, nein.

»Hallo, Leute«, unterbricht Jill ein wenig zu spät.

Bei meinem Anblick verfliegt CeCes Lächeln schlagartig. Ihre Wangen laufen rot an. Zu ihrem Glück sind Zeitpunkt und Ort ungeeignet, um zu erörtern, dass sie, was die Ex-Frau ihres Vaters betrifft, ein gestörtes Verhältnis zur Wirklichkeit hat.

»Was willst du denn hier?«, fragt CeCe, ohne sich die Mühe zu machen, ihren Missmut zu verhehlen.

»Dir auch hallo. Hallo, Lou.« Ich lächle Lou zu, die sich offenbar am liebsten in Luft auflösen würde.

»Ich arbeite«, zischt CeCe. »Wir haben einen Termin für eine Hochzeitstortenverkostung.«

»Ich weiß.«

CeCe neigt den Kopf zur Seite und runzelt die Stirn, wie auch ich es tue, wenn ich verwirrt bin.

Jill rückt einen Hocker an den Küchenblock. »Du kannst dich hierhersetzen, Lex.«

»Moment mal.« Ich beobachte, wie bei CeCe der Groschen fällt. »Du?«

»Ich.«

»Und Dad?«

Ich nicke und warte ängstlich auf ihre Reaktion. Eigentlich wollte ich es ihr nicht erzählen, sondern sie genauso überraschen wie Tommy. Aber Jill hat mich davon überzeugt, dass es besser für alle Beteiligten ist, wenn ich es ihr sage. Und wenn ich sie mithelfen lasse.

»Ihr heiratet? Warum jetzt?«

»Warum nicht?«, entgegne ich, obwohl das eine billige Retourkutsche ist. Ich stelle mir nämlich dieselbe Frage, seit ich diesen Einfall hatte. Bis jetzt fehlen mir die richtigen Worte, um es zu erklären. Ich weiß nur, dass ich es ihnen beiden schuldig bin.

CeCe hat es verdient, zu einer richtigen Familie zu gehören und sich darauf verlassen zu können, dass ich die Stellung halte. Und Tommy muss wissen, dass er mich endlich von meinem Fluchtreflex kuriert hat. Dass ich selbst jetzt nicht von seiner Seite weichen werde.

»Ich kapiere nicht, warum Dad es mir verschwiegen hat.«

»Er ahnt nichts. Ich möchte ihn überraschen.«

CeCes Lippen zucken, und ich merke ihr an, dass sie ein Grinsen unterdrückt. »Ich bin und bleibe trotzdem ein Bastard«, meint sie. »Weil ihr bei meiner Geburt nicht verheiratet wart.«

Lou verdrückt sich in die Speisekammer, was ich ihr nicht verübeln kann. CeCes Worte verfolgen den Zweck, mich zu kränken, doch das lasse ich nicht zu. Stattdessen fixiere ich sie mit einem Blick, erwidere ihr Lächeln und weiche nicht von meinem Plan ab.

»Ich hatte gehofft, du wirst meine Brautjungfer.«

»Du willst es wirklich durchziehen?«

»Ja«, antworte ich. »Und ich fände es wundervoll, dich an meiner Seite zu wissen.«

»Möchtest du die Tortenproben kosten?«, schlägt CeCe vor, was offenbar ein vorübergehendes Waffenstillstandsangebot ist.

»Zuerst Champagner für die Braut«, verkündet Jill und öffnet ihren Gastrokühlschrank.

»Und wie wäre es mit einem Glas für meine Brautjungfer?«

CeCe sieht mich erstaunt an.

»Natürlich.« Jill holt vier Gläser aus dem Schrank und stellt sie auf den Küchenblock. »Lou, übernimmst du die ehrenvolle Aufgabe?«

Sie reicht die Flasche Lou, die erst die Goldfolie und dann mühelos den Korken entfernt.

»Ein Trinkspruch?«, fragt Jill.

»Ich glaube, das ist mein Job«, sagt CeCe. Ich bemühe mich um eine gelassene Miene, denn ich bin klug genug, um mein Glück nicht überzustrapazieren. »Darauf, dass es endlich offiziell wird.« Sie hebt ihr Glas, und wir stoßen miteinander an. »Für den großen Tag lasse ich mir etwas Besseres einfallen.«

»Das war fantastisch.« Ich trinke einen Schluck und proste ihr noch einmal zu.

»Apropos großer Tag«, fährt CeCe fort. »Wann genau steigt die Sache denn?«

»Am Samstag«, antwortet Jill an meiner statt.

»Am Samstag?«, wiederholt CeCe und erstickt fast an ihrem Champagner. »In zwei Tagen etwa?«

»Genau.«

CeCe macht ein verdattertes Gesicht. »Ihr habt so lange gewartet. Wozu also die Eile?« Ihre Miene verdüstert sich, als ihr der Grund klar wird, und es kostet mich all meine Kraft weiterzulächeln.

»Möchtest du zuerst die mit Vanille kosten?«, fragt Lou, die Gute.

»Mein Dad mag Schokolade«, erwidert CeCe.

Da hat sie recht, es stimmt. »Können wir die mit Schokolade probieren?«, erkundige ich mich.

Als Lou die Abdeckung von einem Blech entfernt, kommen vier kleine Scheiben Schokoladentorte in Sicht, eine mit Schokoglasur, eine mit Vanilleüberzug und eine, die bis auf glitzernde Punkte in der Glasur aussieht wie die zweite. In der Mitte der vierten prangt eine Schicht frische Erdbeeren.

Ich greife zur Gabel und trenne ein Stück von der ganz schokoladigen ab. »Traumhaft.« Ich esse noch einen Bissen. »Du bist einfach ein Genie«, meine ich zu Lou.

»Die da habe nicht ich gemacht«, antwortet sie. »Sondern CeCe.«

CeCe schaut gerade lang genug auf ihre Füße, dass ihr die Brille herunterrutscht. Sie schiebt sie hoch und zuckt die Achseln, als wolle sie abtun, dass sie eine köstliche, professionelle Torte gebacken hat, die sich für eine Hochzeit eignet.

»Ich bin wirklich beeindruckt.«

»Keine große Sache«, sagt sie.

Ich versuche die nächste Kostprobe. »Die Glasur ist spitze.«

»Buttercreme«, erklärt CeCe. »Das Geheimnis besteht darin, ungesalzene Butter zu nehmen.«

Jill füllt mein Glas nach. Ich bin nicht sicher, ob dieses leichte, schwebende Gefühl vom Champagner kommt oder daher, dass ich in diesem Moment nichts weiter als eine Braut bin, die zusammen mit ihrer Tochter und ihrer besten Freundin Torte kostet.

»Die Glasur auf der Nächsten ist die gleiche, nur dass noch gesalzene Karamellstückchen untergemischt sind«, erläutert CeCe.

»Das war ihre Idee«, ergänzt Lou, sichtlich stolz auf ihren Schützling.

Ich trenne ein Stückchen mit der Gabel ab und probiere. »Das ist sie«, rufe ich aus. »Die nehme ich.« Ich spieße noch eine Gabel voll auf und reiche sie Jill zum Versuchen.

»Himmlisch lecker«, stimmt sie mir zu.

Lou nimmt die Abdeckung von Blechen mit weiteren Tortenkostproben. »Wahrscheinlich gibt es keinen Grund mehr, die hier zu kosten.«

Lachend ziehe ich die Bleche näher heran. »Habt ihr noch mehr Gabeln da?«

Mit einem Nicken holt Lou weitere drei Gabeln, damit wir alle gemeinsam die Früchte von CeCes Arbeit genießen können.

Ich weiß, dass das alles nicht in der richtigen Reihenfolge abläuft, doch ich habe ja noch nie viel von Konventionen gehalten. Außerdem hätte unsere Tochter die Hochzeitstorte nicht backen können, wenn ich Tommys ersten Heiratsantrag angenommen hätte.

So sehr bin ich von den Gefühlen des Augenblicks überwältigt, dass ich zu CeCe hinübergehen und sie in die Arme schließe. Nach kurzem Sträuben gibt sie nach und erwidert angedeutet die Umarmung.

43

CeCe

»Mom?« Ich klopfe an, obwohl die Schlafzimmertür offen ist.

»Alles in Ordnung?«, fragt sie, als ob etwas passiert sein müsste, damit ich freiwillig ihr Zimmer betrete. Was ich mir vermutlich selbst zuzuschreiben habe. Aber dass ich nett zu ihr bin, ist noch neu.

»Falls du zu tun hast, komme ich später wieder.«

»Für dich habe ich nie zu viel zu tun.« Sie klopft neben sich aufs Bett und legt das Buch, das sie gerade gelesen hat, aufs Nachtkästchen. Ich kann es nicht ab, wenn sie solche abgedroschenen Phrasen von sich gibt. Es klingt künstlich, so wie der Text für eine von ihren bescheuerten Anzeigen. Doch ich darf mich nicht davon ablenken lassen. Nicht jetzt.

»Du hast mir nicht viel Zeit zum Planen gelassen«, teile ich ihr mit. »Aber als Brautjungfer muss ich einen Junggesellinnenabschied veranstalten.«

»Ach, Liebes, ich brauche keine Party.«

»Gut, du kriegst nämlich keine.« Ich versuche, witzig und nicht spitz zu klingen, bin jedoch nicht sicher, ob es geklappt hat. »Doch irgendwas wollte ich tun.«

Mom macht Augen wie Untertassen, und ich will nicht, dass sie zu weinen anfängt. Deshalb stehe ich auf und hole die Geschenketüte aus meinem Zimmer. Sie ist voller Kram, den ich bei Dox gekauft habe.

Als ich ihr die Tüte reiche, hält sie sie in beiden Händen wie eine Kostbarkeit. Hoffentlich erwartet sie sich nicht zu viel, denn es ist keine große Sache.

Sie nimmt ein in Seidenpapier gewickeltes Teil nach dem anderen heraus, als wolle sie die Angelegenheit so lange wie menschenmöglich hinauszögern. Als Erstes erwischt sie die Tonerde-Gesichtsmaske von L'Oréal.

»Ich dachte, wir könnten beide vor dem Ereignis morgen eine kleine Schönheitsbehandlung gebrauchen.«

»Wundervoll, danke.«

»Da ist noch mehr.« Als Nächstes fördert sie den blauen Nagellack zutage. Ich merke ihrer Miene an, dass sie überlegt, wie sie sich davor drücken kann, sich die Fingernägel blau zu lackieren. »Das ist für die Zehen. Du kennst doch den alten Hochzeitsbrauch: etwas Blaues …«

»Ich bin begeistert.«

Sie entdeckt den rosafarbenen Nagellack und dann die No-Gray-Fix-Tönung für ihre Haare. Nach ihren zusammengepressten Lippen zu urteilen hätte ich mir die besser gespart.

»Außerdem habe ich unten Eiscreme«, bemühe ich mich, die Scharte auszuwetzen. »Mint Chocolate Chip.« Als Mom schweigt, befürchte ich, etwas falsch gemacht zu haben. »Es ist nur eine Kleinigkeit.«

Ihr Gesicht entspannt sich, und sie lächelt. »Genau so wollte ich meinen letzten Abend als Single verbringen.«

Als aus dem Babyfon auf dem Nachtkästchen ein Geräusch dringt, halten wir beide den Atem an. Sie greift danach, hält es in der Hand und betrachtet auf dem Bildschirm Dad, der unten schläft.

»Alles okay«, meint sie mit vor Erleichterung belegter Stimme. Sie stellt das Babyfon weg und sieht mich an. »Eigentlich wollte ich es dir erst morgen geben, aber ich kann es genauso gut schon jetzt tun.«

Mom öffnet die Nachttischschublade und holt ein eingewickeltes Kästchen heraus, das nicht viel größer ist als ein Kartenspiel. Leicht liegt es in meiner Hand. Ich pople das Papier von den Ecken her ab.

Darunter befindet sich eine weiße Schatulle mit dem Logo von Emerald Lady Jewelry. Zögernd klappe ich den Deckel auf. Ich hatte noch nie ein echtes Schmuckstück.

Als die Schatulle offen ist, fällt mir buchstäblich die Kinnlade herunter. »Ist das dein Ernst?«

Mom nickt und macht ein Gesicht, als würde sie gleich wieder weinen. Ich nehme zwei winzige Ohrstecker mit Diamanten aus der Schatulle. Sie sind nicht größer als eine Erbse, aber ich habe noch nie etwas gesehen, das so wundervoll glitzert.

»Sind die echt?«

Mom nickt. »Der Tag morgen ist genauso für dich gedacht wie für Dad und mich. Es geht um dich und mich und uns. Unsere Familie.«

»Darf ich sie anprobieren?«

»Natürlich.« Mom wirkt so glücklich, dass man meinen könnte, sie sei es, die gerade ein Paar fantastische Diamantohrringe geschenkt bekommen hat.

Langsam entferne ich die Silberstecker aus meinen Ohren, lege sie in die Schatulle und vertausche sie vorsichtig mit den Diamanten. Dann gehe ich ins Bad, um in den Spiegel zu schauen. Als ich den Kopf wende, tanzen kleine Regenbogen durch den Raum.

Mom tritt hinter mich, und ich mustere unsere Spiegelbilder. Ich bin ihr wie aus dem Gesicht geschnitten. Ich drehe den Kopf nach links und nach rechts und beobachte, wie meine Ohren funkeln.

»Wunderschön«, sagt Mom, und ich muss ihr zustimmen. »Erst die Eiscreme oder erst die Gesichtsmasken?«

»Fangen wir mit den Masken an. Das Eis können wir ja essen, während sie trocknen.«

»Ausgezeichnet.«

Sie schnappt sich zwei Stirnbänder aus Stoff aus der Schublade im Bad und gibt mir eines. Dann setzen wir uns auf ihr Bett, wo sie den Tiegel aus der Schachtel nimmt und sie mir gibt, damit ich die Gebrauchsanweisung lese.

»›Eine gleichmäßige Schicht auf die gereinigte, trockene Haut auftragen‹«, lese ich vor. »Wir sollten uns zuerst das Gesicht waschen.«

»Okay, treffen wir uns in fünf Minuten wieder?«

Ich nicke und gehe in mein Bad. Die Sache macht mehr Spaß, als ich gedacht habe. Dass Mom sich beinahe normal verhält, ist hilfreich, und die Ohrringe haben eindeutig nicht geschadet. Wieder bewundere ich sie im Spiegel und vergewissere mich, dass die Verschlüsse fest sitzen, bevor ich das Wasser einschalte.

Zurück in Moms Zimmer, studiere ich die restliche Gebrauchsanweisung.

»›Augen- und Lippenbereich aussparen und zehn bis fünfzehn Minuten einwirken lassen. Mit warmem Wasser und, wegen des Peelingeffekts, mit kreisförmigen Bewegungen entfernen.‹«

Mom schraubt den Deckel auf und hält mir zuerst den Tiegel hin. Ich tauche zwei Finger hinein und angle ein wenig Tonerde heraus, bevor ich ihn ihr gebe. Als ich die Masse auf meiner Stirn und auf den Wangen verteile, fühlt sie sich feucht und kühl an.

Dann schaue ich Mom an und fange an zu lachen. »Du siehst urkomisch aus.«

»Tja, bei dir ist es auch nicht besser«, entgegnet sie. Ich merke ihr an, dass sie lächeln will, aber die Tonerde trocknet bereits, weshalb sie Schwierigkeiten hat, den Mund zu bewegen.

»Wie lang soll man das drauflassen?«, fragt Mom. Ihre Stimme klingt seltsam, weil sie den Mund nicht ganz aufkriegt.

»Zehn bis fünfzehn Minuten.« Ich höre mich genauso merkwürdig an.

»Stellst du dein Telefon auf zwölf Minuten ein?«

Ich greife zum Telefon, um den Timer zu programmieren. »Und jetzt essen wir das Eis«, schlage ich vor. »Obwohl wir wahrscheinlich den Mund nicht weit genug aufmachen können.«

»Die Nägel?«

»Spitze.« Wenn Mom immer so cool drauf wäre, wäre es vielleicht nicht so schwierig, sie zu mögen.

Wir sind halb zur Tür hinaus, als wir von unten und aus dem Babyfon ein Stöhnen hören. »Warum wartest du nicht hier«, meint Mom. »Ich schaue nach Dad und bringe das Eis mit nach oben.«

Ich nicke und wage nicht, etwas zu sagen. Ich weiß, dass ich mitkommen und ihr helfen sollte, aber es ist so schrecklich, ihn so zu sehen. Hoffentlich geht es ihm morgen bei der Hochzeit besser, damit es noch nicht zu spät ist.

Ich klettere aufs Bett, lehne mich ans Kopfbrett und drücke mir ein Kissen von Dads früherer Seite des Bettes an die Brust. Aus dem Babyfon dringt Moms Stimme.

»Alles in Ordnung«, flüstert sie. »Alles in Ordnung.«

Ich weiß, dass sie Dad trösten will, aber es ist, als würde sie auch mich trösten. Ich greife nach dem Babyfon und beobachte auf dem Bildschirm, wie Mom das Bett höherkurbelt. Sie hilft ihm, sich die Sauerstoffröhrchen in die Nase zu stecken, und fängt dann an, seinen Rücken zu massieren.

Als er wieder normal atmet, blickt er sie an. »Was hast du da im Gesicht?«, fragt er.

»Eine Schlammmaske. CeCe hat sie für uns beide gekauft.« Obwohl das Bild auf dem Monitor verschwommen ist, kenne ich meinen Dad gut genug, um zu wissen, dass er eine Augenbraue hochzieht. »Was ist?«, erkundigt sich Mom.

Ihr Gesicht kann ich nicht sehen, aber mir ist klar, dass sie dämlich grinst, und zwar so breit, wie es mit dieser blöden Maske möglich ist.

»Nichts«, antwortet Dad. »Ich finde es nett, mehr nicht.«

»Wir essen Eis. Möchtest du welches? Vielleicht tut es deiner Kehle gut.«

Dad schüttelt den Kopf. »Bleibst du einfach kurz bei mir sitzen?«

»Natürlich.«

Als er rutscht, um ihr Platz zu machen, komme ich mir ein wenig komisch vor, weil ich einen so vertrauten Moment beobachte. Schließlich sind sie meine Eltern. Aber wie Dad letztens sagte, sind sie auch Menschen.

Der Timer in meinem Telefon läutet. Also stelle ich den Monitor wieder auf den Nachttisch und gehe, um mir die Gesichtsmaske abzuwaschen. Ich überlege, ob ich nach Mom rufen soll, doch ein paar Minuten mehr werden ihr schon nicht schaden. Und diese Minuten verbringt sie besser dort, wo sie jetzt ist.

Ich weiß, dass ich ihr die Situation nicht gerade erleichtert habe. Aber es ist eben nicht so, als könnte ich die Tafel einfach blank wischen und vierzehn Jahre voller Enttäuschungen vergessen. Selbst wenn ich ihr verzeihe, können wir nicht mit dem Finger schnippen, und plötzlich stehen wir uns nah. Sosehr ihr das auch gefallen würde.

Nachdem ich den letzten Rest Schlamm von meinem Gesicht entfernt habe, fühlt sich meine Haut weich und wie neu an. Ich studiere mein Gesicht, ein Abklatsch von ihrem. Vielleicht kann ich ja einen Anfang machen, indem ich sie nicht mehr so sehr hasse.

Dad zuliebe.

44

Tommy

Manchmal bereue ich es.

In den stillen Momenten, wenn ich und Lexie allein sind. Wenn sie lacht und es eine Sekunde lang so ist, als sei alles wieder wie früher. Wenn sie meine Hand hält, und ich ihren abwesenden Augenausdruck bemerke. Wenn ich sie nicht frage, was sie gerade denkt, weil ich es schon weiß. Und ich weiß auch, dass sie mir nicht die Wahrheit sagen würde, wenn ich sie frage.

Auch in den lauten Momenten. Wenn CeCe ihren gnadenlosen Unabhängigkeitsdrang auslebt. Wenn sie etwas tut, das mich innehalten und erkennen lässt, dass sie kein kleines Mädchen mehr ist, aber auch noch keine Erwachsene. Sie ist in einem Schwebezustand gefangen. Ähnlich wie ich jetzt.

In Momenten wie diesen grüble ich darüber nach, ob ich dagegen hätte ankämpfen sollen. Ob ich mich mehr hätte anstrengen müssen, um die Zeit mit den beiden hier auf Erden zu verlängern. Mehr Zeit. Ich will mehr Zeit. Auch wenn es nur ein einziger Tag ist.

Doch dann sehe ich CeCe sorglos lachen oder lächeln,

bis sie sich dabei ertappt und aufhört. Ihr Pokerface ist so schlimm wie das ihrer Mutter. Ich kann die Gedanken sehen, die hinter ihren Augen vorbeihuschen. *Ich darf nicht lachen*, denkt sie.

Nie wollte ich der Grund sein, warum sie traurig ist.

Und Lexie, mein Herz. Obwohl sie mir das nicht glaubt, ist sie die einzige Frau, die ich je wirklich geliebt habe. Schon als wir Kinder waren, wollte ich nur sie. Immer nur sie. Es gibt ein Foto aus unserer Jugend. Wir beide am Strand mit Jill und Adam.

Wir hatten gerade eine Schachtel Wassereis verschlungen. Ich hatte sicher zwei. Unsere Lippen lächeln rot, violett, grün und blau. Jill lächelt, weil sie nicht ahnt, dass sie Adam heiraten wird, wenn sie erwachsen ist. Er wird sie betrügen und verlassen, sodass sie die Scherben ihrer Träume zusammenkehren und zwei wunderbare Kinder allein großziehen muss. Adam lächelt, weil er sich schon damals verhielt, als gehöre ihm die Welt. Lexie lächelt, weil sie nach außen hin immer lächelt. Und dann bin da ich. Der Einzige, der nicht in die Kamera schaut. Aber ich lächle, weil ich Lexie ansehe.

Sie ist noch immer der Grund, warum ich lächle. Sie ist der Grund, warum ich jeden Morgen trotz der Schmerzen aufwache. Ich möchte so gern das Gleiche für sie sein. Ich war es einmal. Doch jetzt … Ich finde es schrecklich, dass ich der Anlass für ihre Trauer bin. Ich finde es schrecklich, sie oben in unserem Schlafzimmer weinen zu hören. Ich finde es schrecklich, dass ich nicht die verdammte Treppe hinaufsteigen, zu ihr ins Bett schlüpfen, sie im Arm halten und ihr mitteilen kann, dass sie es schaffen wird. Ich finde es schrecklich, dass sie jeden Morgen nach unten kommt, auf dem Gesicht jenes Lächeln, von dem sie glaubt, es könne ihr Leid verbergen.

In diesen Momenten sehe ich, was sie ihnen antut, diese Krankheit, die meinen Körper Atemzug um Atemzug tötet. Dann weiß ich, dass ich mich richtig entschieden habe. Denn obwohl ich der Kranke bin, bringt es uns alle um. Und es wäre egoistisch von mir, mich ans Leben zu klammern und die zwei auch nur einen Tag länger als nötig zu quälen. Ich habe schon einmal das Gleiche durchgemacht wie sie.

Mir ist klar, dass sie umso länger leiden werden, je länger ich da bin. Und umso länger werden sie brauchen, um wieder auf die Beine zu kommen. Ich weiß, dass sie sich erholen werden. CeCe wird noch mehr über sich hinauswachsen, als sie es ohnehin schon tut. Dazu hat sie genug von dem Freigeist und der Dickköpfigkeit ihrer Mutter geerbt. In Kombination mit der Nachdenklichkeit und Selbstreflexion, die sie von mir hat, wird mein kleines Mädchen nicht aufzuhalten sein.

Und Lexie. Wenn sie diese Sache übersteht, übersteht sie alles. Mir ist klar, dass es nicht leicht für sie ist. Sie hatte schon immer Schwierigkeiten durchzuhalten, doch nun weiß ich, dass sie nie wieder davonlaufen wird. Dieser Sommer hat auch sie verändert.

Auch wenn CeCe es nicht ahnt, hat mein liebes Mädchen großes Glück gehabt. Eines Tages wird ihr klar werden, dass ihre Mutter etwas Wundervolles und Besonderes ist. Hoffentlich wird sie dann zurückblicken können und sich sagen, dass ihr alter Herr auch nicht so schlecht war.

Vor allem wünsche ich mir, dass das hier nicht die Tage sind, die sie in ihrem Gedächtnis bewahren und an die sie sich erinnern wird, wenn sie an mich denkt. Es bedrückt mich, dass ich mich an meine Mom hauptsächlich krank im Bett erinnere. Allerdings zog sich bei ihr die Krankheit über Jahre hin, nicht nur über Monate.

Wenn CeCe erwachsen ist und vielleicht selbst Kinder hat, kann sie hoffentlich in die Vergangenheit schauen und wegen der schönen Zeiten lächeln. Wie wir in der Küche getanzt haben, ihre winzigen Füßchen auf meinen. Der Nachmittagsimbiss am Küchentisch. Wie ich sie zum Ballett, zur Klavierstunde, zur Gymnastik und zur Theaterprobe kutschiert habe. Die Gutenachtgeschichten und das Kuscheln am Samstagmorgen. Wie sie, zwischen ihrer Mom und mir liegend, im Bett Zeichentrickfilme angeschaut hat.

Hoffentlich vergisst sie nicht, wie sehr ich sie geliebt habe. Sie liebe. Auch wenn ich nicht mehr bin, wird meine Liebe zu ihr bleiben.

Verdammt, es ist so schwer.

Manchmal wünsche ich mir, ich wüsste nicht, was mich erwartet. Dass ich nicht all diese Zeit, so kurz sie auch sein mag, darüber nachdenken müsste, was ich zurücklasse. Es wäre leichter, wenn ich eines Tages einfach zu Bett gehen und nicht mehr aufwachen würde.

Doch dann könnte ich mich nicht verabschieden. Ich wäre nicht in der Lage, diesen letzten Plan in die Tat umzusetzen. Mein letztes Geschenk.

Es ist zwar für Lexie, aber auch für mich.

Und für CeCe.

Für uns alle.

45

Alexis

Als ich an meinem Hochzeitstag die Treppe hinunterkomme, ist Dolly zu meiner Freude schon da. Ihr Lächeln und ihre Gegenwart sind nach der letzten Nacht eine Erleichterung.

»Wie geht es der Braut heute Morgen?«, flüstert sie.

»Die letzte Nacht war schwierig«, erwidere ich. »Ich war nicht sicher und dachte …« Ich schaue zu Boden und kann die Worte nicht aussprechen. Ich kann nicht eingestehen, dass ich befürchtet habe, all unsere Planung könne vergeblich gewesen sein. Eine Minute floss mir wegen CeCes unerwartetem Geschenk das Herz über vor Liebe, in der nächsten blieb es mir im Halse stecken.

Dolly umfasst meine Hand mit beiden Händen. »Wir schaffen ihn dorthin, das verspreche ich Ihnen.«

»Danke«, antworte ich, obwohl dieses Wort nicht annähernd ausdrückt, wie sehr ich ihre Hilfe zu schätzen weiß.

»Es ist nichts«, meint Dolly und weicht meinem Blick aus. Obwohl sie es nicht zugibt, weiß ich, dass sie es auch spürt.

»Es ist genau das Gegenteil von nichts«, erkläre ich ihr. »Das verstehen Sie doch, oder?«

Dolly betrachtet mich verständnislos. »Ich mache nur meinen Job.«

»Ihr Job ist es eigentlich, sich um Tommy zu kümmern«, antworte ich. »Aber außerdem sorgen Sie so gut für mich.«

»Ach, herrje.« Dolly wischt sich eine Träne aus dem Auge und umarmt mich fest. »Wissen Sie, meiner Ansicht nach ist diese Hochzeit genau das, was der Arzt verschrieben hat. Ihnen beiden.«

Ich nicke, drücke sie noch einmal an mich und lasse sie wieder an die Arbeit gehen.

»Also. So gern ich es hätte, dass Sie den ganzen Tag hier sitzen und ein Schwätzchen mit mir halten, werden Sie, glaube ich, erwartet«, verkündet Dolly mit einem spitzbübischen Funkeln in den Augen. Es ist mir schleierhaft, wie jemand so viel Trauer erleben und dennoch eine solche Fröhlichkeit ausstrahlen kann. »Genießen Sie den Tag. Es ist so schön, dass Sie das für ihn tun.«

Ich blinzle die Tränen weg und konzentriere mich auf die Tatsache, dass ich, wenn alles nach Plan läuft, am Abend eine verheiratete Frau sein werde. Und ich hoffe von ganzem Herzen, dass ich genug Zeit habe, mich daran zu erfreuen, bevor ich Witwe werde.

Ich werfe die beiden Fläschchen Nagellack, die wir gestern nicht mehr zu benutzen geschafft haben, in meine Handtasche und hoffe, dass ich bei Jill noch Gelegenheit kriege, mir die Nägel zu lackieren. Der Zeitplan ist ziemlich eng. CeCe ist bei Lou im Broken Crown und legt letzte Hand an die Torte. Sie kommt bald zurück und leistet Tommy Gesellschaft, während ich zu Jill gehe, um mich schick zu machen.

Jack ist für Frisur und Make-up zuständig. Er und Blake haben angekündigt zu erscheinen, noch ehe ich sie darum bitten konnte. Ursprünglich wollte er auch CeCe frisieren, doch sie hat befürchtet, dass es ihrem Dad auffallen könnte und dass sie sich dadurch verrät. Offenbar ist sie genauso aufgeregt wie ich.

Jill hatte recht. Ich hätte es ihr unmöglich verheimlichen können. Obwohl ich versuche, es nicht zu übertreiben, wenn ich CeCe zeige, wie viel mir ihre Hilfe bedeutet, war ich noch nie gut darin, mit meinen Gefühlen hinter dem Berg zu halten.

Jetzt aber muss ich die perfekte Show abliefern, wie ich mir vor Augen halte, als ich ins Wohnzimmer komme, wo Tommy vor sich hin döst. Er ahnt, dass etwas im Busch ist, weiß allerdings sicher nicht, worum es geht. Seit fünfzehn Jahren weise ich seine Heiratsanträge nun schon zurück. Also wird er damit ganz bestimmt nicht rechnen.

»Deine Haut«, sagt er, als ich mich vorbeuge, um ihn zum Abschied zu küssen. »Sie strahlt.«

»Das muss an dieser supertollen Gesichtsmaske liegen. Wie fühlst du dich?«

»Mach dir keine Sorgen. Heute sterbe ich nicht.«

Ich zwinge mich zu einem Lächeln, obwohl ich Bemerkungen wie diese immer weniger ertragen kann.

»Da bin ich aber erleichtert«, frotzle ich zurück. »Jill wäre sehr böse, wenn du das Abendessen verpassen würdest, das sie plant. Es gibt alle deine Lieblingsgerichte, und CeCe macht die Nachspeise.«

»Ich kann es kaum erwarten.«

»Wenn es okay für dich ist, gehe ich jetzt rüber und helfe ihr.«

»Ich komme schon klar«, erwidert er lächelnd. »Da mache ich mir eher Sorgen um Jill. Versprich mir, dass du die Finger vom Kochen lässt.«

»So schlecht bin ich nun auch wieder nicht«, verteidige ich mich.

»Niemand bestellt so gut beim Lieferservice wie du.«

»Vergiss das bloß nicht.« Bevor ich gehe, küsse ich ihn noch einmal. »Du und CeCe solltet euch gegen sechs auf den Weg machen. Dolly hilft euch.«

Auf dem Weg die Straße hinunter zu Jills Haus fühle ich mich von Schritt zu Schritt ein wenig leichter. Jeder Atemzug Meeresluft erweckt mich langsam wieder zum Leben und erfüllt mich mit Vorfreude auf die kommenden Tage.

Es passiert wirklich.

Jack kommt nach draußen, bevor ich das Gartentor öffnen kann. Er und Jill gleichen einander noch immer wie ein Ei dem anderen, auch wenn Jacks sommersprossiges Gesicht jünger und seine Haut straffer wirkt. Vermutlich Ergebnis der vielen Pflegeprodukte, auf die er in seinem Salon Zugriff hat. Doch sie haben beide das gleiche Lächeln, das ihre Augen aufleuchten lässt. Ihr identisches rotes Haar hat mittlerweile ein zahmeres Rostbraun angenommen. »Du hast dir doch nicht etwa die Haare gewaschen, oder?«

»Ich freue mich auch, dich zu sehen.« Ich lache auf. »Nein, ich habe mich an deine Anweisungen gehalten.«

»Braves Mädchen.« Er schließt mich in die Arme und

küsst mich auf den Scheitel. »Ich finde es toll, dass du es tust.«

»Und ich bin so froh, dass du hier bist. Danke fürs Kommen.«

»Gern geschehen. Als ob du mich hättest daran hindern können.«

»Wo ist Blake?«, frage ich.

»Hinten. Er baut alles auf.« Lächelnd zaust er mir das Haar, als wir hineingehen. »Dann schauen wir mal, ob ich ein Wunder bewirken kann.«

Jill begrüßt uns an der Haustür und umarmt mich fest. »Gratuliere zum Hochzeitstag.«

»Dafür ist auch noch später Zeit«, meint Jack zu seiner Zwillingsschwester, scheucht sie weg und führt mich nach oben. »Ich habe die Sachen in Jills Bad bereitgestellt.«

Im Vorbeigehen riskiere ich einen Blick in Abigails Zimmer. Fast erwarte ich, dass es dort noch so aussieht wie damals, als sie ein kleines Mädchen war. Allerdings ist das Prinzessinnenbett mit dem Baldachin längst verschwunden, und ihre riesigen Stofftiere sind Malutensilien gewichen. Zu meiner Freude ist ein Stofftier geblieben. An ihre Kopfkissen gelehnt, sitzt Beary, der weiße Bär von Gund, den Tommy ihr zu Beaus Geburt geschenkt hat. Offenbar wird er innig geliebt, wie es sich für einen anständigen Teddy gehört.

Die Tür von Beaus Zimmer ist geschlossen. Doch ich höre von drinnen die verräterischen Geräusche eines Videospiels. An der Tür zögere ich, und die Gefühle drohen, wieder die Oberhand zu gewinnen. Seit meinem Gespräch mit Becky kann ich Beau mit ein wenig anderen Augen sehen. Inzwischen erkenne ich auch Anteile von Jill in ihm. Und wenn er CeCe ein so guter Freund ist wie seine Mom für mich, bin ich froh, dass sie ihn hat. Obwohl sie sich auch weiterhin nicht allein miteinander in einem der Häuser aufhalten dürfen.

»Kommst du?«, ruft Jack aus Jills Schlafzimmer am Ende des Flurs.

»Einen Moment.«

Als ich gerade die Hand hebe, um an Beaus Tür zu klopfen, öffnet er sie und zuckt zusammen. Er ist sichtlich überrascht, mich zu sehen.

»Ich wollte dir nur sagen, wie leid es mir tut«, beginne ich.

»Schon okay«, erwidert Beau. »Du musst nicht …«

»Es ist nicht okay, und ich muss sehr wohl. Ich bedaure es und hoffe, dass du mir verzeihst. Ich weiß …« Bevor ich den Satz beenden kann, umarmt Beau mich rasch.

»Es ist gut, Tante Lexie«, antwortet er. »Diese Sache mit Onkel Tommy bringt alles durcheinander. Aber was du heute vorhast, ist ziemlich cool.«

»Danke, Beau Bo«, benutze ich Tommys Spitznamen für ihn.

Tränen schimmern in seinen Augen, und ich wende mich lächelnd zum Gehen. Er möchte nicht, dass ich es bemerke. Und ich weiß, dass ich in diesem Fall auch zu weinen anfangen würde.

Jack erwartet mich in Jills Schlafzimmer, wo er einen improvisierten Schönheitssalon eingerichtet hat. Ich setze mich auf den Küchenhocker vor dem Waschbecken und betrachte das Bord, wo sich offenbar sämtliche der Frauenwelt bekannte Kosmetika versammelt haben.

»Und wie fühlst du dich wirklich?«, fragt Jack und fährt mir mit den Fingern durchs Haar. Mit geschlossenen Augen genieße ich die Kopfmassage.

»Inzwischen besser.«

»Ich meine es ernst.«

Als ich die Augen aufschlage, stelle ich fest, dass Jacks Spiegelbild mich anstarrt. Er runzelt besorgt die Stirn. »Ich möchte heute nicht traurig sein.«

»Nachvollziehbar.« Er lächelt wieder und tätschelt mir die Schulter, ehe er nach einer Flasche mit einer weiß und schaumig herausquellenden Substanz greift.

»Willst du mich denn nicht fragen, wie ich mir meine Haare vorstelle?«, erkundige ich mich mit einem spitzbübischen Grinsen.

Jacks Finger halten nicht in der Bewegung inne. »Wenn du möchtest.«

»Würde es etwas verändern?«

»Bitte.«

Als ich mich umdrehen will, um ihn anzusehen, legt er sofort die Hände auf beide Seiten meines Gesichts und rückt meinen Kopf wieder in Position. Lächelnd gebe ich mir Mühe, still zu halten, damit Jack sein Bestes tun und mich an dem Tag, der der glücklichste meines Lebens werden soll, in eine Braut verwandeln kann.

46

CeCe

Normalerweise würde es mich nerven, dass Dad mitten am Nachmittag drinnen ist und schläft. Aber ich weiß, dass er Ruhe braucht, um den heutigen Abend genießen zu können. Außerdem kann ich draußen sitzen und in aller Öffentlichkeit *Die Schule der Schauspielkunst* lesen, da er ja im Bett liegt und Mom auf gar keinen Fall nach Hause kommen wird.

Immer wenn ich in dem Buch blättere, fühle ich mich wie ein Junge, der heimlich einen Blick in eine unanständige Zeitschrift wirft. Aber obwohl ich weiß, dass ich keinen Grund habe, mich zu schämen, ist es die Sache nur nicht wert, deswegen ausgefragt zu werden. Solange sie nicht ahnen, dass Monica und ich in Kontakt sind, können sie mir nicht verbieten, sie zu treffen. Denn wenn ich mich nicht mit ihr treffe, hat sie keine Gelegenheit, mich zu sich nach L. A. einzuladen. Letztens war sie ganz nah dran. Das habe ich gespürt.

Sie hat die Dame vom Catering nicht verbessert, als diese mich für ihre Tochter gehalten hat. Außerdem hat sie mir erzählt, wie einsam es in ihrer Wohnung ist und dass sie nie Gäste hat, die in ihrem Gästezimmer übernachten.

Seufzend schlage ich das Buch an der Stelle auf, wo ich stehen geblieben bin, also beim Kapitel »Belohnung sofort und von innen heraus«. In diesem Moment fährt ein Yellow Cab vor. Ich klappe das Buch zu und lege es neben mich. Wir erwarten niemanden.

Die hintere Tür des Taxis öffnet sich, und ich erkenne, dass auf dem Rücksitz etwas grell Rosafarbenes aufleuchtet.

»Tante Becky!«, schreie ich so laut, dass ich wahrscheinlich Dad aufgeweckt habe, was absolut nicht meine Absicht war. Aber Tante Becky ist da!

»Zuckerhäschen!«

Ich werfe mich ihr so schwungvoll in die Arme, dass sie rückwärts gegen das Taxi taumelt. »Was machst du denn hier?« Mir treten Tränen in die Augen, obwohl ich das genaue Gegenteil von traurig bin.

»Weißt du es denn nicht?«, erkundigt sich Becky. »Mist!«

»Was weiß ich nicht?« Sie kann unmöglich von der Hochzeit erfahren haben. Mom hätte mir erzählt, dass Becky kommt.

»Dein Dad plant eine kleine Überraschung für deine Mom.«

Hinter uns geht die Haustür auf, und Dad steht da. Den Sauerstofftank neben sich, lehnt er am Türrahmen. »Unser erster Hochzeitsgast ist da.«

»Du bist eingeweiht?«, frage ich Dad und verstehe die Welt nicht mehr.

»Also bist du im Bilde?«, meint Becky und zerrt ihren Koffer zum Haus. Falls sie Dads schlechter Zustand erstaunt, lässt sie sich nichts anmerken. »Hallo, Bräutigam.«

»Hally, Becks.« Rasch küsst Dad sie auf die Wange.

»Ich kapiere gar nichts«, verkünde ich und bleibe in der Auffahrt stehen.

»Komm, Süße«, fordert Becky mich auf.

Seufzend laufe ich die Stufen hinauf und auch ins Haus, um zu schauen, ob ich ergründen kann, was, um alles in der Welt, hier gespielt wird.

»CeCe, warum holst du unserem Gast kein Glas von deinem leckeren Arnold Palmer?«, sagt Dad. »Und eines für deinen alten Herrn.«

Nickend trolle ich mich in die Küche und überlege weiter, was los sein könnte.

Als ich ins Wohnzimmer zurückkehre, sitzen Dad und Becky auf dem Sofa. Da für mich kein Platz ist, klettere ich aufs Bett. Tante Becky lächelt mir zwar zu, doch ihre Augen sind glasig, und ich erkenne, dass es schwer für sie ist, Dad so zu erleben. Allerdings überspielt sie die Situation glänzend.

»Jetzt redet schon«, befehle ich.

»Deine Tante Jill hat sich verplappert«, erklärt Dad. »Vielleicht absichtlich. Oder weil sie noch nie gut darin war, Geheimnisse zu hüten.«

»Mom wird stinksauer sein.«

»Nicht so sauer, wie ich es wäre, wenn sie endlich unter die Haube käme, ohne dass ich dabei bin«, stellt Becky fest. »Übrigens bin ich begeistert. Deine Mom hat mir erzählt, dass du dich zu einer Zauberkünstlerin in der Küche gemausert hast.«

»Hat sie das?« Ich bin überrascht und fühle mich geschmeichelt, darf mich jedoch nicht von einem unerwarteten Kompliment aus der Bahn werfen lassen. »Doch ich begreife immer noch nicht, warum du hier bist. Nimm's nicht persönlich.«

»Kein Problem, kleine Maus. Ich muss die Ware abliefern.«

Becky öffnet den Reißverschluss ihres nachgemachten Army-Rucksacks und überreicht meinem Dad eine Schmuckschatulle.

»Ist das …?«

»Der Ring, den ich deiner Mom vor deiner Geburt schenken wollte, nur für den Fall, dass sie jemals Ja sagt.« Als er mir die Schatulle gibt, klappe ich den Deckel auf. Der große, runde, in Platin gefasste Diamant wird von einigen kleineren umgeben.

»Mannomann!«

»Glaubst du, er gefällt ihr?«, fragt Dad.

»Kennt sie ihn denn noch nicht?«

Dad schüttelt den Kopf. Dieses Funkeln in seinen Augen habe ich seit Menschengedenken nicht mehr gesehen. »Ich wollte, dass sie den Antrag meinetwegen annimmt, nicht wegen eines neuen glitzernden Rings.«

»Wieder mal typisch Psychologe.« Ich nehme den Ring aus der Schatulle und stecke ihn an. Hoffentlich bringt das kein Unglück, aber andererseits ist es wohl unmöglich, noch mehr Pech zu haben als wir. »Sie wird begeistert sein. Und wie willst du ihn ihr überreichen?«

»Dazu ist mir noch nichts eingefallen.«

»Vielleicht wäre es cool, wenn du den Antrag diesmal Alexis überlässt.« Becky berührt mit dem Finger nachdenklich ihr Kinn. Als die beiden einander betrachten, verändern sich ihre Mienen, so als tauschten sie sich mit den Augen aus. Dann blicken sie mich gleichzeitig an. »Hast du geglaubt, sie fangen einfach so mit der Trauung an?«

Ich zucke die Achseln. »Wahrscheinlich.«

»Du könntest es ihr ja vorschlagen«, sagt Dad.

»Was vorschlagen? Den Heiratsantrag?«

»Warum nicht?«, antwortet er.

»Darum.« Doch mir fällt kein triftiger Grund ein. Ich räuspere mich leise und stehe auf. Beim Hin- und Hertigern kann ich besser denken. Ich nehme das blaue Jo-Jo vom Couchtisch, vollführe ganz automatisch die Kunststücke, die Dad mir beigebracht hat, und laufe dabei vor dem Fußende seines Bettes auf und ab. Wie soll ich das denn hinkriegen?

»Es ist, als würde man einen Klon beobachten«, merkt Becky an. Ich bleibe stehen, ziehe das Jo-Jo mit einem Ruck in meine Handfläche und werfe ihr einen giftigen Blick zu. Was kann ich denn dafür, wenn meine Mom auch tigert? »Meinetwegen brauchst du nicht stehen zu bleiben«, meint sie.

»Ich könnte ihr eine SMS schicken.« Wieder gehe ich hin und her, lasse das Jo-Jo fallen und bugsiere es mit einer Bewegung meines Handgelenks erneut nach oben. »Jack ist vermutlich noch mit ihrer Frisur beschäftigt.«

»Jack ist hier?«, wundert sich Dad.

»Spitze, jetzt habe ich den Rest der Überraschung

auch noch verdorben.« Ich halte inne und setze mich aufs Bett.

»Wenn ich jetzt rübergehe, macht sie sich Sorgen, weil du hier allein bist.«

»Behaupte, Dolly sei früher als sonst aufgekreuzt«, erwidert Dad.

»Wer ist Dolly?«, erkundigt sich Becky.

»Eine der Hospizschwestern«, erkläre ich ihr. »Sie ist echt nett.«

»Darf ich, wenn sie da ist, ›*Hello, Dolly, well, hello, Dolly!*‹ singen?« Becky trällert und wedelt dabei mit den ausgebreiteten Händen.

»Das kennt sie sicher noch nicht«, frotzelt Dad.

Becky zuckt die Achseln. »Besser als ein Dolly-Parton-Witz.«

»Könnten wir wieder auf den Punkt kommen, Leute?« Manchmal ist es, als sei ich die einzige Erwachsene hier.

»Das könnte klappen«, wendet sich Becky wieder dem Thema zu. »Du gehst schon mal vor und sagst, dir sei eingefallen, dass sie einen Schritt ausgelassen hat. Ohne Heiratsantrag kann man nicht heiraten, weshalb sie ihm zuerst einen Heiratsantrag machen muss.«

»Aber wie? Und wann?«

»Sobald dein Dad dort ist. Wenn sie miteinander allein sind.«

»Doch da hat sie schon ihr Kleid an. Er wird sie sehen.«

»Das spielt überhaupt keine Rolle. Wir pfeifen auf die Traditionen.« Becky schaut meinen Dad an. »Nimm's nicht persönlich.«

Er schmunzelt. »Keine Ursache.«

»Wenn sie dich fragt, ob du sie heiraten willst, kannst du den Ring herausholen und sie deinerseits überraschen«, verkündet Becky.

Dad fährt sich mit der Hand über den Schädel, wie immer, wenn er sich etwas durch den Kopf gehen lässt. »Das könnte klappen.«

»Glaubst du?«, hake ich nach.

Dad zuckt die Achseln. »Die anderen zweiundsiebzig Male, die ich gefragt habe, hat es nicht geklappt. Was schadet also noch ein Versuch?« Er fängt an zu lachen, verstummt aber, bevor ein Hustenanfall daraus werden kann.

»Gut, dass das dreiundsiebzigste Mal einem Sprichwort zufolge angeblich Glück bringt«, meint Becky.

Ich schüttle den Kopf. »So ein Sprichwort gibt es nicht.«

»Nun, vielleicht bürgert es sich ja ein.« Dad lächelt, und mir wird klar, dass ich ihn seit seiner Erkrankung nicht mehr so glücklich gesehen habe. Oder zumindest seit dem Tag, als er mir das Autofahren beigebracht hat. Da hat er ziemlich glücklich gewirkt. Doch als wir nach Hause kamen, hat er etwa dreizehn Stunden lang geschlafen. So müde darf er heute nicht werden.

»Am besten ruhst du dich jetzt aus, Dad.« Ich bedenke Becky mit einem Blick, der ihr mitteilen soll, dass ich nicht scherze.

»Deine Tochter, die Dreifachgefahr«, merkt Becky an. »Schauspielerin, Küchenchefin und jetzt auch noch Krankenschwester.«

»Sie ist der Boss«, bestätigt Dad.

Becky erhebt sich und hält Dad die Hand hin. Er nimmt sie und lässt sich beim Aufstehen helfen.

Bevor er sich wieder hinlegt, nimmt er Tante Becky in die Arme und flüstert ihr etwas ins Ohr. Vermutlich ist es ein Dank, doch mir hat es besser gefallen, als ich noch nicht darauf achten musste, ob ich auch seine Privatsphäre respektiere.

47

Alexis

»Wow«, ruft CeCe, als sie in Jills Wohnzimmer tritt. Ich mustere mein Kleid und bedauere es, dass es nirgendwo einen Spiegel gibt. »Meinst du das positiv oder negativ?«

»Positiv. Es ist spitze. Fantastisch«, erwidert meine Tochter, die mir noch nie im Leben ein aufrichtiges Kompliment gemacht hat. »Du bist wunderschön.«

»Danke«, sagt Jack, worauf ich nach ihm schlage, ihn aber verfehle.

»Du siehst nicht aus wie du selbst«, fügt CeCe hinzu, was das Lob ein wenig einschränkt.

»Danke?«

»Du verstehst mich absichtlich falsch.« CeCe verdreht die Augen und kauert sich auf die Sofakante. »Dad ist draußen. Ich habe ihm gesagt, dass du kommst und ihm nach hinten in den Garten hilfst.«

»Okay.« Ich atme tief durch und streiche mein Kleid glatt, obwohl der eierschalenfarbene Stoff auch nicht die kleinste Knitterfalte aufweist. Es ist zwar kein ausdrückliches Hochzeitskleid, aber irgendwie weiß, steht mir und ist das Beste, was wir so kurzfristig auftreiben konnten.

Es war CeCes Einfall, dass ich Tommy einen Antrag mache, bevor ich ihm eröffne, dass er heute heiratet. Ich muss zugeben, dass dieser Rollentausch etwas für sich hat. Außerdem hat er so Gelegenheit, Luft zu holen und das Ganze zu verarbeiten.

»Hältst du die für mich?« Ich reiche CeCe den Strauß gelber Rosen. Die Blütenblätter haben rote Spitzen. Diese Blumen schenkt Tommy mir häufig, seit ich ihm irgendwann verraten habe, dass sie eine in Liebe übergegangene Freundschaft symbolisieren.

»Hals- und Beinbruch, Mom.«

Nachdem ich CeCe auf die Wange geküsst habe, gehe ich zur Haustür, wo Jill mich erwartet. Sie lächelt und wischt sich eine Träne ab.

»Lass das«, warne ich sie. »Wenn du jetzt heulst, fange ich auch an.«

»Wehe dir«, sagt Jack und tritt hinter uns beide. »Ich habe mich nicht eine Stunde mit deinem Make-up abgemüht, damit du es verdirbst.«

Nickend versuche ich, die Tränen wegzublinzeln. Allerdings sollten wir uns beeilen und Fotos machen, denn ich bin nicht sicher, wie lange ich sie zurückhalten kann.

»Dad wartet«, merkt CeCe an.

Ich öffne die Tür und gehe hinaus zu meinem Romeo. Er sitzt im Rollstuhl und trägt seinen alten Frack, der ihm mittlerweile mehr als einige Nummern zu groß ist. Als ich mich nach Jill und CeCe umblicke, wirken sie ebenso begeistert und aufgeregt, wie ich mich fühle.

»Für ein Grillfest bist du ein bisschen zu elegant angezogen«, stelle ich fest und schlendere auf ihn zu.

»Was, dieses abgehalfterte Ding?« Bei Tommys Lächeln schmilzt mir noch immer das Herz. Ich weiß nicht, was ich mir dabei gedacht habe, diesen Mann all die Jahre zurückzuweisen.

»Also bist du im Bilde?«, erkundige ich mich.

»Worüber?«, neckt er mich. »Übrigens bist du wunderschön.«

»Danke.«

Als Tommy lacht, ist mir klar, was er denkt: Ich habe endlich gelernt, mit Komplimenten umzugehen. Ich nehme seine Hand und beuge mich hinunter, um ihm in die traumhaften verschiedenfarbigen Augen zu schauen. Sie ziehen mich an, und alles, was ich sagen wollte, ist auf einmal wie weggeblasen.

»Ja«, antwortet Tommy, bevor ich meine Gedanken so weit geordnet habe, um die Frage stellen zu können.

»Noch nicht.« Ich hole tief Luft. Die Worte kommen tief aus meinem Herzen. »Vor so vielen Jahren wolltest du, dass ich bleibe, anstatt wegzulaufen. Das Leben sei schwierig, ganz gleich, wohin ich mich auch flüchten würde, und einige Dinge seien es wert, für sie auszuharren. Dazu gehörst auch du. Du bist es wert, für dich auszuharren, und ich will den Rest des Lebens, der uns gemeinsam vergönnt ist, deine Frau sein.«

»Ja«, wiederholt Tommy.

»Noch nicht.« Ich lache trotz der Tränen, die ich inzwischen nicht mehr zu unterdrücken versuche. »Tommy Whistler, willst du mich heiraten?«

»Jetzt?«, erkundigt er sich. Ich nicke. »Dann ja. Die Antwort lautete schon immer ja.«

Als ich mich bücke, um ihn zu küssen, höre ich, wie unser Publikum in der offenen Tür applaudiert.

»Wenn ich geahnt hätte, dass nur das nötig ist, um dich zu überzeugen, hätte ich schon vor Jahren Krebs gekriegt.«

»Nicht heute«, flehe ich und richte mich auf. »Wir werden auf einer Hochzeit erwartet.«

»Nicht so schnell«, protestiert Tommy. Er greift in die Sakkotasche und fördert eine Schmuckschatulle zutage. »Diese Straße ist in beide Richtungen befahrbar, Baby.«

Ich lächle. Für einen Moment fühle ich mich wie eine ganz gewöhnliche Braut am glücklichsten Tag ihres Lebens. Als Tommy die Schatulle öffnet, habe ich genau den Ring vor mir, den ich mir auch selbst ausgesucht hätte. Er funkelt in der Sonne. Beinahe so sehr wie Tommys müde Augen.

»Alexis Gold, erweist du mir die Ehre und machst mich zum glücklichsten Sterbenden der Welt, indem du meine Frau wirst?«

»Warum hat das so lange gedauert?«, hänsle ich ihn.

Lächelnd steckt er mir den Ring an. Er passt perfekt, genauso wie wir zusammenpassen. Ich lehne mich nach vorne, um Tommy noch einmal zu küssen, sehe jedoch im Augenwinkel etwas Neonrosafarbenes aufblitzen.

»Becky?«

»Hallo, Schatzihasi«, erwidert sie so lässig, als käme sie in unser Büro spaziert und stünde nicht vor Jills Haus in Destin. Mit ihrer schicken Kamera knipst sie eine Unmenge von Bildern, ehe sie durch das Gartentor tritt.

»Wie kann das sein?«, stammle ich. Mir fehlen die Worte.

»Tommy fand, dass ihr eine Fotografin braucht«, meint sie. »Und du weißt ja, dass ich mir so etwas nicht entgehen lasse.«

»Danke.« Ich umarme sie und drücke sie fest an mich. Mir war gar nicht klar, wie sehr ich sie vermisst habe. »Ich bin so froh, dass du da bist.«

»Ich auch, Liebes. Und jetzt bringen wir dich unter die Haube, bevor du es dir anders überlegst.«

»Niemals.« Ich schaue zwischen ihr und meinem Verlobten hin und her. »Also los.«

Wie auf ein Stichwort gesellt Jack sich zu uns, um Tommy in den Garten zu schieben, wo Blake und Abigail sich schon den ganzen Nachmittag abmühen.

Tommy wirft mir eine Kusshand zu, als sie um die Ecke verschwinden, und ich frage mich, wie man sich gleichzeitig so vom Glück gesegnet und vom Pech verfolgt fühlen kann.

»Bereit, Mom?« CeCe steht in der offenen Tür. Sie hat ihr Brautjungfernkleid angezogen und sieht eher wie eine Frau aus, nicht wie meine kleine Tochter. Für meinen Geschmack ist das Kleid ein wenig zu kurz und zu eng, aber ich lerne allmählich, wann sich ein Streit wirklich lohnt.

»Du bist wunderschön.« Als ich an ihr vorbei und ins Haus gehe, küsse ich sie auf die Wange. »Gut, dass du deinen Dad auch einbezogen hast.«

»Das war ich nicht!«

Als ich in dieselbe Richtung schaue wie sie, fällt mein Blick auf Jill, die, ein schuldbewusstes Grinsen auf dem Gesicht, in der Küchentür steht. »Tut mir leid, ich war machtlos dagegen.«

»Ich liebe dich.« Ich umarme sie. »Und jetzt wird geheiratet!«

Becky hält den Moment fest, bevor sie sich Jill vorstellt. »Du musst Jill sein.«

»Und du bist die berühmte Becky.« Jill hält ihr die Hand hin. Aber Becky achtet nicht darauf, sondern umarmt sie. Als Jill lacht, fließt mir noch mehr das Herz über.

Nie hätte ich mir träumen lassen, dass ich je Hochzeit feiern würde, und ich freue mich über jede wundervoll improvisierte Einzelheit. CeCe reicht mir den Strauß und folgt Becky und Jill zur Hintertür hinaus.

Der Garten wurde in eine traumhafte kleine Oase verwandelt. Über uns leuchten Lampions, und Holzstühle, die ich aus dem Broken Crown erkenne, sind im Halbkreis aufgestellt. In der Mitte tut sich ein kleiner Gang auf, den wir entlangflanieren können. Es ist ihnen sogar gelungen, dahinter eine Chuppa aus einer über vier Holzpfähle drapierten weißen Tischdecke zu basteln.

Nachdem Jill und Becky ihre Plätze eingenommen haben, schreitet CeCe so langsam und gemessen, wie sie es bei Jacks und Blakes Hochzeit getan hat, den Mittelgang hinunter. Eigentlich sollte ich mich an ihre Fersen heften, aber meine Beine wollen mir nicht gehorchen.

Als CeCe bemerkt, dass ich nicht direkt hinter ihr bin, dreht sie sich um. »Mom?«

»Alles bestens.«

Ich nehme mich zusammen und gehe, einen Schritt nach dem anderen, auf Tommy zu, der hoch aufgerichtet bei Blake steht. Sein Sauerstofftank befindet sich zwar neben ihm, doch der Rollstuhl wurde zur Seite geräumt. Mein

Blick wandert über die Gesichter der Anwesenden, die mich alle ansehen. Becky und Jill, Abigail und Beau, Lou und Jack.

Irgendwie schaffe ich es nach vorne, wo Blake mich mit einem Kuss auf die Wange begrüßt.

CeCe setzt sich neben Beau, doch das erscheint mir unpassend. »Hierher.« Ich weise mit dem Kopf nach rechts. Sie errötet zwar, protestiert jedoch nicht.

Sobald sie bei mir ist, greift Tommy nach meinen beiden Händen.

»Wir haben uns heute hier versammelt«, beginnt Blake, »um die Vereinigung von Tommy und Alexis im heiligen Bund der Ehe zu bezeugen.«

»Wurde auch langsam Zeit, verdammt«, ruft Jack.

Jill bringt ihn zum Schweigen, aber wir anderen lachen.

»Im heiligen Bund der Ehe«, fährt Blake fort, »ein ehrwürdiger Stand, den man nicht überstürzt und leichtfertig, sondern ehrfürchtig und nach reiflicher Überlegung eingehen sollte.«

Als er uns beide anblickt, nicken wir zustimmend.

»Tommy, sprich mir nach: ›Ich, Thomas Jacob Whistler, nehme dich, Alexis Leah Gold, zu meiner rechtmäßig angetrauten Ehefrau.‹«

»Ich, Thomas Jacob Whistler, nehme dich, Alexis Leah Gold, zu meiner rechtmäßig angetrauten Ehefrau.«

»Um dich von diesem Tage an zu halten und zu stützen, in guten wie in schlechten Zeiten, in Reichtum und Armut, in Krankheit und Gesundheit«, fügt Blake hinzu.

In Krankheit, ja. Doch für Gesundheit ist es zu spät.

»Um dich von diesem Tage an zu halten und zu stützen«, sagt Tommy. »In guten wie in schlechten Zeiten, in Reichtum und Armut, in Krankheit« – er macht eine Pause und holt spöttisch Luft – »und Gesundheit.«

»Dich vom heutigen Tage an zu lieben, zu ehren und dir treu zu sein, bis …« Am Ende des Satzes bricht Blake ab, aber wir wissen alle, was jetzt kommt. Ich hätte mir ein anderes Eheversprechen einfallen lassen sollen.

Doch als Tommy Blakes Worte wiederholt, gerät er nicht ins Stocken. Er erdet mich in diesem Moment, so wie in sämtlichen Momenten, seit er wieder in mein Leben getreten ist. Ich liebe diesen Mann mit jeder Faser meines Ich.

»Bis dass der Tod uns scheidet«, verkündet Tommy mit fester Stimme.

»Lexie«, wendet Blake sich an mich. »Sprich mir nach.«

»Ich glaube, ich kann es auswendig.« Nachdem ich tief Luft geholt habe, rezitiere ich die Worte, von denen ich nie gedacht habe, dass ich sie je aussprechen würde. »Ich, Alexis Leah Gold, nehme dich, Thomas Jacob Whistler, zu meinem rechtmäßig angetrauten Ehemann, um dich vom heutigen Tage an zu halten und zu stützen, in guten wie in schlechten Zeiten, in Reichtum und Armut, in Krankheit und Gesundheit. Dich zu lieben, zu ehren und dir treu zu sein, bis zu meinem letzten Atemzug.«

Ich höre einen Schrei, vermutlich kommt er von Becky oder von Jill. Aber ich wende den Blick nicht von Tommy ab, um es herauszufinden.

»Habt ihr Ringe?«, fällt Blake kurz aus der Rolle. Jemand lacht, und ich bin dankbar für diese kleine humoristische Einlage. Das alles ist so offensichtlich improvisiert.

»Jill?«, frage ich.

Sie tritt vor und reicht mir die schlichten Reifen aus Weißgold, die wir gemeinsam mit CeCes Ohrringen ausgesucht haben. Ich gebe Tommy meinen Ring.

Obwohl er nur Blakes Worte wiederholt, ist es, als seien wir ganz allein auf der Welt.

»Lexie, ich gebe dir diesen Ring als Zeichen unseres Eheversprechens; mit allem, was ich bin, und allem, was ich habe …« Tommys Stimme gerät ins Zittern. Diesmal bin ich die Starke und streiche ihm mit dem Daumen über den Handrücken, bis er weitersprechen kann. »… ehre ich dich. Mit diesem Ring nehme ich dich zur Frau.«

Er steckt mir den Ring an den Finger, wo er genau über den passt, den er mir gerade erst geschenkt hat. Nun bin ich an der Reihe.

»Tommy, ich gebe dir diesen Ring als Zeichen unseres Eheversprechens; mit allem, was ich bin, und allem, was ich habe, ehre ich dich. Mit diesem Ring nehme ich dich zum Mann.«

Der Ring rutscht zu mühelos auf seinen Finger. Inzwischen sind seine Finger so mager wie sein restlicher Körper. Ich habe den Ring bereits eine Nummer kleiner gekauft, zwei oder drei wären besser gewesen.

»Ladies und Gentleman, kraft meiner Befugnis, verliehen durch das World Wide Web, erkläre ich euch hiermit zu Mann und Frau«, sagt Blake. »Und Tochter.«

Tommy und ich sehen CeCe an, deren Brille von Tränen beschlagen ist.

»Du darfst die Braut jetzt küssen.«

Als Tommy und ich uns küssen, applaudiert unser kleines Publikum. Ich ziehe ihn an mich und umarme ihn fest.

»Danke«, flüstert er mir ins Ohr.

»Nein, ich danke dir.« Ich weiche zurück und küsse ihn noch einmal. Meinen Ehemann.

»Moment, das Glas!«, ruft Jill. Ich schwöre, dass sie diesen jüdischen Kram besser draufhat als ich.

Sie reicht Blake ein in eine Stoffserviette gehülltes Glas, das dieser auf den Boden legt. Ich halte Tommys Hand, als er den Fuß hebt, zutritt und das Glas in unzählige Scherben zerbricht.

»Masel tov!«, jubeln alle.

Ich erinnere mich, dass ich in den wenigen Stunden in der Sonntagsschule, die ich als Kind besuchte, etwas über diesen Brauch gelernt habe. Er soll dem glücklichen Paar in diesem Moment der Freude vor Augen halten, dass es im Leben auch Leid gibt.

Diesen Wink brauche ich nun wirklich nicht.

48

CeCe

Meine Eltern tanzen langsam zu »It Had to Be You«, das schon immer ihr Lied war. Obwohl sie sich nur hin- und herwiegen, nichts Ausgefeiltes wie die einstudierten Tänze im Internet, ist es vermutlich der beste erste Tanz, den ich je gesehen habe.

»Ist er das?«, raunt Becky. Ihr Blick huscht zu Beau hinüber.

»Hat sie es dir etwa erzählt?« Gerade hatte ich gehofft, es gebe noch Hoffnung, dass Mom und ich ein halbwegs normales Verhältnis entwickeln können. Aber sie musste mal wieder das Maul aufreißen.

»Kein Wort«, erwidert Becky. »Doch er schaut dich die ganze Zeit an.«

Ich sehe zum anderen Ende des Tisches. Und wirklich, Beau starrt mich mit großen Augen an wie ein Welpe, was ein wenig nervig sein könnte, wenn es nicht so süß wäre. Seit unsere Eltern Lunte gerochen haben, müssen wir uns bedeckt halten.

Er lächelt, und ich lächle zurück, bevor ich mich wieder zu Becky umdrehe. »Tja, nun.«

»Glückwunsch, mein Schatz.«

»Meine Mom ist ausgeflippt, als sie es rausgekriegt hat.«

»Eltern«, meint Becky. »Die kapieren nicht, wie es ist, jung und verliebt zu sein.«

»Das kannst du laut sagen.«

Ich betrachte Beau, der mich weiterhin beobachtet, und dann meine Eltern. Sie haben offenbar nur Augen füreinander. Ich frage mich, ob ich wohl je so für jemanden empfinden werde. Falls ja, würde ich nicht warten, bis es für eine Hochzeit beinahe zu spät ist.

Ich spüre Beaus Blick auf mir.

Vielleicht können wir ja einen Schieber tanzen, ohne dass es allzu schräg rüberkommt.

Auf der Hochzeit meiner Eltern mit dem Typen zu tanzen, den zu daten meine Mom mir verbieten will? Tja, das wäre eine Bereicherung meines Gefühlsfundus. Seit ich angefangen habe, das Buch zu lesen, das Monica mir geschenkt hat, gebe ich mir wirklich Mühe, jeden Moment in mich aufzusaugen. Denn je erfüllter mein Leben ist, umso mehr Erfahrungen mache ich, auf die ich irgendwann zurückgreifen kann.

Als das Lied endet, klatschen alle.

»CeCe«, sagt Dad. Ich stehe auf und will den Rollstuhl holen, aber er stoppt mich. »Noch nicht. Komm her.«

Tante Becky scheint zu wissen, was er im Schilde führt, denn sie tritt zur Seite und nimmt alles auf Video auf. Mir wird flau im Magen, und plötzlich bin ich nervös, als ich auf ihn zusteuere. Ich schaue ihm in die Augen, eines blau, das andere braun, die das Einzige an ihm sind, was noch aussieht wie er. Dann jedoch bemerke ich sein Lächeln, und mir wird klar, dass er, ganz unabhängig von seiner Optik, immer mein Dad bleibt.

»Schenkst du mir diesen Tanz?«, fragt er.

Ich unterdrücke ein Schluchzen und nicke. Ein Lied, das ich kenne, fängt an. Ich glaube, es heißt »Isn't She Lovely«, aber ich habe den Namen des Sängers vergessen. Mein Dad greift nach meiner Hand und zieht mich an sich. Das Gesicht an seine Brust geschmiegt, schnuppere ich seinen Duft und versuche, mir diesen Moment einzuprägen, damit ich bei meiner eigenen Hochzeit daran denken kann.

Und da fällt es mir wie Schuppen von den Augen: Wahrscheinlich hatte er das die ganze Zeit über vor. Deshalb filmt Becky mit. Eine Träne kullert mir aus dem Auge, und es ist, als habe mein Dad es gespürt, denn er küsst mich auf den Scheitel, während wir uns weiter hin- und herwiegen.

Als das Lied vorbei ist, küsst er mich auf die Wange und bedankt sich bei mir. Ich bewege die Lippen, um mich ebenfalls zu bedanken, aber es kommt kein Ton heraus.

Nachdem ich mich wieder gefasst habe und alle am Tisch sitzen, hebe ich mein Glas und klopfe mit der Gabel dagegen wie die Leute im Film. Die Gespräche verstummen, und alle sehen mich an.

»Die meisten Mädchen haben nicht die Möglichkeit, bei der Hochzeit ihrer Eltern dabei zu sein, geschweige denn, dass sie die Brautjungfer ihrer Mom sein können«, beginne ich. »Aber da ich nun einmal hier bin, möchte ich ein paar Worte sagen.«

Ich schiebe die Brille hoch und ziehe den zusammengefalteten Zettel unter meinem Teller heraus, wo ich ihn vorhin versteckt habe. »Mein ganzes Leben lang habe ich mich gefragt, warum meine Eltern nicht verheiratet sind. Es war nicht normal. Dann jedoch ist mir klar geworden, dass sie eben etwas haben, das nicht normal ist, sondern viel besser als das.« Obwohl meine Stimme bebt, halte ich nicht inne. »Danke dafür, dass ihr einander und mich liebt und dass ihr unsere Familie endlich zu etwas Offiziellem gemacht habt. Auf Braut und Bräutigam, meine Mom und meinen Dad.«

Ich proste ihnen zu und nippe an meinem Champagner, den wir zur Feier des Tages alle trinken dürfen.

»Zeit für die Torte«, verkündet Tante Jill.

Tante Jill stellt die Torte vor meine Eltern, deren Augen sich vor Erstaunen weiten. Ich kann es ihnen nicht verübeln, denn die Torte ist wirklich ein Meisterwerk. Natürlich hat Lou mich sehr unterstützt, aber ich durfte entscheiden, wie das Ganze aussehen soll. Da es nur ein kleiner Kreis von Gästen sein würde, haben wir einen Tortenboden mit dreißig Zentimetern Durchmesser als Grundlage benutzt. Die nächste Schicht hat einen Durchmesser von vierundzwanzig Zentimetern und die oberste einen von zwölf.

Lou hat mir erzählt, es sei Brauch, dass Braut und Bräutigam die oberste Schicht einfrieren, um sie an ihrem ersten Hochzeitstag zu essen. Ich weiß zwar, dass es so weit nicht kommen wird, aber vielleicht bewahren wir sie trotzdem auf. Nur für den Fall, dass ein Wunder geschieht oder so.

Oben auf der Torte prangt ein Brautpaar im Miniaturformat. Lou hatte eine ganze Schachtel davon, wie eine Spielzeugkiste voller unterschiedlich gestylter Barbiepuppen. Ich habe eine weiße Braut mit braunem Haar für Mom und einen weißen Mann mit Glatze für Dad ausgesucht.

Bei der Glasur haben wir uns für eine Schlichtversion entschieden. Ich habe die Ränder nur mit einer abgerundeten Kante eingefasst. Außerdem haben wir echte Blumen benutzt, gelbrote Rosen, damit sie zu Moms Strauß passen. Lou hat mir geholfen, wegen des Effekts drei davon strategisch auf der untersten und zwei auf der mittleren Schicht zu platzieren.

Sie hätte auch etwas Komplizierteres geschafft, aber ich wollte bei einer Deko bleiben, von der ich wusste, dass ich sie hinkriege. Wenn Lou es übernommen hätte, wäre es nicht dasselbe gewesen, und mein Ziel war, dass alles so perfekt wie möglich aussah.

Ich fange Moms Blick auf, als sie und Dad das Messer senken, um die erste Schicht anzuschneiden. *Danke*, formt sie mit den Lippen, und ich lächle.

»Du musst deine Braut füttern«, meint Jack. »Das ist Tradition.«

Dad grinst ihn an, und eine Sekunde lang scheint die Situation völlig normal zu sein. Mom schüttelt abwehrend den Kopf, aber Dad bricht ein Stück ab und steckt es ihr in den Mund. Sie macht zwar ein verlegenes Gesicht, doch ich merke ihr an, dass sie Spaß daran hat.

Dad geht es genauso. Er lacht das sonore, kehlige Lachen, bei dem ich stets befürchte, dass es sich in einen Hustenanfall verwandelt. Aber zum Glück passiert es nicht.

Mom nutzt aus, dass er den Mund offen hat, und schiebt ein Stück Torte hinein. Sie verfehlt ihn ein wenig, absichtlich, wie ich denke, sodass es aussieht, als habe er ein Kinnbärtchen aus Glasur.

»Cecelia«, sagt Dad. »Komm her.«

Ich gehe zu ihm, beuge mich hinunter und erwarte eigentlich ein Kompliment zu der Torte und vielleicht einen Kuss auf die Wange. Aber stattdessen klatscht er mir ein Stück Torte ins Gesicht, ehe ich eine Chance habe, den Mund aufzumachen.

»Hey!« Ich fahre zurück und wische mir Glasur von den Lippen.

»Einfach lecker«, stellt er fest, und einen kurzen Moment lang ist die Welt in Ordnung.

49

Alexis

»Rutsch rüber«, flüstere ich und krabble in das Krankenhausbett, das aus unserem Wohnzimmer ein Sterbezimmer gemacht hat.

»Was hast du vor?«, fragt Tommy gähnend.

»Oben ist es so einsam.«

Als Tommy den Arm ausstreckt, kuschle ich mich an seine Seite und schmiege den Kopf an seine Brust, so wie wir schon Tausende von Nächten zusammen dagelegen haben. Mein Kopf hebt und senkt sich mit seiner Brust, und ich versuche, das dumpfe Rasseln zu überhören. Sein Atmen wird immer schwerer auszuhalten.

Ich kann nicht mehr.

Den Kopf in die Hand gestützt, betrachte ich ihn. Meinen Ehemann.

In der Woche seit der Hochzeit hat sich nicht viel verändert. Keine Ahnung, was für einen Umschwung ich mir erwartet habe. Wir haben eine Tochter, ein Haus und ein gemeinsames Leben. Eigentlich sind wir schon seit fünfzehn Jahren verheiratet. Und das wären wir auch, wenn ich nicht so verdammt stur gewesen wäre.

Tommy streicht mir mit der Hand über die Wange. »Was schaust du gerade an?«

»Meinen Ehemann.« Es fühlt sich zwar seltsam an, das Wort auszusprechen, aber es gefällt mir.

»Meine Ehefrau«, erwidert Tommy.

»Wenn wir nicht wir wären, würde ich uns grässlich finden«, meine ich. »So schmalzig.«

»Hmmm, Schmalz.«

Ich lache. »Magst du etwas essen?«

»Nein, dann müsstet du aufstehen. Und ich habe dich gern bei mir im Bett.«

»Es dauert nur eine Minute.« Ich schlage die Decke zurück und klettere aus dem Krankenhausbett, das nicht für zwei Personen gedacht ist.

Auf Zehenspitzen schleiche ich in die Küche und öffne den Kühlschrank. Es ist, als täten wir etwas Verbotenes, obwohl nichts dabei ist, mit meinem Ehemann im Bett zu essen. *Mein Ehemann.* Ich bin zwar zu alt, um jemanden anzuschmachten, allerdings auch machtlos dagegen.

Ich ziehe die Käseschublade auf und nehme die Auswahl in Augenschein. Dann schnappe ich mir zwei Cheese-Sticks und kehre zurück zu meinem Ehemann.

Als ich um die Ecke biege und ins Wohnzimmer komme, schwenke ich die Cheese-Sticks wie einen dieser Leuchtstäbe, mit denen die Leute auf den Partys tanzen, zu denen Becky geht.

»Tommy?«, flüstere ich, als er nicht reagiert. »Baby?« Mit angehaltenem Atem beuge ich mir vor, bis ich feststelle, dass sich seine Brust ganz leicht hebt. Er schläft nur. *Gott sei Dank.*

Ich deponiere den Käse auf dem Couchtisch, lege mich wieder neben Tommy ins Bett, gähne und schließe widerstrebend die Augen.

Einige Zeit später spüre ich seine Hand auf meiner Schulter und seinen Atem im Ohr. »Ich habe den Käse verpasst.«

»Hmmm?«, murmle ich im Halbschlaf.

»Den Käse. Tut mir leid.«

Ich schlage die Augen auf und drehe mich zu ihm um. Es ist noch nicht ganz Morgen, es ist dunkel im Zimmer. »Er ist noch da, falls du ihn willst.« Als er den Kopf schüttelt, streichle ich seine Wange. Die Bartstoppeln kratzen an meinen Fingern. »Kann ich dir sonst etwas bringen?«

»Alle Papiere, und was du außerdem brauchst, sind in der obersten linken Schublade meines Büros zu Hause. Haus, Versicherung, mein Testament.«

»Darüber müssen wir nicht jetzt reden.«

»Ich finde schon.«

Mir bleibt der Atem in der Kehle stecken. »Ich bin noch nicht bereit dazu.«

»Wie lautete das Sprichwort, das Oma auf ein Kissen gestickt hatte?«, fragt er, bevor er mühsam Luft holt. »›Du bist mutiger, als du glaubst, und stärker, als du erscheinst‹?«

Ich lächle, als er meine Großmutter erwähnt. Auch wenn ich nicht sicher bin, wie viel von diesem Himmelstamtam ich ernst nehme, hoffe ich, dass sie ihn dort begrüßen wird, wo er hingeht.

Nur dass er sich irrt. Ich bin nicht stark. Ich beuge mich vor und küsse ihn auf die Lippen. »Du bist hier der Starke und der Gütige.« Ein weiterer Kuss. »Der Ruhige und der Geduldige.«

Er hebt die Hand und berührt meine Lippen mit dem Finger, damit ich still bin. »Ich bin auch der Egoistische und der Starrsinnige«, meint er. »Aber vermutlich beschönigt die Liebe das Bild, das man von seinen Mitmenschen hat.«

»Ich bin überzeugt, dass alle, die dich kennen, meiner Ansicht wären«, beharre ich. »Andererseits bedeutet dich zu kennen, dich zu lieben.«

»Ach, lass das«, protestiert Tommy schmunzelnd.

»Wenn ich mich recht entsinne, sagtest du einmal, die richtige Reaktion auf ein Lob sei ein Dankeschön.«

»Gern geschehen.« Als er mich auf die Stirn küsst, versuche ich, mir das Gefühl seiner Lippen auf meiner Haut und seiner Hand auf meiner Hüfte einzuprägen.

»Ich weiß nicht, was ich ohne dich machen soll«, flüstere ich. »Es ist so unfair, dass ich ohne dich weiterleben muss.«

»Du hast recht«, erwidert Tommy. Seine Stimme klingt nicht mehr weich und lässt mich bis ins Mark erschaudern. »Das alles ist unfair. Es ist unfair, dass ich nicht mit dir alt und grau werden kann. Es ist unfair, dass ich die wundervolle Frau nicht kennenlernen werde, zu der CeCe sich allmählich entwickelt. Es ist unfair, dass ich nicht da sein werde, um mit meinen Enkelkindern zu spielen und darüber zu lachen, wie sehr sie CeCe in diesem Alter ähneln. Nichts daran ist fair.«

Die aufgestauten Tränen brechen sich schwallartig und in Wellen Bahn. Ich gebe es auf, sie unterdrücken zu wollen, und lasse es zu, dass mein Körper vor Trauer erbebt. Tommy zieht mich an sich, streicht mir übers Haar und versucht, mich zu trösten, obwohl doch ich ihn trösten sollte. »Sch, sch«, murmelt er und wiegt mich hin und her wie ein Baby. »Sch. Es tut mir leid. Es tut mir leid.«

Er hält mich fest, bis meine Tränen versiegen und mir der Kopf so wehtut wie mein Herz. »Es tut mir leid«, beteuere ich noch einmal, wische mir den Rotz von der Nase und hoffe, dass das nicht das letzte Bild ist, das er von mir in Erinnerung behält. »Ich bin es, die egoistisch ist.«

Tommy tupft mir die Tränen von den Wangen. »Du bist die Einzige. Meine Einzige.« Er küsst meine Augen, beide Seiten meines Gesichts und schließlich meine Lippen. Seine Küsse sind so begierig wie damals, als wir jung und verliebt waren und für immer Zeit zu haben glaubten.

Dieses »Für immer« will ich nicht aufgeben.

50

Alexis

»Wo fahren wir hin?«, fragt Tommy, als Beau ihm auf den Beifahrersitz hilft.

»Geduld, Dad«, erwidert CeCe. Sie rutscht zur Seite, um Beau Platz zu machen, der mit von der Partie ist. Jill und Abigail treffen sich später mit uns, weil Jill zuerst ins Café muss.

»Ist es ein Punkt auf meiner Liste?«, erkundigt er sich, obwohl er uns diese Liste noch immer nicht gezeigt hat.

»Vielleicht«, frotzle ich.

»Lassen wir uns tätowieren?« Tommy klatscht wie ein kleiner Junge, der es nicht erwarten kann, sein Geburtstagsgeschenk zu öffnen. »Ich hab's doch gewusst!«

»Träum ruhig weiter, mein Liebling.« Ich lehne mich hinüber, um ihn zu küssen, ehe ich den Motor starte.

Eigentlich rechne ich damit, dass Tommy nicht aufhört herumzurätseln, während ich den 98er hinunterfahre, aber er starrt nur aus dem Fenster, als wir durch das Städtchen kommen, in dem er aufgewachsen ist, wo wir uns verliebt haben und wo so viele unserer Familienerinnerungen entstanden sind.

Da ist der Publix-Supermarkt, wo wir einander zum ersten Mal als Erwachsene über den Weg gelaufen sind. Ich wollte Aloe kaufen, weil ich in der Sonne eingeschlafen war, er war auf der Suche nach Blumen für ein erstes Date. Das Donut Hole, wo wir gefrühstückt und zu guter Letzt bis zum Mittagessen weitergeredet haben. McGuire's, der Irish Pub, wo an der Wand ein Dollarschein mit unseren Namen darauf hängt. Und noch ein zweiter mit CeCes Namen, den wir Jahre später dazugehängt haben.

Als ich in den Parkplatz von Tailfins einbiege, macht Tommy ein verdattertes Gesicht. »Gehen wir zum Brunch?«

Ich schüttle den Kopf. »Nicht wirklich.«

»Du wirst begeistert sein, Dad!«, verkündet CeCe und steigt aus. Sie öffnet den Kofferraum, holt Tommys Rollstuhl heraus und klappt ihn auf, während Beau Tommy aus dem Auto hilft.

Jill und Abigail sind schon da. Mit einer gewaltigen Badetasche und einer Kühlbox, so riesig, dass CeCe hineinpassen würde, stehen sie am Rande des Parkplatzes.

»Hallo, mein Schönster«, ruft Jill.

Lächelnd greift Tommy nach meiner Hand. Beau schiebt den Rollstuhl, und ich gehe neben ihm die lange Rampe zum Hafen hinab.

»Hast du mir ein Boot gekauft?«, fragt Tommy, als wir näher kommen. »Für eine Wikingerbestattung auf See?«

Ich schaue mich um, erleichtert, weil CeCe außer Hörweite war, und beschließe, den zweiten Satz zu ignorieren. »Nur für heute.«

»Spitze«, antwortet er. »Der tollste Tag aller Zeiten.«

Ich küsse ihn und steuere auf die Holzbude zu, um uns anzumelden. Dabei hoffe ich, dass er recht hat und dass es tatsächlich ein toller Tag werden wird.

Nachdem ich den Papierkram ausgefüllt habe, helfen uns die Hafenarbeiter, alles aufs Boot zu schaffen, und erläutern Beau, der zum Kapitän auserkoren wurde, die Sicherheitsvorschriften. Während Jill Getränke und einen Imbiss vorbereitet, bugsiere ich Tommy auf einen Sitz im Heck des Ponton-Boots.

Beau rangiert uns geschickt von der Anlegestelle weg, und sobald wir auf dem offenen Meer sind, wird Tommy von Ruhe ergriffen. Er schließt die Augen und hält den Kopf in den Wind. »So lasse ich mir das Leben gefallen«, meint er und nimmt meine Hand. »Wo wollen wir hin? Auf eine Pizza bei Helen Back?«

»Die haben zugemacht«, antwortet Jill und reicht Tommy eine ihrer berühmten Bloody Marys. »Probleme mit dem Finanzamt oder so.«

»Aber keine Sorge«, ergänzt Beau. »Wir haben einen Riesenspaß geplant.«

»Es ist jetzt schon traumhaft«, erwidert Tommy.

Lächelnd schiebt Beau den Bedienungshebel vor, damit das Boot schneller fährt. Ich strecke die Hand nach Tommy aus, um mich zu vergewissern, dass mit ihm alles in Ordnung ist, doch er wirkt so fit wie schon seit Wochen nicht mehr, lächelt in die Brise und lässt sich von der salzigen Gischt bespritzen.

»Schneller, Bo«, ruft er.

Beau gehorcht und schiebt die Bedienungshebel noch weiter nach vorne.

»Schneller!«, wiederholt Tommy.

Als Beau noch eine Stufe nach oben schaltet, schaut Tommy mich an und lächelt, als sei er völlig unbeschwert. So, als würde seine Welt, unsere Welt, nicht kurz vor dem Ende stehen.

Crab Island kommt in Sicht. Beau drosselt die Geschwindigkeit, bis wir im Leerlauf im ruhigen Wasser treiben. Wir waren schon seit Jahren nicht mehr auf der »Insel«, wo Boote aneinander festmachen und die Leute trinken, ausspannen, Musik hören und alles, angefangen bei gekochten Erdnüssen bis hin zu Hotdogs und Margaritas, von Händlern in herumwimmelnden Booten kaufen.

Tommy legt mir die Hand aufs Bein, und ich frage mich, ob er an dasselbe denkt wie ich. An eines unserer ersten Dates, als wir mit dem Boot seines Freundes Frank nach Crab Island gefahren sind.

Es war der Tag nach unserer ersten gemeinsamen Nacht, und so gerne wir auch im Bett geblieben wären, um die versäumte Zeit wettzumachen, hatte Tommy die Einladung bereits angenommen. Es wurde ein fantastischer Tag. Wir aalten uns in der Sonne, fielen von diesen albernen Surfbrettern und hasteten nach Hause in seine Wohnung, sobald das Boot wieder angelegt hatte. Ich hatte solches Lampenfieber und befürchtete, seine Freunde könnten mich mit Monica vergleichen. Aber Franks Frau meinte nur, sie spüre, wie glücklich ich Tommy machte. Wie glücklich wir miteinander seien.

»Danke, Leute«, sagt Tommy. Er hebt sein Glas und nippt daran. »Genau das, was der Arzt mir verschrieben hat.«

»Ey, Beau!«

Als ich über die Bordkante spähe, sehe ich einen Jugendlichen, den ich nicht kenne, auf einem Jetski vorbeigleiten.

Beau winkt, und der Typ fährt weiter. Vermutlich ist er auf der Jagd nach einem jungen Mädchen, das sich freiwillig hinten auf einen Jetski setzt.

»Wer ist das?«, fragt Tommy.

»Parker«, erwidert Beau. »Ein Mitschüler.«

»Hey, Parker!«, ruft Tommy. Seine Stimme ist zwar heiser, aber laut.

Als Parker seinen Namen hört, fährt er eine Kehre und stoppt neben unserem Boot. »Was tut sich?«

»Was sich tut«, meint Tommy, ein kläglich gescheiterter Versuch, cool zu klingen, »ist, dass ich seit über zehn Jahren nicht mehr mit so einem Ding gefahren bin. Darf ich mich für ein Foto draufsetzen?«

Unsicher, was er von der Sache halten soll, blickt Parker Beau an.

»Was dagegen, Alter?«, erkundigt sich Beau.

Achselzuckend rangiert Parker hinten ans Boot heran, während Beau Tommy aufhilft, damit dieser dessen Platz auf dem Jetski einnehmen kann.

»Wie sehe ich aus?«, fragt Tommy.

»Als ob das Wasser dein Element wäre«, entgegne ich. »Abigail, schnapp dir die Kamera.«

Abigail tut es und lächelt Parker schüchtern zu, bevor sie ein Foto von Tommy knipst. Tommy wirft sich grinsend in Positur – und rast im nächsten Moment wie ein Wilder davon.

»Hey!«, schreit Parker.

»Der kommt schon wieder«, beruhige ich ihn und beobachte Tommy beim Fliegen. Er steuert den Jetski nach links, verschwindet aus meinem Blickfeld, lenkt nach rechts und verschwindet wieder. Ich schiebe den bohrenden Gedanken weg, was dieser plötzliche Anfall von Tatendrang wahrscheinlich bedeutet, und versuche stattdessen, ihn als kostbares Geschenk zu betrachten. Obwohl Tommy zu weit entfernt ist, um sein Gesicht zu erkennen, weiß ich, dass er noch nie glücklicher ausgesehen hat.

Jill kommt zu mir und legt mir den Arm um die Schulter. »Bist du sauer?«, fragt sie.

»Auf Tommy?«

Sie nickt.

»Überhaupt nicht«, erkläre ich ihr. »Ich möchte keine Minute unseres Zusammenseins damit vergeuden, dass ich sauer bin. Schau ihn dir nur an.« Wir beide sehen zu, wie Tommy in der Ferne kleiner wird und dann das Steuer herumreißt.

»Baby!«, ruft Tommy, als er uns fast erreicht hat. »Das war unglaublich. Ich habe hundertzehn Sachen geschafft.«

Parker wirkt beeindruckt, steht jedoch nicht von seinem Platz neben Abigail auf.

»Irgendwelche Einwände, wenn ich mit meiner Braut eine Ausfahrt unternehme?«, erkundigt sich Tommy.

Parker blickt zwischen Abigail und Tommy hin und her und zuckt zustimmend die Achseln.

»Ich will auch eine Runde fahren«, lässt sich CeCe vernehmen.

»Du zuerst«, sage ich zu CeCe, die begeistert über die

hintere Reling klettert und routiniert auf den Jetski springt, obwohl sie noch nie auf einem gesessen hat.

»Gut festhalten«, warne ich, als die beiden Hälften meines Herzens davonbrausen und das erleben, was meinem Gefühl nach ihre letzte wirklich glückliche gemeinsame Erinnerung werden wird.

Auf der Heimfahrt ist Tommy im Auto eingeschlafen und nicht einmal aufgewacht, als Beau ihn ins Haus getragen hat. Ich war ein wenig besorgt, weil er einfach weiterschlief, aber Dolly beruhigte mich, es sei alles in Ordnung, er habe sich nur zu sehr angestrengt.

Dennoch schaue ich ständig nach ihm und laufe zwischen Wohnzimmer und Küche hin und her, wo CeCe, sich konzentriert auf die Lippe beißend, den Teig für die Käsekuchen-Schokokekse anrührt, die ihr Dad am liebsten mag.

Ich öffne den Kühlschrank und mustere die Behälter, voll mit sämtlichen Gerichten, die CeCe gekocht hat, alles Lieblingsessen von Tommy. Obwohl sie genauso gut weiß wie ich, dass er inzwischen praktisch keinen Appetit mehr hat, gibt sie nicht auf und versucht es immer weiter.

Sosehr wir beide uns auch bemühen, der anderen zuliebe positiv zu sein, habe ich sie nachts weinen gehört. Eigentlich will ich etwas Unmögliches, nämlich ihr so viel Raum geben, wie sie braucht, und ihr gleichzeitig vermitteln, dass sie nicht allein ist.

Seit der Hochzeit hatten wir eine schöne Zeit, und der heutige Tag auf dem Wasser war so harmonisch, wie es in diesem Sommer nur selten der Fall gewesen ist. Deshalb wage ich es, optimistisch zu sein, wohl wissend, dass eine falsche Bewegung, ein falscher Blick oder ein falsches Wort CeCes unterdrückte Wut wieder anfachen könnte.

Wir sprechen es beide nicht laut aus, doch wir wissen, dass das Ende nah ist.

Es wäre besser, wenn wir darüber reden würden. Niemand kann so gut nachempfinden, was wir durchmachen, wie wir selbst. Aber natürlich wird sie sich mir nicht freiwillig anvertrauen. Es ist meine Aufgabe, die Initiative zu ergreifen. Ich bin die Mutter.

»Was tust du da?«, fragt CeCe mit leicht gereiztem Unterton. »So lässt du die ganze kalte Luft raus.«

Ich schließe die Kühlschranktür, ohne etwas herauszuholen. Denn ich will im Grunde genommen nichts weiter als am Küchentisch sitzen. »Wie fühlst du dich?« Ich setze mich ihr gegenüber.

Offensichtlich argwöhnisch zieht sie die Augenbraue hoch. »Okay?«

»Das habe ich nicht gemeint.« Ich merke, dass ich ins Stammeln gerate. »Mich interessiert, wie du dich wirklich fühlst.«

»Gut?«

»Hattest du heute Spaß?«, hake ich nach.

Sie nickt und rührt weiter. Dann hebt sie den Kopf, stellt fest, dass ich sie betrachte, und seufzt. »Warum spricht du nicht einfach aus, was du in Wahrheit fragen willst?«

»Ich … ich …« Plötzlich fehlen mir die Worte. CeCe verdreht die Augen und wendet sich wieder der Rührschüssel zu. »Eigentlich wollte ich nur wissen, wie du das Ganze verkraftest.«

»Was genau meinst du?«

Sie wird mich zwingen, es laut zu sagen. Ich starre auf die Tischplatte, straffe die Schultern und blicke ihr in die Augen. »Dein Dad fände es gut, wenn wir miteinander reden würden.«

»Wir reden doch jeden Tag.«

»Richtig reden. Über das, was los ist.«

CeCe lacht. Aber es klingt wie das Lachen einer Fremden, nicht wie das meiner Tochter.

»Was ist denn so komisch?«

»Gar nichts.« Sie hört auf zu rühren und legt den Löffel weg. »Alles.«

»Genau.« Ich seufze auf, denn ich weiß, dass sie es versteht. Ich wünschte, sie würde begreifen, dass das auch bei mir so ist.

CeCe mustert den Teig, den sie vermutlich zu lange umgerührt hat, und sieht mich dann an. »Möchtest du reden?«

»Ich bin nicht sehr gut darin«, gebe ich zu. Wahrscheinlich bin ich aufrichtiger zu ihr, als ich es sein sollte.

»Öfter mal was Neues.«

»Warum tust du es nicht? Erzähl mir etwas.«

»Was?«

»Alles, was in dir vorgeht.«

»Ein Penny für deine Gedanken«, erwidert sie und taucht den Löffel wieder in die Schüssel. Dann streicht sie mit dem Finger darüber und kostet den Schokoladengeschmack. »Das sagt Dad immer.«

Als sie mir den mit Schokolade bedeckten Löffel hinhält, folge ich ihrem Beispiel und lasse den Finger im Mund kreisen, während ich meinen Mut zusammennehme, um ihren Satz zu wiederholen.

»Ein Penny für deine Gedanken?«, entgegne ich mit zitternder Stimme.

»Du weißt, dass du ihn nicht ersetzen kannst«, stellt sie fest. Das ist ehrlich und nicht als Seitenhieb gemeint.

»Das wird nie jemand können.« Über den Tisch hinweg greife ich nach ihrer Hand. Zu meiner Überraschung lässt sie mich gewähren. »Aber ich kann für dich da sein. Bei dir sein, ob du nun reden willst oder nicht.«

»Nicht reden ist besser.«

Ich nicke, froh dass wir zumindest das Fundament für ein zukünftiges Gespräch gelegt haben. Wenn sie bereit ist, werde ich ihr zuhören.

Als ich meinen Stuhl zurückschiebe, scharrt er unangenehm quietschend über den Boden. CeCe betrachtet mich. Nach kurzem Zögern stehe ich auf.

»Holst du mir die Butter?«, fragt sie. Wieder gehe ich zur Kühlschranktür und öffne sie, diesmal mit einem Ziel vor Augen. Sofort wandert mein Blick zum Behälter mit der Light-Margarine, die ich stets benutze. Doch ich weiß, dass sie das Unverfälschte will. »Und die Backform von der Arbeitsfläche?«

Während ich ihr Butter und Backform reiche, folge ich ihrem Blick zu dem freien Stuhl, auf dem ich gerade gesessen habe. Sie hebt den Kopf und lächelt mir ganz kurz zu. Ich deute das als Aufforderung, zusammen dazusitzen und nichts zu sagen.

51

CeCe

Ich höre die hektischen Schritte von Beau, der auf der Veranda vor dem Broken Crown auf und ab tigert. Er sucht mich, wie ich es vorausgesehen habe. Wie sollte er das nach diesem Auftritt auch nicht tun?

Als ich auf mein Telefon gestarrt und mitten im Schritt innegehalten habe. In der Bewegung eingefroren. Und dann bin ich zur Tür hinausgestürmt. Es war einfach brillant. Selbst Abigail schien besorgt.

»CeCe?«, ruft er.

Seine Schritte nähern sich. Bald wird er mich finden, denn ich stehe in der Ecke, wo die Veranda zum hinteren Teil des Cafés führt. Also balle ich meine Hände fest zu Fäusten und bemühe mich um einen leeren Blick, um meine Reaktion zu rechtfertigen, wie Stella Adler es in Kapitel 11 ausführt.

Und so trifft er mich an, als ich, stocksteif wie eine Statue verharrend, stumpf aufs Wasser hinausschaue.

»CeCe?«, er klingt wirklich ängstlich. Vielleicht bin ich ja besser als gedacht. »Hallo?«

Ich bleibe meiner Rolle treu und widerstehe der Versuchung zu antworten. »Ist was mit deinem Dad? Alles okay?«

Natürlich ist nichts okay. Er stirbt. Aber darum geht es jetzt nicht.

»Soll ich meine Mom holen?«

Mist. Wenn Tante Jill mich zwingt zu gestehen, was ich da treibe, und rauskriegt, dass ich Monica häufig am Drehort besuche, erzählt sie es meiner Mom. Und die wird es mir verbieten, obwohl das Feilen an meiner Schauspielerei momentan das Einzige ist, was verhindert, dass ich den Verstand verliere. Sie wird so tun, als ginge es nur um Monica, obwohl es in Wirklichkeit um mich geht. Das ist die Sache nicht wert.

»Ende der Szene«, sage ich zu Beau und mache wieder ein normales Gesicht.

»Alles in Ordnung?«

»Klar.« Ich schiebe meine Brille hoch, die schon seit einer Minute rutscht. Aber ich wollte nicht von meiner Rolle abweichen. »Hast du wirklich geglaubt, dass ich einen Schock habe?«

»Hattest du auch«, beharrt Beau. »Wie du rausgerannt bist. Ich dachte …«

»Ich habe Theater gespielt«, erkläre ich.

»Theater?«

»Ich fühle mich prima. Nun, mein Leben ist immer noch absolut zum Kotzen, aber wenn du echt geglaubt hast, dass ich einen Schock habe, sieht es gleich ein bisschen rosiger aus.«

»Also geht es dir wirklich gut?«, hakt Beau nach.

Lächelnd remple ich ihn mit der Schulter an. Ich bin ein

bisschen stolz auf mich. Gerade will ich mich erkundigen, ob ein bestimmtes Detail der Grund dafür ist, dass er mir die Show abgenommen hat, als er sich umdreht und zum hinteren Ende des Cafés marschiert. Nicht unbedingt die Rezension, die ich mir erhofft habe.

»Was ist los?« Ich lasse mich neben ihm auf der Bank nieder, wo er sich, die Hände vors Gesicht geschlagen, hingesetzt hat.

»Ich dachte, es wäre etwas passiert.«

»Aber es ist alles gut, alles wunderbar.«

Er richtet sich wieder auf und betrachtet mich. Seine Augen schimmern, doch ich kann nicht feststellen, ob er traurig oder sauer ist. »Du schnallst es einfach nicht«, stellt er fest.

»Dann erklär es mir.«

»Ich hatte Angst. Ich dachte …« Kurz treffen sich unsere Blicke. Aber er schaut rasch weg und auf seine auf dem Schoß zu Fäusten geballten Hände. »Ich habe geglaubt, er wäre gestorben, okay?«

Als Beau aufsteht, folge ich seinem Beispiel. »Weißt du, es geht nicht immer nur um meinen Dad.«

Beau nickt; allerdings merke ich ihm an, dass er weiter wütend ist.

»Tut mir leid, dass du dir Sorgen gemacht hast, doch wenn ich eine berühmte Schauspielerin werden will, muss ich üben.«

»Aber nicht mehr an mir.«

»Einverstanden«, stimme ich widerstrebend zu, bevor ich wieder Platz nehme.

»Wofür übst du eigentlich?«, fragt Beau und lässt sich

neben mir nieder. »Du hast doch keine Rolle in einem Stück oder so.«

»Ich verfeinere nur meine Fähigkeiten. Aus dem Buch, das Monica mir geschenkt hat, lerne ich so viel, aber Lesen allein genügt nicht. Man braucht praktische Erfahrung. Monica sagt …«

»Monica, Monica, Monica.« Er spricht ihren Namen aus wie ein Schimpfwort.

»Was soll das jetzt schon wieder heißen?«

»Nichts, nur dass du ständig über sie redest.«

»Tut mir leid, doch ich werde mich nicht dafür entschuldigen, dass ich mich freue, weil eine berühmte Schauspielerin beschlossen hat, mich unter ihre Fittiche zu nehmen.«

»So berühmt ist sie nun auch nicht«, wendet Beau ein. »Außerdem findet meine Mom, dass sie deinem Dad ziemlich übel mitgespielt hat.«

Ich spüre ein Flattern im Magen. Die Vorstellung, dass er mehr über meinen Dad weiß als ich, gefällt mir gar nicht. »Nichts kann übler sein als das, was er momentan durchmacht«, widerspreche ich und versuche, nicht daran zu denken, wie sehr sich alles zum Schlechten entwickelt hat. Inzwischen schläft er fast nur noch. Selbst wenn er wach ist, wirkt er, als könne er kaum die Augen offen halten, und er hat rund um die Uhr die Sauerstoffschläuche in der Nase.

»Ich dachte, du wolltest nicht darüber reden.«

»Will ich auch nicht.« Wir schweigen beide, und ich höre, wie Tante Jill auf der anderen Seite des offenen Fensters mit einem Kunden spricht. »Das würde alles nicht geschehen, wenn Monica meine Mom wäre.«

»Dann wärst du nicht du.«

»Natürlich wäre ich das.«

»Wie denn? Du siehst genauso aus wie deine Mom.«

»Vielleicht würde ich genauso aussehen wie Monica. Ich wäre eine Schönheit.«

»Das bist du jetzt schon.«

Das Kompliment perlt an mir ab. Was soll er anderes sagen, als dass ich schön bin?

Ich zwirble mir das Haar um den Finger. »Wenn ich Haare hätte wie sie, wären sie seidenweich und glatt, nicht gewellt und kraus. Außerdem wären sie schwärzer als die Nacht. Sie färbt nicht, ich habe sie gefragt.«

»Du könntest deine Haare ja färben«, schlägt er vor.

Interessant. Das war mir noch gar nicht eingefallen. »Findest du, ich sollte es tun?«

»Nein.« Er verschränkt die Arme vor der Brust und lehnt sich zurück.

»Warum sagst du es dann?«

»In fünfzig Prozent der Fälle habe ich keine Ahnung, warum ich etwas sage. Aber deine Mom würde einen Anfall kriegen.«

»Noch besser«, entgegne ich, obwohl ich eigentlich nicht mehr richtig sauer auf sie bin. Ich stehe auf, diesmal endgültig, und mache mich auf den Weg zum Drogeriemarkt um die Ecke am Old 98.

Beau rührt sich zwar nicht. Allerdings wäre seine einzige Alternative, vor dem Café herumzuhängen. Und in diesem Fall würde Tante Jill ihn dazu verdonnern, Lou beim Geschirrspülen zu helfen oder die Speisekammer auszumisten.

»Moment«, ruft Beau und läuft mir nach, genau wie ich es vorhergesehen habe.

52

Alexis

»Deine Tochter.« Ich schiebe die Wohnzimmertür zu, damit CeCe nicht sieht, wie wütend sie mich gemacht hat.

»Was hat sie denn angestellt?«, fragt Tommy und schlägt die Augen auf. Ich glaube nicht, dass ich ihn geweckt habe, auch wenn in letzter Zeit immer schwerer festzustellen ist, ob er schläft oder sich nur ausruht. Kopfschüttelnd und um Fassung ringend, beiße ich mir auf die Unterlippe. Ich bin so sauer, dass ich keinen vollständigen Satz zustande bringe. »Was ist?«

Dolly erhebt sich vom Sofa. Ich habe gar nicht bemerkt, dass sie dort sitzt und eine Tabelle ausfüllt. Wortlos verlässt sie das Zimmer und schließt die Tür hinter sich. In meinem aufgebrachten Zustand ist es mir nicht einmal peinlich. Stattdessen nehme ich ihren Platz auf dem Sofa ein und betrachte Tommy, der, auf Kissen gestützt, in diesem dämlichen Krankenhausbett sitzt. »Sie hat sich die Haare gefärbt.« Ich spucke die Worte aus wie Gift.

»Mehr nicht?« Tommy schließt wieder die Augen.

Mein rechtes Bein wippt, weil Adrenalin durch meinen

Körper pulst. Da ich nicht still sitzen kann, stehe ich auf und gehe vor seinem Bett hin und her. Natürlich begreift er es nicht.

»Machen das nicht alle jungen Mädchen?«, fragt Tommy mit Psychologenstimme. Ich habe diesen Tonfall schon seit einer Weile nicht gehört und kann nicht behaupten, dass er mir gefehlt hat. »Sie experimentiert nur und versucht herauszufinden, wer sie sein möchte.«

»Oh, ich weiß sehr wohl, wer sie sein möchte. Und genau das ist das Problem.«

Wie auf ein Stichwort klopft es leise. »Daddy?«

»Komm rein, Baby.«

Die Tür gleitet auf, und CeCe tritt ein. Mit meinem Gesicht und Monicas pechschwarzem Haar.

»Wow«, sagt Tommy und schaut zwischen mir und CeCe hin und her.

Ich werfe ihm einen möglichst übertriebenen Blick nach dem Motto »Ich hab's dir doch gesagt« zu und setze mich wieder ihm gegenüber aufs Sofa. CeCe kann ich im Moment nicht ansehen.

»Wie findet ihr es?«, fragt sie leise und ängstlich.

»Interessant«, erwidert Tommy. »Komm näher.«

CeCe zögert an der Tür. Seit wir das Krankenhausbett aufgestellt haben, war sie nicht oft hier drin. Ich kann es ihr nicht verübeln, dass sie Abstand halten will. Aber da Tommy inzwischen kaum noch aus dem Bett aufsteht, bleibt ihr nicht viel anderes übrig.

Sie geht zur Seite des Bettes, kauert sich auf die Bettkante und blickt ihren Dad an.

»Warum hast du das gemacht?«, fragt er neugierig,

nicht verärgert wie ich, als ich vor wenigen Minuten fast denselben Satz ausgesprochen habe.

»Gefällt es dir nicht?«

Tommy streicht mit den Fingern durch ihr neues dunkles Haar. »Die Frage ist nicht, ob es mir gefällt«, meint er. »Du siehst nur einfach nicht mehr aus wie du selbst.«

»Heißt das, ich sehe nicht aus wie *sie?«* Sie weist mit dem Kopf auf mich.

»Du siehst nicht aus wie du selbst. Mein liebes Mädchen, du und deine Mom habt zwar viel gemeinsam, aber ihr seid trotzdem Einzelstücke.«

CeCe nickt und schweigt einen Moment. »Ich habe mir überlegt, ob ich mir Kontaktlinsen besorgen soll.«

Mir fällt die Kinnlade herunter. Wir haben das Thema Kontaktlinsen erörtert, als sie zehn war, doch sie fand die Vorstellung ekelhaft, sich mit dem Finger ins Auge zu fassen. Dreimal darf man raten, wem dieser Meinungswandel zu verdanken ist.

»Das wäre nett«, sagt Tommy.

»Das Einzige ist«, fügt sie hinzu, »dass ich …«

Als sie den Kopf senkt, fällt eine Träne auf die gestärkte weiße Bettwäsche, und mein Zorn sucht sich ein anderes Ziel. Ich darf nicht sauer auf meine Tochter sein. Aber eine Wut auf Monica darf ich haben, einfach nur weil es sie gibt. Außerdem auf mich selbst, weil ich nicht darüber erhaben bin.

»Ich wollte es dir nur sagen«, beginnt CeCe von Neuem, »damit du mich trotzdem erkennst. Wenn du … nachdem du … falls du …« Ihre restlichen Worte gehen in einer Tränenflut unter.

Als Tommy die Arme ausbreitet, wirft CeCe sich hinein. »Sch«, flüstert er und streicht ihr Haar glatt. »Du hast keine Chance zu verhindern, dass ich dich erkenne. Ich kenne dein Herz, mein wunderschönes Mädchen. Und daran kannst du nichts ändern.«

Die Schultern meines kleinen Mädchens beben, und ich kann ihr Schluchzen nicht mehr ertragen. Deshalb verdrücke ich mich, damit sie Zeit für sich haben. Und damit sie mich nicht weinen sehen.

Die Tränen fließen schneller, als ich sie aufhalten kann. Die Hand vor den Mund geschlagen, haste ich in die Küche, denn sie sollen die Klagelaute nicht hören, die klingen, als kämen sie nicht von mir. Ich schalte das Wasser ein, in der Hoffnung, es könnte übertönen, dass mein Herz in eine Million mikroskopischer Scherben zerspringt.

Als ich mir das Gesicht wasche, mischt sich das kalte Wasser mit meinen Tränen, bis irgendwann keine mehr übrig sind. Ich brauche mein Gesicht nicht zu sehen, um zu wissen, dass es fleckig und gerötet ist.

Der beinahe leere Krug Arnold Palmer steht noch auf der Arbeitsfläche, wo ich ihn hingestellt habe, als CeCe vor einer Stunde zur Haustür hereinspaziert ist. Sie sah aus wie eine Fremde, die mir bekannt vorkam. Ich gieße den Rest des Getränks in ein Glas und kippe es hinunter wie Schnaps, den ich, offen gestanden, im Moment gut gebrauchen könnte. Alkohol betäubt und hilft beim Vergessen. Es wäre schön, vergessen zu können.

Dann starre ich auf den leeren Krug und wünschte, er wäre voll, damit ich mir ein Glas einschenken und ein bisschen Wodka dazugeben kann. Anstatt durstig und hilflos herumzustehen, öffne ich die Tür der Abstellkammer und hole die löslichen Limonaden- und Eisteezubereitungen heraus, die Oma immer verwendet hat.

Meine Geduld reicht nicht, um abzuwarten, bis sich die Aromen miteinander mischen, wie CeCe es immer verlangt. Deshalb fülle ich das Glas mit Eiswürfeln, gebe meinen herkömmlich gebrauten Arnold-Palmer-Mix darüber und nehme einen großen Schluck.

Der Geschmack, der für mich immer eins mit meiner Kindheit war, ist künstlich und süß. CeCe hat recht: Frische Zutaten sind um einiges besser.

Ich trinke noch einen Schluck und schütte dann den Inhalt des Glases und des Krugs in den Ausguss.

»Mom?«

Als ich mich umdrehe, steht CeCe in der Tür. Sie hat die Arme um den Leib geschlungen und wirkt sehr hilflos und zerbrechlich. Weil sie sich so hart gibt und versucht, erwachsen zu sein, vergisst man leicht, dass sie noch ein kleines Mädchen ist. »Hallo, Liebes.«

»Dad möchte dich sprechen.«

Das mag sein, aber sie braucht mich jetzt. Ich mache ein paar Schritte auf sie zu und nehme sie in die Arme. Dass sie die Umarmung nicht erwidert, hindert mich nicht daran, sie noch fester an mich zu drücken.

»Dad möchte dich sprechen«, wiederholt sie.

Ich tätschle sie noch einmal, lasse los und hoffe, dass sie spürt, wie leid es mir tut. Wie leid mir alles tut.

Als ich ins Wohnzimmer zurückkehre, sind Tommys Augen geschlossen. Ich setze mich aufs Sofa und beobachte ihn beim Atmen. Jeder Atemzug klingt wie ein Kampf, und es zerreißt mir das Herz. Sosehr ich mir auch wünsche, er würde durchhalten und bei mir bleiben, will ich nicht, dass er weiter Schmerzen leidet.

Ein Schluchzer dringt mir über die Lippen, und Tommy reißt die Augen auf. Als er lächelt, verliebe ich mich wieder in ihn.

»Hattet ihr ein gutes Gespräch?«, frage ich.

»Hatten wir«, erwidert er. »Außerdem wäscht sich die Farbe raus. Sie ist nicht dauerhaft.«

»Es ist nicht nur die Farbe«, wende ich ein, obwohl das alles keine Rolle mehr spielt.

»Natürlich nicht«, antwortet Tommy. »Komm, leg dich zu mir.«

Ich klettere ins Bett, kuschle mich an seine Seite und lehne den Kopf an seine Schulter. Er streicht mir mit den Fingern durchs Haar, genau so, wie ich es mag.

»Was hat sie gesagt?«, erkundige ich mich.

»Das geht nur uns beide etwas an. Vater-Tochter-Geheimnis.«

Ich weiche zurück, um ihm in die Augen schauen zu können. »So etwas gibt es nicht.«

»Psst«, meint er, worauf ich den Kopf wieder aufs Kissen lege, damit er weiter an meinen Haaren herumspielen kann. »Wir haben über die Dinge geredet, die ich an ihr liebe, die Dinge, die sie zu dem machen, was sie ist. Über meine Hoffnungen und Träume für ihre Zukunft.«

»Wie damals, als sie klein war«, meine ich. »Was sollte sie deiner Ansicht nach werden, wenn sie groß ist?«

»Glücklich.«

Ich nicke und schließe die Augen. Solange sie glücklich ist, ist sonst nichts von Bedeutung. Tommy beugt sich zu mir hinunter und flüstert mir ins Ohr. »Danke dafür, dass du mich so glücklich machst.«

Ich lächle, obwohl das wohl die traurigsten glücklichen Worte sind, die ich je gehört habe.

53

Alexis

»Als ich dich bei unserem zweiten ersten Mal sah, hattest du einen Blumenstrauß für eine andere dabei«, sage ich zu Tommy. Er hat die Augen geschlossen und atmet mühsam, doch ich weiß, dass er mich versteht. Seit heute Morgen die Sonne aufgegangen ist, sitze ich auf seinem Bett und spreche mit ihm, und ich beabsichtige nicht, damit aufzuhören, obwohl es inzwischen allmählich dämmert. Der Raum ist in einen rosigen Schimmer getaucht, und ich wünschte, Tommy würde die Augen öffnen, um ihn zu bewundern. Doch sie sind seit gestern Vormittag geschlossen.

Ich rede immer weiter und male im Gleichtakt mit seinen Atemzügen mit dem Daumen Kreise auf seinen Handrücken. Denn ich habe eine Todesangst davor, dass Schluss sein könnte, wenn ich nicht weitermache.

»Ich habe bei Publix Aloe gesucht, und du hast etwas zum Thema Touristen und Sonnencreme angemerkt. Ich habe mich umgedreht, um meinen Eingeborenen-Status zu verteidigen. Aber du hast mich überrascht. Ich habe deine Augen erkannt, bevor ich wusste, dass es deine waren.«

Die Erinnerung bringt mich zum Lachen, als ob es gestern gewesen wäre. »Ich war so eifersüchtig auf die glückliche Frau, die diese Gänseblümchen bekommen sollte.«

Als ich ein Geräusch hinter mir höre, drehe ich mich um, ohne Tommys Hand loszulassen. Es ist CeCe. Sie steht so dicht am Zimmer, wie es möglich ist, ohne einzutreten. Ihre Miene ist ängstlich, und sie klammert sich mit den Zehen an die Türschwelle und hält sich an der Wand fest, als befände sie sich auf schwankendem Untergrund am Rande einer Klippe.

»Alles ist gut«, meine ich zu ihr. »Ich rede nur mit Dad. Möchtest du dich zu uns setzen?«

CeCe beißt sich auf die Lippe und schüttelt ablehnend den Kopf.

Ich nicke, weil ich sie verstehe und sie nicht drängen will. Laut Dolly ist es das Beste, CeCe die Zeit zu geben, die Angelegenheit auf ihre Weise zu verarbeiten.

»CeCe ist da«, sage ich zu Tommy und schaue hinter mich. »Sie liebt dich so sehr.«

Tommy schnappt nach Luft und atmet mit einem seltsam grollenden Geräusch aus. »Alles ist gut«, wiederhole ich für ihn und für CeCe, doch als ich mich wieder umschaue, ist sie fort.

»Es tut mir leid, dass wir keine Gelegenheit hatten, sämtliche Punkte auf deiner Liste abzuhaken«, teile ich Tommy mit. »Ich weiß, dass ich dir deshalb zugesetzt habe, aber bei dir steckte eine bestimmte Absicht dahinter, oder? Das ist bei dir immer so.«

Ich senke den Kopf, schließe die Augen und versuche, mir die Geschichten ins Gedächtnis zu rufen, die ich noch auf Lager habe. Wir haben eine Menge schöner Dinge erlebt, aber es hätten noch viel mehr werden sollen. In den letzten Tagen habe ich sie alle erzählt, manche mehr als einmal.

»Wie geht es uns?«, höre ich Dolly leise fragen.

»Es geht ihm gut«, erwidere ich, ohne aufzuschauen.

»Ich spreche von Ihnen, Liebes.«

Ich seufze, denn für das, was ich empfinde, existieren keine Worte. Ihn so zu sehen ist das Schwerste, was ich je durchmachen musste. Jeder seiner Atemzüge ist ein Kampf; ausgerechnet das, was ihn am Leben erhält, verursacht ihm Schmerzen. Mit seiner pergamentartigen Haut, den eingefallenen Wangen und den plötzlich tief liegenden Augen sieht er nicht mehr aus wie er selbst. Sein Anblick tut weh, doch noch mehr wird es wehtun, mich von ihm zu verabschieden. Ich bin noch nicht so weit.

Als ich einen Schluchzer unterdrücke, legt Dolly mir tröstend die Hand auf die Schulter.

»Wir könnten hier drinnen frische Luft gebrauchen«, verkündet sie. »Ich weiß, dass Tommy die Meeresbrise mag.«

Dolly öffnet die Fenster, und das vertraute Knarzen der Verandaschaukel, die auf der anderen Seite der Mauer hin- und herschwingt, dringt an mein Ohr. CeCe sitzt draußen und zupft auf Tommys alter Gitarre.

Der Wind weht ihren leisen Gesang heran. »*Saying I love you*«, singt sie mit zitternder Stimme.

Eine Träne rinnt mir die Wange hinunter, doch ich spare mir die Mühe, sie wegzuwischen. Dann betrachte ich Tommy und lasse kurz seine Hand los, um mich neben ihn zu legen. Ich schlinge ihm den Arm um die Brust und schmiege das Gesicht an seine Seite. Weil ich keine Sekunde verpassen will, versuche ich, die Augen offen zu halten. Doch meine Lider sind so schwer. Ich schließe sie nur für eine Minute.

»Lexie. Lex.«

Ich reiße die Augen auf. Es ist dunkel, und ich habe keine Ahnung, wie viel Uhr wir haben.

»Lex«, höre ich wieder.

Ich stütze mich auf einen Arm und schaue Tommy an. Seine Augen sind offen. Er wirkt wach und klar im Kopf und scheint mich zum ersten Mal seit Tagen richtig wahrzunehmen.

»Hallo, du«, flüstere ich zurück.

Seine Lippen sehen so trocken und rissig aus, dass sie unmöglich nicht wehtun können. Ich strecke die Hand zum Beistelltisch aus und nehme einen Eiswürfel aus dem Kübel, den Dolly schon die ganze Woche zuverlässig befüllt. Das Eis fühlt sich kalt an meinen Fingern an, doch Tommy lächelt, als ich damit seine Lippen berühre.

»Danke«, murmelt er.

»Noch einen?«, frage ich und will nach dem Kübel greifen.

»Nein, das habe ich nicht gemeint«, antwortet er. »Sondern für alles. Dafür, dass du mich geheiratet und zum Dad gemacht hast.«

»Nicht in dieser Reihenfolge«, necke ich ihn. Mir steigen Tränen in die Augen. Es hat mir so gefehlt. Unser Geplänkel und der Klang seiner Stimme. Obwohl er noch da ist, vermisse ich ihn bereits so sehr, dass ich kaum Luft bekomme.

»Wirst du es ihnen ausrichten?«, erkundigt sich Tommy.

»Wem?«, flüstere ich.

»Wir hätten mehr tanzen sollen«, erwidert er.

Ich nicke, erleichtert, weil Dolly mich gewarnt hat, dass das passieren könnte. Ich erinnere mich an ihren Rat: Lassen Sie ihn reden. Versuchen Sie nicht, es zu verstehen. Vielleicht ergibt es keinen Sinn, doch das ist in Ordnung so.

»Du hast mich glücklich gemacht«, fährt er fort.

Mir fließt das Herz über. »Nicht so glücklich wie du mich.«

»Monica ist wirklich nicht so schlimm«, fügt er hinzu.

Als ich ihren Namen höre, verziehe ich das Gesicht. Sie gehört hier nicht her, nicht jetzt.

»Wir müssen nicht über sie reden.«

»Das Baby«, antwortet er so leise, dass ich nicht sicher bin, ob er mit mir spricht oder mit sich selbst.

»Pssst.«

»Nein«, entgegnet er heftiger als zuvor. »Ich will es dir sagen.«

»Ich weiß.« Ich küsse ihn auf die Stirn. »Du brauchst es mir nicht noch mal zu erzählen.«

»Unser Baby. CeCe.«

Erleichtert hole ich tief Luft. Da seine Lippen weiterhin trocken zu sein scheinen, benetze ich sie mit dem nächsten Eiswürfel. Nachdem der geschmolzen ist, blickt Tommy mich unverwandt an.

»Mir ist klar, dass du findest, ich sollte sie hassen, weil

sie mir wehgetan hat.« Er hält inne und atmet rau und flach ein. »Ich würde das alles noch einmal ertragen, weil es dich zu mir geführt hat.«

Er mustert mich eindringlich, um sich zu vergewissern, ob ich ihm auch zuhöre. Ich sauge jedes Wort in mich auf, für den Fall, dass dieses Gespräch unser letztes sein könnte. Ich will nicht, dass es unser letztes ist.

Tommy verstummt kurz, um zu Atem zu kommen. »Ich würde unser Leben für nichts in der Welt eintauschen.«

»Ich weiß«, antworte ich. »Ich weiß.«

»Von uns beiden, Monica und mir, bin ich derjenige, der gewonnen hat.« Als er heftig nach Luft schnappt, befürchte ich, dass er sich übernehmen könnte, aber er redet weiter. »Ihr Leben war nicht leicht, und es ist nicht so idyllisch, wie es von außen den Anschein macht.«

»Psst«, beschwichtige ich ihn, zum Teil, weil ich nicht möchte, dass er sich überanstrengt und noch mehr Kraft an diese Frau verschwendet.

»Ich habe ihr vor langer Zeit verziehen.«

»Wir wissen beide, dass du ein besserer Mensch bist als ich«, stelle ich fest.

»Lass mich ausreden.«

Ich nicke, greife nach Tommys Hand und warte ab, bis er fortfahren kann. »Wir haben genug getrauert. Falls sie CeCe helfen kann, versprich mir, dass du ihr nicht meinetwegen grollen wirst. Es war mein Groll, und ich habe ihn losgelassen.«

Ich nicke, froh, dass es CeCe ist, nicht Monica, die ihm genug bedeutet, um mich zu wecken und über sie zu sprechen. Trotzdem werde ich mich ihm zuliebe bemühen, sie nicht ganz so sehr zu hassen. Wenn er es schafft, ihr zu vergeben, kann ich es zumindest versuchen.

»Ich weiß nicht, was ich getan habe, um dich zu verdienen, Tommy Whistler, aber ich bin so froh, dass du mich geheiratet hast.«

»Soll ich dir was verraten?«, erwidert Tommy mit leiser, sanfter Stimme. »Früher dachte ich, du willst mich nicht heiraten, damit du leichter verschwinden kannst, wenn dich der Fluchtinstinkt überkommt.«

»Ich würde dich niemals verlassen.«

Er lächelt trotz seiner schmerzhaft stoßweisen Atemzüge. »Bleibst du heute Nacht bei mir?«

»Für immer«, verspreche ich.

Tommy lächelt, und als sein Atem sich entspannt, geschieht das Gleiche mit seinen Gesichtszügen. Er schließt die Augen, und ich küsse sie beide, bevor ich der Liebe meines Lebens einen Gutenachtkuss gebe.

54

CeCe

Es ist passiert.

Mom hat mich heute Morgen um 5:23 geweckt, um es mir zu sagen. Sie brauchte es nicht auszusprechen; ich wusste es, sobald ich hörte, wie sich der Türknauf drehte.

Obwohl ich damit gerechnet habe, hat es mich überrascht.

Ich vermisse ihn bereits so sehr, dass es wehtut. Es ist, als habe mein Herz jetzt ein großes Dad-förmiges Loch, und ich glaube nicht, dass es sich je wieder schließen wird.

55

Alexis

Obwohl mein Schrank voller schwarzer Sachen hängt, scheint nichts so richtig für den heutigen Tag zu passen.

Ich fördere ein kurzes schwarzes Kleid zutage. Es hat Spitze am Ausschnitt und einen A-Linien-Rock, der einen makellosen Kreis um mich beschreibt, wenn ich mich um die eigene Achse drehe. Zu dick aufgetragen für eine Beerdigung. Die Leute würden mich als pietätlos bezeichnen.

Ich werfe das Tanzkleid aufs Bett und hole ein weiteres schwarzes aus dem Schrank. Es ist lang und schlicht, eines meiner Lieblingskleider. Mit flachen Schuhen oder Sandalen eignet es sich ausgezeichnet für einen Tag voller Erledigungen. Mit Keilabsätzen und einer auffälligen Kette kombiniert, tut es auch bei einem nächtlichen Zug durch die Gemeinde gute Dienste. Ich habe es ständig an.

So wunderbar es auch für heute wäre, ich werfe es trotzdem aufs Bett. Denn ich weiß, dass ich das Kleid, für das ich mich heute entscheide, nie wieder werde anziehen können. Es wird immer das Kleid sein, das ich zur Beerdigung meines Mannes getragen habe.

Noch drei schwarze Kleider. Ich halte sie mir, eins nach

dem anderen, vor dem Spiegel an. Das erste ist zu kurz, das zweite viel zu elegant, und beim dritten stimmt etwas einfach nicht. Sie landen alle im Haufen auf meinem Bett.

Es klopft an der Tür. »Lex? Bist du bald fertig?«

»Komm rein«, antworte ich, obwohl ich in einem schwarzen BH mit Höschen dastehe. Jill öffnet die Tür und schlüpft ins Zimmer. Als sie meinen unbekleideten Zustand bemerkt, schließt sie die Tür hinter sich. »Ich habe nichts anzuziehen.«

Sie mustert die auf meinem Bett liegenden Kleider. Ihr Blick wandert sofort zu dem mit der schwarzen Spitze. Sie greift danach. »Tommy fand, dass du in dem da toll aussiehst.«

Ich nicke lächelnd.

»Du solltest es tragen.«

»Es ist übertrieben. Die Leute werden denken …«

»Der heutige Tag gehört nicht den anderen Leuten, sondern Tommy. Und dir und CeCe. Zieh das Kleid an.«

Ich nicke, wische mir die Tränen ab, nehme das Kleid aus Jills ausgestreckter Hand und halte ihrem Blick stand. Ich hoffe, sie spürt die Dankbarkeit, die ich einfach nicht in Worte fassen kann. Ohne sie wäre das alles nicht möglich gewesen.

Da ich irgendwie Jüdin bin und Tommy mehr oder weniger als Christ aufgewachsen ist, hat die Religion in unserem Leben nie wirklich eine große Rolle gespielt. Deshalb war es eine schwierige Frage, welche sie in seinem Tod spielen sollte.

Eine Trauerfeier in einer Kirche erschien mir wie Heuchelei. Eine andere Alternative wäre das Bestattungsinstitut gewesen, doch der Raum, den man mir zeigte, war hässlich und kalt.

Es war Jills Idee, einen pensionierten Geistlichen, der Stammgast in ihrem Café ist, um Hilfe zu bitten. Als sie das Thema erörterten, entstand der Plan, eine kleine Zeremonie am Strand abzuhalten. Und da Tommy einen Teil seiner Asche verstreuen lassen wollte, ergab das auch Sinn.

»Wir kommen zu spät, Mom«, verkündet CeCe und öffnet die Tür, ohne anzuklopfen. Sie trägt ein rotes Kleid, das sich nicht unbedingt für eine Beerdigung eignet, auch wenn das genauso für meines gilt. Ich verkneife mir eine Bemerkung, machtlos gegen meine erstaunte Miene.

»Es ist Dads Lieblingsfarbe«, verteidigt sie ihre Entscheidung.

»Du siehst wunderschön aus«, erwidere ich. »Machst du mir den Reißverschluss zu?«

Ich drehe mich um, während sie den Abstand zwischen uns überwindet. Nachdem sie den Reißverschluss zugezogen hat, hakt sie die Schließe oben fest.

»Ich habe gerade mit Oma und Opa telefoniert«, meldet sie. »Sie haben ein schlechtes Gewissen, weil sie nicht hier sind.«

Ich nicke und spiele Enttäuschung vor, weil meine Eltern sich am Tag X auf einer Kreuzfahrt zu den griechischen Inseln am anderen Ende der Welt befanden. Sie haben zwar vorgeschlagen, auf Kreta einen Flieger zu nehmen, doch ich habe ihnen erklärt, dass das albern sei. Tommy hätte gewollt, dass sie sich amüsieren. Außerdem würden sie, sofern der Flieger überhaupt rechtzeitig eintreffen sollte, so an Jetlag leiden, dass sie ohnehin nicht richtig anwesend wären.

Insgeheim war ich ein wenig erleichtert, nicht daran erinnert zu werden, dass die beiden gemeinsam alt werden dürfen, obwohl sie einander eigentlich nie wirklich gerngehabt haben.

»Bist du fertig?«, fragt Jill und schaut auf die Uhr.

»Fix und fertig.« Ich greife nach ihrer ausgestreckten Hand und folge ihr zur Tür hinaus. Mit der freien Hand nehme ich die von CeCe – eine Kette der Liebe und Unterstützung, deren Kraft mich durchpulst.

Ich rutsche auf den Beifahrersitz von Jills Auto. CeCe steigt hinten ein, wo Abigail und Beau warten. Wir fahren die wenigen Häuserblocks zu Tommys Lieblingsstelle am Strand und gehen auf die kleine Ansammlung von Menschen zu, die sich hier zusammengefunden haben.

Ich bin freudig überrascht, weil Becky da ist. Außerdem sind Jack und Blake gekommen. Sogar Brit und einige andere Leute, die wir aus dem Camille's kennen. Lou ist auch da. Sie nimmt kurz Blickkontakt auf und wendet sich dann ab. Ich bemerke Dolly und Sandra vom Hospiz, was mir sehr viel bedeutet. Außerdem erkenne ich noch ein paar Gesichter, habe jedoch nicht die Kraft, sie einzuordnen.

Ich zucke zusammen, als ich plötzlich Adam in die Augen schaue. Er ist gealtert und sieht nicht sehr gut aus. Seine Haut ist nach Jahren in der Sonne ledrig geworden, und sein Gesicht ist gerötet. Außerdem hat er einen Altherrenbierbauch entwickelt.

»Lexie«, beginnt er mit bebender Stimme. »Es tut mir so leid.«

Ich nicke und zwinge mich zu einem Lächeln. Sosehr ich diesen Mann auch verabscheue, würde Tommy mir sicher sagen, dass er ein Recht hat, hier zu sein. Es gab einmal Zeiten, in denen er in unser aller Leben eine wichtige Rolle gespielt hat.

Als ich mich umschaue, stelle ich fest, dass Beau seinen Vater mit Blicken erdolcht. Um mit gutem Beispiel voranzugehen und zu zeigen, dass ich ein großherziger Mensch bin, küsse ich Adam auf die Wange, bevor ich mich auf die Suche nach dem pensionierten Geistlichen mache.

Ich bin froh, dass er Alltagskleidung und keinen steifen Talar trägt. Sicher ist ihm meine ablehnende Haltung gegenüber Religionsgemeinschaften bei unserem gestrigen Gespräch nicht entgangen. Dennoch hat seine Anwesenheit etwas Tröstliches an sich, und es freut mich, dass er sich einverstanden erklärt hat. Er und Tommy wären einander sympathisch gewesen, wären sie einander je begegnet.

Ich spähe hinauf zur Sonne, die durch die Wolken bricht, und spüre die Wärme auf meinem Gesicht. Ich bin nicht sicher, an was ich im Zusammenhang mit dem Leben nach dem Tod glaube, doch ich hoffe, Tommy kann mir, ganz gleich, wo er auch sein mag, ein Zeichen dafür geben, dass er über uns wacht.

»Wir haben uns hier versammelt, um das Leben von Thomas Jacob Whistler, Tommy für seine Freunde und Familie, zu feiern«, verkündet der Geistliche. »Tommy war kein gläubiger Mensch, aber er liebte seine Frau und seine Tochter und war allen, die er kannte, ein Freund, ein Vertrauter, ein guter Zuhörer und laut seiner geliebten Tochter Cecelia nie um einen weisen Rat verlegen.«

Einige Anwesende kichern leise, und auch ich kann mir

ein Lächeln nicht verkneifen. Ich schaue CeCe an und drücke ihre Hand, doch sie fixiert reglos einen weit entfernten Punkt auf dem Meer.

»Ich habe eine Passage aus dem Buch der Prediger ausgewählt, der Tommy meiner Ansicht nach zustimmen würde, und hoffe, dass sie seinen Hinterbliebenen ein wenig Trost spendet. ›Ein jegliches hat seine Zeit, und alles Vorhaben unter dem Himmel hat seine Stunde: Geboren werden hat seine Zeit, sterben hat seine Zeit; pflanzen hat seine Zeit, ausreißen, was gepflanzt ist, hat seine Zeit; abbrechen hat seine Zeit, bauen hat seine Zeit; weinen hat seine Zeit, lachen hat seine Zeit; klagen hat seine Zeit, tanzen hat seine Zeit. Ein jegliches hat seine Zeit, und alles Vorhaben unter dem Himmel hat seine Stunde…‹ Lexie, möchten Sie ein paar Worte sagen?«

Ich nicke und entfalte das zerknitterte Stück Papier, das ich immer wieder knicke und öffne, seit ich in den dunklen Stunden zwischen der späten gestrigen Nacht und dem heutigen frühen Morgen meine durcheinanderwirbelnden Gedanken darauf festgehalten habe.

»In den vergangenen zehn Jahren«, beginne ich, »hat Tommy mir fast jeden Tag kleine Liebesbriefe hinterlassen. Ich fand sie zu Hause in einer Schublade, hinter dem Sonnenschutz meines Autos oder in einem Notizbuch steckend. Einen dieser Zettel hat eine Babysitterin sogar im Kühlschrank entdeckt. Ich musste ihr einiges erklären.«

Manche lachen, und ich lächle. Ich fühle mich immer weniger so, als hielte ich eine Grabrede. Ich erzähle einfach von einem Mann, den ich liebe.

»Obwohl er die Worte in all diesen Briefen von anderen

Schriftstellern und aus Liedtexten oder gegoogelten Zitaten abgekupfert hat, hat Tommy keine Sekunde des Tages vergehen lassen, ohne mir mitzuteilen, dass ich geliebt wurde. Und ich kann nur hoffen, dass er wusste, wie sehr ich ihn ebenfalls liebte.«

Ich senke das Papier. Für den Rest brauche ich keine Gedächtnisstütze. Es ist unsere Geschichte. Ich betrachte die Buchstaben *xx* in seiner Schrift auf der Innenseite meines Handgelenks. Es hat nicht so wehgetan, wie ich befürchtet hatte, und Tommys Gesichtsausdruck, als ich es ihm zeigte, hat mich dafür belohnt. Obwohl die Haut ringsherum noch gerötet ist, gibt mir der Anblick dieser beiden Lettern, mit denen Tommy in all den Jahren seine Liebesbriefe beendet hat, die Kraft weiterzusprechen.

»Ich kann mich nicht an eine Zeit erinnern, in der ich Tommy Whistler nicht kannte. Er war ein niedlicher Junge mit einem Stottern und das Beste an jenen Sommern, als ich hier meine Großmutter besuchte. Er war immer mit einem Lächeln und einem freundlichen Wort zur Stelle und vermittelte mir das Gefühl, etwas Besonderes zu sein.

Ich wurde erwachsen, das Leben kam mir in die Quere, und ich brauchte zwanzig Jahre, um hierher zurückzufinden. Ich habe mein erstes Wiedersehen mit Tommy noch vor Augen. Wir waren bei Publix, und ich erkannte ihn, den Mann, der er geworden war, fast nicht wieder.

Es dauerte nicht lange, wieder an unsere alte Freundschaft anzuknüpfen. Und bald entwickelte sich so viel mehr daraus. Meine Geschichte und die von Tommy sollte jetzt nicht vorbei sein. Ich sollte nicht hier stehen und in der Vergangenheitsform über ihn sprechen. Und es wird für den Rest meines Lebens keine einzige Sekunde geben, in der ich nicht spüre, dass ein Teil meines Herzens fehlt.

Aber wenn Tommy mir eines beigebracht hat, dann, dass man vor den Schwierigkeiten im Leben nicht davonlaufen kann, weil man sonst vielleicht die schönen Momente verpasst. Jeder Moment mit ihm war schön. Ich liebe dich, Tommy Whistler, jetzt und für immer.«

Ich falte das Stück Papier in meiner Hand zusammen und kehre an meinen Platz neben CeCe zurück.

Als sie mich ansieht, hat sie Tränen in den Augen.

»Möchte sonst noch jemand etwas sagen?«

»Ich«, erwidert CeCe.

»Du musst nicht«, flüstere ich. Als wir gestern darüber geredet haben, meinte sie, sie glaube nicht, dass sie es schaffen würde, ohne einen Weinkrampf zu kriegen. Und das wolle sie in Gegenwart so vieler Leute nicht.

»Ich weiß«, antwortet sie. »Ich möchte es aber.«

56

CeCe

Eigentlich wollte ich keine Rede halten, doch nun, da ich hier bin, kann ich einfach nicht schweigen. Ich habe zwar nichts aufgeschrieben oder vorbereitet, aber so eine Gelegenheit ergibt sich wahrscheinlich nie wieder.

»Alle glauben, dass ihr Dad der beste ist«, fange ich an und schiebe meine Brille hoch. »Aber bei meinem stimmt es wirklich. Stimmte es«, verbessere ich mich. »Als Teenager wird von mir erwartet, dass ich meine Eltern hasse. Das tun die meisten meiner Freunde. Doch mein Dad war mein bester Freund. Er hat mich verstanden wie sonst niemand. Er wusste, wann ich Freiraum brauchte und wann eine Umarmung. Seine Umarmungen waren unübertroffen.«

Als ich den Kopf hebe, ist Moms Gesicht vom Weinen hässlich verschwollen. Ich weiß, dass ich auch die Beherrschung verliere, wenn ich sie weiter anschaue. Deshalb suche ich Blickkontakt mit Beau und starre ihn an. Er lächelt, und ich bin bereit weiterzusprechen.

»Er war freundlich zu Fremden. Er gab den Obdachlosen, denen er auf der Straße begegnete, immer einen Dollar.

Er war gut zu Tieren, zur Umwelt und auch zu mir und meiner Mom. Er hat mir beigebracht, andere Menschen so zu behandeln, wie ich selbst behandelt werden wollte. Mir ist klar, dass das wie eine Binsenwahrheit klingt, aber aus seinem Mund glaubte man es einfach.

Ich weiß, dass in meinem Leben Zeiten kommen werden, in denen ich meine Freunde mit ihren Dads sehe und neidisch sein werde. Nur, dass keiner ihrer Dads so ist wie meiner, und ich war lieber nur vierzehn Jahre lang *seine* Tochter als hundert Jahre die eines anderen.«

Mein Blick wandert über all die traurigen Gesichter vor mir, und ich beschließe, dass ich genug gesagt habe. Allerdings bin ich nicht sicher, wie ich die Ansprache beenden soll. Also stehe ich nur da wie eine Idiotin und breche in Tränen aus. Als sie erst einmal fließen, kann ich sie nicht mehr aufhalten.

Mom breitet die Arme aus. Ich gehe zu ihr und lasse mich von ihr umarmen. Laut und mit Nachdruck flüstert sie mir ins Ohr: »Du wirst immer seine Tochter sein, und er ist für immer dein Dad.«

Der Geistliche quatscht noch irgendwelches religiöses Zeug, das uns trösten soll, aber nur nervt. Dann reicht er meiner Mom den Behälter, in dem sich angeblich die Asche meines Dads befindet. Doch es könnte genauso nur ein Trick sein: Sie haben ein bisschen Staub in einen schicken Eimer gefegt und einen Deckel draufgemacht.

Mom nimmt meine Hand, und ich lasse es zu, für den Fall, dass sie sich dadurch besser fühlt. Mir jedoch hilft es nicht. Nichts von alldem hilft mir. Ich möchte nichts als allein sein.

Gestern hat sie zu mir gesagt, nach der Trauerfeier würden wir nur zu zweit am Ufer entlanggehen und eine Handvoll der Asche verstreuen. Als ich zugestimmt habe, habe ich nicht darüber nachgedacht, wie seltsam das sein würde.

Mom entfernt den Deckel vom Behälter. Er ähnelt ein wenig der Dose, in der wir zu Hause Mehl aufbewahren. Sie greift hinein, holt eine Handvoll Asche heraus und streckt mir den offenen Behälter hin. Aber ich ziehe ruckartig die Hand weg.

»Ich weiß, dass das ein komisches Gefühl ist«, meint sie.

Erstaunt blicke ich sie an. Schließlich wollte sie es doch so.

»Es war nicht meine Idee«, fährt Mom fort. »Aber dein Dad hat es sich gewünscht, und mehr Grund brauche ich nicht.«

Ich hole tief Luft und stecke die Hand in den Aschehaufen. Wenn mein Dad es so wollte, möchte ich ihn nicht enttäuschen. Die Asche fühlt sich an wie Sand, nur weicher und feiner.

»Findest du, wir sollten etwas sagen?«, fragt Mom.

Ich zucke die Achseln. Ich habe vorhin alles gesagt, was es zu sagen gibt.

Mom lächelt mir zu und betrachtet dann ihre Hände, die das festhalten, was angeblich mein Dad ist. »Ich liebe dich, Baby«, flüstert sie und wirft die Handvoll Asche ins Meer.

Ich beobachte, wie sie sich mit dem Wasser vermischt und verschwindet, als eine Welle sie hinein in die Brandung zieht. Mom schaut mich an. Ihre Augen schimmern. Sie wischt sich die Träne nicht ab, die ihr über die Wange rinnt.

Obwohl meine Lippen sich bewegen, um die Worte »Ich liebe dich, Dad« auszusprechen, kriege ich keinen Mucks heraus. Ich öffne die Faust und lasse die Stücke, die er sein könnten oder auch nicht, vom Wind aufs Meer hinaustragen.

Diesmal bin ich es, die nach Moms Hand greift, als wir uns auf den gefühlt längsten Rückweg der Welt zu den anderen machen.

»Ihr seid alle auf einen kleinen Imbiss zu Lexie und CeCe eingeladen«, verkündet Tante Jill. »Aber zuerst nimmt jeder bitte einen Luftballon.«

Einen *Luftballon*? Das ist doch hier keine Geburtstagsfeier.

Abigail und Lou machen mit einem der großen schwarzen Müllsäcke, wie wir sie im Broken Crown verwenden, die Runde. Vor jedem Anwesenden öffnen sie den Sack und holen einen aufgeblasenen roten Ballon mit einem langen weißen Band daran heraus. Das riecht doch förmlich nach Pinterest.

Obwohl ich es furchtbar dämlich finde, nehme ich einen Ballon von Abigail entgegen.

»Ich habe Markierstifte hier, falls ihr möchtet«, fährt Tante Jill fort. »Damit könnt ihr eine Nachricht oder ein Gebet auf den Ballon schreiben. Danach lassen wir sie alle gemeinsam fliegen.«

Alle schnappen sich einen Stift und fangen an, auf den Ballons herumzukritzeln, als sei es das Normalste der

Welt. So, als sei Dad tatsächlich in der Lage, das alles zu lesen. Ich mustere meinen unbeschrifteten Ballon.

Dann entferne ich die Verschlusskappe des Stifts. Ich fühle mich leer. Die Worte sind wie weggeblasen. Ich mache den Stift wieder zu. So ein Schwachsinn.

Mom und ich sehen einander an, und ich erkenne, dass sie das Gleiche denkt. Im nächsten Moment jedoch senkt sie den Kopf und beginnt, etwas zu schreiben. Seufzend ziehe ich die Verschlusskappe wieder ab, berühre den Ballon mit der Spitze des Stifts und hoffe, dass mir etwas einfallen wird. Fehlanzeige.

Ich liebe dich, Daddy, schreibe ich. Aber das genügt nicht, nur für den Fall, dass er es doch liest. Als ich die Augen schließe, höre ich aus der Ferne ein Lied. Es ist, als würde der Wind es zu mir herübertragen. Nun weiß ich, was ich schreiben soll.

Ich lächle und blinzle, um die Tränen zurückzuhalten. Dann schreibe ich: *Diesmal bist du es, der mir das Herz bricht. Ich liebe dich und werde dich immer vermissen, Cecelia.*

Ich lüpfe die Brille, um die frischen Tränen wegzuwischen. Nachdem ich mich so gut wie möglich zusammengerissen habe, bemerke ich, dass Tante Jill mich mustert, als würde sie mich verstehen. Ich schaue weg, weil ich nicht wieder vor den Augen aller Leute zu weinen anfangen will.

»Offenbar sind alle fertig«, sagt Tante Jill. »Nachdem ich bis drei gezählt habe, lasst ihr eure Ballons los.« Als sie die anderen anblickt, bestätigen diese mit einem Nicken. »Eins, zwei, drei.«

Auf ihr Zeichen lassen alle ihre Ballons los. Ich halte meinen eine Sekunde länger fest und küsse ihn, bevor ich ihn fliegen lasse. Ein Schauder durchfährt mich. Ich schlinge mir die Arme um die Schultern und blicke hinauf zu den roten Ballons, die in den Himmel aufsteigen.

Die Anwesenden setzen sich in Bewegung. Tante Becky ist die Erste, die sich aus der Gruppe löst. Sie umarmt mich rasch. »Ich liebe dich, mein Zuckerbaby«, flüstert sie mir ins Ohr. Sie geht hinüber zu Mom, und ich stehe kurz allein da, was mir mehr als recht ist.

Eine kleine alte Frau, die ich nicht kenne, kommt zu mir und drückt mir einen feuchten Kuss auf die Wange. »Er ist jetzt in einer besseren Welt, mein Kind.«

Ich zwinge mich zu einem Lächeln, balle die Fäuste und drücke so fest zu, dass sich mir die Fingernägel in die Haut bohren. »Bitte entschuldigen Sie mich«, erwidere ich, weil ich kurz vorm Platzen bin.

Ich ertrage es nicht, dass alle diese Leute so tun, als würden sie mich oder meinen Dad kennen. Auf der Suche nach Beau lasse ich den Blick über die Gesichter schweifen. Ich entdecke ihn ein wenig abseits. Gleichzeitig mit mir bemerkt er, dass sein Dad auf ihn zukommt.

Beau wendet sich von seinem Dad ab und schaut mich an. Als er auf mich zusteuern will, schüttle ich den Kopf. Nach einem kurzen Innehalten dreht er sich zu dem Mann um, der wirklich so aussieht wie er. Beau mag seinen Dad hassen, aber wenigstens lebt er noch. Und er weiß, dass ich nicht als Ausrede dafür herhalten werde, nicht mit ihm zu sprechen. Nicht heute.

Mom ist nicht schwer zu finden. Sie wird von einer

Menschenmenge umringt. Alle wollen mit ihr reden. Ich an ihrer Stelle würde das nicht ertragen.

»Mom?«, frage ich, obwohl sie offensichtlich gerade mitten im Gespräch ist.

Unter gewöhnlichen Umständen würde sie mich ermahnen, nicht zu unterbrechen, aber diese Umstände sind alles andere als gewöhnlich. »Ja, Liebes?«

»Kann ich zu Fuß nach Hause gehen?«

»Möchtest du nicht auf eine Mitfahrgelegenheit warten?« Ich schüttle den Kopf. »Gut. Wir kommen bald nach.«

Ich mache kehrt und schlendere den Strand hinunter. Mein Plan ist, dem Ufer zu folgen, bis ich am Strandzugang bei unserem Haus bin.

»CeCe?« Ich drehe mich um. »Ich liebe dich.«

»Ich liebe dich auch.«

57

Alexis

»Es war eine schöne Trauerfeier«, stellt Jill fest und räumt die letzte Vorlegeplatte vom Klapptisch. Jemand hat ihn dort aufgebaut, wo Tommys Bett gestanden hat. Es ist ein Wunder, wie schnell die Spuren beseitigt wurden. Im Handumdrehen war alles verschwunden. Es ist, als sei ich eines Morgens eingeschlafen, während der Juli unbemerkt in den August überging und Tommy fort war.

»Sehr schön«, stimmt Becky zu.

»Schön«, wiederhole ich mit einem Hauch von Sarkasmus. Es ist so ein banales Wort für ein derart lebensveränderndes und vernichtendes Ereignis.

Wenn Tommy hier wäre, würde er die Augenbrauen hochziehen und mich mit einem Blick nach dem Motto *Sei nicht so abfällig* bedenken. Später, in einer ruhigen Minute, würde er in der Rolle des Psychologen schlüpfen und mir erklären, dass jeder anders mit Trauer umgehe und dass niemand die richtigen Worte wisse, weil es manchmal keine gebe.

»Ich koche Tee«, erbietet sich Jill. Sie bewegt sich im Haus, als sei es ihres. »Möchtest du welchen?«

»Sie trinkt Kaffee«, merkt Becky an und schaut von dem Stapel Klappstühle auf, die sie gerade schichtet. »Nun, die Hälfte Kaffee und die Hälfte entrahmte Milch mit anderthalb Süßstofftabletten. Manchmal mit zweien.«

Sie sehen erst einander und dann mich abwartend an. Als würde die Wahl eines Heißgetränks, auf das ich eigentlich nicht einmal Lust habe, bestimmen, wer von beiden mich am besten kennt. Im Grunde genommen, ist es ein weiterer Beweis dafür, dass ich gewissermaßen zwiegespalten bin: Alexis zu Hause in Atlanta, Lexie hier in Florida. Tommy war das verbindende Element, das diese Lücke überbrückt und meine beiden Identitäten zusammengehalten hat.

»Tee ist in Ordnung«, meine ich zu Jill, die sich lächelnd in die Küche zurückzieht. »Von Kaffee kann ich nicht schlafen«, erkläre ich Becky.

Becky lässt das Aufräumen und lässt sich neben mir auf dem Zweisitzer nieder, wo ich den Großteil des Nachmittags Hof gehalten habe. »Ich wette, du kannst es kaum erwarten, dass dieser Tag endlich vorbei ist.«

»Ja und nein.« Sie mustert mich neugierig. »Auf die Beerdigung war ich vorbereitet. Nun, nicht wirklich vorbereitet.« Ich hasse es, wenn mir die richtigen Worte nicht einfallen. »Ich wusste, was mich erwartet.«

»Zu früh.« Becky seufzt.

Ich nicke, obwohl mir sogar »niemals« zu früh gewesen wäre. »Aber jetzt?« Ich betrachte die Überreste der leichenschmausähnlichen Veranstaltung, die nach allgemeiner Auffassung zu einer Trauerfeier gehört. »Ich habe keine Ahnung, was ich jetzt machen soll.«

»Geh einen Tag nach dem anderen an«, erwidert Becky und legt sanft die Hand auf meine.

Ich kann ihr die abgedroschene Phrase nicht verübeln. Noch vor wenigen Monaten, ehe Begriffe wie »Endstadium«, »Krebs« und »Stadium vier« Einzug in mein Vokabular gehalten haben, hätte ich vermutlich das Gleiche gesagt. Verdammt, wahrscheinlich habe ich genau diese Worte unzählige Male im Auftrag der Dox Pharmacy in Briefen und Broschüren verwendet.

Ich weiß, dass es nicht der richtige Zeitpunkt ist, um Becky zu fragen, was sich in der Agentur tut. Allerdings würde mir die Arbeit dabei helfen, mich von den Dingen abzulenken, über die ich nicht nachgrübeln will. Wenn Tommy hier wäre, würde er mich daran erinnern, dass es mir den ganzen Sommer gut gegangen ist. Ich hätte mich nach den ersten beiden Wochen daran gewöhnt, nicht mehr an die Arbeit zu denken. Er würde mich warnen, ich solle vorsichtig sein und die Arbeit nicht als Krücke benutzen, als Ausflucht, um davonzulaufen. Er würde verlangen, dass ich da bin, anwesend im Moment, und zwar für mich selbst und für CeCe. Natürlich würde er nicht falschliegen.

»Wann kommst du voraussichtlich zurück nach Atlanta?«, erkundigt sich Becky.

»Ich sagte doch, dass ich keine Ahnung habe«, herrsche ich sie an. Sie drückt fester meine Hand, um mir mitzuteilen, sie wisse, dass ich es nicht so gemeint habe. »Tut mir leid.«

»Dir braucht nichts leidzutun, Schatz.« Als ich mit der rechten Hand ihre berühre, ist mir klar, dass wir beide auf den Diamantring starren, der an meinem Finger so fehl am Platz wirkt. »Er ist wirklich wunderschön«, sagt sie und hebt meine Hand an, um ihn eingehender zu bewundern.

Nebenan fällt etwas herunter und landet klappernd auf dem Boden. »Alles in Ordnung«, ruft Jill. »Nichts zerbrochen.«

»Sie ist eine gute Freundin«, sagt Becky.

»Du auch.«

»Ich hätte früher herkommen sollen.« Die Worte bleiben ihr in der Kehle stecken, und ich merke ihr an, dass sie mit den Tränen kämpft.

»Du hast es zu meiner Hochzeit geschafft und den Ring und Tommys Frack mitgebracht. Außerdem hast du im Büro die Stellung gehalten, damit ich hierbleiben konnte, wo ich gebraucht wurde«, tröste ich sie, ein eigenartiger Rollentausch, der dafür sorgt, dass ich mich so normal fühle wie schon seit Wochen nicht mehr.

»Und nun die Beerdigung.« Sie zieht die Hand weg und wischt sich eine einsame Träne ab. »Ich muss gestehen, dass die Hochzeit mehr Spaß gemacht hat.«

Wir lachen beide und verstummen so rasch, wie wir angefangen haben. Es ist nicht der richtige Zeitpunkt, um zu lachen.

Das darauffolgende Schweigen ist beklommen und fremd, ein weiterer Hinweis darauf, dass ich völlig im Dunkeln tappe, wie ich weitermachen soll.

Als der Teekessel pfeift, ist das schrille Geräusch eine willkommene Ablenkung.

»Der Tee ist fertig.« Jill kommt den Flur entlang. Ein Geschirrtuch in der Hand, wirkt sie, als sei sie gerade im

Café beschäftigt. »Möchtest du eine Tasse?«, fragt sie Becky.

»Sehr gern, danke.«

Ich werfe Becky einen Seitenblick zu. Sie hasst Tee, solange es kein Long Island Iced Tea ist. »Du musst nicht«, raune ich ihr zu.

Ohne auf mich zu achten, schaltet sie ihr Lächeln eine Stufe höher, und ich lache wieder, weil ich ihre Geste zu schätzen weiß. Wenn die zwei nur bis in alle Zukunft an meiner Seite bleiben könnten, würde ich es vielleicht, ja, vielleicht überstehen.

»Wo ist unser Käferchen?«, erkundigt sich Becky.

»Oben in ihrem Zimmer, oder?« Ich bin eine schreckliche Mutter. »Vielleicht geht sie ja noch mit Beau spazieren.«

»Ihr Tee, Madam«, sagt Jill und reicht mir die blaue Tasse, die schon immer meine war. »Vorsicht, heiß.« Mir fällt auf, dass sie für Beckys Tee eine herrenlose Tasse aus dem Schrank genommen hat, und ich bin froh, dass sie nicht Tommys rote benutzt.

Da der Tee noch zu heiß zum Trinken ist, stelle ich die Tasse auf den Couchtisch. Bevor ich den Henkel loslassen kann, zückt Jill einen Untersetzer. Ich beiße mir auf die Lippe, um ein Grinsen zu unterdrücken, als Becky ihre Tasse auf dem zweiten von Jill bereitgehaltenen Untersetzer deponiert.

»Ich husche rasch zu mir rüber«, meldet Jill. »Du hast keine Frischhaltefolie mehr im Haus, und ich möchte nicht, dass das viele Essen schlecht wird.«

»Die Frischhaltefolie ist nicht ausgegangen«, erwidere ich. »Ich glaube, wir hatten nie welche da.«

Jill lächelt. »Bin gleich zurück.«

Ich greife nach ihrer Hand. »Setz dich.«

»Aber …«, protestiert sie.

»Hinsetzen.«

»Es muss noch eine Menge erledigt werden.«

»Das läuft schon nicht davon. Zuerst setzt du dich zu mir. Bitte?«

Seufzend wirft sich Jill das Geschirrtuch über die Schulter und nimmt auf der Armlehne des Zweisitzers Platz. »Ich sitze«, verkündet sie. »So okay?«

»Fast.« Ich schlinge ihr den Arm um die Taille und ziehe sie zu mir hinunter, bis wir drei uns auf einem für zwei Personen gedachten Sofa zusammendrängen. Ich hake Becky unter und lege den Kopf auf Jills Schulter.

»Jetzt ist es besser.« Ich schließe die Augen, atme tief durch und wünschte, ich könnte diesen Moment festhalten, umgeben von den letzten beiden Menschen auf diesem Planeten, die mich lieben, obwohl sie meine Fehler kennen.

Als ich höre, wie Jill nach Luft schnappt, greife ich nach ihrer Hand. »Für den Fall, dass ich es noch nicht oft genug gesagt habe: Ich liebe euch zwei Mädels. Danke für alles und dafür, dass ihr hier seid.«

»Keine Ursache«, antwortet Jill mit zitternder Stimme.

»Ich wäre nirgendwo lieber, Schatzimaus.« Becky lehnt den Kopf an meine Schulter. »Nun, das ist gelogen. Ich wäre lieber mit dem scharfen Typen, neben dem ich auf dem Hinflug gesessen habe, in Paris.«

»Ist das nicht bei uns allen so?«, stimmt Jill zu.

»Jetzt sind wir Single-Frauen«, stellt Becky fest. »Zu früh?«

Wider Willen lache ich auf. Single-Frau zu sein kann ich mir genauso wenig vorstellen wie Witwe. Ich halte inne, als ich auf der Vortreppe ein Knarzen höre, und frage mich, ob es Adam ist. Er ist nach der Trauerfeier nicht mitgekommen. Seine Kinder haben ihm nicht unbedingt vermittelt, dass er erwünscht ist, und ich kann es ihnen nicht verübeln. Vielleicht hat er zuerst einen ordentlichen Drink gebraucht. Das würde zu dem Adam passen, den ich gekannt habe. Also hebe ich den Kopf und warte auf das Klopfen, das jetzt eigentlich folgen müsste.

»Habt ihr was gehört?«, frage ich, als nichts passiert.

Becky schüttelt den Kopf.

Wir spitzen die Ohren, doch da ist nichts bis auf das Wummern der anspringenden Klimaanlage. »Wahrscheinlich nur Einbildung«, sage ich, obwohl ich weiß, dass das nicht stimmt.

Klopf, klopf.

Jill fährt hoch. Sie hat es auch wahrgenommen. »Herein«, ruft sie.

Die Tür öffnet sich, zuerst langsam und dann vollständig, als *sie* hereinrauscht und dem Raum sämtlichen Sauerstoff entzieht.

»Verzeihung, ich wollte nicht stören. Ich habe nur …« Monica bricht mitten im Satz ab.

Das pechschwarze Haar, das CeCe nachahmen wollte, fällt trotz der Schwüle in weichen, krausefreien Wellen. Ihre Haut ist so makellos wie immer, und ihre Augen wirken feucht, so als habe sie geweint. Was vermutlich zutrifft. So lange es auch schon her sein und so traurig es auch geendet haben mag, hat ihr Tommy einmal etwas bedeutet.

Jill erhebt sich als Erste vom Sofa. »Monica«, sagt sie.

»Jill.« Als sie sich kurz umarmen, muss ich das Bild beiseiteschieben, wie die zwei zusammen im Café sitzen.

»Möchtest du etwas trinken?«, fragt Becky. »Wir genehmigen uns gerade einen Tee.«

»Tee wäre wundervoll, danke.«

Nachdem Jill und Becky einen Blick gewechselt haben, verschwinden sie in der Küche und lassen mich und Monica allein in dem Zimmer, wo sie erst vor Kurzem Tommy wiedergesehen hat.

»Möchtest du Platz nehmen?«, fordere ich sie auf. Ich bemerke ihr Zögern und kann es ihr nicht zum Vorwurf machen. »Offen gestanden, könnte ich ein bisschen frische Luft gebrauchen.«

Monica wirkt erleichtert. Sie folgt mir hinaus, wo wir uns, so viel Abstand wie möglich zwischen uns, auf der schmalen Sitzfläche der Verandaschaukel, niederlassen.

»Eine sehr schöne Trauerfeier«, benutzt auch sie dieses Wort. Mich wundert, dass ich sie nicht dort gesehen habe. Es waren nicht so viele Leute da, und sie hat eine Schwäche für große Auftritte. »Ich habe ganz hinten gestanden. Ich wollte kein Aufsehen erregen.«

»Danke.«

»Es tut mir nur so leid«, spricht Monica weiter. Es ist schwierig, sie zu hassen, denn sie klingt sehr traurig und aufrichtig. Allerdings kann ich nicht einfach vergessen, dass sie Tommy das Herz gebrochen hat, bevor es meines wurde.

Ich habe seine Stimme und den Nachhall unseres letzten Gesprächs im Kopf. Seine Worte, sie sei trotz Glitzer und Glamour einsam. Seine Äußerung zum Thema Verzeihen. Wenn er ihr vergeben konnte, kann ich das doch auch, oder?

»Ich bereue so vieles, was ich getan, und die Entscheidungen, die ich getroffen habe. Ich weiß, dass Tommy fähig war, mir zu verzeihen, weil er seinen Platz gefunden hatte, und zwar bei dir und bei CeCe. Sie ist wirklich ein tolles Mädchen, weißt du?«

Ich mustere sie argwöhnisch. Die Frechheit dieser Frau verblüfft mich immer wieder. »Natürlich weiß ich das.«

»Sie besucht mich an ihren freien Tagen am Drehort«, erklärt Monica.

Ich fahre hoch und versuche, mir den Schrecken nicht anmerken zu lassen. Dass Jill CeCe am Mittwoch freigibt, verfolgt einzig und allein den Zweck, Begegnungen mit Monica im Café zu verhindern. Dass sie deshalb zusätzliche Zeit mit ihr hat, war nicht im Sinne des Erfinders.

Monica bemerkt meinen Stimmungswandel nicht. Vielleicht ist es ihr auch egal, denn sie redet einfach weiter. »Es ist schwierig, sich nicht auszumalen, was vielleicht gewesen wäre, hätten sich die Dinge anders entwickelt. Wenn ich das Baby gekriegt hätte.« Meine Fäuste ballen sich, als sie mich in meinem Verdacht bestätigt, warum sie CeCes Nähe sucht. »Jedenfalls habe ich CeCe das Angebot gemacht, mich für einige Wochen in L. A. zu besuchen. Es steht noch.«

»Sie ist *meine* Tochter«, entgegne ich langsam und deutlich, um sämtlichen Missverständnissen vorzubeugen. »Auch wenn du deinen Fehler bedauerst, kannst du ihn nicht mehr ungeschehen machen. Und meine Tochter bekommst du nicht. Sie geht nicht mit dir nach Hollywood oder sonst irgendwo hin.«

»Ich hasse dich!«

Als ich aufblicke, steht CeCe auf dem Gehweg und belauscht uns. Ihre Worte versetzen mir einen Stich ins Herz.

»Dad würde es mir erlauben«, beteuert CeCe, und ich weiß, dass sie da nicht falschliegt. Mit einem gewaltigen Satz hastet sie die Stufen zur Veranda hinauf und reißt die Haustür auf, als könne sie nicht schnell genug vor mir davonlaufen.

»CeCe«, versucht Monica zu helfen. Es hat die gegenteilige Wirkung.

Meine verwirrte, traurige und zornige Tochter zögert an der Tür und sieht mich finster an. »Schade, dass nicht *du* gestorben bist.«

Ich sitze da, nehme meine Strafe an und zähle lautlos bis zehn. Gleich wird ihre Zimmertür so heftig zuknallen, dass es mir durch Mark und Bein geht.

Monica steht auf. Sie wirkt hier so fehl am Platz, wie ich es in ihrer Welt täte. »Es tut mir leid. Ich hätte nicht herkommen sollen.«

»Das ist der eine Punkt, auf den wir uns einigen können.«

»Ich gebe dir trotzdem meine Karte, nur für den Fall, dass du es dir anders überlegst.« Sie greift in die teure Handtasche, die zu ihren teuren Schuhen passt, und fördert eine glänzend weiße Visitenkarte zutage.

Ich verschränke die Arme, um ihr zu verdeutlichen, dass ich kein Interesse an einem Kontakt mit ihr habe. Weder jetzt noch überhaupt jemals. Dann marschiere ich an ihr vorbei ins Haus und mache ihr endgültig die Tür vor der Nase zu.

58

CeCe

Als ich das letzte Mal nicht mehr mit meiner Mom gesprochen habe, hat das nur wenige Stunden gedauert. Außerdem war es anders, weil Dad da war. Diesmal ist es einfach.

Inzwischen habe ich seit einigen Tagen kein Wort mehr gesagt.

Sie redet ständig mit mir. Oder eher, sie redet auf mich ein. Ich schwöre, der Titel »alleinerziehende Mutter« ist ihr bereits zu Kopf gestiegen, denn sie trifft willkürlich Entscheidungen, als sei sie als Einzige davon betroffen.

Zum Beispiel hat sie entschieden, dass wir heute nach Atlanta zurückkehren, obwohl die Schule erst in drei Wochen wieder anfängt. Ich weiß, dass ich mich ätzend aufgeführt habe, weil ich eigentlich nicht hierherkommen wollte, doch seitdem hat sich die Situation geändert. Alles hat sich geändert. Ich auch.

Ich liege auf meinem Bett, starre hinauf zu der Ansammlung stumpfer Sterne an der Decke und lasse das blaue Jo-Jo in meiner Hand kreisen.

»CeCe?«, ruft Mom nach oben, als rechne sie mit einer

Antwort. Sie sollte sich freuen, dass ich nicht mit ihr spreche, denn anderenfalls würde ich ihr Dinge sagen, die ihr gar nicht gefallen würden.

Zu behaupten, dass ich sauer bin, wäre die Untertreibung des Jahrhunderts. Sie hat es so ganz nebenbei geschafft, ein ohnehin schon ziemlich kaputtes Leben endgültig zu ruinieren. Nun bin ich nicht nur ein vaterloses Mädchen, sondern auch noch eines, dessen Mutter ihren egoistischen Stolz wichtiger findet als den Traum ihrer Tochter. Inzwischen antwortet Monica nicht einmal mehr auf meine SMS. Ich habe ihr geschrieben, es täte mir leid und ich wolle immer noch mit ihr nach L. A. gehen. Obwohl sie die SMS eindeutig gelesen hat, reagiert sie nicht darauf. Das ist ebenfalls Moms Werk.

Ich höre Schritte die Treppe heraufkommen. Zu leicht, als dass es die von Mom sein könnten. Sie stoppen vor meiner Tür, und derjenige klopft an.

»Herein«, sage ich, da ich weiß, dass sie es nicht ist.

»Hallo«, begrüßt mich Beau.

»Was machst du hier?« Ich setze mich auf. »Wenn meine Mom dich erwischt, bringt sie dich um.«

»Sie hat mich selbst raufgeschickt«, erwidert er. »Damit ich dir mit deinem Gepäck helfe.« Beau schaut zu Boden, wo, leer und offen, mein Koffer steht. »Hast du noch nicht gepackt?«

»Ich will nicht fahren.«

»Ich will auch nicht, dass du fährst.« Er greift nach meiner Hand und zieht mich vom Bett hoch in seine Arme. Dann küsst er mich auf den Scheitel und hält mich fest. Schweigend, weil er weiß, dass es nichts zu sagen gibt.

»Vielleicht könnte ich ja bei euch bleiben«, murmle ich, das Gesicht an seiner Schulter. »Ich kann deiner Mom weiter im Café helfen, anstatt Miete zu bezahlen.« Ich schaue in seine blauen Augen, die ihr Funkeln verloren zu haben scheinen. Er lächelt mich traurig an, bevor er sich bückt, um mich zu küssen. Seine Hände gleiten unter mein Hemd. Sie fühlen sich auf meinem Rücken warm an.

Normalerweise ist das der Punkt, an dem ich seine Hand wegschiebe und ihn bitte aufzuhören.

Doch heute ist nichts normal.

Ich weiche ein Stück zurück, nur für eine Sekunde, damit er sieht, dass ich lächle und dass alles in Ordnung ist.

Das Lächeln, mit dem er meines erwidert, ist alles andere als traurig. Seine Lippen berühren meine, und ich gestatte seinen Händen, ein wenig höher zu wandern. Als ich mich fester an ihn drücke, gleiten seine Hände wieder nach unten zur Einbuchtung meiner Taille.

Meine Lippen lösen sich nicht von seinen, als ich einen Schritt zurücktrete. Er folgt mir, damit zwischen uns kein Abstand entsteht. Als ich noch einen Schritt mache, rutscht er weiter nach. Ich spüre die Bettkante in den Kniekehlen und bleibe stehen, schlinge die Arme um Beaus Schultern und lege mich hin.

Er befreit sich und richtet sich auf. »Was tust du da?«

»Ist das nicht offensichtlich?« Ich nehme seine Hand und will ihn an mich ziehen, doch er sträubt sich. Ich runzle die Stirn. Er ist es doch, der ständig seine Grenzen austestet, seit diese Sache, was sie auch immer sein mag, zwischen uns angefangen hat.

»Mist, du bist so wunderschön«, sagt er und geht weiter auf Abstand. »Ich will bei dir sein, mehr als alles in der Welt.«

»Ich bin genau vor deiner Nase«, antworte ich. »Allerdings fahren wir bald ab.«

»Ich weiß. Wir sollten deinen Kram packen.«

»So habe ich es nicht gemeint.«

»Das ist mir klar.« Er dreht sich um, öffnet die Tür des Schranks, in dem all meine Kleider hängen, nimmt eins nach dem anderen vom Kleiderbügel, faltet es zusammen und verstaut es im Koffer.

»Alles in Ordnung hier oben?«, fragt Tante Jill. Sie kommt um die Ecke und in mein Zimmer. An ihrer Miene erkenne ich, dass sie überrascht ist, weil sie uns nicht bei dem ertappt hat, was wir gerade noch getan haben.

»Ich helfe CeCe beim Packen.«

»Du hast noch nicht gepackt?« Tante Jill schüttelt den Kopf. »Okay, dann beeil dich. Deine Mom ist beinahe startklar.«

Ich verdrehe die Augen und hoffe, Tante Jill versteht, dass es nicht gegen sie gerichtet ist, sondern gegen Mom.

»Machst du jetzt mit, oder was?«, sagt Beau, sobald seine Mom außer Hörweite ist.

»Ich dachte, du willst nicht, dass ich fahre.«

»Will ich auch nicht«, erwidert er. »Nur, dass die Entscheidung nicht bei uns liegt.« Ich stehe auf und trete zwischen ihn und den Koffer. Nachdem er mich rasch geküsst hat, wendet er sich wieder dem Schrank zu, um weitere Kleidungsstücke herauszuholen. Ich stelle mich hinter ihn und schlinge ihm die Arme um die Taille. »Das ist keine Hilfe«, meint er. »Schau, meine Mom redet schon davon, euch zu besuchen. Also sehe ich dich bald, und außerdem können wir die ganze Zeit telefonieren oder simsen.«

»Das ist nicht dasselbe.« Ich lasse die Arme sinken, gehe beiseite und senke für eine Sekunde den Kopf, was natürlich genügt, damit meine dämliche Brille rutscht. Sobald ich in Atlanta bin, beschaffe ich mir Kontaktlinsen. Echt. Ich rufe selbst an und vereinbare einen Termin. Wollen wir doch mal schauen, ob Mom mich daran hindern kann.

Beau wirft das Sommerkleid, das er gerade faltet, in den Koffer. Es ist das blaue, das ich beim Grillfest am Vierten Juli angehabt habe. Es fühlt sich an, als sei es eine Million Jahre her, nicht erst einen Monat.

Als ich den Kopf hebe, treffen sich kurz unsere Blicke, und ich habe den Eindruck, dass er dasselbe denkt. Ehe es mir gelingt, mich abzuwenden, umarmt er mich und drückt mich fest an sich.

»Hüstel.« Ich schaue auf und stelle fest, dass Abigail mit missbilligender Miene in der offenen Tür steht. Ich wette, sie hat noch nie einen Typen umarmt, der nicht mit ihr verwandt ist. »Ich soll euch bewachen.«

Beau schaut sie giftig an, lässt mich aber nicht los. Ich bin froh, noch einen Moment länger in seinen Armen verbringen zu können. Aber da ich weiß, dass sie bald eine ganze Armee nach oben schicken werden, schlüpfe ich aus seiner Umarmung.

»Wenn du schon hier rumstehst, kannst du auch mit anpacken«, meine ich zu Abigail.

Achselzuckend steuert sie auf eine offene Kommodenschublade zu, nimmt Stapel von gefalteten Shorts und T-Shirts heraus und legt sie vorsichtig in meinen Koffer.

Ich hole eine kleine Reisetasche unter dem Waschbecken im Bad hervor und werfe den Inhalt der Schubladen hinein, ohne mir die Mühe zu machen, ihn zuerst zu sortieren. Es ist besser, alles mitzunehmen, als zu spät zu bemerken, dass man etwas vergessen hat.

Einige Minuten später schließt Beau meinen übervollen Koffer und weist mich an nachzuschauen, ob ich nichts liegen gelassen habe.

»Geh schon mal vor«, sage ich zu ihm. »Wir treffen uns unten.«

Mit meinem großen Koffer beladen, folgt er Abigail hinaus und lässt mich allein in meinem Zimmer zurück. Es fühlt sich an wie das letzte Mal, obwohl ich weiß, dass wir wiederkommen werden.

Der Schrank ist leer bis auf die vielen Kleiderbügel. Ich öffne nacheinander sämtliche Kommodenschubladen, um auf Nummer sicher zu gehen. Auch sie sind leer. Dann spähe ich unters Bett, nur für den Fall, dass sich ein Schuh oder sonst etwas dort versteckt hat. Mir bleibt die Luft weg, als ich einen Umschlag entdecke, auf dem in Dads Schrift mein Name steht. Offenbar ist er vom Nachttisch gefallen.

Ich frage mich, wie lange er wohl schon hier liegt. Dad war seit Wochen nicht mehr oben. Aber er könnte ihn Mom oder einer der Krankenschwestern gegeben haben. Ich schließe die Augen und halte den letzten Brief fest, den mein Dad mir geschrieben hat. Mir steigen die Tränen in die Augen, doch ich wische sie weg, bevor sie Gelegenheit haben zu fließen.

»Cecelia!«, ruft meine Mom von unten.

Ich verdrehe die Augen und stecke den Brief ein. Ich lese

ihn später, wenn ich mehr Zeit habe. Und ein bisschen Privatsphäre.

Ich greife nach der Reisetasche, mache mit der anderen Hand das Licht aus und gehe nach unten.

»Oh, gut, du bist fertig«, meint Mom. Sie kommt aus der Küche, eine Einkaufstüte voller Lebensmittel in der Hand, bei denen sie entschieden hat, dass sich das Mitnehmen lohnt.

Ohne auf sie zu achten, marschiere ich an ihr vorbei ins Klavierzimmer. Vor dem Kartentisch bleibe ich stehen und betrachte das Puzzle, das weißen Sand, sich brechende Wellen und einen strahlend blauen Himmel darstellt. Inzwischen ist das Bild bis auf ein fehlendes Stück vom Himmel komplett. So sollte es sein. Wenn mein Dad das Puzzle nicht vollenden kann, soll es auch nicht vollendet werden. Ich schaue es noch einmal an, bevor ich hinausgehe, wo Beau gerade meinen Koffer in den Kofferraum wuchtet. Ich stelle meine Reisetasche daneben und schließe den Deckel.

Tante Jill umarmt mich, noch ehe ich mich umgedreht habe. »Ich werde dich so vermissen. Danke für deine Hilfe. Lou wirst du auch fehlen.«

»Danke«, nuschle ich. Ich hasse Abschiede, und ich habe für diesen Sommer schon mehr als genug davon hinter mir.

Tante Jill weicht zurück und mustert mich, als überlege sie, ob sie noch etwas hinzufügen soll. Natürlich kann sie der Versuchung nicht widerstehen. Sie zieht mich wieder an sich und flüstert mir ins Ohr. »Sei lieb zu deiner Mom. Bitte tue es für mich. Ihr beide braucht einander.«

»Tante Lexie?«, sagt Abigail mit leiser, mäuschenähnlicher Stimme. Kurz hatte ich ganz vergessen, dass sie auch noch da ist.

»Ja, Schatz.«

»Ich habe etwas für dich«, fährt Abigail fort. »Es ist nichts Großes.«

Ich beobachte, wie sie meiner Mom einen zusammengerollten Bogen Papier reicht.

Meine Mom hat mir den Rücken zugewandt, und ich stelle fest, dass ihre Schultern absacken, als sie den Bogen entrollt. Die Neugier siegt, und ich komme näher. Als ich erkenne, was sie in der Hand hat, wird mir flau im Magen. Es ist eine Zeichnung von meinem Dad, und er sieht darauf so sehr aus wie er selbst – wie er wirklich war, nicht als Kranker –, dass das Loch in meinem Herzen noch größer und leerer wird.

»Es ist wunderschön«, meine ich zu Abigail.

Mom wischt sich eine Träne ab und blickt mich an. Sie lächelt, als hätte ich nicht mit Abigail geredet, sondern mit ihr.

»Hoffentlich gefällt es dir«, sagt Abigail.

»Mein liebes Mädchen.« Mom zieht Abigail an sich. »Ich bin begeistert. Und ich liebe dich. Vielen Dank.«

Abigail errötet und versteckt sich hinter ihrer Mom.

Unsere Moms fallen sich weinend um den Hals, als würden wir ans andere Ende des Kontinents entschwinden und hätten nicht nur eine fünfstündige Autofahrt vor uns. »Du fehlst mir jetzt schon«, flüstert Tante Jill.

»Ohne dich hätte ich das niemals überstanden«, erwidert Mom. »Ich liebe dich so sehr.«

Noch nie im Leben habe ich die Worte »ich liebe dich« so oft aus ihrem Mund gehört.

»Sag auf Wiedersehen, CeCe«, fordert sie mich auf und nimmt auf dem Fahrersitz Platz.

»Auf Wiedersehen, CeCe«, murmle ich.

Doch da es ein richtiger Abschied ist, umarme ich Tante Jill noch einmal und nehme sogar Abigail kurz in den Arm. Das Beste habe ich mir für den Schluss aufgespart, als ich mich zu Beau umdrehe, der, die Hände in den Taschen, herumsteht und plötzlich schüchtern wirkt.

Ich schiebe die Arme unter seine und drücke ihn fest an mich. Er reagiert zwar nicht, aber ich weiß, es liegt daran, dass meine Mom uns im Rückspiegel beobachtet.

Trotzdem, oder vielleicht gerade deswegen, stelle ich mich auf die Zehenspitzen und gebe Beau einen letzten Kuss. Und zwar keinen platonischen. Ich spüre, dass sein Gesicht ganz heiß wird, und als er sich losmacht, sind seine Wangen gerötet.

»Vergiss mich nicht«, flüstere ich, bevor ich auf die Beifahrerseite des Autos zusteuere.

Durch das Fenster erkenne ich, dass Mom ihre Handtasche vom Beifahrersitz nimmt und auf die Armlehne stellt. Wenn sie glaubt, dass ich die nächsten fünf Stunden neben ihr sitzen werde, spinnt sie noch mehr, als ich gedacht habe.

Ich öffne die hintere Tür und steige ein.

Auch wenn sie meine Mutter ist, ist sie noch lange nicht mein Boss.

59

Alexis

Noch nie in meinem ganzen Leben haben sich fünf Stunden so lang angefühlt. Falls die Regierung auf der Suche nach einer neuen Foltermethode sein sollte, stelle ich ihr gern CeCe zur Verfügung. Denn eine Autofahrt mit einem schmollenden Teenager, der die Sprache verweigert, selbst wenn es um Antworten auf einfache Fragen wie »Hast du Hunger?« oder »Musst du aufs Klo?« geht, ist das Schrecklichste überhaupt.

Zumindest sind wir fast zu Hause. Abhängig vom Verkehr dauert es noch zwischen fünf und fünfundzwanzig Minuten. Die Staus gehören zu den Dingen, die ich an Atlanta ganz bestimmt nicht vermisst habe.

Ich spähe in den Rückspiegel. CeCe hat sich zusammengerollt und starrt auf ihr Telefon. Wahrscheinlich schickt sie Beau eine SMS.

»*Imagine me and you, I do.*« Das vertraute Lied dringt aus den Lautsprechern.

CeCe hört es auch.

Sie hebt den Kopf, und unsere Blicke treffen sich für eine Millisekunde, bevor sie sich abwendet und wieder den

Kopfhörer aufsetzt. Ich kann es ihr nicht verübeln. Mir ist dieses Lied auch noch zu viel.

Ich drehe den Lautstärkeregler ganz nach links. Wir waren zusammen glücklich.

Das Schweigen dröhnt sogar noch lauter als die Musik. Ich konzentriere mich auf den Wind, der draußen ums Auto rauscht, nicht auf den Hall meines Herzschlags in Brust und Ohren. Das ist besser, als den Zweifeln zu lauschen, die in meinem Kopf herumwirbeln. *Wie soll ich das schaffen*? Ich glaube nicht, dass ich es hinkriege.

Als ich in unsere Straße einbiege, bleibt mir fast das Herz stehen, denn ich bemerke einen Strauß roter Luftballons am Briefkasten vor dem Haus der Murrays. Sosehr ich mir auch wünsche, es möge sich um ein Zeichen von Tommy handeln, ist es wahrscheinlich nur ein Hinweis darauf, dass Dylan oder Alex Geburtstag feiern.

Trotzdem beobachte ich, wie die roten Ballons im Wind wehen, bis ich in unsere Auffahrt einbiege und sie aus meinem Blickfeld verschwinden. Ohne Tommy fühlt sich unser Haus an wie ein x-beliebiges Gebäude, in dem früher drei Menschen gewohnt haben. Jetzt sind es zwei.

Die Weide im Vorgarten wirkt bedrückter als sonst. Ihre Zweige verneigen sich ehrerbietig vor dem abwesenden Hausherrn. Wir sind alle in Trauer.

Ich schalte den Motor ab, steige jedoch nicht aus. Ich bin noch nicht ganz bereit dazu. CeCe offenbar auch nicht, denn sie sitzt ebenfalls reglos da und verhält sich so still, dass ich glauben würde, sie schläft, wenn ihre Augen nicht geöffnet wären. Es ist, als wüssten wir, dass es sein wird wie ein Schritt in die Zukunft, sobald wir die Haustür öffnen. Und dagegen sträubt sich etwas in uns.

Allerdings muss ich gute Miene zum bösen Spiel machen, denn ich bin die Erwachsene. Also schiebe ich die Tür auf, entriegle den Kofferraum und schnappe mir meinen Koffer. Den von Tommy lasse ich, wo er ist. Ich bin nicht sicher, warum ich seine ganzen Sachen gepackt habe, um sie mit nach Hause zu nehmen. Vielleicht weil ich ihn selbst nicht mit nach Hause nehmen konnte.

Ich drehe den Schlüssel um und schließe die Tür auf. Die Fußböden glänzen, und es liegt Zitronenduft in der Luft. Offenbar hat jemand Effie gesagt, dass wir nach Hause kommen. Ich schließe die Augen und straffe die Schultern.

CeCe beobachtet mich.

Ich spüre ihren Blick im Rücken. Deshalb greife ich nach dem Koffer und trete, einen Fuß vor den anderen setzend, ein. So schlimm war das doch gar nicht.

Gleich hinter der Tür stelle ich den Koffer ab, wende mich zu CeCe um und lächle ihr rasch zu, um ihr mitzuteilen, dass alles in Ordnung ist. Auf dem Flurtischchen steht ein Blumenstrauß. Links und rechts davon stapelt sich die Post.

Anscheinend war Becky hier. Ich male mir aus, wie sie mit dem Ersatzschlüssel, den sie nun schon seit Jahren besitzt, jedoch bis vor einigen Monaten nie benutzt hat, die Tür öffnet. Die Post sieht sortiert aus. Ein Stoß für die Rechnungen, um die Tommy sich immer gekümmert hat. Ein weiterer mit Zeitschriften und Katalogen. Und schließlich einer, der offenbar aus Kondolenzkarten besteht.

Auf dem obersten Umschlag erkenne ich das Logo von

Dox Pharmacy. *An die geliebten Hinterbliebenen von Thomas Whistler* heißt es auf dem Adressaufkleber. Ich stecke den Finger unter die Lasche und hole die Karte heraus. *Wir sind in Gedanken bei Ihnen* steht da.

Als ich den Text für diese Trauerkarte entworfen habe, hätte ich nie gedacht, dass ich einmal selbst eine bekommen würde. Ich weiß noch, dass ich keine Stunde gebraucht habe, um das Projekt abzuschließen. Daran, wie es sein mag, eine solche Karte in der Post vorzufinden, habe ich keinen Gedanken verschwendet. Ich werde mit Becky darüber reden, dass wir uns etwas Besseres einfallen lassen müssen. Etwas, das klingt, als käme es mehr von Herzen. Authentischer. Echter.

Die Haustür geht auf und schließt sich. CeCe marschiert an mir vorbei und steigt wortlos die Treppe hinauf zu ihrem Zimmer. Ich weiß, dass ich sie dazu bringen sollte, mit mir zu reden, aber sie kann ja nicht für den Rest ihrer Tage sauer auf mich sein.

Ich wünschte, es gäbe einen Weg, ihr zu vermitteln, dass ich ihr nicht schaden, sondern sie beschützen wollte. Dass es in ihrem eigenen Interesse ist, auch wenn sie es jetzt noch nicht versteht.

Einem Teil von mir ist bewusst, dass ich hauptsächlich an mich selbst denke. Allerdings geht es nicht nur um Monica. Ich kenne die andere Seite der Besetzungscouch vom Vorsprechen für eine Rolle in einem Werbespot und weiß, wie sehr manche Schauspielerinnen daran zu kauen haben.

Das bedeutet nicht, dass ich nicht an CeCe glaube. Ich habe Vertrauen in ihre Fähigkeiten, und mir ist klar, dass sie begabt ist. Aber die Pubertät ist schon schwierig genug, wenn man sich nicht ständiger Kritik aussetzt. Und wenn sie, was unweigerlich geschehen wird, enttäuscht nach Hause kommt, wird kein Tommy da sein, der ihr mit seinen weisen Ratschlägen hilft, ein Scheitern zu verkraften. Mir fehlt dieses Talent. Selbst wenn ich die richtigen Worte parat hätte, könnte ich CeCe allein nicht wieder aufrichten.

Ich lege die Karte weg und bin nicht sicher, was ich jetzt tun soll.

Das Haus verbreitet eine Stimmung wie ein Museum. Jedes Zimmer ist eine Galerie unserer Erinnerungen. Ich durchquere die Räume, einen nach dem anderen. Das Wohnzimmer, wo wir Filme angesehen, Scrabble gespielt, den Weihnachtsbaum aufgebaut und zugeschaut haben, wie CeCe mehr Geschenke auspackte, als ein Kind eigentlich braucht. Die Küche, wo CeCe gekocht und Tommy das Geschirr gespült hat. Wo ich mit einem Weinglas dasaß und sie bei der Arbeit beobachtete. Das Esszimmer, wo wir nur zu den seltenen Gelegenheiten aßen, wenn wir Besuch hatten. Tommys Büro.

Während ich den Raum betrete, in dem er so viel Zeit verbracht hat, frage ich mich, ob jemand seine Patienten darüber informiert hat, dass es ihn nicht mehr gibt. Ich würde es tun, wenn ich könnte, aber Tommy wäre der Erste, der mich an die Schweigepflicht erinnert.

Ich setze mich in seinen Sessel, schließe die Augen und versuche, mich ihm nah zu fühlen. Doch ich spüre nur das kalte Leder, das mir schweißfeucht an der Haut klebt. Als ich die linke Schublade aufziehe, stoße ich auf einen Ordner mit meinem Namen darauf. Die Papiere. Er hat Papiere erwähnt, aber dafür ist es noch zu früh.

Ich schließe die Schublade und schlage den Terminkalender auf, den er unbedingt führen muss – *musste* –, obwohl der Rest der Welt das inzwischen digital tut. Ich blättere zum heutigen Datum. Die Seite ist leer, so wie alle anderen Seiten danach, bis auf eine gelegentliche Erinnerung, eine immer wiederkehrende Rechnung zu bezahlen. Kreditkarten, Kabelfernsehen und Strom am Fünfzehnten. Hauskredit und Gebäudeversicherung am Ersten.

Als mein Telefon vibriert, hole ich es aus der Tasche. Beckys Name leuchtet auf dem Display auf. »Hey, Becks.«

»Selber hey. Ich wollte mich nur vergewissern, dass du gut angekommen bist.«

»Vor ein paar Minuten.« Im Hintergrund höre ich das geschäftige Treiben im Büro. Es ist schön zu wissen, dass es dort viel zu tun gibt. Ich kann es kaum erwarten, wieder zur Arbeit zu gehen und mich normal zu fühlen. »Vielleicht komme ich morgen rein.«

»Ist das nicht zu bald?«, fragt Becky. »Du musst nicht, wenn du noch nicht so weit bist.«

»Meiner Ansicht nach könnte es mir sogar eine Hilfe sein, mich gedanklich mit etwas anderem zu beschäftigen.«

»Aber CeCe …«

»Die schweigt mich noch immer an«, entgegne ich. »Ihr ist es vermutlich gleichgültig, ob ich da bin oder nicht.« Als Becky seufzt, weiß ich, dass sie nach den richtigen Worten sucht. Also wechsle ich ihr zuliebe das Thema. Früher war ich einmal gut darin. »Doch wenn sich irgendwelche Projekte ergeben, die mit Krebs oder unheilbaren Krankheiten …«

»Um die wird sich jemand anderer kümmern, keine Sorge. Ich freue mich schon darauf, dich wiederzuhaben. Ohne dich war es hier nicht so, wie es sein sollte.«

»Es wird schön zurückzukommen.«

Laut Becky läuft es in der Agentur großartig. Der Marketingchef von Dox scheint sich einer Persönlichkeitstransplantation unterzogen zu haben. Offenbar war er von unseren Ergebnissen beeindruckt und hat sie sogar gelobt. Also ist der Punkt, ob wir weiter mit diesem Kunden zusammenarbeiten sollen, hiermit vom Tisch.

Und selbst wenn es anders wäre, weiß ich, dass wir es schaffen werden. Gewinnen oder verlieren. Komisch, wie anders ich den Ratschlag meines Dads mittlerweile sehe. Den Ratschlag, an dem ich festgehalten habe und der im Laufe der Jahre so viele meiner Entscheidungen beeinflusst hat. Ich war lange genug weg, um jedem in der Agentur klarzumachen, dass er mich nicht braucht. Und auch lange genug, um zu erkennen, dass ich nicht unersetzlich bin. Die Welt bleibt nicht stehen, wenn ich pünktlich nach Hause gehe und mich an manchen Tagen gar nicht blicken lasse. Unsere Mitarbeiter können das. CeCe und ich auch.

»Gut, mein Schatz. Ich muss jetzt einen Streit um die richtige Schriftart schlichten. Ruf mich später an, falls du Ablenkung brauchst.«

»Danke, Becks. Ich liebe dich.«

Sie legt auf, und ich fühle mich nach dem Gespräch mit ihr ein wenig mutiger. Das darf ich nicht vergessen, wenn die Dinge das nächste Mal anfangen, außer Rand und Band zu geraten.

Ich beschließe, dieses Stimmungshoch zu nutzen, solange es anhält, und den Brief zu öffnen, den Jill mir vor unserer Abfahrt zugesteckt hat. Den Umschlag, auf dem in Tommys vertrauter Krakelschrift mein Name steht.

Ich erhebe mich, rolle den Stuhl zurück und lege den Terminkalender wieder dorthin, wo Tommy ihn zurückgelassen hat. Dann ziehe ich die Tür hinter mir zu. Vielleicht kann ich mich ja austricksen und mir vorstellen, er sei da drin und gerade mit einem Patienten beschäftigt.

Der Umschlag ragt herausfordernd aus meiner Handtasche. Ich gehe nach draußen, um ihn zu lesen. Die Verandaschaukel wirkt einladend, doch ich frage mich, ob es ein Fehler ist, mich dorthin zu setzen. An den Platz, wo Tommy mir eröffnet hat, dass er krank ist.

Ich kriege das hin. Ich setze mich, schlage die Beine unter und genieße das sanfte Schwingen der Schaukel. Kurz drücke ich mir den verschlossenen Umschlag ans Herz, bis ich bereit bin. Er ist so fest zugeklebt, dass die hintere Lasche abreißt, als ich sie öffnen will. Ich halte inne. Obwohl ich weiß, dass es nur ein Umschlag ist, will ich ihn nicht zerstören. Oder, Gott behüte, den Brief darin.

Konzentriert beiße ich mir auf die Lippe, löse, langsam und einen Millimeter nach dem anderen, die Lasche ab und hole den Brief heraus. Zwei Bögen Papier, beidseitig bedeckt mit Tommys Handschrift.

An meine Ehefrau,

meine Ehefrau. Wie cool ist das denn?

Jetzt kommt hoffentlich das Lächeln. Das Lächeln, das deine wunderschönen Augen und meine

Welt erhellt. Wahrscheinlich habe ich mich vor all den Jahren zuerst in dieses Lächeln verliebt. Was für ein Glückspilz ich bin, weil ich endlich das Mädchen meiner Träume geheiratet habe.

Du warst das Warten wert, mein Liebling.

Ich bin nicht sicher, wie ich fortfahren soll. Worte sind deine Stärke, nicht meine. Doch ich möchte dich nicht zurücklassen, ohne dir noch einmal zu sagen, dass ich dich aus ganzem Herzen und von ganzer Seele liebe. Dass ich bei dir bin, auch wenn ich nicht körperlich anwesend sein kann.

Ich weiß, dass du dir das alles nicht zutraust, aber Lexie, meine Liebe und mein Leben, du bist die stärkste, tapferste und wunderbarste Frau, der ich je begegnet bin. Ich wünschte nur, du könntest dich selbst so sehen, wie ich es tue. Dann hättest du keine Zweifel mehr.

Sei nicht so streng mit dir, mein Liebling. Die Aufgabe, die man dir aufgebürdet hat, ist nicht leicht, aber du bist nicht allein. Versuch nicht, alles ganz allein zu schultern. Es gibt so viele Menschen, die dich so sehr lieben wie ich und die dir helfen wollen. Gestatte es ihnen.

Ich möchte dir noch so viele Dinge sagen, doch im Grunde meines Herzens weiß ich, dass du sie alle bereits kennst.

Danke dafür, dass du mich geliebt hast. Danke dafür, dass du mir eine Tochter geschenkt hast, die dir so ähnelt, und zwar nicht nur äußerlich. Mir ist klar, dass du dir Sorgen um sie machst, doch sie ist stark wie ihre Mutter. Und wenn du auf ihrer Seite stehst und an sie glaubst, wird sie sämtliche Hindernisse überwinden.

Hoffentlich kannst du mir eines Tages verzeihen, dass ich nicht härter gekämpft habe. Glaube mir, es war die schwerste Entscheidung, die ich je treffen musste, und ich würde lügen, wenn ich behaupten würde, dass ich sie nicht manchmal bereut habe. Ich wollte dich nie verlassen. Du bist alles für mich.

Und hier, meine Liebste, ist eine letzte gestohlene Zeile, von meinem Herzen an deines:

»Weine nicht, weil es vorbei,
sondern lächle, weil es geschehen ist.«
Dr. Seuss

xx, Tommy

Ich lese den Brief zwei Male. Dann noch ein drittes. Meine Finger zittern, als ich in die Tasche greife und das Stückchen idyllischen Himmels zutage fördere, das ich schon vor Wochen aus dem Puzzle entfernt habe und seitdem mit mir herumtrage. Ich reibe es zwischen den Fingern, und plötzlich ist mir sonnenklar, was ich tun muss.

CeCe hatte recht. Tommy hätte es auch getan.

60

CeCe

Den letzten Brief, den mein Dad mir hinterlassen hat, habe ich noch immer nicht gelesen. Etwas an dem Wissen, dass es danach keinen weiteren mehr geben wird, sorgt dafür, dass ich ihn aufspare. Wenn ich ihn erst einmal gelesen habe, werde ich nichts Neues zu lesen von ihm bekommen. Niemals wieder.

Stattdessen schaue ich mir wieder all die Zettel an, die er mir je geschrieben und in meiner Brotdose oder im Rucksack versteckt hat. Es müssen über tausend sein. Auf vielen davon stehen nur Sachen wie »Ich wünsche dir einen schönen Tag!« oder »Ich hab dich lieb!«, aber auf anderen sind witzige kleine Tipps vermerkt. Zum Beispiel »Denk dran, du darfst einem Tiger nie in die Augen sehen« oder »Sag immer bitte und danke, wenn ein Affe dir eine Banane gibt«.

Am liebsten habe ich die Längeren, die er mir jedes Jahr zum Geburtstag geschrieben hat. Darin spricht er von den Dingen, die ich im vergangenen Jahr gesagt oder getan habe, und davon, worauf er sich im nächsten Jahr freut. Dank dieser Briefe weiß ich, dass ich mit drei zum ersten

Mal ein Schimpfwort benutzt habe und mit sechs Fahrrad ohne Stützräder fahren und mit acht Kuchen backen konnte. Mein Leben mit seinen Augen zu betrachten ist etwas Besonderes. Er fehlt mir so, dass es körperlich wehtut.

Gerade lese ich seinen Brief zu meinem zehnten Geburtstag, als auf meinem Laptop klingelnd ein Skype-Anruf eingeht.

Ich lege den Brief weg und nehme den Anruf mit einem Klicken an.

»Hey«, beginnt Beau.

»Hey.«

»Hey«, wiederholt er, worauf ich lachen muss. Er ist inzwischen der Einzige, der mich zum Lächeln bringt.

Mom geht seit dem Tag nach unserer Rückkehr wieder zur Arbeit. Ich war gezwungen, mein Schweigen zu brechen, um ihr klarzumachen, dass ich alt genug bin, um allein und ohne dämliche Babysitterin zu Hause zu bleiben. Allerdings rede ich noch immer nur selten mit ihr, und zwar wenn es sich absolut nicht vermeiden lässt.

»Und wie ist es so zu Hause?«, erkundigt sich Beau. »Denn hier ist es ohne dich zum Kotzen.«

»So schlimm wird es doch nicht sein.«

»Aber mal im Ernst: Wie ist es?«

»Okay.« Ich zucke die Achseln. »Ich habe nicht viel gemacht. Viel ferngesehen. Gekocht. Lou hat mir neue Rezeptideen und solche Sachen gemailt.«

»Cool.«

»Ja, ist sie.«

»Ich wette, deine Freunde sind froh, dass du wieder da bist.«

Erneut zucke ich die Achseln. Als die anderen von der Krankheit meines Dads erfahren haben, habe ich mich gefühlt wie eine Außenseiterin. Inzwischen ist es so schräg, dass es ist, als hätte ich die Lepra. »Eigentlich habe ich niemanden gesehen. Die große Aufführung des Theaterworkshops ist nächste Woche. Also sind alle mit den Proben beschäftigt.«

»Gehst du hin?«

»Warum sollte ich?«, entgegne ich. »Um meiner ehemaligen besten Freundin die Daumen zu drücken? Sie hat über den Tod meines Dads kein Wort verloren. Wahrscheinlich, weil sie weiß, dass sie mir ein Messer in den Rücken gerammt hat, indem sie jetzt mit dem Typen geht, den ich mag. Den ich gemocht habe«, verbessere ich mich ein wenig zu spät.

»Den Typen, den du magst?«

»Den ich gemocht habe«, beteure ich. Wir haben noch nicht darüber gesprochen, ob wir es mit einer Fernbeziehung probieren wollen. Doch er hat keinen Grund, sich Sorgen zu machen. »Es geht mir gar nicht um ihn, sondern um Sofia. Sie war meine beste Freundin.«

»Ich dachte, ich wäre dein bester Freund.«

»Stopp. Du weißt, dass du anders bist.«

»Du siehst hübsch aus«, stellt er fest. Ich werde rot, obwohl ich weiß, dass er nur das Thema wechseln will.

»Du auch«, erwidere ich.

»Ich versuche, meine Mom zu überreden, übers Wochenende nach Atlanta zu fahren, bevor die Schule anfängt.«

»Das wäre spitzenklasse. Ich vermisse dich.«

»Ich dich auch.« Als er den Finger auf die Kamera seines Laptops legt, tue ich das Gleiche. Es ist fast so, als berührten sich unsere Hände trotz der Entfernung. »Wenn ich meinen Führerschein habe, besuche ich dich an jedem Wochenende.«

»Das dauert fast noch ein Jahr.«

»Wahrscheinlich musst du bis dahin neue Freunde kennenlernen. Weibliche …« Kurz verfliegt sein Lächeln und kehrt dann, ein wenig schüchterner als zuvor, zurück. »Noch mehr Typen als Freunde brauchst du nicht.«

»Da ist ein Mädchen. Sie heißt Bella. Wir waren früher schon so was wie befreundet, aber sie ist ziemlich ruhig und irgendwie scheu.«

»Was stört dich an ruhigen Menschen?«

»Nichts. Es ist nur … keine Ahnung.«

»Ist sie gut drauf?«

Ich nicke. »Sie hat mir eine Karte mit einem echt lieben Brief geschickt. Wie sich herausgestellt hat, ist ihre Mom in Wirklichkeit ihre Stiefmutter. Ihre wirkliche Mom ist an Krebs gestorben, als Bella fünf war.«

»Oh, Mann.«

»Ich weiß. Wir gehen Ende der Woche ins Kino oder so. Es ist einfach cool, dass sie es kapiert.«

»Ich verstehe.«

Als ich den Kopf zur Seite neige und ihn anlächle, folgt er meinem Beispiel. »Du bist süß«, meine ich zu ihm.

»Vergiss das bloß nicht. Reden du und deine Mom wieder miteinander?«

Ich zucke die Achseln. »Manchmal.«

»Bestimmt ist es auch für sie schwierig. Du weißt schon, weil sie deinen Dad vermisst.«

»Auf welcher Seite stehst du eigentlich?« Obwohl ich nicht so verärgert klingen will, bin ich machtlos dagegen. Ich schiebe den Stuhl zurück und weg vom Laptop. Weg von ihm. Meinetwegen soll Tante Jill solche Sachen zu mir sagen, denn sie ist ja Moms Freundin. Aber Beau ist *mein* Freund.

»Auf deiner«, antwortet er. »Komm wieder her. Ich werde immer auf deiner Seite stehen.«

Der Computer gibt ein Signal von sich, und ein Hinweis leuchtet auf dem Bildschirm auf. Eine E-Mail von meiner Mom.

»Was zum …?« Ich klicke die Mail an, um sie zu öffnen. Briefe und andere schriftliche Nachrichten waren Dads Spezialgebiet. Wenn sie glaubt, dass sie es einfach übernehmen kann, ist sie durchgeknallter, als ich dachte. »Moment«, sage ich zu Beau.

Ich lese die Mail.

Betreff: Pack deine Sachen

Meine geliebte Tochter,

ich weiß, wie schwierig das alles für dich ist, und es tut mir leid, dass ich es nicht besser geschafft habe, für dich da zu sein. Ich entschuldige mich dafür, dass ich mich in meine eigene Trauer habe fallen lassen und nicht die starke Mutter war, die du brauchst. Außerdem bedaure ich es, dass ich meine Ängste wichtiger genommen habe als deine Träume.

Es ist mir peinlich zuzugeben, dass ein Teil von mir befürchtet hat, du könntest Monica mehr lieben als mich. Ich weiß, dass es nicht leicht war, mich gernzuhaben, weil ich dich so oft enttäuscht habe. Es tut mir so leid. Und ich hoffe, dass du das verstehst.

Dieser Sommer wird immer der schrecklichste Sommer unseres Lebens sein. Ein Sommer voller Abschiede. Aber ich dachte, wir könnten auch einen kleinen Neuanfang versuchen. Mir ist klar, dass du denkst, ich wolle dir die Schauspielerei madig machen. Aber vergiss nicht, dass du deine allererste Rolle mir zu verdanken hattest.

Ich betrachte das gerahmte Foto auf meinem Schreibtisch, eine Standaufnahme aus meinem ersten und einzigen Werbespot. Durch diese Erfahrung habe ich mich im Alter von sechs Jahren mit dem Schauspielervirus angesteckt.

Als ich die Rolle mit dir besetzt habe, ahnte ich nicht, dass das in dir eine Leidenschaft wecken würde. Ich war es nur leid, dich und deinen Dad zu Hause zu lassen, wenn ich zu Dreharbeiten reisen musste, und ich wollte euch beide bei mir haben. Aber du warst schon damals ein Naturtalent.

Und wer bin ich, mich zwischen dich und deine Bestimmung zu stellen?

Dein Dad hat mir vor Augen gehalten, dass das Leben lebenswert ist, dass man manchmal ein Ri-

siko eingehen muss und dass es wichtig ist, seinen Träumen zu folgen. Also, meine wunderschöne, begabte, kluge und ganz besondere Tochter, lass uns deinen Traum wahr machen.

Eine Woche lang. Wir sind zurück, bevor die Schule anfängt.

Ich liebe dich mehr, als du ahnst,

Mom

»Du heiliger Strohsack!«

»CeCe?«, höre ich Beaus Stimme. Die Mail verdeckt sein Gesicht. »Ist alles in Ordnung? CeCe?«

»Ich muss aufhören. Ich melde mich später.«

Ich schließe den Skype-Bildschirm, bevor er Gelegenheit zu einer Antwort hat. Dann lese ich die Mail zum zweiten Mal. Falls das ein Scherz ist, wechsle ich wirklich nie wieder ein Wort mit ihr.

Aber wenn es stimmt?

Mannomann.

Als ich die Tür öffne, steht Mom, ein albernes Lächeln im Gesicht, vor mir. Da weiß ich, dass all das wirklich passiert.

61

Alexis

»Passagiere der ersten Klasse, bitte machen Sie sich bereit zum Einsteigen«, verkündet die Mitarbeiterin am Gate von Delta Airlines.

»Das sind wir«, sage ich zu CeCe.

Es ist, als sei sie in der Woche, seit ich es ihr eröffnet habe, ein neuer Mensch geworden, und zwar nicht nur, weil ich mit ihr nach L. A. fliege. Ich behandle sie anders als früher, spreche mit ihr über alles und erkläre ihr immer wieder, dass sie nicht allein ist. Dass wir einander haben.

»Ist mit deinen Augen alles in Ordnung?«, erkundige ich mich, während wir es uns auf unseren Plätzen bequem machen. Seit zehn Jahren habe ich Meilen gesammelt, in der Hoffnung, dass wir drei nach CeCes Highschool-Abschluss eine große Europareise unternehmen würden. Doch wenn mich dieser Sommer eines gelehrt hat, dann, dass das Leben zu kurz ist, um auf etwas zu warten. Und so habe ich mich nicht lumpen lassen, als ich die Meilen eingelöst habe.

»Bestens«, erwidert sie. »Ein bisschen trocken, aber dafür habe ich ja Tropfen.«

CeCe holt die Augentropfen aus ihrer Handtasche, lehnt sich zurück und träufelt jeweils einen Tropfen erst ins linke, dann ins rechte Auge. Danach blickt sie mich, ein Lächeln auf den Lippen, an.

Es ist ein wenig ungewohnt, sie mit einem braunen und einem blauen Auge zu sehen. Grund ist die getönte Kontaktlinse, an der ich anfangs meine Zweifel gehabt habe. Doch als sie sagte, sie wolle sie zu Ehren ihres Dads tragen, konnte ich es nicht verbieten.

»Möchten die Damen vor dem Start etwas trinken?«, fragt die Flugbegleiterin.

»Ich hätte gern ein Glas Champagner.«

»Also zwei«, ergänzt CeCe.

Die Flugbegleiterin schaut zwischen mir und CeCe hin und her. »Wie wäre es mit moussierendem Traubensaft?«

»Das wäre auch in Ordnung«, meint CeCe zu ihr, bevor sie sich wieder mir zuwendet. »Ich packe es nicht, dass das kein Traum ist. Vielen Dank, Mom.«

»Keine Ursache. Du kannst aufhören, dich zu bedanken. Das hast du oft genug getan.«

»Bitte sehr, meine Damen.« Die Flugbegleiterin reicht uns unsere schäumenden Getränke.

»Lächeln, Mom.« CeCe schaltet an ihrem Telefon den Selfie-Modus ein und fotografiert uns beide, wie wir in der ersten Klasse im Luxus schwelgen. Champagnerträume …

»Hast du den Zeitplan, den Monica dir geschickt hat?«, erkundige ich mich.

Nachdem ich Tommys Brief gelesen hatte, habe ich Brit kontaktiert, sie um Monicas Mailadresse gebeten und ihr einen entschuldigenden Brief geschrieben. Ich glaube nicht, dass wir je Freundinnen sein werden, aber wie Tommy gesagt hat, darf ich mich nicht verweigern, wenn sie unserer Tochter unter die Arme greifen kann.

Nickend nimmt CeCe ihn aus ihrer Handtasche. »Ich kann ihn mehr oder weniger auswendig. Mittagessen im Ivy, Treffen mit ihrem Agenten und einem Casting-Director. Bei einer Filmpremiere über einen echten roten Teppich gehen!«

»Da ist noch etwas, das nicht auf ihrer Liste steht.«

»Und das wäre?«

»Monica ist nicht die Einzige, die in L. A. Verbindungen hat.«

»Mom? Was hast du gemacht?«

»Vielleicht habe ich ja mit einer der Casting-Agenturen telefoniert, mit denen ich häufig zusammengearbeitet habe.«

»Und ich soll wieder für einen Werbespot vorsprechen?«

»Nicht wirklich.«

Der Kapitän meldet, wir seien beinahe bereit zum Start. Die Flugbegleiterin erscheint, um unsere Gläser einzusammeln.

»Was dann, wenn es kein Werbespot ist?«

»Einer der Casting-Agenten ist mit einem anderen Projekt beschäftigt.«

»Jetzt red schon.« CeCes Bein zuckt vor Aufregung.

»*MasterChef Junior*.«

»Sei still!«, schreit CeCe so laut, dass die anderen Passagiere die Hälse recken und sie anstarren.

»Pssst.« Ich lache.

»Ist das dein Ernst?«

»Mir könnte nichts ernster sein. Aber ich kann nichts garantieren. Es ist nur ein Vorsprechen.«

»Danke, Mom.« CeCe beugt sich über die breite Armlehne und drückt mich an sich. Als sie zurückweicht, bemerke ich, dass Tränen in ihren Augen schimmern.

»Alles in Ordnung?«

Sie nickt. »Nur schade, dass Dad nicht hier ist.«

»Das finde ich auch, Kleines.«

Als sie mich noch einmal umarmt, küsse ich sie auf den Scheitel. Ich bin ja so froh, dass sie mir erlaubt, sie zu lieben. Sosehr ich mich auch bemühe, in der Gegenwart zu leben, muss ich immer wieder an die Zeit denken, in der ich eine Außenstehende war, das fünfte Rad in unserer Familie. Jetzt sind wir nur noch zu zweit.

Ich drehe mich um, starre aus dem Fenster, während die Maschine abhebt, und versuche, die Tränen wegzublinzeln. Hin und wieder überkommt es mich einfach. Eine Minute geht es mir gut, in der nächsten nicht mehr.

Dass er fort ist, fühlt sich einfach nicht richtig an. So, als habe das Universum einen Fehler gemacht und als würde ich irgendwann beim Aufwachen neben mir Tommy vorfinden, der mir sagt, es sei nur ein schlechter Traum gewesen. Der schlimmste Traum überhaupt.

»Ich schaue mir einen Film an«, verkündet CeCe, sobald wir die endgültige Flughöhe erreicht haben.

Ich nicke und nuschle etwas, das hoffentlich wie »okay« klingt. Ich will nicht, dass sie sich Sorgen um mich macht.

Das Flugzeug ruckelt, und ich sage mir, dass es nur eine

Turbulenz war. Trotzdem strecke ich instinktiv die Hand nach CeCe aus, als könne ich sie mit meinem Arm beschützen. Lächelnd schüttelt sie den Kopf, bevor sie sich wieder dem Film auf ihrem Laptop widmet. Auf der anderen Seite des Ganges lässt eine Frau die Perlen eines Rosenkranzes durch die Finger gleiten.

Zum ersten Mal im Leben bedaure ich es, dass ich nicht religiös bin und nichts habe, woran ich glauben kann. Wie gerne würde ich spüren oder wissen, dass sich hinter alldem ein höheres Ziel verbirgt. Dass Tommy jetzt tatsächlich in einer besseren Welt ist. Ich bin nicht einmal sicher, ob ich an den Himmel glaube. Es klingt so konstruiert wie eine Geschichte, nur erfunden, um die Hinterbliebenen einzulullen.

Es wäre nett, daran glauben zu können, dass er irgendwo auf mich wartet und dass wir wieder zusammen sein werden. Aber, ich weiß nicht so recht, es ist einfach zu viel.

Als CeCe über etwas im Film lacht, würde ich das Geräusch am liebsten in einer Flasche einfangen. Die Trauer um uns herum war genug für eine ganze Lebenszeit. Deshalb werde ich mein Möglichstes versuchen, um ihr jeden Tag einen Grund zum Lächeln zu geben, und wenn ich ihr nur sage, dass ich sie liebe.

Als ich wieder aus dem Fenster schaue, könnte ich einen Moment lang schwören, dass ich einen roten Luftballon habe vorbeischweben sehen. Ich blinzle, und er ist fort, falls er überhaupt je da gewesen ist.

Auch wenn ich weiß, dass es wegen des atmosphärischen Drucks oder aus irgendeinem anderen wissenschaftlichen Grund vermutlich unmöglich ist, wäre es schön, es als Zeichen zu deuten. Dafür, dass es vielleicht, ja, nur vielleicht einen Geist, Engel oder ein sonstiges Wesen gibt, das über uns wacht. Mit einem braunen und mit einem blauen Auge.

Ein Jahr später

»CeCe!«, rufe ich nach oben. »Es fängt gleich an!«

»Ich komme!« In ihrer Kochjacke aus der Sendung hastet sie die Treppe herunter. »Entschuldige, ich habe gerade mit Beau geredet.«

Ich habe mich gewundert, weil sie am Abend des Finales keine große Party veranstalten wollte. Doch sie meinte, sie wolle mit mir allein sein. Bis auf den prachtvollen Blumenstrauß, den Monica geschickt hat, ist es wie ein ganz normaler gemeinsamer Fernsehabend nach dem Essen. Sie setzt sich auf ihren Platz an der Sesselkante, ich lasse mich in dem Sessel daneben nieder. Dem, der früher Tommys war.

CeCe kann kaum still sitzen, als wir verfolgen, wie sie ihr Abschlussmenü kocht. Drei Gänge, einer beeindruckender als der andere. Obwohl wir wissen, wie die Sendung endet, verschlägt es mir trotzdem den Atem, als ich sie zwischen den anderen Finalisten stehen sehe. Und als Gordon Ramsay verkündet, mein liebes Mädchen könne nach Hause fahren, beobachte ich stolz, wie sie ihm lächelnd die Hand schüttelt und sich für die Erfahrung bedankt.

Es war nicht einfach, zwischen den Drehterminen Fernkurse zu belegen und zu büffeln. Neue Techniken zu lernen und gegen so viele unbeschreiblich begabte Jugendliche anzutreten. Gerichte zu kochen, von denen ich noch nie gehört hatte, geschweige denn, dass ich sie je gekostet hätte. Und all das hat sie geschafft, während sie ihre Trauer bewältigt und sich überlegt hat, wie unser neues Leben aussehen soll.

Außerdem ist der dritte Platz kein Grund, sich zu schämen.

Meine Beziehungen haben ihr zwar zu einem Vorsprechtermin für die Sendung verholfen, doch nur ihrem Talent und ihrer Zielstrebigkeit ist es zu verdanken, dass sie auch genommen wurde. Ihre positive Einstellung und ihre Fähigkeit, andere zu führen und sich in ein Team einzufügen, während man wie eine Wilde die Zutaten verarbeitet, die man vor die Füße geworfen kriegt, waren der Grund, warum sie es ganz nach oben geschafft hat.

Um elf wird die Sendung von den Nachrichten abgelöst, und auf CeCes Telefon leuchten Glückwünsche von Schulfreunden und den anderen aufstrebenden Köchen auf, die sie im Laufe der Dreharbeiten kennengelernt hat.

»Entschuldige, Mom«, sagt sie, greift zum Telefon und kreischt unverständliche Wörter.

»Du brauchst dich nicht zu entschuldigen. Genieße deinen Triumph.«

Ich beobachte, wie sie aufgeregt nickend mit einer ihrer Freundinnen spricht. Wahrscheinlich Bella. Es freut mich, wie nah die beiden einander gekommen sind. Das heißt nicht, dass ich ihre früheren Freunde nicht mochte, aber Bella hat etwas Unverfälschtes an sich. Sie hat einen positiven Einfluss auf CeCe und geholfen, sie aus ihrem Schneckenhaus zu locken. Die beiden tun einander gut.

»Bella, ich muss dich zurückrufen.« Kopfschüttelnd wirft CeCe mir einen Blick zu und nimmt den nächsten Anruf an.

»Ich habe dir doch gesagt, dass er nur ein Freund ist.«

Der Sieger, ein Junge namens Jason, ist in CeCes Alter und teuflisch attraktiv. Kein Wunder, dass Beau eifersüchtig war, aber das braucht er nicht. Er bedeutet CeCe wirklich viel, und ich weiß aus Erfahrung, dass man eine Jugendliebe nicht einfach abtun darf.

»Es war nur eine Umarmung. Schließlich hat er den Gesamtwettbewerb gewonnen. Alle haben ihn umarmt.« Seufzend wirft sie sich aufs Sofa.

Ich gehe in die Küche, um ihr ein wenig Privatsphäre zu geben, und hole die ganz besondere Nachspeise für den heutigen Abend aus dem Kühlschrank, wo sie aufgetaut ist.

Obwohl ich meinen ersten Hochzeitstag nie als Witwe verbringen wollte, bin ich froh, dass ich nicht allein bin. Dass CeCe und ich wirklich angefangen haben, die Dinge zu klären. Die Zustände sind bei Weitem nicht paradiesisch, und wir führen noch immer unsere Auseinandersetzungen, aber sie weiß, dass ich nicht davonlaufen werde. Und während ihr Dad immer ihr größter Fan sein wird, bin ich stolz auf den zweiten Platz.

Ich stelle die oberste Schicht der Hochzeitstorte, die CeCe heute vor genau einem Jahr gebacken hat, auf den Küchentisch und warte darauf, dass das Telefonat mit Beau zu Ende ist. Sie werden bald Schluss machen müssen, denn CeCe hat morgen eine Algebraklausur. Und ob zukünftige Promiköchin oder nicht, braucht sie ihren Schlaf.

»Komm schon, Beau!«, höre ich sie im Nebenzimmer rufen. »Mach dich nicht lächerlich.«

Schmunzelnd schaue ich auf die Uhr hinter mir an der Mikrowelle: 11:11.

Also schließe ich die Augen und wünsche mir dasselbe wie immer, nämlich, dass ich noch eine weitere Nacht mit Tommy im Bett liegen könnte. Ich weiß, dass das unmöglich ist, aber sind Wünsche nicht genau dazu gedacht?

Danksagung

Das Schreiben ist kein Sport für Solisten. Deshalb muss ich vielen Menschen dafür danken, dass sie dazu beigetragen haben, diesen lebenslangen Traum wahr werden zu lassen.

Zu allererst danke ich meiner wundervollen Agentin Joanna MacKenzie, ohne die dieses Projekt nicht möglich gewesen wäre. Die neunundzwanzig Dollar, für die ich zehn Minuten mit Ihnen im Writing Workshop of Chicago verbracht habe, waren das am besten angelegte Geld aller Zeiten. Danke, dass Sie an mich geglaubt, diesem Roman mehr Ausdruckskraft verliehen und ein fantastisches Zuhause für ihn gefunden haben.

Ich danke Tessa Woodward, meiner Lektorin bei William Morrow, dafür, dass sie sich auf einen Erstlingsroman eingelassen und der Geschichte von Alexis und CeCe ans Licht der Welt verholfen hat. Ich werde ihr für immer dankbar sein.

Meine Worte reichen nicht, um Bradeigh Godfrey, dem besten Kritiker der Welt, zu danken. Danke, dass du mich wenn nötig angetrieben und ermutigt und mich ein wenig angeschmachtet hast, als ich einfach angeschmachtet werden musste. Ich kann es kaum erwarten, bis die Welt entdeckt, wie großartig du bist.

Ich schulde Kristie Cain Raymer so viel, denn sie hat ein wenig von ihrer und Ians Vergangenheit mit mir geteilt. Danke für deine Freundschaft und dafür, dass du mir deine Geschichte erzählt hast, so schwer es dir auch fiel. Ich bleibe für immer eine #Raymer-Kriegerin.

Millionenfachen Dank an meine Schriftstellerinnenbande. Die Women's Fiction Writers Association (WFWA) hat mein Leben als Autorin verändert und mich mit »meinem Stamm« bekannt gemacht. Ich bin stolz und fühle mich geehrt, zu einem derart herausragenden Verband gehören zu dürfen.

Ich danke auch den Untergruppen, die ich im Lauf der Zeit entdeckt und geprägt habe. An erster Stelle nenne ich die Fictionistas, die immer für #spitball und Unterstützung zu haben sind. Dank der Querying Support Group, der Sub Support Group – inzwischen die 2010 Debüts unter der Leitung Mike Chen –, der 2019 Group mit Jennifer Klepper und der 2018 Group war ich nie allein. Ich kann es kaum erwarten, mich für eure Zuneigung zu revanchieren. Und natürlich auch bei Every Damn Day Writers, die mich inspirieren und dafür sorgen, dass ich nicht auf die schiefe Bahn gerate.

Alexis und Tommy geistern schon lange Zeit in meinem Kopf herum. Deshalb danke ich meiner ersten Gruppe von Kritikerinnen überhaupt, Catherine Becker, Shannon Heffernan, Paige Warren und Whitney Wolf, die mir geholfen haben, die beiden Gestalt annehmen zu lassen. Außerdem meinen Slice-of-Fiction-Frauen vor Ort, Mary Chase, Amy Melnicsak, Kasia Manolas und Nancy Johnson, bei denen ich mich für vieles bedanken muss, unter anderem dafür, dass sie mir erklärt haben, welche Sonderrolle Menschen mit Lungenkrebs einnehmen.

So viele Autoren haben mir geholfen, indem sie meine Texte lasen, meine Bewerbungsschreiben überarbeiteten und mir allgemeine Ratschläge gaben, unter anderem Lainey Cameron (beste Zimmergenossin bei Schriftstellertagungen), Sharon Peterson, Julie Carrick Dalton, Orly Konig, Christine Adler, Kathleen West, die jeden Schritt dieser wahnwitzigen Reise mitgegangen ist, Sheri Taylor-Emery, Natalia Iwanyckyj, Peggy Finck (und ihr verrückter Briefstil), Michele Montgomery, Lisa Montanaro, Jessica Zimmerman Smith, Meghan Scott Molin, Suanne Schafer, Jessie Starr, Fern Ronay, Brenda Linskey, Gisèle Lewis, Karen Stensgaard und alle in der Women's Fiction Critique Group. Außerdem Dank an Abby Saul für die erste Hilfe beim Lektorat und an Esi Sogah und Alicia Clancy.

Ich hatte Glück, so viele Freundinnen zu haben, die diesen Weg bereits hinter sich hatten und denen ich mehr als alles in der Welt für ihre Freundschaft, ihre Unterstützung und ihren Rat danke. Vielen Dank also an Barbara Claypole White, Heather Webb, Kristin Rockaway, Kathleen Barber, Kimmery Martin, Julie Clark, Erin Bartles, Liz Fenton, Colleen Oakley, Meg Donohue, Laura Drake, Rea Frey und Amy Mason Doan. Besonderen Dank auch an Kristin Harmel, die mir schon anfangs den richtigen Weg gezeigt und mir erklärt hat, wie man ein Manuskript *nicht* formatieren sollte. Außerdem an Camille Pagán dafür, dass sie meine Mentorin und Freundin wurde.

Dank an Grant Faulkner, Initiator des National Novel Writing Month (NaNoWriMo), der wichtigste Grund, warum es mir gelungen ist, den ersten Entwurf dieses Buches in zwei Monaten zu schreiben. Also vierzehn Jahre und zehn Monate schneller als mein erstes Manuskript.

Ich höre nie auf zu lernen und schulde den Lehrern, die mich begleitet haben, sehr viel: Josh Russell, Jennie Nash, Donald Maass, the Muse and the Marketplace, Writer Unboxed, StoryStudio Chicago, the Marks of the Bestseller Experiment und meinen Schreibdozenten an der Clayton High, der University of Kansas und der University of Florida. Ihr schafft es, Gators!

Dieses Buch ist nicht ohne Grund meiner Familie gewidmet. Dank an meine Mom Kathy Hammer, zu der ich, um es hier einmal festzustellen, ein wundervolles Verhältnis habe. Sie war vom ersten Tag an eine meiner besten Freundinnen und mein größter Fan. An meinen Dad Dr. Randy Hammer, der – wie Tommy – die besten Eier mit Frischkäse der Welt macht, tolle Ratschläge gibt und stets ein begeisterter Leser ist. Zudem an Elizabeth Murray, meine Zufallsschwester und Wahlfreundin. Danke für deine Unterstützung und Begeisterungsfähigkeit und dafür, dass ich deinetwegen eine meiner Lieblingspositionen bekleide: Tante.

Dank an die Familien Lewin, Berger, Hammer und Block. An meine Großeltern Elaine und Joe Berger und Annette und Buddy Hammer, die stets in meinem Herzen sind. Danke, Nick Murray, Dylan Murray, Alex »Bear-Bear« Murray und Carlene Jarrett.

Freunde sind die Familie, die man sich aussucht, und ich habe die vermutlich besten abgekriegt. Danke, Meg McKeen, weil sie einfach ein Engel ist. An Jenna Shulman, für immer meine allerbeste Freundin. An Christina Williams, die mir immer den Rücken freihält. An DJ Johnson und Chardy McEwan, Amy Wallace, Sally MF Bright, Amy Gerhartz und die übrigen MyGirls, Libby Love, Krissie Callahan, Jeff und Julie Johnson, Brian und Kristen Fechino, Michelle Dash, Shana Freedman und Marija McPherson.

An Tom Piazza und die Mannschaft von McGee's Sunday Funday. An Mia Pfifer, Meredith Bailey, Katie Ross, den Sunday Dinner Club, Ken Block und die Rock Boat Family, Beth Gosnell und die Rock by the Sea Family, die Charleston Place Crew und die Männer von LOVESWEAT: Steve Everett, Paul Pfau, JD Eicher und Connor Pledger. An Jen Wedick fürs Mutmachen, Will Byington für seine Freundschaft und die Fotos, David Boran für die Hilfe beim Küchenjargon und Dr. Carla Lewin und Lauren Black für die Informationen zum Thema Sauerstoff. Außerdem an Andrea Kate von Great Thoughts' Great Readers.

Ich danke meiner früheren und derzeitigen FCB Chicago Family für die Unterstützung und Ermutigung. Stump Mahoney für die Musiktipps, Kevin Grady, Jennifer Ludwig, Paige Miller, Kristin Zuccarini, Angela Carlson und So A Ryu für die Kenntnisse im Bereich Design. Lauren Cabot Altergott, die eine meiner ersten Leserinnen war, und Teddy Brown, ein Superchef und (meistens) ein toller Freund. Und wenn ich schon bei meinem (und Alexis') eigentlichem Beruf bin, danke ich euch von GirlsDay und der Three Percent Conference dafür, dass ihr die Werbebranche für alle zu einem besseren Arbeitsplatz macht.

Danke an alle bei Starbucks, die mir regelmäßig ein wunderbares Umfeld zum Schreiben zur Verfügung gestellt haben. Und dafür, dass ihr die »Save to Spotify«-Funktion für meine Schreibe-Playlist auf eurer App habt. Außerdem möchte ich einigen der Künstler danken, die mich inspirieren und deren Musik ich oft während meiner Schreibsitzungen und danach abspiele: Red Wanting Blue, Will Hoge, The Alternate Routes, Aslyn, Shawn Mullins, Stephen Kellogg, Brandi Carlile, Matt Nathanson, Emerson Hart und Sister Hazel.

Für all die Arbeit hinter den Kulissen danke ich Kristin Nelson, Brian Nelson, Tallahj Curry, Samantha Cronin und Angie Hodapp von der Nelson Literary Agency. Vielen Dank auch an Alice Lawson und mein gesamtes Team bei Harper-Collins: Elle Keck, Molly Waxman, Rachel Meyers, Robin Barletta, Jennifer Hart, Kelly Rudolph, Karen Richardson, Mumtaz Mustafa, Christina Joell und Maureen Cole. Weiterhin danke ich Crystal Patriarche und dem Team von BookSparks.

Vielen Dank an die Buchhändler, Rezensenten, Blogger, Bookstagrammer und die Tally Poppy Writers und zu guter Letzt meinen Lesern, die beschlossen haben, ihre Zeit mit dieser Geschichte zu verbringen. Ich bedanke mich und würde gern online von euch hören, und zwar unter AlisonHammer.com oder @ThisHammer bei Facebook, Twitter und Instagram.